张学东中篇小说自选集

裸夜

张学东 著

黄河出版传媒集团
宁夏人民教育出版社

图书在版编目(CIP)数据

裸夜:张学东中篇小说自选集 / 张学东著. --银川:宁夏人民教育出版社,2015.4
ISBN 978-7-5544-1172-8

I. ①裸… II. ①张… III. ①中篇小说—小说集—中国—当代 IV. ①I247.5

中国版本图书馆CIP数据核字(2015)第066061号

裸夜——张学东中篇小说自选集　　张学东 著

责任编辑 孙 莹 吴 阳
封面设计 晨 皓
责任印制 殷 戈

黄河出版传媒集团
宁夏人民教育出版社 出版发行

地　　址 宁夏银川市北京东路139号出版大厦（750001）
网　　址 www.yrpubm.com
网上书店 www.hh-book.com
电子信箱 jiaoyushe@yrpubm.com
邮购电话 0951-5014284
经　　销 全国新华书店
印刷装订 宁夏雅昌彩色印务有限公司
印刷委托书号 （宁)0000141

开　　本 880 mm × 1230 mm　1/16
印　　张 19.75
字　　数 300千字
印　　数 2080册
版　　次 2015年4月第1版
印　　次 2015年5月第1次印刷
书　　号 ISBN 978-7-5544-1172-8/I·67

定　　价 39.00元

张学东

1972年生，中国作家协会会员，被誉为宁夏文坛“新三棵树”之一，国家一级作家，现任《朔方》杂志副主编。在《中国作家》《十月》《当代》《作家》《山花》《天涯》等刊发表长、中、短篇小说逾三百万字，作品被《小说选刊》《小说月报》《中篇小说选刊》《北京文学中篇小说月报》《作品与争鸣》等转载，连续入选年度中国优秀小说选本50余种，并多次荣登中国小说学会等国内权威性年度小说排行榜，部分作品被译介到俄罗斯、日本、北美及中国台湾地区。获《中国作家》《上海文学》《北京文学中篇小说月报》等刊优秀小说奖、宁夏文学艺术小说一等奖、宁夏政府优秀文化创作奖等，先后入选“国家百万千人才工程”和“四个一批人才工程”。现已出版中短篇小说集7部，长篇小说《西北往事》《妙音鸟》《超低空滑翔》《人脉》等6部。

目 录

托付给你的事

有时，而且恐怕是经常，人们自己不会枯萎的，他们把塌了下去的袜子拉起来继续走。

——（美国）雷蒙德·卡佛

上 篇

一个人那样孤寂惯了，几乎快成了一潭死水，很难再起一丝的涟漪。事实也是如此，若不是这个小家伙猛不丁地闪现在他的生活里，老人一直都以为，自己这辈子到殁的那一天，也没什么可以牵挂的东西了。

向阳家属院统共十几幢旧楼，都是上世纪八十年代中后期纺织厂还红火时建成的，有一半楼体的墙面还是砖背裸露的那种，甚至连阳台都没有包完整，看着粗粝狰狞又老气横秋。他呢，常年就住在小区铁栅门右侧的简易平房里，门房是个小套间，外面是值班和登记室，有电话，有旧写字桌，还有一条像医院通用的那种奶白色的长条椅，椅面和靠背早被数不胜数的屁股和脊背磨得油光油光的。穿过一扇带玻璃窗的小门，里间就是他的休息室，摆一张从职工宿舍里弄来的吱吱扭扭的双层床，一张旧圆桌，两把黄漆木椅，另外还有些杂七杂八的生活用品，电炉子，水壶，锅碗盆碟，米面袋子，打了蔫的白菜和一堆土豆，等等，虽没有头绪，却又一目了然。他统共就这点家当。

他人也一样，简简单单的，几十年如一日，好像自从有了这个家属院，不对，应该是从家属院破土动工的时候，他就在这里了。当初负责看管工地上的东西，后来楼房建起来了，领导觉得他孤苦伶仃的，连个老伴也没有，人又老实厚道，这里确实也需要个看门守院的人，索性留下了他。平时，他就负责收个信件报纸，扫扫院子，清理垃圾，闲了给几道绿篱和十几株树木浇浇水。很多人到现在也没弄清他叫什么，也不知他年纪到底多大了，见面通常管他叫声何师傅，也有稀里糊涂就喊霍师傅的，反正一切就这么简单。何师傅把十多年光景就这么简简单单地送给了向阳家属院的人们。

如今，向阳家属院原来的老住户一多半都陆续搬走了，城里大搞土地开发，人家新型住宅区和别墅又有绿地又有水池，房子面积也都上百平米了，住着又宽敞又舒适，但凡手头有点钱的人，谁乐意一辈子都窝在那种破破烂烂的小鸽子笼里？不过，老居民是搬走不少，旧楼照还在，有的转手卖出去了，也有的搞租赁，每天早晚，三教九流五花八门的人进进出出，似乎比以前更热闹些。俗话说，铁打的营盘，流水的兵。何师傅当然还是何师傅，只不过比先前老了许多，背也往下驼了好几度，眼睛有点儿老花了，看人总眯缝着眼，一只耳朵从去年开始稍有些背，听人说话得刻意偏过头，把另一只好些的耳朵凑上去。

这些自然都是闲话。单说这个秋天的下午，也就四点来钟的光景，雨正淅淅沥沥下着，这场秋雨已经连续下了好几天了，一点儿放晴的意思也没有，楼皮都给泡脱了，地上到处汪成了泥水滩。赶上这种下雨天，何师傅基本上没活可干，院子不用扫了，树也不必再浇水。随便吃两口东西，人老了吃已不重要，然后就斜躺在条椅上看电视，电视还是厂里多年前淘汰下来的，十四寸、牡丹牌、黑白的，天线也少了一根，胡乱转转仅有的那根单不叉天线，也能凑合着收到两三个频道，时不时有雪花点儿闪，反正他也是瞎看，多半时间只是听听声音，好解个闷儿。

阴雨天就这样无聊，房间光线很暗，人是最容易犯困的，眯一会儿眼就快睡着了似的，仿佛又在做梦，梦见老家的一棵枣树开花，香喷喷的气味缭绕散开，招惹来好大一群蜜蜂，正围绕在枝头上嗡嗡唱着闹着，听得人越发睡眼蒙眬了……对于往事的零星回忆，总是浮现在这种半梦半醒之间，他竟不由得打了个喷嚏——原来，是有人忽然走进门房里，把外面的潮湿清冷的空气裹挟进来。他吧嗒着发了馊味的嘴巴，慌忙从条椅上站起来。眼前站着个女同志，三十岁上下，头发湿漉漉地披散在肩头，上面挂了一层细密的水珠子，看着有些发白。这个女人一进门，先低下头把头发使劲地左右甩了甩，大概是想把雨水甩干，她嘴里一连声嚷着，破天气，下起来就没完没了的，真是倒霉死了！何师傅茫然地瞧着她，不知道这个女人进来想要做什么，或者，只是来避避雨的?!

正在他疑惑之际，门像是被什么东西猛撞了一下，接着一把黑雨伞冒冒失失地从外面硬塞进来，有一瞬间，它刚好被卡在两条门框之中，进退两难，但那把伞像是被一股无形的力量顽强地推着，终于砰的一下，冲了进来，将一股更冷更湿的空气顶进屋内。何师傅一惊，正要说话，见那伞扑啦一下收起来了，雨点噼里啪啦飞溅到地板和墙上，有好几滴是溅到他脸上的。伞后猛不丁蹦出个小男孩，噘着个小嘴，翻着黑豆般的圆眼睛，一个劲儿地东张西望，然后，旁若无人又没好气地说，你把我带到这里干啥？妈，我肚子都快饿扁了，我想吃好吃的！女人气气地瞥了小男孩一眼，说，吃吃吃，整天就知道吃，我看你就是饿死鬼转世的！骂完，她终于把目光较为和缓地移向了何师傅，并以一种不无恳求的语气说，老师傅，我就住在这个小区里，他是我儿子涛涛。她边说边一把将小男孩扯拽过来，非让孩子叫何师傅爷爷。小男孩不屑又不羁地瞅了瞅他，很不情愿地像蚊子哼似的叫了他一声，可何师傅根本没有听见。女人接着说，老师傅，是这样的，家里有点急事，我得马上出去一趟。这雨也不见停，带上孩子不方便，路上来回得十多个钟头，再说我儿子明天一早还要上学呢，我怕晚了影响他。所以，就想把他托给您，请无论如何帮我照看一下，我办完事立刻就赶回来接他，您看行不?

这种事情以前并不是没有碰到过。比方说：谁家让他帮忙照管几天物品，谁家请他帮忙收拾废旧不用的家具，或者，谁家突然有个啥急事，临时求他帮着照看一会儿老人或孩子，他一般是有求必应的。远亲不如近邻，毕竟是一个小区的住户，谁都会摊上个大事小情的。再说了，他也确实有大把大把的时间需要打发。何师傅听女人说完话，才又重新仔细打量了一下眼前这对母子，印象中以往都是见过面的，大概彼此没说过话，但每天进来出去的人多，具体住在哪幢楼他可说不清楚。这个叫涛涛的男孩也就七八岁的样子吧，或者，更大一些，衣服裤子都是那种最常见的蓝白相间的校服，看上去比孩子身体大许多，显得有些邋里邋遢的，又糊得脏兮兮的，裤腿和白球鞋上尽是污泥点子，勒在肩膀上的书包带好像两根结实的绳子，把他的小身体往后拼命拉扯着，使胸脯鼓凸得很厉害。男孩站在房间里一刻也不肯安生，一会儿踮起脚尖像兔子样原地蹦跳，一会儿又用一只脚去踩另一只脚，好像那鞋不是他的，一点儿也不懂得爱惜。这个头发湿得滴水的女人，身上的穿戴很一般，上身穿一件很普通的花格子衬衫，灰蓝色的旧牛仔裤，咖啡色平跟凉鞋，肉色袜子，袜头渍了两角泥污，脏兮兮的。肩头挎着一只看不出是皮还是革的软塌塌的女式背包，本色的嘴唇，一看就知道没有涂过口红，右眼角靠近鼻梁骨的地方，有一斑褐色的泪痣，看着很显眼，像一只很小很小的虫子爬在上面。整副面容多少有些憔悴，或者，像生了病似的。

就在何师傅打量他们母子的工夫，女人像是忽然想到了什么，忙打开自己的皮包，从里面摸索着掏出一张二十元钱，很客气地递到老人面前，再次郑重地央求道，师傅，这点钱您先收着，算是给他买饭的钱。何师傅没有去接，犹豫了一会儿，问道，照看一下问题倒不大，那他要是睡觉啥的该咋办？女人立刻转忧为喜，说，涛涛自己身上有钥匙，他要是实在困了，您把他送回家就行了。说完，不等何师傅表态，就上前一步硬将那钱捏成团，塞进老人手心里，似乎是怕老人不肯收，又特意用双手将他的手围拢住，然后轻轻地握在一起。女人这时距他很近，有一股说不清楚的淡淡的芳香扑面而来，就像一束开得绚烂又叫不出名字的花儿，老人鼻孔有些发痒，似乎又想打喷嚏，但他生生给憋了回去。女人握着他的手说，她会好好感谢他的。

那一刻，何师傅的确觉得有种异样的感觉，女人的双手湿涩而又冰冷，她的手心紧紧贴在他那皱褶又干瘪的老手背上，她指甲的颜色不是红润的，有点儿白惨惨的，好像她身上有些不足之症。他几乎都快打了一辈子光棍了，好像还从来没有哪个女人这样大大方方地握住他的手。一瞬间的感觉就是如此，很奇妙，很新鲜，气息温柔，突如其来，猝不及防，让他似乎无法拒绝她提出的请求。于是，他嗫嚅着，又像是很难为情地说，忙都没帮呢，谢我做啥？这钱呢我就不要了，待会儿我煮点儿吃的，给娃儿吃饱肚子就成了。女人冲他不无感激地笑了一下，眼圈似乎有些微微泛红，双手却依旧轻轻地握着他的手没放。她说，何师傅，钱您就拿着吧，千万别嫌少！这孩子嘴馋，万一闹着想吃零食，就用这钱给他买。说完，又转过身蹲在男孩跟前，用手来回抚摸着孩子毛茸茸的脑袋，以母亲特有的口气嘱咐道，涛涛，你一定要听爷爷的话啊，可不许调皮捣蛋，妈走了。男孩不置可否地盯着女人，嘴巴依旧很不高兴地噘着。女人顺手从男孩手里拿过那把黑雨伞，然后走到门口，把手里的伞直直地伸到外面去，砰地打开了，又回头冲老人说，何师傅，忘了告诉您，我家住在 7 号楼 4 单元 401，涛涛就麻烦您老人家了。

何师傅迟疑地哦了一声，忙对站在门口的女人说，没啥，放心走吧。他那只捏了钱的手半天也没有松开，始终一动不动摁在小腹处，好像那地方很疼似的，必须用手压着。

天悄悄地黑了，雨好像还淅淅沥沥下着。

何师傅正忙着做饭，他打算下两把挂面，再打一个荷包蛋，他自己舍不得吃。一开始，小男孩还趴在外间的那张靠窗的桌前，沙沙地写着作业，小脸眼看贴到本子上了，看不清他的模样。

这时候，外面下班回家的人多起来，因为是雨天，时不时会有居民突然钻进门房里，短时地避避雨或相互寒暄两句，他们自然就发现了这个小男孩。有人好奇地跟何师傅打听，这是您的小孙子？何师傅只当是玩笑话，笑着摇摇头，继续埋头做饭。水烧开了，屋内水气缭绕的，面条已经下了锅，眼睛就得老盯着，他右手拿双筷子随时搅和着，左手端半碗凉水不停地往里兑，生怕潽了锅，那样最容易烧坏电炉子。

面条煮好了，荷包蛋团结得十分饱满，何师傅自己也相当满意。他先盛出一小碗面，在里面加好了汤汁，又调了酱、油、醋、盐，和事先切好的葱花，然后把那只荷包蛋款款地盖在碗的最上面，看着让人很有食欲。等他转过身，准备招呼小男孩吃饭时，顿时愣住了。刚才明明趴在桌上的小男孩，却不见了影，作业本和书歪斜地翻开着，打开包盖的书包依旧横在条椅上。何师傅急忙放下碗，快步走到门外张望。院内的那些楼房已零星亮起了灯，雨点在他眼中闪着发黄的微光，从各家各户的厨房和抽油烟机口飘出的饭菜气息，正丰盛地弥漫在潮湿清冷的空气中。

他冒着雨从门房走到家属院大门外，也没有看见那孩子的影儿，他又折转过来，在十几幢楼前楼后的甬道里走了两个来回，还是没见到那个小家伙。何师傅真的开始着急了，他忍不住想喊，嘴巴张了几张，却忽然忘了那孩子叫什么名字了。他到底叫个啥呢？刚才人家妈妈明明告诉过我的，瞧我这记性！真是老了不顶用喽……他自言自语着，为此事颇费思量。他身上几乎被雨淋湿了，等他落汤鸡似的再次回到门房里的时候，却发现那孩子正若无其事地在桌前摆弄着他的电视机。他又惊又喜，嘴里却佯作生气地问，小家伙你跑哪儿去了，害得人四处好找！那孩子似乎并不想搭理他，只含糊地说句，尿个尿不行啊？就继续拼命拧那台黑白电视的旋钮，边拧边嚷，你的电视机怎么这么破？连动画片也看不到，真烦人！

何师傅顾不上擦自己脸上和身上的雨水，赶忙把桌子上的那碗面端给孩子，笑眯眯地说，涛涛，来来来，咱们先吃饭吧，放凉了再吃，肚子该疼了。对，他是叫涛涛，他一看见这孩子，就自然而然地叫出了他的名字，好像他们已经很熟了。这时，他很是为自己叫出了孩子的名字而感到高兴。孩子却气急败坏地用手掌连着拍了两下电视机壳，扭头盯着他手里的面碗，噘起嘴说，我讨厌吃鸡蛋，她没告诉你吗？何师傅一时不知怎么回答，他满以为孩子们都爱吃荷包蛋，他小的时候想吃还吃不到呢。这孩子，真是没道理！心里这样想着，嘴里却依旧哄劝着说道，涛涛乖，鸡蛋最有营养，你们娃娃正长身体呢，吃了有用，来，听话，吃了吧！不吃不吃不吃！我就不吃！蛋里有股鸡粪味，难闻死了！孩子一连串地嚷着，同时高高地仰起脑袋，跟小斗鸡似的，半天也懒得再看一眼那碗里的东西。

他端着个碗很为难地问，那你到底想吃啥？要不这样，你只把面条吃了，剩下蛋我来吃，成不成？孩子突然撇过脸去，朝窗外望了望，外面彻底黑了，门房亮着灯，玻璃窗上映着一老一少的影子。我想吃麻辣串，还想吃烤鸡腿和炸鱿鱼！孩子对着窗上老人的影子大声说。何师傅愣了一下，并没有立刻放下碗，他答应过孩子的母亲要给他做点吃的，况且，现在面条都煮好了，他毕竟是个小孩子，不能由着他的性子胡来，再说零食吃不饱肚子。这样想着，他就去把那个荷包蛋原封未动地放回锅里，然后把碗和筷子再次端到孩子眼前，说，你好歹先把这碗面条吃了，一会儿爷爷答应给你买好吃的。

小男孩终于摸索着收到了自己想看的那个台，可图像很模糊，他正急得像只小猴，抓耳挠腮，无可不可的。何师傅恰好这时挡在电视屏幕前，孩子随手一拨拉，那碗和筷子便从老人手里飞了出去，啪啦一下摔在地上，满地都是面条和汤汁，碗也裂成一摊瓷片。何师傅双手在胸前抖了抖，气得一时不知该怎么办好，可惜那碗面了，还有他的碗！他强压怒火说，你这孩子，不吃就不吃，你乱推啥？孩子不以为然地冲他翻了翻白眼珠，说，活该！谁叫你挡人看电视呢？老人终于火了，多年来从不曾发过一次脾气，这时火腾地就从肺腑最深处冒出来，他挥手给了孩子一个大耳光。小坏蛋！嘴还硬得很！小男孩怔住了，显然，他根本没有想到老人会动手打人，他咬了咬嘴唇，眼泪倏地流出来，接着，他一扭头疯野地往门外跑去。

这真是件麻烦事！何师傅一边收拾着地上的东西，一边这样想。现如今的孩子真太不像话了，糟蹋了五谷连眼皮都不眨一下！也许是心不在焉，他在拾掇那几片残碎的碗片时，一根手指竟给划破了，血缓缓地涌出来，他赶紧把手指头塞进嘴里吮了吮，血的味道甜丝丝的，他已经很多年没有这样吮过自己的血了。不小心弄破手，应该是小孩子的事了，可现在他却为了一个陌生的小家伙，又尝到了鲜血的腥味。

男孩跑出去有一会儿工夫了，他也没有急着去追，估摸着他跑不远，外面黑灯瞎火又下着雨，大不了就是回自己的家了，他妈妈说他身上有钥匙。再说，得给这小家伙长一点教训，小孩子嘛都是越惯越不成样子的。他想，看样子那女人没有把孩子管教好。等收拾完地上的残物，指头的血已止住了，想起锅里还有面条，自己肚子也有些饿了，就盛了出来吃。面已经凉了，而且坨成疙瘩，他胡乱扒拉了几口，味同嚼蜡，又放下了碗。这时，他的火气也基本消了，想着自己老老的一把年岁了，跟个几岁大的孩子一般见识不值得。这才出了门房，想去看看那个小家伙在哪儿待着，说不准正蹲在哪个楼门洞里偷偷哭鼻子呢，劝一劝叫回来算了。

雨停了，飘在晚风中的只是细碎的水星子，扑到脸上凉飕飕的。何师傅打了几个寒噤，他打着值班用的手电筒，光亮几乎照遍了家属院的每个角角落落，也没有寻到那个孩子的踪影。他想到孩子家里去看看，可糟糕的是，刚才那女人临走时说的住址，他只隐约记了半拉子，一时竟想不起是几号楼。所以，现在老人只能一幢楼一幢楼地挨着去找 4 单元 401。虽然楼不算多，可对于他这样的老年人来说，这实在是件苦差事，连着上上下下了几幢楼，他就吃不消了，腿肚子绵软，脚底发飘，呼哧呼哧直喘。

何师傅开始后悔了，早知道如此，刚才就该追上去抓住那个小家伙，放他跑掉实在是自己的过错。继而又想到，也许自己一开始根本就不该揽那个女人的闲事！万一，那个小家伙不听话，再跑出去闯出啥祸事来，到时候他可怎么跟人家家人交代啊？想到这里，他简直觉得世界末日快要来临了，尤其是，一想到那孩子不羁的眼神和举止，这种恐慌就越发向他逼近，挤得他快要喘不过气来了。今晚到底是怎么了，干吗非要出手打那个孩子？他跟这对母子素昧平生，人家相信他才把孩子托付给他的，不就是为了一碗面条吗？不就是打碎了一只碗吗？自己何苦来呢？……

就这样胡思乱想着，他几乎慢吞吞地爬上爬下家属院内所有的楼。中间也曾碰到几个正在上下楼的住户，都用很奇怪的眼光打量他，以为出了什么大事；也有人打开房门后问他敲门干什么，要找谁。何师傅只是模棱两可地说声，哦，没啥，没事，我找错地方了。可是，他心里跟着了火似的，一次次敲响别人家的门，又一次次遭受白眼和失望的打击。而那个调皮的小男孩，仿佛是被黑夜吞噬了似的，一点迹象都没有。最后，他拖着酸痛不堪的两条老腿，又一步一步回到门房，满心以为孩子会眼巴巴站在门口等着他，请求他原谅自己，可事与愿违，老人简直快要崩溃了。唉，这倒霉孩子，他到底跑到哪儿去了？

家属院外面的巷道两侧，零散地有几家商店、小饭馆、粮油行和理发店。何师傅依次进去打问了一番，不停地给人家比画那孩子的相貌高矮，甚至死乞白赖地求人家若是见到了一定给他通个信。后来，他终于走到顶头那家网吧前，脚刚踏进去一只，就被横在门口的一条粗胖的大腿给挡住了，老头儿，你找谁？一个同样粗壮的男声冲他呵道。他不得不低声下气地又给人家诉说、比画了一通，没等他话音落下，一只胖手早油腻腻地把他搡到外面了，这里没你要找的人，走吧走吧走吧，我们这从来不接待未成年人！何师傅一连退后几步，觉得这个胖子好像没跟他说实话，明明有好多回他路过时看见很多孩子打这里进进出出的。他还想再凑上去好好问问，见那胖子双手抱拢放在胸前，点晃着一条腿，冲他乜斜着一只白眼。何师傅又觉得这种人满脸横肉，是惹不起的。没有办法，他只好暂且转身往回走，可他并没有彻底离开。网吧的事他略微知道一丁点儿，有些孩子的家长偶尔到门房里也会谈起此事，说孩子对游戏如何如何着迷，一旦沾上就不好好学习，玩得上了瘾家都不想回。所以，他就想在这里徘徊着，说不定那小家伙就在里面呢。老人的这种考虑也是有些根据的，比方说，刚才男孩在门房里摆弄电视机的样子，一看就知道很油练，好像跟电器沾边的事都难不住他。

可是，他在巷道里不停张望着，等了将近半个钟头，眼看夜空又零星飘起雨点来了，也不见孩子从那网吧里出来。老人多少有些气馁了，想到自己毕竟还有值班工作，门房这半天也没有人，终归不是个事，还是先回去等等再看吧。他还没走到家属院，就见前面路灯底下围着三五个人，正影影绰绰晃动着，像一群鬼影，他心里顿时有种很不妙的感觉，腿脚一阵发麻，好像不听他使唤了。快走近时，就隐约听见了呜呜的哭号声，好像嗓子都哑了，窒息般抽噎着。其中还夹杂着七嘴八舌的谩骂声，都气横横的。小碎怂，还有脸哭？谁叫你不学好！跑到这想偷吃的！快起来，带我们找你家长去！别蹲在地上要赖皮了！快说，你是哪个学校的？明天非告诉你们老师不可……

何师傅见状慌忙挤上前去，他几乎不用再多看一眼，就已猜到蹲在那几个大人中间的是那个孩子了。正应了那句话，怕啥偏就来啥了。他的手脚开始莫名地哆嗦起来了，右眼皮子扑嗒扑嗒直跳，这是他许多年来从没有过的惶恐，简直有种大祸临头了。

等回到门房后，老人二话不说，赶紧先投了湿毛巾给孩子擦脸。这才发现孩子流过鼻血，血迹已凝固在人中上，下巴颏也有弯曲的一道，孩子的一面脸蛋青紫青紫的，看上去高出一块来。擦脸的时候，孩子疼得直龇牙，一个劲儿地往旁边躲着。

老人的心肠忽地就软了。进门前还满满一腔子怒火，他平白无故地叫那伙人数落甚至可以说是羞辱了一通，说他怎么做老人的，连自己的孙子都管不好，白活了一把岁数。好在，孩子只是偷了吃的东西，而且还没有来得及吃就被他们抓了个正着。他除了鸡叨米样频频点头、低三下四地赔不是、承认自己人老没用之外，也只能忍气吞声，他不能也不敢跟别人说，这孩子跟他没有任何关系，那样的话事情会更复杂的。既然没有关系，人家凭什么会让他把孩子领走？他只想把孩子从那些人手里要回来，要不然等那女人回来，他怎么跟人家交代啊？

这阵子，看着孩子那肿胀的小脸和可怜兮兮的模样，一切似乎都烟消云散了。老人轻声问孩子是不是刚才那些人打的，还疼得厉害不厉害。孩子一声不吭，只顾吸溜吸溜擤鼻涕抹眼泪。他就不想再难为孩子了，心想那些人也是的，杀人不过头点地，怎么能把孩子打成这样，不就是拿了一根香肠吗？这样一想，他也更加后悔先前自己的那一巴掌，好像大人一遇到事情总是喜欢动手的。但他还是要埋怨几句，谁叫你不学好？打小偷针，长大偷心！你妈和你们老师没教过吗……从今以后啊，可要学得乖乖儿的。说着，跟变戏法似的，从裤兜里掏出一根棒棒糖和一大块巧克力，给孩子的两只手里各塞了一个，东西都是刚才去商店找孩子时顺路买的，当然花的是他自己的钱，那二十块钱他可没有动。

小男孩默默地吃完那块巧克力，又喝了几口老人端给他的热水，才趴在桌子上，开始装模作样地写作业。何师傅呢，就坐在靠墙的条椅上，两眼盯着孩子那佝偻得像小老头一般的背影，心里有种说不出的感觉。他这辈子没成过家，更没有过孩子，打小因为老家闹饥荒就背井离乡了，从此几十年再也没有回去过，除了梦里经常出现的那一树芳香扑鼻的枣花，和一群嘤嘤嗡嗡飞舞的蜜蜂，他几乎都不记得父母弟妹的样子了。孩子也是无意中回过头，发现何师傅正老泪纵横地望着他出神，还以为他在为刚才发生的事伤心难过呢。小男孩马上敏感地扭过脸，又老老实实地趴在桌上。

墙上的挂钟雨点样，嘀嗒嘀嗒响个不停，老人偶尔抬头眯着眼瞅了一下，十点半钟了。照那个女人的说法，再有两三个钟头她也该回来了。就在这时，他才发现孩子不知什么时候已趴在桌上睡着了。他轻轻地走过去，孩子似乎睡得很香，把一边的小脸都压瘪了，铅笔扔在本子上，嘴唇朝外翻凸着，口水流了一摊，清汪汪的。何师傅叹了口气，他想了想，才蹑手蹑脚地把孩子抱到里间屋的床上。他觉得孩子睡着时简直跟面条一样软，随便他怎么动弹，好像都不会弄醒的，但他还是轻轻地帮他把鞋脱掉，又款款地盖上被子，这样孩子能睡得舒服些。

何师傅在床沿边静静地坐了一会儿，听着孩子渐渐均匀的呼吸声，心情不知不觉好了起来，他这样睡着确实让人觉得又踏实又省心。他起身走到外间，下意识地朝窗外望了望，心里想，明天天怎么也该晴了吧？

后来，他就在门房的那张条椅上斜靠着身子，慢慢迷糊着了。事实上，他是想等那个眼角长泪痣的女人回来后把孩子接走了，他再回里屋好好睡的，但始终没见那女人的影儿。

第二天早晨，果然出了太阳，有点儿天遂人愿的意思。

何师傅很早就出门了，尽管夜里在条椅上睡得浑身都不得劲，腰和脖子像是在醋缸里狠狠地泡了一宿，酸痛酸痛的，可他还是一醒来就赶快拿起扫帚，到院里忙乎了好一阵子。雨过天晴，空气十分清新，人往晨光中一走，感觉有股重新活过来的劲头。

许多年来养成的习惯，早起第一件事，就是打扫院子和收拾垃圾。刚下过雨的院子不是很脏，他只把那些被风雨打落的枯树枝和黄树叶扫了扫，又将依旧淤积在水泥地上的明镜样的雨滩往四周赶开，好让甬道尽快晾干方便大伙走路。等他干完这些活，抬眼看到第一拨背着书包的学生，从楼门洞里三三两两钻出来时，才恍然意识到，该让那个小家伙起床了。

这时，他才稍微合计了一下昨晚的事，也许那女人早就回来了吧，估计是从窗户外面看到他在门房的椅子上睡着的样子，觉得不便于打扰他休息，所以才没有深更半夜敲门进来接她的孩子。这也是人之常情嘛，他当然也能理解的。再说了，从一开始那个女人提出要把孩子托付给他，他好像就没有疑心过什么，尤其是当那一刻她紧紧握住他的手时，他几乎毫不犹豫地就答应下来了。人嘛，都会遇到些为难的情况，能帮别人一把就帮一把吧，那个女人若不是事情紧急，也不可能把自己的孩子交给别人管。他心里确实就是这么想的，也是这么去做的。他这一生活得简单，想法自然也从不会复杂。

不管怎么说，得先叫那孩子起来，洗洗脸去上学是正经。可转念一想，孩子昨晚要了脾气，确实也没有吃好饭。对了，他应该先给那个小家伙弄点吃的去，吃饱了肚子，不想家嘛。于是，何师傅放下扫帚和簸箕，并没有回门房去，而是直接朝外面的巷道走去，那里有一家卖油条豆浆和包子稀饭的小食店。他自己平时很少去的，早点都是胡乱凑合一下，有时煮个鸡蛋，有时也熬碗稀饭，多数时候，都是啃干馍馍或热着吃头天的剩饭什么的。今天为了那个小家伙，他决定破一次例，不能再瞎凑合，因为昨天他已经领教过那个孩子的胃口和脾气了，大清早起的，他可不想为这点小事，再惹那小家伙生气不好好去上学了。就算把好事做到底嘛，一顿早饭也花不了几个钱。

这样想着，他已经迈步走进那家小店。里面已经有人坐在那儿吃早饭了，豆浆和炸油条的气味暄腾腾热乎乎的，直往人鼻孔里钻。连他自己都禁不住要流口水了。他想了想，就向人家要了两根油条、半笼小肉包和一塑料袋热豆浆，怕那孩子挑剔，特意嘱咐人家多往豆浆里加两勺白糖。到什么时候，孩子的嘴巴总是刁的，他当孩子的时候不是也一样吗？总是想要搜腾点好东西吃，只不过当时家里条件太艰难了，好吃头总像天上的星星和月亮一样，可望而不可即的。

买回早点之后，那孩子依旧睡得香甜，何师傅伏到枕头跟前连着叫了两次，他总算是醒了，拼命揉着惺忪的眼睛，奇怪地望着何师傅，好像不认识眼前的这个老人，又好像连他自己也搞不清楚为什么会睡在老人这里。何师傅笑眉笑眼地说，小懒虫，该上学去了，再晚可就迟到了！孩子揉着眼睛，磨蹭着下了地，自己把地上的鞋往脚上套，又蹲在那里慢吞吞地系鞋带。老人见他系的方法又慢又不得体，就主动上前蹲下身帮他系，嘴里还说，要这样绾个活扣，像你那样很容易绾成个死疙瘩，到时候想解都解不开。孩子站在那儿打了几个哈欠，嘴巴臭烘烘的。老人就拉他到外间屋洗脸，又把自己的刷牙杯兑了温水，递给孩子叫他好好漱漱口。

接下来，一老一少坐在条椅上开始吃早点。油条一人一根，包子老人只尝了一个，其余都让孩子吃了。看来甜豆浆很合这孩子的口味，他喝得咕咚咕咚的。他故意问他，好吃吗？孩子狼吞虎咽地冲他点了点头，嘴巴吧唧吧唧响。他嘿嘿地笑了笑，说吃慢点儿，可别噎着！孩子一口吞下最后的一个肉包子，腮帮子鼓得像跳上了岸的鱼。望着他吃东西时的小模样，老人觉得心情舒畅起来。难怪院里那些退了休的老头老太太，整天跟在小孙孙屁股后面，接了送送了接的，一点儿也不觉得烦，还总是舍得花钱，动不动给孩子们买这买那的，原来，这里面竟有一种付出后的快活，以前他可从来没有想过，自己这辈子竟能体会到这种奇妙的感觉。

打发小男孩背上书包，走出向阳家属院，何师傅还是有点儿不放心。具体不放心什么，也说不太清楚，就是想跟在孩子后面，再送一送他，最好是亲眼看着他顺顺当当走进学校大门才好。孩子慢悠悠地往前走了大约一百米，就出了巷口，然后快速跑步横穿过马路，在路对过突然转过身来，隔着人车熙攘的马路朝巷口张望着，见何师傅也跟了上来，他挥着手跳着脚大声喊，回去吧，爷爷，我自己能行呢。

何师傅这才停下，也隔着马路朝孩子招招手，眼中突然浮出一层迷蒙的酸意，大概是让太阳光刺的吧，这天阴了有一个礼拜了。他心里想着，嘴里也冲孩子喊道，听话，别淘气，要好好上学啊！然后，那孩子就一路蹦蹦跳跳地消失在他的眼前。过了一会儿，老人转身开始顺着巷道往回走，心里依旧有些担忧，总觉得马路上车来车往的，这对一个小孩子来说，实在是太危险了。

中午，何师傅手头有两件事够他忙一阵的。先是收垃圾的卡车突然停在家属院门口，大概是连续降雨的缘故，平时都是在一天的两头来收，今天却大中午跑了来，司机师傅把喇叭摁得哇哇叫。何师傅赶忙从抽屉里翻出一串钥匙，打开铁栅门，好让汽车开进来。当然，他还得搭手干活，把那几只铁皮垃圾箱里的脏物全都装进车厢里。好不容易打发走垃圾车，还没来得及洗洗手呢，居委会的一个矮胖的妇女拧着屁股，颠颠地跑进来通知何师傅，说下午爱委会要下来检查各个小区鼠药投放情况，让他抓紧时间做好准备。

老鼠药还是半个月以前，他专门去居委会领回来的，一直搁在里间屋的床底下。他想可能是入秋了，正好又赶上连天雨，这不天刚一晴，老鼠就开始活动了，所以爱委会才搞这种突击检查的。不管怎么说，有令则行，这些年他早习惯了应付各种各样的检查。于是，何师傅急忙从床下找出那两盒子药，还有两袋子强力粘鼠胶，有点儿像过去给人用的驴皮膏。他按照居委会的要求，一幢楼一幢楼地往那些阴暗潮湿老鼠最爱出没的地点上撒放。他记得过去那些年里，人们一直口口声声叫喊着要“除四害”，现在好像就数老鼠最坏了，但凡有人住的地方，总少不了它们的影子。所谓的“除”，也就是装装样子，只要人不死，老鼠就能一直活着。所以，他就想，老鼠从来都不怕你什么检查不检查的，检查都是用来吓唬人的把戏。他弯腰爬跪着一门心思隐藏和安放那些毒药，而老鼠们可能正躲在暗洞里瞧着他的样子吱吱发笑呢。

活还远远没有干完呢，何师傅已经满头大汗，腰腿也酸痛得要命，人老了就是这样，干一把活便喘吁吁的。他很吃力地从一道地沟里爬上来，这是家属院最靠里的一幢楼，再往里走就是砖砌的围墙了，墙头上扎了铁丝网，楼和围墙之间的空地上，填满了花花绿绿的垃圾和杂物，都是楼上那些住户不自觉，整天就知道从上面往下扔东西。他隔三岔五就得清理一次，每次都得费上老半天时间，可往往没过几天，方便面袋子、臭袜子、烂裤头、旧鞋、烟盒、馊馒头、玻璃瓶，还有避孕套，又扔得遍地都是，恶性循环，他拿这些人也没办法。有时候他也瞎琢磨，人其实跟那些躲在洞里的老鼠没有太大区别，平日里都人模狗样的，可背着别人的时候，就保不准会干出些没名堂的勾当来。

何师傅站在那里揩汗歇缓的工夫，只听扑通一声，什么东西从半空中重重地落下来，他异常惊恐地抬头往上一瞧，正好看见从最顶层楼的一个阳台里探出来的秃脑袋，光溜溜的，活像吊在窗外的一个青皮西瓜。于是，他不无愤怒地冲那脑袋呵道，喂！谁叫你们乱扔东西的，砸着别人该咋办！还讲不讲公德了？那只秃脑袋闻声，立刻朝他所站的位置一瞥，同时，阴阳怪气地大声回敬他一句，狗拿耗子多管闲事！随即，便乌龟似的迅速地缩藏了进去。何师傅简直气不打一处来，这里难道是垃圾场吗？怎么一点儿规矩都不懂，倒还有理骂人，不行，今天非得上去跟这种人理论理论。他一边这样自言自语，一边又抬头确定了一下刚才露头的那个楼层位置。于是，他手里提着还剩下的多半袋鼠药，径自绕到楼的另一面，瞅准单元号，气呼呼地走了进去。

但是，还没有爬到他想要去的那个六楼，远远就听见一阵哭哭啼啼的声音，顺着楼道逶迤传下来，间或还有骂骂咧咧的声音，开始听不太清楚，声音空荡荡地，嗡嗡地回着音。他稍微停了一会儿，又继续爬楼梯，渐渐地听得分明些了，哭鼻子的是个孩子，哇哇啦啦，听着有些怪可怜的；而正在谩骂的准是个女人，嗓音高八度，不依不饶，喋喋不休。何师傅心里一阵狐疑。当一步步就要爬上四楼的时候，他也是忽然间意识到的，正在哭泣的孩子声那么熟悉，因为就是昨晚这声音曾在细雨中由远而近传到他耳朵里。想到这，他几乎是大踏步爬完了最后几级台阶，人也一下子愣住了。那个小男孩背着鼓大的书包，这个东西他是认识的，正背对着他站在401室门口，用双手来回蹭抹着鼻涕；而房门却是开着的，门内站着一个高个子满头卷发的中年妇女，正气势汹汹地一手叉腰，一手指着孩子脑门嚷叫，你妈到底去哪了，你说不说？今天你妈要是再不回来，你就休想进去！小男孩听了这恐吓哭得更凶了。

何师傅几乎没有多想，忙走过去跟那孩子并排站在一起，一只手还不由自主地搭在孩子的肩膀上，轻轻地揉了揉，安慰道，别哭了，别哭了，看你哭得眼睛像红桃似的。小男孩扭过头看了看他，不无动情地叫了声爷爷，又使劲用袖子揩了揩眼泪，半天也不说话，好像很委屈很伤心的样子，由于抽噎小胸脯起伏得很厉害。高个子妇女狐疑地扫了何师傅一眼，有种似曾相识的感觉，不过她并没有多想什么，依旧板着面孔，两只手卡在腰上，瓮声瓮气地问道，你是他爷爷？何师傅先对妇女摇摇头，似乎又觉得不妥，忙又点了点头，说，这娃儿还小呢，我知道他老调皮捣蛋，若是得罪了你，还请多多担待着点儿。不等他把话说完，高个子妇女冷笑了两声，说，我才懒得管他捣不捣蛋，反正今天必须得把房租交清，要不然我马上就让他们搬出去！

这下他才算彻底弄明白，原来房子是这个妇女的，人家跑来收房钱，小男孩放学回来，房东堵在门口把孩子骂得狗血淋头，不许他进去，而孩子的妈妈直到现在好像也没有回家来。情况大致就是这样。何师傅佝下腰问小男孩，你先别哭好不好？你跟爷爷说妈妈到底去哪了？孩子支支吾吾地说了声他也不知道，就又呜呜地哭了起来。妇女很不满地说，你是他爷爷，不会不知道吧，别不是你也跟着这娘俩合起伙来哄我吧。何师傅说，话不能那么说，他还是个娃娃嘛，要钱你也等大人回来再说嘛，看把娃娃吓成啥样了？妇女白了他一眼说，好好好，他是娃娃，我不跟他一般见识，你是大人，又是他爷爷，那你把这半年的房租先结了吧。说着，就冲老人伸出一只戴了两枚金戒指的手。现在就去拿，九百块，一分也不能少！何师傅诧异地问，我为啥要给你钱呢？妇女说，你不是口口声声说你是孩子爷爷吗？何师傅本来想说我根本就不是他爷爷，可话都到嘴边上了，他又不得不硬咽了下去。你看这样成不成？娃娃呢我先领走，等他妈妈回来，我一定转告她，让她把钱凑够交给你。何师傅觉得孩子哭得抽抽搭搭的，念了一上午书回来，连口饭也没地方吃，怎么说他也该再管一管，毕竟那个女人把孩子交给他帮着照顾的。看样子孩子妈妈一时半会儿回不来，兴许是被啥事绊住了。他要是再不说两句，房东肯定轻饶不了这孩子。不行！她都诓过我好几次了，今推明明推后的，把我当猴耍啊，妈的！妇女情绪有些激动起来，说着话，她突然抬脚狠狠地朝旁边踢了一下房门。今天非得有个了断，没钱我就把这孩子扣下，啥时候拿来钱，我啥时候放人！

现在，何师傅简直左右为难了。早知会摊上这种破事，他当初真不该答应照顾这个孩子。这不等于骑虎难下、惹火上身吗？他有心一走了之，可自己跟那孩子一口一个爷爷的，关键时候却想溜之大吉，这于情理不通，更何况自己大半辈子也从没干过这么不讲信义的事。应人事小，误人事大啊！万一这个房东火气上来，再把这孩子怎么着了，或者，这个男孩本来调皮再闯出什么乱子来，那等他妈妈回来找他，他该怎么跟人家解释呢？说自己啥都不知道，还是说自己根本不想管那么多？那么，你一开始自己就应当拒绝掉。现在，一切似乎都晚了，毕竟自己亲口答应过人家，毕竟自己一把年岁的人了，能言而不信吗，那样的话还能算个人吗？唉，帮忙就帮到底吧，谁让自己摊上这事了呢。

继而，他又暗自合计，自己手头确实还有个千儿八百的，这都是他月月攒下的工钱，平时他省吃俭用，除了买粮买油买菜，他一不吸烟二不喝酒，在这个城市又无亲无友，基本再没有啥花的地方。钱是个啥东西？生不带来，死不带去。俗话说得好，钱要用在刀刃上，现在这个把自己叫爷爷的孩子，以及他的妈妈有了些难处，他能袖手旁观吗？难道说自己就不应该把钱拿出来，帮衬他们一下吗？何况，那个女人迟早要回来的，她也肯定会把钱原原本本还给他的，这一点儿他很有自信，就凭她能放心大胆地把孩子交给自己照看。

想到这里，何师傅对那妇女说，你别为难这娃儿，房钱我先垫上，你得给我打个条子。房东听了，脸上果然阴转晴，马上换了一副面孔，慢声慢气地说，我一看您老就是个明理人。

头一次走进涛涛家里，何师傅眼中所看到的一切，似乎再一次提醒他，这家主人似乎遇到了麻烦，的的确确需要有人帮一把。

之前，他给房东如数付清了租金，人家给他写了巴掌大的一片收据，纸还是从孩子的作业本背面，临时随便撕下的一角。他把纸片宝贝似的折了又折，又款款地塞进自己的衣兜里。然后，高个子妇女心满意足咯噔咯噔地下楼去了。何师傅犹豫了一下，才跟着孩子走进房间。本来，他不太想进去，毕竟他跟孩子一家素不相识，再加上家里又没有大人，他进去总归不太妥当。可涛涛非拉住他的手不放，一个劲儿央求他，说爷爷你来嘛爷爷你来嘛，好像那个厉害的房东阴魂不散似的，吓得孩子半天依旧不敢独自往里走。这一点他似乎能理解，才几岁大的孩子，胆子能有多大呢？再说房东那一脸横肉，说起话来跟吵架一样凶巴巴的，不把孩子吓坏了才怪！

家里有股馊乎乎的饭菜味，可能是下雨天没有及时开窗透气的缘故。前阳台跟卧室相连，没有客厅，厨房间在阴台，看上去油腻腻黑乎乎的。一进门跟卫生间相对着有条很窄的过道，在过道靠墙的位置立着一张折叠式饭桌。涛涛径自走进北面自己的那间小房，里面靠窗有一张单人木床，挨着床是一张旧书桌和一把折叠椅，红色的椅面是革质的，破了两个拳头大小的洞，已经发黑的海绵凸露着，像两只眼睛。孩子进去，就把书包如释重负地从肩头扯下来，哗啦一声，往乱糟糟的桌面上一扔，险些把桌上的台灯碰倒了。然后，孩子飞快地钻进卫生间里，门也不关。何师傅从后面瞥了一眼，孩子的裤子早已剥脱下来，屁股蛋雪白雪白的，正站在便池前哗啦啦撒尿，小身体一抖一晃的，好像被那根尿柱拽着不停动弹呢。

老人眼中油然生起一股暖融融的湿意。在过去的几十年当中，这种景象距离他真的太遥远了，包括此刻孩子因为尿憋得太久了，而从卫生间里迅速弥散出来的浓浓的臊味，都让他感到亲切和朴实。他冲孩子的光屁股笑了笑，觉得小家伙真的又调皮又可爱。他一边胡乱寻思着，目光就朝别的地方滑过去。南面的卧室门半开着，隔着阳台的那面窗户和门被一扇紫红色的绒布窗帘遮着，里面显得很昏暗，隐隐见一张双人床，被子是随手铺展开的，不是很平整，感觉像来不及叠似的。

何师傅只把头往卧室里探了一探，估摸着孩子的妈妈就睡在这张床上，便又不由自主地想起了那女人的模样来。昨晚临别时，她突然握住他的手，当时他觉得那双手很凉，潮潮的，又很软，有一股他说不清道不明的香味。想到这，他似乎能从这间昏暗的房子里辨别出那种女性的特殊气味来了，他甚至下意识地把自己的那只手搭在鼻孔上轻轻嗅了那么一下。这样一来呢，他马上就又意识到这个举动有些下作，自己怎么会做出这种荒唐的事呢，为啥要莫名其妙地闻那只被她握过的手呢？这简直让他感到一阵羞耻和慌乱了。于是，他急忙背过身去，又正好跟从卫生间走出来的涛涛碰了个面对面。孩子微皱着小眉头，仰望着他说，我肚子饿了，爷爷。他多少有些结结巴巴地应了一声，哦，饿、饿了、好、好，爷爷这这就领你下楼，咱们吃饭去。

因为这天中午实在太忙了，确实没工夫再做饭，加上身边又有个孩子一个劲儿喊肚子饿，何师傅便临时决定，干脆到外面的小饭馆里去吃一顿。他问涛涛想吃点儿啥，孩子冲他眨巴着眼睛说想吃肉，他就笑着抚摩了一下孩子毛茸茸的脑袋，正午的阳光把孩子的头发都晒得发烫了，摸着很舒服。就这样，一老一少朝巷道里的一家饭馆走去。孩子心情似乎很好，一路上都蹦蹦跳跳的，兔子样儿，他一直紧紧拉着老人的手。何师傅也觉得，被这样一只细皮嫩肉的小手拉着，似乎有种用言语难以说清楚的感觉，他甚至觉得，自己的脚步都比以往轻松了许多倍，走起路来也跟个孩子似的。

小饭馆中午主要卖盒饭，何师傅花了十块钱，要了两份肉菜，炒鸡块和红烧肉，还盛了一大碗免费的紫菜汤。两个人找地方面对面坐好，孩子捧起饭盒就狼吞虎咽吃起来。何师傅有点儿紧张，不停地劝孩子慢点儿吃，千万别噎着，又把自己菜里的肉拣了几块好的，都给了孩子，他自己基本上只剩下骨头和菜叶了。孩子的那种吃相真让他羡慕，他却吃得很慢，牙口不行了，有两只槽牙上个月开始松动了，一小块鸡骨头都得啃上老半天，还总塞牙缝，简直苦不堪言。要不是为了这个孩子，他才不会也舍不得要鸡肉呢，像他这种情况，吃点儿豆腐稀饭什么的才最实惠。

下午，涛涛依旧要去上学，何师傅照样把他送到马路对过。孩子挥手跟他告了别。何师傅却站在路边，没有立刻转身回去。他目送孩子往前走着，心里忽然萌生出一种想法，而且非常强烈。于是，他又紧走几步，远远跟在孩子身后。快到那所小学校的大门口时，很多学生从四面八方涌来，像涛涛这么大或更小一点儿的孩子，基本上都是由家长陪送而来的，大人跟孩子在校门口分手。何师傅没敢靠得太近，而是一个人趴在学校的栅栏前往里张望着。他很想在学生堆里找到那个孩子，看看他在学校里跟学生们在一起到底是个啥样子，可这时的校园实在太纷乱了，到处都是小孩子，简直像一大群飞来飞去的麻雀，叽叽喳喳喧闹着，根本分不清谁是谁。

学校的广播正在连续播放歌曲，唱歌的是个小姑娘的声音，又清澈又甜美。很快，小姑娘的声音变成小男声，字正腔圆地唱“小嘛小二郎，背着书包上学堂，不怕太阳晒，也不怕风雨狂，只怕先生骂我懒呀，没有学问喽，无颜见爹娘……”。何师傅趴在那里侧着一只耳朵，几乎听得入了迷。他想，若不是这个孩子，恐怕他这辈子都没有机会，在这种地方听这么好听的歌子。何师傅很小很小的时候，也曾跟着村里的老先生识过几天字，念过《三字经》“人之初、性本善”，会写自己的官名。那短暂的时光对他来说，实在太遥远了。现在老人还能记得住的，也就是“仁、义、礼、智、信”之类，他还记得那位白胡子老先生曾举着黑油油的戒尺教导过，“五常”是做人处世的根本，一个人要是忘了这些最最根本的东西，那他就不配当人了，跟畜生差不多少。

真是该死，竟然就把下午要检查的事忘得一干二净。等他慢悠悠地从学校摇晃着一路走回来，爱委会一干人前呼后拥地刚好从向阳家属院出来了。居委会那个矮胖的妇女眼睛很尖，只一眼便瞅到了他，她老远跑上来挡住他的去路，气急败坏地质问起来，问他到底跑哪儿去了，批评他鼠药放得不到位，嫌他准备工作做得不够扎实，直接影响了这次检查和评比的结果。他才恍然大悟，那些毒鼠药具确实还没有投放完呢，心里就愧疚得很，任凭人家狠狠地呲了他一通，他除了像个孩子似的老老实实站在那里听着，半天一声也没敢言语。矮胖的妇女最后气冲冲地说，老何啊老何，你怎么搞的吗？大伙一直都觉得你这个人做事很认真很踏实，所以才特意把向阳家属院作为今天检查的头一站，可是你，你太叫人失望了！说完，就撇下他拧着屁股，快步追赶前面的队伍去了。

何师傅木呆呆地站在阳光下，额头早起了一层密密麻麻的汗珠子。从刚才那女人的愤愤的口气看，自己确实误了人家的大事。这是怎么说的？

以前他可从来没有干过这种没名堂的事。在路边茫然地愣了半晌，才想起该往回走了。可刚一抬脚，一阵眩晕突然袭来，他差点儿就倒在巷道里。

何师傅在门房里接到一个电话，大概是从很远的地方打来的，听起来声音好像有些发飘的感觉。

一开始，何师傅误以为电话里正在跟他讲话的女人，就是涛涛的妈妈，但仔细一听，又不太像，不过人家确实是找他的，问他这里是不是向阳家属院，问他是不是门房的何师傅，等他都一一应答后，才问他那个小男孩涛涛是不是在他这里。何师傅也渐渐地明白过来，不用说这一定是孩子家的亲属，算起来那个女人从昨晚到现在已经走了一天一夜了，也该有个音信了，他心里也一直惦记着。尽管此刻孩子还没有从学校回来，不过，他还是用非常肯定的口气告诉人家涛涛在呢。接着，对方的语调突然变得低沉了：何师傅，我是涛涛的姨姨，涛涛妈出了点儿意外，正在医院里呢。昨晚在我家吃饭的时候，听她说临走前把孩子托付给您了，我查了老半天号码，谢天谢地，总算是联系上老人家您了。

何师傅抓话筒的那只手不由得哆嗦了一下，心跳都加快了，头脑一阵阵犯晕，有一次话筒差点滑到地上。怪道那女人没有及时赶回来，其实，他早就有种不好的预感了，明明说好当天去当天回来的嘛，平白无故地她怎么会失信呢。他听到电话那头的女人几乎在恳求他了，老师傅，我现在还在医院呢，实在脱不开身，能不能再麻烦一下您啊？何师傅已经紧张得浑身开始冒汗了，他冲话筒不时地嗯嗯着，接着他听见对方说，我想托您把涛涛给送过来，不过请您放宽心，来回路上的一切费用，都由我来出，只要您能把孩子送来，让他妈妈再见上他一面，您就算是帮了天大的忙，我们会好好答谢您的！

事情来得太突然了，丝毫都不以何师傅的意志为转移。他简直有种临危受命的诚惶诚恐和忐忑不安了。这个重要的使命似乎跟那个孩子一样，从接手的那一刻起，他是无论如何也推不掉的。况且，这根本就是不能推脱的事。孩子妈妈出了事，想见上孩子一面，孩子就在他手上，他怎么能袖手旁观坐视不管呢？再说了，事情总得有个头吧，等孩子见到了妈妈，他也就算是彻底交差了，只不过他做梦也没有想到，事情最终会以这种方式结束。所以，片刻的沉默后，他用力冲话筒嗯了一声，他觉得自己的声音好像一块石头重重地落在地上。

随后，那个女人又详详细细告诉何师傅该如何坐车，到哪里下车，以及那家医院的具体方位，等等。他听得都有些心惊肉跳了，同时，他也尽量克制自己，用颤抖的手指攥着一截铅笔头，草草地记在登记本的反面。那页卷了拐角的纸已经被他画得乱七八糟，很多字他是写不出来的，也有些字平时还能凑合写写，而此刻却由于高度紧张，根本想不起来它们的样子了，他只好用自己特有的办法记录，比如，医院，他就简单地画一个“十”字来代替。这些年他根本没有出过什么远门，整天就待在这个日渐破旧的家属院里，充其量也就是到附近的街道和市场买买东西，对外面的世界可以说一概不知。所以，出门这事让他有种本能的恐惧，可以说一点儿把握也没有，简直就是强撵着鸭子上架。不过，他已顾不得那么多了，别说是让他带一个孩子坐车到另外一个城市，这阵子即便是上刀山下火海，似乎也由不得他了。

接下来，何师傅就开始急急忙忙收拾出门要带的一些东西。钱当然是必不可少的，替涛涛家交完房租还剩二百来块，他全部揣在贴身的衬衣兜里。装钱的时候，他无意中又摸到了那张折得很小的收条，他想这东西应该跟钱放在一块，到时候见到孩子的妈妈和小姨，他也好有个交代。随后，他又觉得身上的衣服裤子很脏了，应该换一下，毕竟要出一趟远门，脏兮兮臭烘烘的，叫旁人笑话总归不太好，更何况自己还要领个孩子，不能叫涛涛跟他受了委屈。

换好衣服，他焦急地抬头看了一眼墙上的时间，已经快五点的样子了，他想等孩子一回来，就立即动身。趁这个空当儿，他又去了一趟巷口的小商店，买了两块面包两根双汇火腿肠和一瓶饮料，另外，还特意给孩子买了几块糖果，这样路上也好哄哄他。想到那个孩子，他的心情一下子就难过起来。刚才主要是太紧张了，以前没有遇到过这种事，他想涛涛才那么大一点儿，他妈妈偏偏摊上那种事，孩子知道了可怎么办呀，肯定要闹腾的，还会大哭一场吧。他想，最好先别告诉孩子，等见到他妈和他姨姨再说不迟，刚才那个女的在电话里已跟他说妥了，到时候她会去车站接他俩的。

下　篇

那些路旁的树，一排一行你追我赶，都使劲往后跑啊跑的，好像比汽车跑得都欢实。涛涛的眼睛只顾盯着窗外，乘车的感觉可比坐在教室里舒畅多了。他偶尔扭头偷看老人一眼，又迅速地将目光瞥向车窗，装作什么也没发生的样子。何师傅的表情一直很严肃，板着面孔，微闭着双眼，跟学校的老师生气时的样子有点像，一句话也不跟他说。反正，他现在也不想搭理他。不就是放学晚回来一阵嘛，他以前经常这样的，妈妈不知整天在忙些什么，她有时来接他放学，有时就不来，他已经习惯了。放学后跟别的同学在校园或路上瞎玩一会儿，可这老头就鼻子不是鼻子脸不是脸的。涛涛觉得大人都很小气，为了一丁点儿小事，就要跟孩子发发火，好像孩子只是他们养的一条小狗，不管干点儿什么，都得乖乖地听话，要不然就给脸色看。

一路上汽车没完没了往前跑个不停。开始涛涛还是兴致勃勃的样子，看到外面的树木、房屋、桥梁和过往的车辆都很新鲜，觉得什么都有意思，总也看不够似的，脖子也伸得老长老长的，嘴巴还嘟嘟囔囔学汽车叫。可时间一久，他就腻烦了，怎么还不到那个地方啊，车到底要开到哪里去啊，我屁股都坐麻啦，累死人啦。他开始冲老人发牢骚，不停嘴地在何师傅耳边叨叨。何师傅偶尔眯缝着眼扫他一下，马上又闭上了眼睛，像是快睡着了似的，脑袋向后仰靠在椅背上，随着车身来回摇晃。涛涛继续唠叨，这个车咋还不停下来呀，天都快黑了，它到底要开到什么时候啊，人家肚子都饿了……

何师傅估摸着汽车少说也已经开了快俩钟头了。他才从座位下面把自己拎来的那只半新不旧的帆布背包拉出来，平放在两条腿上，慢慢地打开，再把一只鼓鼓囊囊的塑料袋解开。此时，涛涛两只眼睛早已经死死盯着老人的手和腿上的包了。他见老人从塑料袋里拿出一块面包，嘴巴就不由得吧唧起来，口水就要流出来的样子。老人侧着脸看了看他，问，肚子真饿了？涛涛木愣地点了点头。老人又问，想不想吃东西？涛涛有点儿察言观色地盯着他，不知道老人为什么要明知故问，可他嘴巴里已经口水哗哗响动了，他只好用力咽了两下，嗫嚅着说，爷、爷、我、想、吃。老人听了还是没有立刻把面包给他，而是突然伸过另一只手，使劲揉了揉他的小脑袋，说，捣蛋鬼，就知道吃。说完，嘿嘿一笑，才把面包递给他。

接着，何师傅又不紧不慢地从袋里摸出一根火腿肠，拿到嘴边用牙齿叼住一头，用力撕扯，嘴唇朝一边狰狞地翻翘起来，好像在对付一只嚼不动弹的烧鸡。涛涛大大地咬下一口面包，居然是果酱夹心，橙子味的，他的心里一下子就乐开了花。别着急别着急嘛，你看看你呀，仔细噎着你啦！老人总是被孩子的吃相弄得心惊肉跳的，他慌忙又从包里取出那瓶饮料，拧开瓶盖，亲自喂孩子喝了两口。哪知涛涛喝得太猛了，加上嘴里还有面包，汽车又猛地一摇，竟一下子灌到了气管里，他顿时红头涨脸地咳嗽起来，惹得旁边的乘客都把目光聚拢来。何师傅简直吓坏了，手忙脚乱地给孩子又拍后背，又捋前胸，折腾了好半天，才算停歇下来。见孩子眼泪都憋了出来，何师傅不由得感到一阵心疼。于是，他再度把面孔板了起来，很有些吹胡子瞪眼的架势：再不慢慢吃，我可要没收了！一边说着，一边伸过手去，把孩子脸上的泪水轻轻揩了揩。

两块面包几乎都让涛涛吃了，何师傅只吃了小半块，正好是孩子最不愿意吃的没有果酱夹心的地方；火腿肠每人吃了一根；饮料老人一口也没敢喝。何师傅有点儿后悔，早知道他这么喜欢，应该再多买上一瓶。吃完东西，涛涛稍稍消停了一会儿，可这时外面彻底黑了，没有什么景物可看，所以，没过一刻钟他就又无聊得坐立不安了，小嘴又开始喋喋不休，一个劲儿问老人咋还不下车，问他们到底要去哪里，又担心天黑了没地方睡觉，等等，尽是些车轱辘问题，来来回回反反复复地问个没完。何师傅简直哭笑不得，因为他还没有跟孩子说实话，只哄他说自己临时有事要外出一趟，问他愿不愿意去坐汽车，涛涛当时很高兴地答应了。现在，面对孩子的这些疑问，他确实不知道该怎么回答好，况且，他天生孤独惯了的，根本没有那么多话要说。所以，不管孩子问什么，他只能支支吾吾地应付一句，别着急，就快到了。可是，涛涛显然对他这种回答越来越不满意，依旧打破砂锅问到底，那你说咋还不到吗？我都快烦死了！老人无奈，照旧还回一句，别急别急，就快到了。

涛涛似乎终于不想再问什么了，可过了不大一会儿，就突然又大声嚷嚷起来，原来是想撒尿。汽车正在夜色中快速行驶，一点儿停的意思也没有。可活人总不能叫尿憋死吧，何师傅只好硬着头皮离开座位，扶着紧靠过道的椅子背一步三摇往驾驶员跟前走。司机没好气地回瞥了他一眼。可能开车时间太久了，司机的两只眼珠子都发绿了似的，看着怪吓人的。师傅，麻烦您给停一下，娃娃想撒尿。不行，让他再憋一阵子，到前面一站再说。何师傅就这样被司机一句话顶了回来。

乖，听话啊，再坚持一阵子，到前面咱们下车去尿好不好？涛涛根本不理这一套，小屁股在座位上弹簧一般一翘一落，嘴里直嚷嚷，就要尿就要尿嘛，现在就尿，我憋不住啦，要尿裤子了。老人真的很无奈，早知道不该让他把那一瓶子饮料都喝了。他急得朝四下里看了又看，到处都是乱七八糟的行李和人的腿脚，往哪尿似乎都不大合适。何师傅见孩子憋得上蹿下跳，他心里简直跟着了火似的。情急之下，他终于想出一个好法子，急忙从包里取出刚才那个喝空的塑料瓶子。本来，这东西他打算带过去卖破烂的，平时院里别人随手丢下的那些旧瓶烂箱都是他收拾了去卖钱的。他把瓶盖拧开，凑到涛涛耳边说，小祖宗别嚷嚷了，快把小牛牛掏出来，爷爷帮你把着瓶子，你就往这里面尿吧。涛涛看了看瓶子，又瞅了瞅他，似乎不太愿意尿。何师傅又小声说，你要是不尿，就尿到自己裤裆里算了。这下，涛涛有点儿害怕了，慌忙抬起屁股褪下裤子，把憋得硬撅撅的牛牛掏了出来。何师傅连忙把瓶口对准上去，他嘴里刚一嘘嘘，一股灼烫的尿液就扑啦啦地十分迅疾地灌进瓶口里了，冲得瓶底哗哗响。

涛涛这泡尿确实尿得太长了，以至于那只饮料瓶子灌满了，他还哩哩啦啦尿着。尿液又顺着瓶口滴滴答答流到了地板上，也弄得何师傅满手都是。不过他并不觉得脏，在他的意识中，孩子的尿都是干净的，老当年的人不都讲童子尿能治百病嘛。眼看着孩子总算是把难题解决了，老人才算放下心来。但是，就在接尿的过程中，何师傅似乎也条件反射般地有些内急了，真是糟糕！

后来，涛涛就一直歪着脖子窝曲在老人的肚子上，呼啊呼啊地睡着，清汪汪的口水不时流出嘴角，把老人的衣裤也弄湿了一片，倒是呼出的气息热乎乎痒酥酥的，感觉有些奇妙和温暖。何师傅一会儿摸摸孩子的小手，一会儿看看他的脸蛋，再过一会儿又怕孩子会出溜下去，忙轻轻地把他往自己身上抱一抱。汽车摇摇晃晃地终于进了站，何师傅用手来回拨拉着孩子的脑袋，想把他唤醒。可小家伙睡得正香，不快地哼唧了两声，手脚软得跟面条一样垂耷着。最后，车上的乘客都下空了，只剩他们俩。何师傅只好蹲下来，很费力地把涛涛背在自己身上，慢吞吞地下车出站。

这时大约十点钟，省城依旧灯红通明。车站前面的大广场上人头攒动，黑压压的人群很集中地围成好几个大圈儿，里面有咿咿呀呀唱戏的人，有在唢呐锣鼓吹奏声中扭秧歌的男女，还有很多临时摆摊或推车沿路叫卖的小贩。何师傅脑子一阵阵发蒙，外面太嘈杂了。他脖子前面吊挂着随身带来的包，后背上趴着个昏睡的小孩，任凭熙熙攘攘的人流像河水一样不停地冲撞着他。很快，就有三三两两涂脂抹粉的妇女，或形迹可疑的男子迎上来跟他搭讪，问他要不要住店，想不想吃饭，需不需要租辆三轮车，等等，五花八门，简直有点儿狂轰滥炸的意思。何师傅一直茫然四顾，他从来没有想过世上会有这么多人，更想不明白，他们大晚上的为什么不回家睡觉，而是莫名其妙地聚集在这里唱啊跳的。

尽管此刻已是深夜，这里似乎还是热烘烘的，一点儿没有秋夜特有的那份凉爽，空气中有种说不出来的焦躁味，呼啸着的车辆正围绕着广场连成一长溜儿奔跑不止，时而，听到一记异常尖锐刺耳的刹车声，叫人心惊肉跳。何师傅一面不时摇头，拒绝那些令他担忧的热情的围攻和问询，一面举目分辨着这里的方向，同时，他站在原地踮着脚极力搜寻着，他希望孩子的那个姨姨能快点儿过来。

老人家，等着急了吧，您刚一出站我就注意到了。何师傅闻声木讷地回过头，果然是个女的，年纪在三十岁上下。借着站前明亮的路灯光，他粗略地打量了一下她：长头发在后面随便扎成个刷子，脸色很白净，眉眼也周正，身材不胖不瘦，穿一条连身的浅粉色裙子，很受看的，似乎跟他想象中的模样差不多。没等他应声，女人早已经过来很热情地一把搀住了他，同时，瞅了一眼他背上的孩子，又伸手轻轻地摸了摸耷拉在他肩膀头上那张熟睡中的小脸，像是怕吵醒孩子似的压低声音说，小东西睡得挺沉的，老人家带孩子出趟门不容易啊，来来来，快把孩子递给我抱着吧，看都把您累成啥样了，人上年岁可得多注意身子骨啊。

何师傅本来是想跟对方说句什么的，可这时候他早已经被那泡尿憋得团团转了，直想找个旮旯方便一下，也就顾不得许多，再说毕竟已见到人了，有多少话不可以过会儿再慢慢地说呢。所以，何师傅只嘱咐了句姑娘那你在这稍等一阵子，我先去上个厕所，就慌里慌张地朝车站一处黑暗的角落撒腿跑去。他隐隐听见那女人在身后轻声嘱咐道，去吧去吧，老人家您就放心去吧，千万别着急上火地再摔上一跤哟……

真是连做梦也没有料到，临了竟出了天大的岔子。活蹦乱跳的一个孩子，刚才还在他身上睡得热乎乎的，眨眼之间就让骗子诓跑了。一切都来得太快，也太突然了，何师傅一时半会儿根本转不过弯来，他的手上还残留着孩子的尿臊味呢，连他衣裤上的那两摊口水都未干透。

早知道这样，自己就是让尿活活憋死，他也绝不会撒手不管孩子的。可问题是，当时他确实一点儿防范心理都没有，他根本没有往坏的方面去想一丁点儿，那个陌生女人上来跟他一搭话，他就错误地以为那就是涛涛的姨姨，他甚至都没来得及仔细确认一下，就轻而易举地让人家把孩子接了过去，因为一切都是那么顺理成章。他真是老糊涂了，活迂了，活傻了，白活了这大半辈子，眼看黄土都快掩住脖颈子了，他却愚蠢地将自己的脑袋伸进人家设好的套子里。他这辈子从来没有欺骗过别人，所以，丝毫没有这种意识。他好像只知道害人之心不可有，至于防人之心不可无，恐怕这还是他一生里体验得最为痛彻和凌厉的一次，他现在连死的心都有了。

何师傅简直急得发了疯，满地打转转，欲哭无泪。

就在这时候，那个姑娘才出现在他眼前，见面一连声说该死该死，何师傅我来晚了，抱歉得很！都让医院的事给耽误了。她确实来晚了，她要是能稍微早来一会儿，他哪能闯下这么大的乱子！现在，说什么都晚了，祸事已经发生了，何师傅接连拿手背来回揩抹着眼圈，一时无话可说，心如针扎刀剜一样难受。他忽然感到一阵阵天旋地转，以至于根本无法看清楚面前的这个姑娘的面目。他的思绪好像还停留在车上，一路摇晃颠簸，一会儿孩子要吃面包喝饮料，一会儿又闹着想撒尿，又过一会儿孩子睡得呼呼的了，小脑瓜子在他的身上腿上热乎乎地拱来拱去，气息那么酣甜……一切要是能回到当初的样子该有多好啊！老半天，他只跟对方说了声，娃儿叫人拐跑了，就一屁股跌坐在地上，失声号啕起来。

涛涛的姨姨似乎也给吓呆了，瞪大眼睛看着他，嘴巴张了半晌，说不出一句话来。好在，她毕竟是年轻人，又一直在省城工作，多少认识一些朋友，情急中忙掏出手机，哇啦哇啦打电话，当她说到自己亲戚的孩子被骗子骗跑了，情绪好像很激动。何师傅听了就更加难过，一个劲儿地在那里捶胸顿足唉声叹气。很快，姑娘就不打电话了，过来一把将他从地上拉起来，说，咱们赶紧到车站派出所报案去！

何师傅这才如梦方醒，他刚才人已经完全蒙了，一点儿主意都没有。现在听她这么一说，似乎眼前亮了一盏明灯，便强打起精神，随着她跟头骨碌地拼了老命往前跑。派出所就在车站东南角的入口处，跟最普通的门房一样。这阵子早已下班，其中一间房子还亮着白惨惨的荧光灯。

姑娘上去敲了好半天门，才算有人不耐烦地应了声，笨重的防盗门从里面打开一条缝，一个年纪轻轻的值班民警红着一双老鼠眼，一手扶着门边，一手搭在门框上，同时伸出半拉没有戴警帽的头朝他们打量着，然后闷声问道，也不看啥时间了，敲啥敲的，敲坏了咋办？姑娘赶忙上前一步，恳求道，同志，我们是来报案的，有个孩子刚才叫骗子拐走了，请无论如何快给想想办法啊！小民警腾出一只手使劲挠了挠后脑勺，嘴里发出痛苦的吱吱声。这样挠了一会儿，才不紧不慢地问，这是啥时候的事？他用眼光来回瞅着何师傅他们说，你们两个大活人，连个孩子也看不住，咋就能让拐跑呢？说着，就径自转过身回值班室了，边走边冲他们喊，先进来，把事情经过说一说。

他们一进去，就被满屋子的烟雾笼罩得无法脱身一般。姑娘干咳了好几声，何师傅觉得眼泪都快流出来了。小民警坐着的那张桌子跟前摆着台式电脑，显示器四周的浅灰色被摸得脏兮兮的，屏幕上面正显示着翻扑克的游戏。姑娘对此并不陌生，她所在的单位似乎所有人闲下来都玩这种简单的游戏。小民警坐下以后，并没有立刻冲他们发问，而是快速地点击着鼠标，各种花色的扑克牌在屏幕上飞快地浮动着，他好像在聚精会神地浏览一张张通缉犯的相片。

在姑娘的一再催促下，红着眼睛的小民警总算是丢下鼠标，噼里啪啦面带不满地翻开半新不旧的记录本，开始例行公事地向他们提问题了。姑娘先把事情大致经过说了一遍。小民警手里的笔在本子上随便划拉了几下，然后煞有介事地停下来，那只用来记录的碳素笔变成了小魔术棍，在他右手的五指间灵活花哨地转来转去。这么说，你跟这个叫涛涛的小孩，没有任何亲属关系了？何师傅听见民警像是在问他，忙往前靠了靠身体，使劲儿点头。小民警的表情变得狐疑不定，他继续盯着何师傅问道，那么你帮人家照看孩子，有没有提过啥条件？比如报酬什么的。何师傅很懵懂地回头看了一下站在身边的姑娘，像是没听明白似的。小民警皱了皱眉头，直接发问，干脆点说，他们到底给了你多少钱？姑娘见状忙对民警说，什么钱不钱的，这老师傅可是个好心人，所以孩子的妈妈才把孩子交给他看管的。好人？现如今到处都是居心叵测的家伙，一不小心你就会上当受骗的！小民警自鸣得意地说着，同时，用他手里的那支笔重重地敲了一下桌子，好像要引起姑娘足够的警惕似的。

何师傅心里不由咯噔一下，他虽然没啥文化，可听话听音，对方分明话里有话。于是，他觉得自己很有必要替自己分辩一下，嘴里嗫嚅道，话可不能那么说，到啥时候，好人总还是多啊。哼！好人多？好人多你怎么出门就遇上骗子了？小民警一副不以为然的口气。随即，小民警挥手示意何师傅先到门外去等着，他大概想跟姑娘单独谈谈。

何师傅只好转身乖乖地走出来。他一只耳朵有点儿背，站在外面根本听不清民警跟姑娘到底说些什么，好像有些嘀嘀咕咕的。他无聊地抬头朝天空望了望，星星又稠又密，看不到月亮在哪里，可能是被那些高楼挡住了。不远处的广场上依旧闹哄哄的，他想那个该死的女骗子会不会也在里面，还有涛涛，孩子睡得稀里糊涂的，就叫人拐走了，该多可怜啊！等孩子睡醒了看不到他该咋办呀？这样一想，眼睛立刻蒙上了一层泪雾，什么也看不清了，广场上的人群跟鬼影一样纷纷晃动起来。过了好一会儿，姑娘从值班室出来叫何师傅，说民警让他进去。何师傅觉得姑娘的口气有些生硬，看他的时候目光也有些奇怪，又一想，兴许是自己多心了吧，现在她心里肯定比谁都着急。

小民警又让他把事情的前前后后说了一遍，包括昨天下午涛涛妈把孩子交给他时的情景，以及他工作的单位、联系电话，等等。何师傅简直说得口干舌燥了。小民警那双小老鼠眼一刻不停地在他脸上扫来扫去，好像要从中挖掘出一些鲜为人知的蛛丝马迹。何师傅还是头一回在这种地方被人盘问，再加上又心急火燎的，汗水一直顺着额头、面颊和后脖颈不停地往下淌。民警最后玩弄着手里的笔杆说，情况基本上搞清楚了，刚才人家姑娘又替你辩解了半天，算你走运，这里没你啥事了，往后出门可得当心啊。

何师傅把手伸到后脖子上胡乱抹了几抹，那里早已汗流似水了，脖颈活似一条黏糊糊很粗壮的鱼。自始至终他都非常地紧张和不安，最后他鼓起勇气，嗫嚅地问了句，哪啥时候才能把娃儿找回来呢？对方像是没听到他的话，而是"啪"的一下把记录本合上了。然后，不露声色地说，有情况会联系你们的，现在你可以走了。随即，那双鼠眼又死死盯在电脑屏幕上，拔也拔不开似的。

姑娘先带何师傅到车站外面，随便吃了碗牛肉拉面。本来，何师傅是死活不想吃的，说自己一点儿也不饿，可姑娘没经他同意就买好了。饭后，姑娘又叫来一辆出租车，何师傅就跟她坐了进去。一路上，他都在不停地自责，姑娘劝过他几次，说事情也不能全怪他，要怪也得先怪到她头上，她要是不打那个电话就好了。他执拗地说，话虽那么说，可千不该万不该，自己不该糊里糊涂就把涛涛交到骗子手上。姑娘说骗子脸上又没写字，你要知道她是个骗子，孩子也就不会出事了。可他还是一个劲儿地唉声叹气，抱怨自己老糊涂了、鬼迷心窍了。姑娘也就不好再劝什么了，随他不停地叨叨去。

后来到了地方，何师傅才发现他们去的原来不是医院，是个简简单单的宿舍样的平房，位置好像有些偏僻，不知是在哪里，四周黑洞洞的，辨不清方位。姑娘见他疑惑，忙解释说现在时间太晚了，人家医院有探视规定，再说涛涛又忽然出了那种事，一旦让他妈知道了，病情再加重，反而会坏事的。何师傅想了想，觉得也有道理，就只好听从姑娘的安排先在这里歇着。不过，他倒是乘机问了一声涛涛妈究竟出了啥事，到底严不严重。姑娘的回答有些含糊其词的，只说她那都是老毛病，隔三岔五就会犯的，特别是怕受啥刺激。何师傅眼前又浮现出那张鼻梁处有泪痣的女人脸，气色似乎是有些不大好。他有心再问问涛涛妈到底受了啥刺激，可姑娘已经转过身准备走了，他只好把话又咽进肚子里。姑娘快走到门口时，又告诉他明早她还会过来的，叫他别再胡思乱想，好好休息。

姑娘走后，何师傅便和衣躺在床上，可翻来覆去的，死活也睡不着，满脑子想的都是那个孩子，还有孩子的妈妈临别时握着他手时的情形。事情从开始到眼下，前后统共二三十个钟头，可他觉得如同经历了漫长的一生，每一分每一秒，都被这母子俩的影子填充得满满当当，他仔仔细细回忆着昨天和今天所发生过的事情，所有细节就像一块一块大大小小的石头，重重叠叠压在胸口，他简直快要喘不上气来了。

后来他甚至连投放老鼠药的事都没放过，现在想起来依旧懊悔不已，毕竟耽误了人家居委会的大事，这可不是他一贯的风格。这样一想，他又猛地记起昨天剩下的那半袋花花绿绿的鼠药，到底把它们放在哪里了呢？有没有拿回门房去收好，还是随便扔在外面的啥地方了？总之，他是怎么也想不起来了，脑子里像堆着一团糨糊，太阳穴处灼灼地痛。

果然，第二天一早，姑娘便如约而至，甚至给何师傅买好了早点。何师傅当然惦记着孩子的事，见面就问情况怎样，有没有啥消息。姑娘忙把手里的塑料袋解开，从里面取出热乎乎的馒头、茶叶蛋和袋装牛奶，让他坐下来先吃东西。何师傅哪有胃口，眼底里都起满了血丝，嘴角上出了个燎泡。他一再说姑娘啊，太对不住你们了，我真是太没用了啊。姑娘就宽慰他，说她刚刚给派出所挂过电话，人家说这是典型的拐骗儿童案，车站附近好像有个团伙，公安机关已经盯上了，说很快就会破案的。何师傅听了又惊又喜，连连说那就好那就好，这些狗日的骗子不得好死！

这时，姑娘从包里掏出二百块钱，双手拿着递到何师傅跟前，说，这点钱您千万别嫌少，就收着吧。说完，伸手便往他手里塞。何师傅却像被蛇咬着了似的，急忙缩回手躲开，说，姑娘你这是做啥？这钱我可不能收。姑娘说这是应该的，我昨天在电话里跟您说得好好的，再说一路上买票啦吃喝啦，少不得要花钱的。何师傅还是一个劲儿直摆手，说，那能花几个钱？然后，长叹一口气，唉！忙也没给你们帮成，我这心里硌得慌啊，哪还能再要你的钱？姑娘见他这样，就岔开话头，说她已经把回程的票买好了，九点半发车，等他吃完早饭就送他去车站。何师傅不作声了，低头木讷地咬了一口馒头，根本就吃下去，咽得脸和脖子通红。姑娘赶忙把牛奶袋子用剪刀剪开，递过去让他就着喝。何师傅勉强接过去，刚吸着喝了两口，眼泪就吧嗒吧嗒淌下来。姑娘装作什么也没看见，走到床边把床单枕头往平里铺了铺，又将被子展开再重新叠好。

何师傅心里不知有多么难受，他多希望姑娘能狠狠地臭骂他一顿，哪怕给他点脸色看看也好，可人家自始至终就是不怪他一句半句。他很清楚这是自己这辈子最大的污点，他做了天大的错事，辜负了别人的重托，人家却以德报怨，这让他惭愧得无地自容。好不容易吃完一个馒头，喝完了那袋牛奶。姑娘又叫他把茶叶蛋也吃了，说多吃点儿，坐长途车容易饿的。她还亲自动手剥了蛋皮。何师傅实在是吃不下去，心里堵得慌。姑娘只好将剥好的两只蛋装进一个新塑料袋里，非让他带着路上饿了再吃。这回他无话可说了，除了站在那里默默地抹眼泪。

两人出门上了车，何师傅突然提出来，想去医院看一眼涛涛的妈妈。姑娘看了看自己的手表，一副很着急的样子，说看看倒也没啥，就怕时间来不及了，说她还得赶着去单位开会呢。又说，要不这样，您老还是先回去吧，等涛涛有了好消息，他妈妈病也好一些了，到时候一定会回去看望您的。何师傅虽然有点儿不太情愿，可又怕耽误人家姑娘的事，弄不好还会误了开车的时间。再说，他从来没有离开向阳家属院这么长时间，那边还有很多活等着他干呢，他总不能悄无声息一去不返吧。

这次因为何师傅的临时外出，家属院东侧的那扇小铁门没有上锁，一夜之间竟丢了好几辆自行车。平日里，晚上过了零点钟以后，何师傅总是操心着要把小铁门锁好的，夜里时不时还得起夜巡视一两回。他回来的当天下午，就让好几个住户气哼哼地堵在门房里，大伙吵吵嚷嚷，非要他赔偿不可。何师傅心里有愧，任凭别人指着他的鼻子骂骂咧咧，唾沫星子飞溅，他除了点头，一声也不吭。赔钱就赔钱吧，反正他得认，这本来就是他的过失。他甚至暗想，要是多赔些钱能尽快把那个孩子找回来，他也心甘情愿绝无二话。可问题是，这种想法只能窝在他自己心头，能跟谁去诉说呢？他的苦处别人是不会知道的。

听说何师傅答应要给大家赔钱，张三、李四、王老五，都纷纷站出来，这个也嚷嚷丢了车子，那个也说丢了，还有一家三口，居然号称丢了两辆。何师傅也不详细盘问，一律用笔记了下来，谁家丢的啥车子，值多少钱。然后，他就抽空去街上的农行储蓄所，从自己多年的一点儿积蓄里取出一笔钱，挨家挨户亲自上门送去。事情才算了结了。

从省城回来以后，何师傅几乎每天都要去一两趟涛涛家，瞧瞧那个长泪痣的女人到底回来没有，看看他们母子是否平安。可是，一天、两天、三天……时间一晃就过去了一个多礼拜，也没有得到任何音信，这让他整日都忧心忡忡，坐卧不宁。不管任何时候，只要听见门房里的电话铃声一响，何师傅通常会悚然一惊，然后，满怀希望地像个小伙子似的，尽量飞跑过去接听电话，但每次都跟那对母子毫无关系。何师傅转念也想，可能是案子已经破了吧，骗子让抓了，涛涛正跟他妈妈在省城团聚呢，毕竟那里比这小地方要好很多啊。不管怎么说，他想，没有消息也许就是最好的消息。

白天忙着干这干那倒也无所谓，一到晚上日子就很难打发，尤其是夜里躺下以后，左思右想，难以入睡，跟涛涛在一起的短暂时光，像一部老电影那样不停回放。即便是睡着了，也总是叫噩梦惊醒。梦见孩子被狼叼走了，梦见骗子虐待涛涛，甚至还梦见自己出门不小心，扑通一下掉进很深很深的河沟里，疼得从梦里惊醒了。这样一来，何师傅的精神头便越来越差，有事没事总是发呆，干事情也丢三落四的，一桩活刚干了一半，忽然想起什么来，就扔下来跑去忙别的了，顾头不顾尾的样子。家属院里的卫生明显比过去脏乱了许多，连垃圾也不能及时收拾干净，乱七八糟地堆在道旁，看着叫人恶心。

有一天，何师傅又像往常一样，想去涛涛家看看。上了楼才发现，房门居然虚掩着，这简直让他喜出望外，肯定是她回来了，说不准那个小家伙正在里面写作业呢，他心里这样想着，于是，就兴冲冲地跑去推门。是房东带着一对夫妇，在里面看房子谈价钱。他一进去，高个子女人便双手交叉在胸口迎上前质问道，怎么又是你？何师傅答非所问地咕哝着，咋就不回来了呢？说着，目光失落地投到那对夫妇身上。房东很不耐烦地说，你不是那孩子的爷爷吗？他们回不回来难道你还不清楚？跑这装啥蒜呀？何师傅茫然地摇了摇头。哼，不回来拉倒！反正他们的租期已经过了，我得重新找人把房子赁出去。何师傅探着脑袋冲房间来回看了看，半晌又问道，那人要是回来了，你让他们住到哪去？房东撇了撇嘴，说，我哪管得了那么多，这里又不是福利院，谁出钱我就把房子租给谁！你也看到了，他们快有俩礼拜不见人影了，我总不能叫房子闲着不挣钱吧，再说了上次房租要不你帮着给结了，我还真担心要打水漂呢。说完，便扔下他继续跟那对夫妇讨价还价去了。

何师傅在门口静默了一会儿，心里别提有多着急了，一时却又无可奈何，只好犹犹豫豫地悄悄下了楼。后来，何师傅是从门房的窗户里再次瞥见那个女房东的。当时，他正呆呆地瞅着窗外，那女人大步流星地走了过来，脸色有些难看，大概是出租的事情没有谈妥，生闷气呢。何师傅灵机一动，急忙跑出来拦住了她。我能不能跟你商个量啊？他几乎是用可怜巴巴的语气跟她搭话。你这老头到底要干啥？我可没工夫跟你在这扯闲淡！高个子女人明显地不想再搭理他了。何师傅陪着干巴巴的笑脸，说，你好歹再宽限一阵子，那房子先别租给旁人住，好不好？嗤，白日做梦！你想啥呢？让我怎么个宽限法？她拖欠房租我就不提了，如今又一声不吭就没了影了，就是车马店也得讲个规矩吧，谁把房子租给这种人谁倒霉！说完，房东便扭头抢步想绕开他而去。哪知何师傅一副死磨硬泡的劲头儿，他忙往后倒退数步，再次挡住女人前面的路。话不能那么说，他们的情况你可能不太清楚，那娃儿妈病了，正在省城住院呢，还有，涛涛也是个命苦的娃儿……

说到这里，他忽然就有些哽咽了，话到嘴边说不下去了，泪眼蒙眬的样子。他默然地低下头去，拿手背胡乱揩抹了一下泛红的眼圈，又慢慢抬起头仰视着高个子女人，算我老汉家求求你了，你就当行个好吧，无论如何把房子给那娘俩儿留着，房钱呢我一分也不少给你，多留一天我多给你一天的钱，你看咋样？女房东不无诧异地盯着老人看了半晌，刚才板着的面孔多少松弛了一点儿。不过，她还是狐疑地问道，那你到底是他们啥人？上次交租金时我就觉得你面熟嘛，你当真是那孩子的爷爷吗？咋就觉着不太像！何师傅稍愣了一下，不置可否地说，就是街坊邻居有个大事小情，我们能帮也得帮一把嘛。

女房东一直用奇怪的目光逼视着他，半天上上下下打量个不停，忽然间，她像是得到了神灵的点破而有所觉悟似的，眼神里流露出一股非常世俗又非常隐秘的光芒。于是，她点着头自言自语道，哦，我明白了，我算是明白了，哼哼，一个是孤寡老头，一个是离了婚的女人，难怪，难怪啊……何师傅听得不是很清楚，他的注意力全部集中在等待对方的答复上。所以，当他见那女人煞有介事地不住点头时，便以为那是同意了自己的请求，忙笑着说，你在门房等我一会儿，我这就支给你一个月的房钱。钱自然是现成的，那是他从折子上取出来给住户赔车子后剩下的两百来块。

没过两天工夫，向阳家属院的人们便捕风捉影地得知了门房师傅跟一个年轻寡妇的事情了。有人说，真看不出来呀，这老头平日里老实巴交的，没想到老牛还挺会啃嫩草的；有人说，你们没注意到吗？那老头最近呆头耷脑魂不守舍的，八成是得了相思病了；有人说难怪他出手那么大方呢，大把大把往那女人身上花钱，这才叫有情有义啊；也有人联想到不久前家属院发生的丢车事件，便又跟着起哄说，他整天就知道惦记着那个小寡妇，害得咱们提心吊胆的，鬼知道以后还会发生啥事情呢！别人私下里叽叽喳喳的，何师傅当然还蒙在鼓里，他根本不知道这些话最先都是从谁的嘴里传播出去的。

这些天，他的心里倒是多少宽慰了一点儿，毕竟他替涛涛娘俩暂时留住了那套房子，他们随时回来都有个安身落脚的地方了，这也是他唯一还能帮得上的一点儿小忙啊。说是帮别人的忙，其实倒不如说是在帮他自己，这样他心里会好受一些。可是，那娘俩儿到底啥时候能回来呢？这些问题一直困扰着何师傅。那个女人病好些了吗？涛涛究竟有没有消息？……他简直不敢再往下想了，这辈子他从来没有体会到，想一件事情远比干什么重活都要累得多得多。

毫无疑问，等待又总是无情而漫长的。很快，何师傅就对目前的现状感到更加困惑和焦虑起来，他觉得自己现在不论干什么，都打不起精神来。手头有活干的时候还能稍微分分神，一旦闲下来便度日如年如坐针毡。随后的几天里，只要一有空，他便心急火燎地跑到涛涛上学的那个学校附近，转悠一大圈，想在成群结队的孩子们中间发现一点儿奇迹，找到涛涛的身影。但接连多次，他都认错了人。远远看着很像涛涛，那个头、身上穿的衣裤、脚上的球鞋，甚至连后背上的大书包，和走路时一蹦一跳调皮的样子，都是一模一样的，可等他兴冲冲地追上去，拽住人家的胳膊时，才知道并不是涛涛。那些陌生的孩子往往会用很惊恐又很鄙夷的眼光瞪着他，好像在打量一个时刻充满威胁的老疯子。

这样一而再，再而三，学生们很快就把这一情况转告给了家长或老师。校方觉得很有必要出面，干涉一下他这种古怪的行径。有一天，当场捉住了他，把他拉拉扯扯硬带到办公室里，横眉冷目地质问了半天，问他到底想要干什么，问他在哪里工作，是不是个无业游民或骗子，还是精神有问题，等等。他被逼问得实在没法子了，才颠三倒四如实地跟学校领导讲了事情的来龙去脉。校方见他一把年纪，又是情真意切老泪纵横的样子，确实也不像什么坏人，才给了他一个出乎意料的答复，说他要找的这名叫孙海涛（涛涛）的学生，早在大约两周前就已办好了转学手续。这对于他来说实在太重要、太及时了。惊喜之余，何师傅悬着的心总算是落了下来，他自打省城回来无时无刻不在苦苦等待这个消息。何师傅还想再打听打听涛涛具体转到了哪所小学，校方却对此保密，说这是人家家长的意思，主要是为了孩子能安安心心好好读书考虑的。他一再追问，人家始终不肯透露，何师傅也只好作罢了，但不管怎么说，现在他心里的那副担子总算卸掉了不少，否则，自己迟早会被压垮的。

按理说，事情至此也该结束了，充其量也就再熬个把天，就到月末了，何师傅打算去找女房东打声招呼，那套房子她可以租给别人了，他的责任也尽到头了。至于自己前后两次垫付的那些房钱，何师傅倒也琢磨过一半次，他想人家要是有心人，迟早会把钱还给他的，着急也没有用，再说了自己确实也没有急等用钱的地方。

这一天跟以往没太大区别，何师傅推着那辆脏兮兮深蓝色的三轮车，正挨个从各楼的单元垃圾通道口清理废弃杂物，一路收拾下来，不知不觉就走到涛涛家所在的那幢楼下。他把三轮车在垃圾站口停靠好，从车厢里拿起铁锹，开始掏垃圾，刚掏了四五下，就听见楼道里有人高声尖叫着。接着，是一串咚咚咚非常急重凌乱的脚步声，好像有谁正快步从楼上往下猛跑。起初，何师傅依旧在低头干着活儿，并没有太在意，他干活的时候总那样卖力。刚才在垃圾站口，他发现了一只肥硕的死老鼠，肚子像吹胀的气球圆鼓鼓的，他用锹把尸体铲进了垃圾车里。这时，一个女人已经从单元楼门里趺趺撞撞地冲出来，随即扯开嗓门大呼小叫，那感觉就跟撞到了鬼一样。

快来人啊！快来人啊！出大事了，快来人啊……不好啦！

当时也就是上午十点来钟，家属区里一多半人都上班或上学去了，院里显得空荡荡的，女人的喊叫声赫然响起来，把距离她最近的何师傅吓了一跳。等他停下手里的活回头看时，发现大喊大叫的不是别人，正是那个女房东，她正疾步朝家属院大门方向狂奔。就在那一瞬间，一种极其不祥的预感，突然攫住了何师傅所有的神经，他愣了几秒钟，随手扔下手里的铁锹。

接下来，何师傅始终处在一种恍恍惚惚的境地中。他几乎是头一个爬上楼去的，401 室的门敞开着，他犹豫了一下，慢慢地走了进去，又像是被什么东西牵引着一路往前。房间里有股陈旧的霉腐味，这对于他而言并不陌生，同时，又夹杂着一些说不清楚的刺鼻子的腥味，叫他感到难受，他一步一步往前挪着脚步，穿过窄窄的过道，正对面的卫生间的门也是半开着的，地板上湿漉漉的，一股阴潮气息裹挟着洗发水和香皂的味道扑面而来。短短的一截过道仿佛被无限地拉长了，他蹒跚着继续往前艰难地挪动，如同穿过一条幽深莫测的时空隧道。快到卫生间门口才停住，卫生间的灯是开着的，地板砖上蜷缩着几缕女人的长头发，黑如墨线，也是湿漉漉的样子。他下意识地朝北面的那个小房间瞅了一眼，他不知道自己为什么没有去看南面那间大些的卧室。就在那张他好像还曾坐过一次的小床上，竟然躺着一个人。

起初，他以为是涛涛躺在那里，再揉揉眼睛仔细一瞧，不是孩子，而是一个大人。他几乎第一眼就瞅见了那颗像小蜘蛛一样的东西，此刻正神秘而又寂寞地爬在女人的鼻梁一侧，好像它还是有生命的，也唯有这颗痦子显得那么鲜活和安详。女人的表情却是极其痛苦而又扭曲的，嘴角、鼻孔和下颌周围淤积着呕吐出来一摊早已经干结的秽物，四肢苫在凌乱的被子下面，以一种夸张突兀而又决绝的姿态伸展开来。他根本认不出她是谁了，头发乱蓬蓬地铺散在枕头两侧和她的脖际，只有额头泛着一团光亮，颜色乌青，像一块陈旧的青铜。就在靠近床头的那张书桌角上，放着喝水的杯子，杯子已经空了，在水杯旁边是一只空瘪瘪的塑料袋。

何师傅脑子里已是千头万绪，耳朵里也开始嗡嗡作响。他本能地上前去，伸手轻轻地帮死者把双眼抹合上了。他实在不忍心再看下去。他不由自主地倒退了两步。他脚下踩着了一片什么东西，不慎滑了一跤，把他整个人朝后摔了个大坐蹲。这时，身后已陆续涌进来很多很多人，狭窄的空间立刻被填充得水泄不通，大伙七嘴八舌议论纷纷，空气十分紧张。有人伸手把他从地上扶起来。何师傅打了个激灵，好像是床上的那个人把他猛不丁地拽了起来。这一跤倒是把他给摔醒了，他惶惑地又朝桌上的那个塑料袋扫了一眼。这时，他忽然就记起来了，这个袋子是他以前从居委会拎回来的，没错，就是那个袋子，上面还印着黑白分明的骷髅图案，那些灭鼠药就是用它装着提回来的，后来他把它放在门房休息室的床底下，再后来他又取出来到院里投放鼠药，可问题是，它怎么跑到涛涛的房里来的呢？他实在记不得了，一点儿印象也没有，他彻底糊涂了，直到女房东慌慌张张将辖区的派出所民警带进屋来，他还是呆在那里一动不动。

这个亲手把孩子托付给何师傅的女人，就这样悄无声息地走了。警方初步分析认定，死者实施自杀已有六七个钟头了，她服毒前先在卫生间洗过澡，换上干净的衣服，然后把那些老鼠药用水送服下去，再让自己平躺在床上盖好被子，慢慢地等药性发作。从她的遗容看，当时肯定非常痛苦和惨烈。看来，她确实是不想活了，不然绝对不会选择走这条路。

警察当然要跟何师傅了解一下情况，可他自始至终只是摇头或点头，要么，他只重复着一句话，早知道会这样，当初我说啥都不能答应啊，是我把她害了。警察被他这句突兀的话弄得满头雾水，便很不满地打断了他，老师傅你要好好配合我们的工作，尽可能把你知道的情况说清楚。何师傅瘫了似的蹲在那里，想了老半天，终于有了一点儿头绪，他把那半袋老鼠药的来历交代了，他说那天自己因为要急着给房东交租金，可能是顺手落在涛涛家了，后来竟忘了拿回去。然后，又是那句说了不下十遍的车轱辘话。而这时的何师傅已涕泗横流，快泣不成声了。后来，在警察的反复引导和询问下，他又把自己带涛涛坐车去省城的前后经过也讲了一遍。房东私下里又对警察说，这老头跟那个女人肯定有一腿，人家自杀了他跟丢了魂似的。警察很严肃地对房东说，事情正在调查，随便讲话要负法律责任的！女房东这才打着哈哈不敢乱说了。

后来有关案子的调查进展情况，还是那个每次来布置工作的居委会的妇女跑到门房跟何师傅讲起的，据说她的丈夫就在辖区派出所工作。这个身材矮胖的中年妇女说起这件事的时候，几乎是眉飞色舞、口若悬河的样子。她瞪着一双肿泡泡的眼睛说，老何啊，你知道不知道？就你帮的那个叫涛涛的孩子啊，他爸爸可真不是个东西，前两天已经让公安局逮起来了！何师傅心口一阵扑跳，虽然有些反感对方这种一惊一乍的口气，可他又很希望能从她这里得到更多的消息，所以，他尽量把那只好点儿的耳朵侧向那女人的嘴巴，这样就可以听得更清楚一些。

说来那女人命苦，婚后好多年了，夫妻俩一直两地生活，最初她男人是打算把她调到省城去的，可几经周折调动也没办妥，偏巧男人在外面跟一个小妖精鬼混好上了，也就没心思再管她的事了。她也去找男人哭闹过几次，可男人这东西一旦变了心，十头牛也是拉不回来的，这样没熬多久，终究还是离了。法院最初把孩子判给了男方，女人死活不依，一心想把孩子要回来。有一次她竟背着男的，偷偷地把孩子接跑了，再也没有送回去。为了这个孩子，她把自己好端端的工作也丢了，又神不知鬼不觉地，悄悄在外面租房子住，母子俩跟消失了差不多。可生活是个大问题，孩子上学要交一大笔赞助费，房子月月要租金，娘俩还得吃喝拉撒，她又没个固定的工作，实在是走到了山穷水尽的地步，才硬着头皮给男人打电话，想从他那里要点儿钱，毕竟他是孩子的爸爸嘛。男人在电话里哄着叫她去省城，说是要跟她当面商量孩子生活费的事，让她最好把孩子也一起带上，说他就是想见一面，她心里当然不肯。就在那天晚上，她乘车到省城后，先去了自己的堂妹家，因为两人过去关系一直不错，可以说无话不谈，她们一起吃饭的时候，她把涛涛托付给人的事跟她堂妹说了。再后来她又连夜去见前夫，男人见她没把孩子带来很是恼火，两个人发生了一场口角，她一激动老毛病犯了，当时就口吐白沫，不省人事。男人后来把她送进省城一家精神病医院里，然后他又打电话通知那个堂妹来照顾她。随后发生的一切，只不过是那个男人也就是涛涛的爸爸耍的一个花招，包括车站的那个女骗子在内，所有过程都是这个男人精心安排好的，就连那个好心的堂妹也被他利用了，更别提你这样一个局外人了……

居委会的妇女说到这里，煞有介事地瞅了何师傅一眼，那感觉好像在提醒他，以后做事可得当心，现如今好人难做啊。

尾　声

很久了，何师傅也没有从往事的阴影中走出来。他每天还是干着那些同样的活儿，只是人变得更加沉默寡言，身体也似大病来临一般瘦削下来。如果别人不主动跟他打问点儿什么，很难看见他张开嘴说话，好像他天生下来就是个默默无闻的干活机器。

入冬的头一场雪飘下来，是在这天傍晚时分，雪转眼间就把家属院变得白花花一片。等雪稍微小一点的时候，何师傅当然要出门扫扫雪，以往每年都是如此。他拿了扫帚，一步一晃地走到微微起伏的雪白雪白的波浪上。四周很安静，空气清冷清冷的，细碎的雪花落地无声。突然，从某个楼门洞雀跃着跑出两三个小孩子，他们高声欢呼，跟过年似的，一个个天真无邪地冲向雪地，用小手快速地团起一只只雪球，然后互相投掷嬉戏起来，欢笑闹声顿时像犁铧翻开了积雪原有的那种沉寂。

何师傅定定地站在那里，扫帚像个道具似的拖在脚边。他出神地盯着那些活泼欢实的身影，孩子们越聚越多了，小家伙们正呼朋唤友，各自忙着在雪地上团雪球、堆雪人呢。泪水一下子就模糊了他的视线，眼前的情景让他百感交集，他像个大孩子似的突然失声痛哭起来。那些疯玩中的孩子并没有注意到他，相反，他们简直就是一大群麻雀，叽叽喳喳叫个不停，欢乐的海洋完全淹没了他。

向阳家属院里那层厚厚的积雪，第二天一早也没有被及时扫去。中午大伙纷纷从外面回来，雪照旧没动一扫帚，有人实在看不惯了，便去门房找何师傅，这才发现他人根本不在那里了。何师傅究竟去了哪里，相信没有谁能说得清楚，他只是带走了属于自己的一点儿东西。

电话迷藏

01

喂，请问您是？……对不起，实在是打搅了！事情是这样的，因为手机上有这个通话记录，所以冒昧地打给您……只是想随便问问，您跟宋媛媛熟吗？……对，我是她女儿，她昨晚突然晕倒了，现在正在医院里观察呢……我也是一接到医院电话才赶过来的。昨晚她在晕倒前只打过您这个号，而且一连打过两三次，所以我才拨过来了……怎么，您是说当时正在饭桌上，太吵了没有听到……哦，原来是这样，本来以为母亲可能感觉自己不太舒服，想起给您打电话的……您千万别多心，我只是想了解一下当时的情况，还以为她跟您说过什么……她一直昏迷着，大夫建议住院治疗，必要时得做手术，我心里一点儿底都没有，真是急死人了，但愿她没事……不，她身体一直挺好的，我父亲去世好多年了，这些年她一直一个人过，没想到这次突然就病倒了……实在不好意思，跟您啰唆了这么半天，太麻烦您了……不，再没别的事了，再见。

你好！我是赵之。咱们上午通过电话，对对对……我也是忽然才想起来，去年国庆节前确实跟你母亲见过面，也是朋友们介绍认识的，大家在一起吃过一顿饭，你母亲有说有笑，性格很开朗，而且嗓子很亮，我记得那晚她还即兴给大伙唱了歌……上午你猛不丁提到宋媛媛这个名字，我一时真没反应过来，大概是隔的时间久了，加上我这人记忆力天生不好，平时老丢三落四的……真没想到她手机里还存着我的号码……昨晚我回到家确实看到两个未接来电，主要是觉得号码有些陌生，也就没太在意……实在抱歉，早知道那样，我当时怎么也该拨回去问问，那样兴许能帮上她什么忙……病来如山倒，这个我能理解，你也不要太着急了，要相信大夫……对了，你们住在哪家医院？如果方便的话，我想过去看看，毕竟我跟你母亲有过一面之交……不麻烦，不麻烦，那么一会儿见。

赵之这天在急救中心见到宋媛媛的女儿，已是薄暮时分，天边的夕阳似醉非醉正往下沉。

重症监护室外的走廊显得异常幽暗，弥漫在空气中的复杂的药物气息加重了这个傍晚的暮色，眼前的一切看上去都似乎带着一种病态的陈旧。赵之从电梯里走出来，远远便瞅见一个年轻女人正在走廊一端心事重重地来回踱步，又似在焦急地等着谁。他们俩几乎在同一时间都注意到了对方。

年轻女人稍稍犹豫了一下，便迎着赵之走过来。赵之怀里抱着一束鲜花，刚才通完电话后，他先去了一趟单位附近的花店。花店小姑娘问他要点儿什么，他说要去看望一个病人。那就送康乃馨吧。小姑娘明眸皓齿地笑着对他说，这花代表温馨和健康。现在，他确定对方就是跟自己通过电话的那个陌生女人，便将这一大束金黄色的康乃馨递到年轻姑娘面前，语气不无沉重地说，祝愿你母亲早日康复！

姑娘接过鲜花点头致谢的同时，象征性地跟赵之握了一下手。他的手掌很宽厚，被对方握住时有种类似磁铁般的吸附力。相比姑娘的手凉丝丝的，有点儿潮湿。她捧着鲜花幽幽地说，谢谢您来看我母亲，我该称呼您赵叔叔吧，您叫我小宋就成。

怎么，你父亲也姓宋？赵之礼节性地打量着对方。见她一张眉目清秀的瓜子脸上，带着浓浓的忧戚，眼神里尽透着焦虑与疲惫，一看就知道是熬了夜的。

小宋大方地回答道，我一直跟母亲姓，他们当初商量好的，生男孩跟父亲姓，生女孩就随母亲姓。赵之点了点头。接下来，似乎彼此都不知该从何说起，因为他们完全是陌生人，不过是此前通过两个电话，况且，那种突兀的电话通得对彼此来说都有些莫名其妙。其实每天都会接到这样或那样的电话，电话不外乎分成两类，即熟人的和陌生人的，前者司空见惯絮絮叨叨波澜不惊，后者却往往莫名其妙叫人恼火。现在的情形是，因为陌生人的电话，两个不相干的人就被扯到了一块。

小宋显然是想打破这种尴尬的局面，又接着说她父亲去世后，好多人都劝母亲趁着年轻再找个伴，可她一直不肯。其实，据小宋观察母亲也去见过几个男的，大概都不太理想。说到这里，她下意识地看了一眼赵之，又补充道，我想母亲可能也是怕我跟着她受委屈吧，毕竟那时我才十来岁。这种情况赵之深有同感，当初他跟老婆离婚时儿子刚念到初中。

赵之提议想进病房看一看，小宋说那得跟护士商量商量，原则上恐怕还不允许亲友探视。于是，小宋就过去跟护士交涉，等她再次走到赵之跟前，那束鲜花已经放下了。她说只能看一眼。他没有作声，只是默默地跟在小宋身后。这姑娘个头至少有一米七零，或者更高一些，亭亭玉立的，他隐约能嗅到对方身上那股年轻女孩特有的淡爽香气，有点儿柠檬和香草混合的味道。

走进病房的那一瞬间，他心里忽然有种很奇怪的感觉，体内仿佛有个声音正在不屑地嘟囔：干吗来这，跟你有什么关系？真是自作多情！他的情绪多少变得有些恍惚起来，展现在眼前的是千篇一律的雪白的墙壁，蓝色的窗帘，嘀嘀嘀嘀响个不停的电子设备，心电扫描仪不停地勾画出上下起伏的波浪线，躺在那里一动不动的病人，输液管、氧气罩、导尿管……所有这一切都叫人感到莫名地恐惧，仿佛不小心走进了一间神秘的人体试验室。他觉得呼吸开始急促起来，心跳也变得异常潦草。已是五十岁的人了，这种场面并不算陌生，当初他自己的父母都曾相继送进医院，而后又无奈而凄然地离开了人世。生老病死他是早已经见过的，至少要比小宋这样的年轻人经验丰富得多，只是此刻如此唐突地面对这个依然陌生的女人，多少让他感到莫名的不安。他尽量让自己保持镇定，微微探身靠近床上的病人。不管怎么说，他还是想见见这个叫宋媛媛的女人。

在来时的路上，他反复思考着一个问题：这个宋媛媛为什么会在那么特殊的时刻给自己打电话呢？是心血来潮，还是无意中拨错了号码？如果仅仅是误拨的话，那就犯不着接连打两三次吧。试想，一个人在生命垂危之际，首先想到的不是自己的儿女和亲友，而是一个仅仅跟她见过一面的半生不熟的人，这里面似乎暗藏着什么玄机。可问题是，他跟她也就吃过那么一顿饭，席间听她唱过两首歌，随后可能还通过一两次电话，是谁先打给谁的，他也记得不是很清楚了，但不外乎是互相问候一下，再后来几乎无任何联系，至少最近的小半年里彼此没有丝毫瓜葛。

他将回忆重新锁定在去年那个时间节点上：国庆节，放小长假的前一天，他们一伙老朋友在外面聚餐。席间确实多了个陌生女人，忘了是哪位老友隆重给他介绍，说这个宋媛媛年轻时如何美丽迷人，现在又如何风韵犹存，甚至还跟他打趣说，老赵你要是想续弦的话，她可是第一人选。朋友们都知道，他跟妻子感情不睦，离婚已有些年头了，他身边一直带着个儿子，吃喝拉撒样样需要照料，直到前年儿子考上大学后，他才感到生活松宽了些，但那种无法排遣的孤独感也随之而来。续弦的想法并不是没有，前些年他总觉得给儿子找个后妈也许不是最好的选择，后来儿子渐渐大了也懂事了，甚至还主动劝他这个做父亲的往前走一步，有部电视剧叫《老爸向前冲》，儿子从外地特意打电话来，让他好好看看，言外之意他当然心知肚明，可他又担心这把年纪很难遇上一个让自己心满意足的女人。那晚在推杯换盏之间，他倒是有心多看了她两眼。很显然，单从宋媛媛的眉眼间可以毫不夸张地断定，她年轻时绝对是个大美人。后来散席之前，趁大伙不太留意他悄悄塞给她一张名片，说有空常联系，并且不忘赞美她一两句歌唱得动听。

这么一想，接下来一准是宋媛媛先打电话来的，此前他确实没有她的联系方式。那次通话大致内容是：她问，你是赵先生吧？他说是，又问她是哪位？她说真是贵人多忘事啊，咱们国庆节在一起吃过饭呢。他才迟疑地猜到对方是谁了。宋——媛——媛，对不对？她笑声响亮地说，真没想到你还记着我。他忙说，记着记着，你歌喉那么好，跟百灵鸟一样，人又漂亮，怎么能忘呢！彼此客套过之后，好像也没什么实质性的话题，只说以后找机会再聚，就挂了。其实那天他正在外面开会，会后还有一个饭局，否则的话他很可能就约她见一面了。因为有了她的号码，他后来应该也给她打过一次，她当时正在外面跟一群女人排练扇子舞，说是准备节目参加什么元旦迎新晚会，说话时有点儿气喘吁吁的，她说等忙完这阵再联系。那天，他其实是想主动约她出来吃顿饭的，因为听出对方很忙，也就作罢了。这之后总有这样那样的琐事干扰，彼此就再也没联系过。

现在，这个叫宋媛媛的女人就躺在赵之的眼前，看上去简直跟睡着了似的。好像昨天他们俩还坐在一起吃饭，聊叙，听她唱好听的歌曲，此刻她却悄无声息，恍若隔世。

02

小宋你好。我是赵之……你母亲今天情况怎么样，还昏迷着吗？大夫说有没有好转的迹象？……怎么就你一个人在医院照顾她，我是说你还有其他兄弟姐妹吗？……她以前血压高不高？没有心脏病吧？这种年龄就怕血管破裂和出血，我们单位以前有个同事，好像刚刚四十五岁，晚上在家上了趟洗手间，谁知跌倒就晕过去了，送医院一查，说是脑血管破了，出血一百二十毫升，开颅手术后算是把命保住了，可半拉身子都齐刷刷地瘫了……放心，你母亲只要不是脑溢血脑血栓这类病，问题应该不大……小宋你也得当心自己的身体啊……要是有啥困难的话，你尽管开口，千万别客气，怎么说我也算跟你母亲认识了一场……等我手头事情忙完，就抽空去看你们。

跟头回相比，赵之第二次来到医院时就显得平静多了。他左右手各拎着一只鼓鼓囊囊的塑料袋，里面都是他在超市里精挑细选的食物和水果。

他发现小宋身边多了一个跟她年纪相仿的小伙子，两只高凸的颧骨以及瘦削的下巴颏上都有零零星星的红豆豆，这感觉极像他儿子念高中时的样子，叫人总想伸出手去替他挤破那些粉刺才过瘾。小宋比上次见到时愈发显得憔悴，说话也好像有气无力的，他知道照料病人是很辛苦的事，所谓久病床前无孝子啊。但她见到赵之的时候，还是很有礼貌地起身问了好。小伙子只是茫然地冲他抬了一下头，凌乱的头发几乎遮没了眼窝，随即又垂下头去忙着摆弄自己的手机，两条拖拉得很长的细腿在椅子前面抖个不停，就像尿急却又无处可尿。这种印象叫赵之觉得不爽。他教育儿子有板有眼，坐有坐相，站有站相。假如自己的儿子跟这小伙子一样讨嫌，他准没有好脸色。在教育孩子的问题上，他向来是有规有矩。

小宋的手机忽然在床头柜上强烈地振动起来，她跟赵之示意自己到外面走廊里接电话。小伙子好像终于找到一个绝好的时机，忙抽身跟着她溜出病房。他脚刚一迈出房门，便大喘气似的撂了句：天哪，快闷死人了。这种不知深浅的声气叫他很不舒服。如果小宋是他自己的女儿，这小伙子想做她男朋友连门都没有。

赵之顺手拉过一把方凳，在靠近床头处坐了下来。病人面容苍白如雪，嘴唇上没有一丝血色。那些药液正静静地通过细细的输管进入她沉睡中的身体，挂在床沿边的尿袋已蓄了小半袋蜡黄色的液体。唯独心电显示仪上的那条弯弯曲曲永不间断的波浪线，表示病人生命尚存。

赵之情不自禁地帮病人掖了掖被子，他的手无意中触摸到病人的手，像是碰到一只没有任何温度做工精美的玩具。这手他或许肯定握过一次的，就在去年国庆节前。手指细长如葱，骨节细小，血管隐约可见，皮肤算得上光滑，看得出指甲也是不久前修理过的，还涂了肉粉色的指甲油，总之，这女人的手非常耐看，绝不像一些家庭妇女粗粗拉拉的。手是女人的第二张脸，它很容易暴露出主人的生活面貌。

他不由得想起自己的前妻，她是个十足的工作狂，恨不得整天住在单位里才好，但在家庭生活中却显得很低能，不善于打理家务不说，她自己的衣裤鞋袜胸罩经常到处乱扔，她永远也搞不清丈夫的衬衫领带放在哪里，孩子的玩具书本在什么地方能够找到。总之在他看来，她是个完全不具备日常生活能力的女人，跟她在一起过日子，他简直变得不像一个男人，很多事情恰好相反，包括扫地擦灰在内的一切家务都需要他亲自动手，否则，这个家就乱得不成体统。时间越久积怨越深，摩擦是不可避免的，后来这些都演变为所谓的情感危机。再后来妻子被单位选中去了坦桑尼亚，那里有个中方的援建项目，他当然不同意她去，条件忒艰苦，她走了儿子怎么办，可她却一意孤行执意非要去帮那些黑人，一去就是两三年。名存实亡的夫妻生活终于在过去的某一刻戛然而止，他索性一个人带着儿子过，倒是感觉比以前舒心多了。

这时，赵之忽然发现病人一只眼角不知何时竟涌出一滴泪来，它正静静地滑过太阳穴蜿蜒而下。他不由怔了一下，忙掏出一片纸巾，几乎屏住呼吸去替她擦拭泪水。纸巾的一角立刻被浸湿了，那是确凿无疑的热泪，是从一个昏迷多时的女人的眼角悄然溢出来的。

那一刻，他忽然萌生一种冲动，简直无法按捺似的。他迫不及待地又往床头跟前移了移凳子，几乎把自己的头贴近对方的耳畔，然后嘴角嗫嚅着呼唤：宋媛媛，你醒醒！我是赵之啊，你能听见我的声音吗？宋媛媛，咱们去年国庆节一起吃过饭，还通过电话，宋媛媛你要是能听到我的话，就摇摇头，要不动动手指头也行！宋媛媛你快醒醒啊……

喂，同志，小声点儿好不好，知不知道这里是病房，你瞎嚷嚷什么！女护士恰好进来查房，口罩上是阴沉的额头，一双似卫生球的眼睛不依不饶地瞪视着他。这么大个人，懂不懂医院的规矩！赵之也自觉有些忘情，便涨红着脸膛一言不发，但目光始终没有离开过病人。护士出去不大一阵，小宋一个人轻轻地走进来，那个小伙子却不知去向了。

赵叔叔，待会儿我想回趟家，主要是我母亲在家里养了很多花花草草，得给它们浇点儿水，她还有一只猫也要喂食，另外我还想再取点东西什么的。赵之回过神说，没关系的，反正我也没啥大事，只管忙你的去吧，我可以在这里盯一阵。其实，他很想对她说刚才病人流泪的事，可不知怎的，话到嘴边又咽了下去。

小宋离开以后，赵之去了一趟卫生间。医院的卫生间气味实在太冲了，好像所有跟病毒有关的坏空气分子都聚集在那里，人一进去马上群起而围攻，感觉要窒息了。今天身体有些奇怪，明明是有尿意的，可站在壁挂式便桶前，努了半天劲，总是哩哩啦拉尿不清爽，最后甚至还抖索到裤腿上，很龌龊的一摊湿痕。他刚提好裤子准备出去，迎面撞上一个秃顶男人，穿一身竖条条的病号服，一只手臂高高举起来，手里抓着一只吊瓶，好像不是进来方便的，而是随时瞄准一个什么目标投掷似的。

对方一眼就认出他来。老赵，你怎么也在这？哪不舒服了？赵之惊讶地看着穿竖条病服的人，巧了，陈秃子，咋是你呀？

我身上出了点小毛病，这不打吊瓶呢，这两天眼看要憋疯了。等我病好了招呼大家，咱们找个地方好好聚聚吧。啊呀，人一上年纪，毛病就缠上身了，说不准哪天就上马克思那里报到去了。

对方絮絮叨叨说个不停，赵之脑海里忽然浮现出去年国庆前的那个饭局。当时好像也有陈秃子，对，通常应该有他的，没他大伙简直热闹不起来。陈秃子早些年还有一圈稀疏的头发，平日里总是将头发故意梳作地方支援中央状，如今越发稀落不堪，快成只光瓢了，每次见面大伙都要拿他的秃头来取乐一番。都说陈秃子的内人异常强势，总爱搞个女上男下式，天长日久了，硬把他的后脑勺在床板上磨成现在的样子，生活作风不检点，能害死人啊。

赵之心里想着，竟有些忍俊不禁，就很随意地问道，你还记得那个叫宋媛媛的不？就是跟咱们一起吃饭，歌子唱得很好的那个女人。怎么不记得，她那晚唱过宋祖英的《小背篓》，嗓子甜得很……哈哈，你这老赵是不是跟人家续上前缘了，这女人有点儿味道，我要是你这种情况，早八辈子下手了。赵之只是打了个哈哈，又说，那晚人多嘴杂，我喝得有点高，忘了是谁把她带过来的。陈秃子举起另一只手掌，不停地摩挲着锃亮的后脑勺，妈的，还叫你问住了，反正不是我领去的，不跟你扯了，我得办公了……说着，摇摇晃晃冲到便桶前猛烈地抖索起下身。

赵之觉得这种地方实在不便于谈话，便推说自己有事先走一步。刚出了卫生间，忽听陈秃子在里面扯着嗓门嚷嚷，想起来了，想起来了，是红中领来的，他好像说是他表妹。红中是另一个男人的绰号，因为这家伙有事没事总喜欢拔火罐，额头正中央时常盖着戳一样的红紫印记，故而得名。

病房里渐渐暗下来，除了仪器设备发出嘀嘀嘟嘟的声响，四周静得有些瘆人。尤其是此刻面对这样一个昏迷不醒的女人，赵之心里便有种难言的寂寥和惆怅。他长时间盯着病床上这张女人的脸发呆，好像试图找到一个往事的突破口，好让自己能够更加从容地面对她。

但是前思后想，他们之间的关系似乎比水还清淡。如果没有那次饭局，如果那晚他没有递给她名片，他想此刻自己断然不会坐在这间病房里，抑或坐在这里的可能就是另外一个男人。再或者当初他稍微主动一些，多殷勤地约她吃吃饭聊聊天，可能现在坐在这里的只能是他了，而不是别的什么男人。这样胡思乱想的结果是，他忽然意识到一个问题，即他和这个女人之间似乎注定要发生些什么的，无论主动或被动，现在看来一切只是个时间问题。如此一来，对宋媛媛那晚给他打电话这一事实愈发感到不可小视，一个女人在那么特殊的时刻唯独想到了他赵之，这到底意味着什么？

03

是红中吗？我老赵啊。咱们好久没聚了，最近还好吧？……不好？怎么身体不舒服？……我一猜又是股票跌惨了吧，你怎么不早早往出抛啊，活该！我早就跟你说过，像你这样的小股民根本赚不上什么钱，不过是给人家大股东垫背瞎起哄，钱都让那些高管和知情人士套跑了，你们呀连汤也喝不上……也没别的事，就是想跟你叙叙旧……我今天刚好碰见陈秃子，那小子住院了……具体啥病他没说……红中你这阵有空吗？我正好没吃饭呢，你心情不好，要不干脆出来，老哥请你喝两盅……跟我还客气个屁，我就在出租车上，等会儿到你家楼下时，再打给你，咱们就这么说定了。

红中额头上依旧印着个紫红的圆戳，加之神情郁闷不堪，看起来更加滑稽。红中提议去他家附近的一个叫老猎户的小酒馆，那里的酒都是老板自己泡制的，喝了绝对是大补。赵之说，反正我买单，地方随你挑。

两人进去后，点了红烧满山跑（就是野兔肉）、瓦罐炖山鸡、山菌野参汤，还有几碟醉花生之类的下酒小菜。酒是老板用酒提子从一个透明的玻璃瓮里临时打的，一提子为一两，他们先要了一斤。

喝酒前，赵之随意扫了一眼柜台上那只玻璃瓮，里面果然红黄黑绿地泡了大半瓮所谓的补品，还有一条盘成圆坨状的花蛇。老板说是把蛇活活地就塞进去，泡的过程中这条蛇才把自己身体盘起来直到死。赵之心头一震。人真他妈的邪性，为了一己之利，没有什么事做不出来的，或许只有想不到的。都说蛇毒，这人要是真毒起来那才叫恐怖。

仿佛有所忌讳，赵之每次端起杯子只是象征性地跟红中碰一下，再在嘴皮上抿一抿，一盅酒几次三番下不去。红中开始还盯着他的酒盅说，今儿怎么娘们兮兮的，喝呀，咋不喝，来，必须干了。赵之心里装着疑问，根本没有痛快喝一场的打算，所以只是支支吾吾应付。兔子肉辣得钻心，山鸡也柴得塞牙缝子，不过他并不介意，不论吃什么于他来说早就稀松平常了。

酒过三巡，红中便只顾闷头喝酒，再不盯着他了。红中嘴里开始骂骂咧咧，先是骂股市，然后骂政府，再骂他单位的头头是个王八蛋，最后骂他自己心尖命穷，骂一会儿吱地灌一盅，一斤酒他一个人足喝了有八两。

事实上，赵之一直憋着一肚子话要问他。刚开始喝酒时，大伙都清醒得很，有些话不好意思直接问，男人间的事情有时候需要酒盖住脸面再提。可到后来根本就插不上嘴，喝了酒的人嘴巴都没有把门的，反正红中只顾自己一味地发泄和快活了。

红中，我好久没听你说起你那个表妹了。

表——妹，谁他妈是我——我表妹？

就是那个宋媛媛嘛，你忘了上次还领来咱们一起吃过饭的，她还唱《小背篓》来着？

噢，我当谁呢，她呀，狗——屁，啥表妹！红中舌头已直得像把锅铲子在嘴里硬搅，两颊跟涂抹了厚厚一圈廉价胭脂似的，似笑非笑地冲赵之摇头晃脑。

实话告诉你吧，她——她也就算个姘头，这娘们儿骚劲大着呢，年轻时是棉纺厂的一朵花，我跟她处过几天，后来她喜新厌旧又看上别的人了，再后来她男人没了，她又下了岗，哭哭啼啼跑来找我借点儿钱，我看她孤儿寡母也怪可怜的，就借了呗……到后来有一晚她说是要来还钱的，我猜她身上根本没带钱，就将计就计跟她那个上了……什么女人啦、钱啦，都是狗屁！老子这辈子啥没见过，几十万股票就这么打水漂了，妈的，这么些钱说没就没了，世上到底还有没有个王法？就是块石头撂水里，总还有个响声吧……呜呜……

出乎意料，红中居然鬼哭狼嚎开了。赵之被浇了一头雾水，或者，他原先的疑问忽然又陷入歧途，完全不是他想象中的样子。姘头？这个带有明显旧社会气息的恶心字眼无论如何太刺耳了。假如红中真是酒后吐真言，那么，自己又算什么呢？这个女人突然变得更加神秘起来，简直有些超乎他的想象了。

现在，他开始觉得自己根本不必再为这个昏迷中的女人去伤脑筋，充其量她跟他只有一面之交，她的荣辱生死都跟他毫无关系。他要做的就是告诫自己，什么也没有发生过，而且，从今往后再也不必介入那对母女当中。

04

赵叔叔您好，我是那个小宋呀，看来又要给您添麻烦了……真的非常感激您对我母亲的关心……大夫说需要给她做手术，再晚的话可能会错过最佳治疗期……平时家里的钱都是由母亲管着的，我还在外地实习呢，预交了住院费，身上就没多少钱了，医院现在又催着交三万块手术费……实在不好意思，真不知道该怎么跟您开这个口……不过请赵叔叔放心，随后我一定尽快把钱还给您。

在电话里，赵之仅仅敷衍了小宋几句。他的确没有借钱给小宋的打算，于是推说最近手头也不宽裕，爱莫能助。不过，碍于情面，最后他还是支吾着说会尽量帮她想想办法的。

实际上，这事他压根就没往心上去，三万块，可不是个小数目！况且，他跟那母女的关系确实还没熟悉到可以很信任地借钱的份上。再有就是红中那天酒后向他倾吐的那堆真假难辨的醉话，凭什么让他为另一个男人的“姘头”出治疗费？因为没有道理，所以，这两日他还是比较心安理得的，至少一开始是这样的。小宋后来又接连打来两次电话，都十万火急得很，最后一次他索性没去接听，直接拔掉了手机的电池板。

接下来的一晚正好有个饭局，胡吃海塞之后又程序性地去了夜总会。赵之所在的单位是个行政职能部门，主要负责一些破产倒闭企业的审批事宜，本来给企业公司办事理所当然，可社会风气使然，谁都想钻钻政策的空子，不痛不痒地打擦边球。比方说，有些私营老板想花较小的代价收购某个国营厂矿，就得走走后门拉拉关系。赵之他们也就睁一眼闭一眼，只要不太出格基本上都给开绿灯，这样一来日常的应酬也就在所难免。

刚进包房，呼啦就围上一群香艳性感的尤物，在暧昧昏蒙的灯光拂掠下，这些穿着极其暴露的陪侍女郎都跟蛇妖似的往男人身上缠绕。赵之也客随主便地拥了其中一位小姐，他一只燥热的大手穿过对方赤裸光洁的后脊，然后轻轻揽住那酥软的肩头，另一只手则抓着话筒，颠三倒四地唱着自己的保留曲目《把根留住》《迟来的爱》。怀里的女郎不时殷勤地用纤纤玉指夹起话梅或水果，像喂三岁小孩似的喂给他。这感觉总让人有种醉生梦死的恍惚与迷离，过于妖冶的女性气息不断地刺激着他空前旺盛的男性荷尔蒙分泌，作为一个离异多年的男人，赵之不可能没有那方面的需求，逢场作戏的事时有发生，但真情实意的情况却如凤毛麟角。

后来女郎起身，心照不宣地引领赵之上另一个更为隐秘的房间去，他若即若离跟随其后，身体开始膨胀，像只黑色的气囊，在幽暗的走廊里摇摆飘浮。杂沓的乐声加之鬼哭狼嚎般的吼唱，让他已然绵软的脚步越发趺趺撞撞，刚行至一个包房门口，他觉得一团污浊的酒气从腹内翻江倒海而来，今晚酒桌上喝得太猛了，主要是主人太过热情，敬酒不能不干啊。

这时，一间包房的门忽然被推开，早有人横冲直撞飞奔出来，跟赵之撞了个满怀。他恍然被撞醒了似的，与此同时，鼻孔嗅到一团不同于陪侍他的女郎身上的那种浓烈艳香。怎么说呢，这是种淡雅清新的水果加香草的味儿。赵之本来晕晕乎乎的，被猛地一撞便有些恼火，未待发作，却见对方惊讶地叫了一声，随即便捂着嘴巴隐忍住，好像她之前遇到的麻烦远不及这个来得猛烈。当他们四目相对的一刹那，赵之也几乎喊出声来，女孩像是完全愣怔住，数秒钟呆若木鸡。

小——宋！赵之终于理出一个头绪，难怪那团香味如此不俗，又如此的似曾相识。怎——么——是——你？小宋那张眉目清秀的瓜子脸上，多出一种叫人担心的慌怯，羞赧得无地自容。但在短暂的愣怔惊慌之后，她及时调整出的最有效的反应却是一脸漠然，漠然处之，好像她压根就不认识眼前这个老男人。

没等赵之再说什么，早有喝得五迷三道的青年男子从包房追出，脖子上挂着狗链子般粗的黄金项圈，扑上来就如擒拿小鸡一样将小宋逮个正着。臭婊子，往哪儿跑？还不给我滚回去……想挣钱容易，你得陪老子玩痛快了！小宋痛不欲生地挣扎，怎奈黄金项圈手劲强横，眼看就把她半个人拖进房间了。那感觉简直跟黄世仁强占喜儿无二。

赵之实在看不过眼，这种场合他也算常客，都是你情我愿的事，哪有这样霸王硬上弓的。他万万没料到小宋会来这种地方，这完全颠覆了她留给他的好印象。最关键的是，前两天因为她几次三番打电话跟他借钱的事，他多少有些怕见她，就隐隐觉得自己像是欠了她似的。现在，小宋却以这样的方式出现在他眼前，似乎是为他提供了一次绝好的补偿时机。所以，他不能坐视不管，也许，骨子里面还千丝万缕地扯上那个躺在病床上的宋媛媛，以及此刻内里旺盛的荷尔蒙加疯狂的酒精。

这种时候彼此都是上帝，恨不得都想主宰这个世界。对方似乎更不愿意在小姐面前丢了面子，一个生拉硬拽，一个路见不平，你来我往，言语冲撞，随即就动起手来。黄金项圈果然力大气粗，挥起满是刺青的手臂给了赵之两拳，乌黑的鼻血跟自来水一样往下淌。小宋吓坏了，哇哇地失声尖叫起来，便引来了三两名保安，大堂经理也闻讯上来劝解。

一番口角后事端总算平息，赵之鼻头血红，也就没心思再回刚才的包房。小宋像犯了错的孩子似的，怯怯地跟着赵之离开了夜总会。到了出租车上，赵之默默地从鼻孔里拔出刚才小宋替他塞进去的纸团，已黑乎乎的，完全看不出纸色来。他顺手从车窗扔了出去，感觉像一枚黑色的子弹带着莫名的耻辱和仇恨瞬间消逝。他用手轻轻摸了摸肿胀的鼻头，好在鼻梁骨没断。五十岁的人了，按理说早该远离这种生猛冲动的场面，可还是让他遇上了，而且，是为一个年轻姑娘。刚才大堂经理一副不屑的口气，好像借机挖苦他为了个小姐争风吃醋不值当。妈的！此刻一回想还不由得心头火起。

这时，坐在一旁的小宋安静地递上一片纸巾，赵之只顾着看窗外并没有去接。她径直拿纸巾替他在人中附近轻轻蘸了蘸，那里又挂出一道溢出的瘀血。纸巾带着茉莉花味，仿佛女孩的体香，慢慢地沁入他的呼吸道里，他才稍感好受一些。

小宋，那笔钱下午刚刚凑齐，我还没来得及给你电话……他完全没有想到自己怎么突然就冒出这么一句来，简直没轻没重，毫无心理准备，嘴皮子彻底跑在脑子前头了。继而，他觉得自己非常虚伪，在一个跟自己儿子年龄一般大的姑娘面前扯谎，他简直就是个十足的伪君子。

小宋一直没有吭声，甚至没有吃惊地望上他一眼。半天只是将左右手死死地攥在一起，似乎所有的骨节都被攥出了声响，听着有些叫人难过。赵之扭头看她，两行晶莹的泪水正无声地往下滴淌，她上身微微颤动，头始终低垂着，生怕跟他对视似的。

赵之一时不知该如何开口，沉默了好一会儿，才犹犹豫豫地将一只手伸过去，微微搭在对方的肩膀上，安慰似的轻拍了两下。不知怎的，这个举动又让他想起自己在包房里搂着香艳的陪侍女郎的情景，心里便陡增一股罪恶感，这感觉来势凶猛，让他不得不良心发现似的将那只手从小宋肩上悄然移开。这样也许会好受一些。今晚以前，他做过的所有属于男人的荒唐事，都没有让他觉得自己的手那么脏，根本就不配搭在人家小宋身上。黑暗中，小宋的哭声显得压抑而忧伤，是那种悔恨交加，还有对生活的无可奈何。

放心，一切都会好起来的！他喃喃地说，声音很小，像是说给他自己听的。

后来小宋哭声渐止，她捂着纸巾撇开脸去擤鼻涕的时候，赵之顺口问她现在哪里实习。小宋鼻子齉得一塌糊涂，透不过气似的，这种情况下她大概不想多说什么，只含糊地说在邻市，是学校在毕业前给安排的，也就是给人家跑跑腿打打杂，再过半个月便结束了。

赵之微微地哦了一声。儿子今年大三，用不了多久也得下去实习，孩子的就业问题也迫在眼前了。他已私下里找过单位的头头，请人家吃过饭，看能不能来个内部消化，肥水不流外人田嘛。试探的结果不甚理想，头头说现在想进人得参加人事厅组织的事业单位招聘选拔考试，而且还得考入前三名才有面试资格，这又谈何容易？

此刻想起这些，赵之忽然感到一种无形的压力降临到头上。对于儿子来说大学毕业也许正意味着失业，孩子未来前程未卜，做父亲的岂能安心。寒假儿子回来，赵之倒是跟他聊过两次，儿子摆出一副满不在乎的样子，说老爸你操那么多心累不累，车到山前自有路，还是好好想想你自己的未来吧。他知道儿子为他好，想让他尽快找个伴。可他转念又想，真的还有那个必要吗？身边添个女人到底干吗呢？这辈子生儿育女的任务已经完成了，再找个女人无非是一起明目张胆地过几年夫妻生活，整天价吃米油盐一地鸡毛琐碎不堪，这日子还能有什么新鲜的花样呢？倒是他一人吃饱全家不饿，来得更容易也更实际些。所以，每次想到这里，续弦之念便让他无论如何打不起什么精神。他现在唯一想做的是尽量给儿子多存一点儿钱，他甚至看好了一家不错的楼盘，正以按揭的方式提前给儿子买下一套三居室的楼房。这事他也跟前妻沟通过，可对方因为有过几年的国外工作经验，言必称国外如何如何先进发达，说当务之急应该想办法把儿子办到国外去留学，不留洋将来没有任何发展前途。可他并不这么看问题，他希望儿子本科毕业后先考研，然后考博，一口气把该念的书都念完。至于留不留洋的事，一者，他一个工薪阶层每年根本拿不出近二十万元的天价学费；再者，留完洋不是还得回国发展吗？与其那么东奔西颠一通折腾，不如早早地立足本土踏实工作呢，所以房子必须买，将来即便儿子不回来住，那就算为他提前储蓄了一笔生活费。前妻便屡屡讥讽他鼠目寸光，说他这人永远只能看到自己的鼻尖上，没有一点儿发展眼光。他也懒得为此事再跟她计较，不过他很庆幸当初他们离了婚，否则，越来越谈不拢。他最后在电话里给妻子的明确答复是：儿子留洋也行，但学费你这做娘的来掏吧，等他回国后我这当老子的再花钱也不迟。

三万块还是能拿得出手的。下车以前他审慎地合计了一番，家里现有两张五万元和一张十万元的定存单子，这些钱里多半是些灰色收入，均存在儿子名下。说白了都是他帮那些集团老总钻政策空子，或者通风报信给当事者提供一些极其机密的信息而获得的好处费，这些钱当然是雷打不能动的，不然那会损失不少利息。工资卡他一直揣在身上，里面倒还有几万活钱，平时像给儿子汇个生活费什么的，都是从这张卡上走的，实在不行就取给小宋用吧。

看来，这姑娘确实摊上天大的难事了，否则，绝对不会跑到那种地方挣钱，由此似乎可以断定，她还算是个孝顺的闺女，这年头能够做到这一点也是难能可贵的，就凭这条他或许应该帮帮她的忙。一想到夜总会乌烟瘴气男盗女娼的情景，他的心里便油然而生一股莫名的愧疚与自责，好像是他狠下心肠把小宋逼到那种地方去的。逼良为娼，他脑海里不时地会蹦出这个龌龊的字眼，好像是法官当庭给他定下的罪，简直跟锥子似的一下一下戳刺着他的每一根神经，叫人心惊肉跳。尽管借钱给外人总不是件容易做到的事，可他还是暗自拿定了主意，人不能光顾自己。

05

陈秃子是你呀，怎么突然想起给我打电话了？我还正想问问你的病好点儿了没？……哦，早出院了，恭喜！恭喜！这年头数健康最重要嘛，其余那些都是扯淡。哪天咱们一块坐坐……你说什么？没弄错吧，红中出事了！……这太可怕啦！怎么会这样呢？前几天我还跟他见过一面呢，好像情绪有些低落，还不都是狗日的股票惹的祸，可也不至于那样吧？……这么说是真的了！不就是钱没了嘛，钱重要还是命重要？这家伙也忒能钻牛角尖了，干吗非要走那条路！你说他傻不傻啊？胳膊哪能扭过大腿呢，尽做无谓的牺牲……

接完陈秃子的电话，赵之站在自己的办公室里一动不动，发了很长时间呆。透过眼前的玻璃窗，他盯着外面被太阳烤得蔫头蔫脑的一排槐树。沥青一样的槐树胶每天都在疯狂地往下滴落，水泥甬道上尽是黏人鞋底的黑圆点子，远远看去犹如一摊陈年的血迹，人从上面踩过，鞋底会粘得吱吱响，那感觉真叫人恶心。

赵之又莫名地想起自己那天和红中喝酒的情形，没想到这差一点儿就成为他们人生的一次诀别。如果不是听陈秃子亲口说的，他压根不太容易相信事情会这样。他还清晰地记得红中脑门中央的暗红色的火罐印记，就像被谁痛揍了几拳头。现在回想那天红中的印堂，似乎是有点儿晦暗铁青的，加之情绪失控和呜咽有声，几乎能够断定红中出事已有先兆实属必然。不过，一旦想到红中居然身上揣着一引即爆的雷管，只身闯进人头攒动的证券交易所，像所有精神病人那样歇斯底里地叫嚣着，鱼死网破地要跟人家工作人员来个同归于尽，赵之简直不寒而栗。

后来赵之竭力回忆，那晚在老猎户自己到底跟红中说了些什么，红中又是怎么跟他聊的，好像不外乎钱和女人。也就是说，若非为那个叫宋媛媛的女人，他也许根本在出事前见不上红中那一面了。冥冥中觉得，红中出事好像也跟那个女人有些瓜葛，就连自己也似乎是鬼使神差地跑去约他喝酒。他甚至还记起被活活泡进玻璃酒瓮里的蛇，红中少说也喝了七八两泡死过蛇的药酒，也许是那蛇的不屈冤魂缠上了正交厄运的红中，才使他铤而走险干出那么不可思议的蠢事。

傍晚下班后，赵之想顺路去医院看看，不知后来手术做成功了没有，宋媛媛到底情况怎样。跟前两次一样，事先在单位附近的花店选了一束鲜花，路上他还给小宋打了电话，话务员提示对方已呼叫转移，他估摸着也许这阵子那娘俩儿正在手术室里不方便接听。从电梯出来，他跟前几次一样熟门熟路地去推那间病房的门，眼前的情形让他吃了一惊，躺在床上的竟是个白发苍苍瘦骨嶙峋的老人，另外还有一对中年夫妇，正面容憔悴地守护在床前，两双眼睛通红。他急忙说声对不起，便疑惑着退出身去，难道是自己记错了？不可能呀，这里他都来过好几趟了。随后，他又战战兢兢地接连推开好几扇房门，均未见到他要找的人。最后他退回到科室门廊顶头处，抬头看那上面的科室标牌：神经内科。没错，是这里，确凿无疑，可那娘俩儿却踪迹全无。他只好去医护办打问，才得知她们一天半前就办好出院手续离开了，具体去了哪里谁也说不清楚。

赵之人一下子就懵了，脑袋像是被病房的门重重地挤了一下似的，他勉勉强强在走廊的一张长椅上歪身坐下来，半晌都未缓过神。他把这些天发生的事前前后后在脑子里捋了一遍：从头一天接到小宋的电话，到后来他决定借钱给她，这中间他一共来过三四趟医院，还替小宋看护过四个半钟头病人，一切都在毫不经意间发生或上演。而在一天半前，也就是他在夜总会遇见小宋的第二天上午，又兴冲冲地将三万块钱取出来直接送到医院，此后就再也没有跟小宋联系过，直到此刻他像没了骨头似的，瘫坐在硬邦邦的白色长椅上，一副大病将至的样子。

弥漫在走廊的消毒液和各种药味叫人喘不上气，熙熙攘攘的病人和家属一道显示出医院特有的红火景象，丝毫不必担心，这里永远不会关门，就像人吃五谷杂粮总得生病。捂着大口罩的白大褂们，跟幽灵似的在他眼前晃来晃去，这些人心里到底想着什么鬼才知道。有一点儿可以肯定，只要交足够的治疗费，即使最肮脏的乞丐也能心安理得地躺进病房。眼前的一切看起来都再正常不过，也许，正是这种习以为常，让他几乎轻而易举地就栽了个大跟头。三万块，那意味着他辛辛苦苦干一整年，并且不吃不喝全部的积蓄。可这笔血汗钱转眼间就让一阵风给卷跑了，而他还傻乎乎地捧着一束康乃馨来探望诓走他血汗钱的女骗子，这叫什么事啊，说出去能让别人活活笑掉大牙。想到这他怒不可遏地将康乃馨掷在地上，同时，抬起脚使劲跺向那些芳香娇艳的花朵，就像是要把那女骗子的漂亮脸蛋碾碎一般。

翻过天，赵之痛定思痛，决定先去看守所见见红中。听陈秃子在电话里讲，红中这次虽爆炸未遂，但严重危害了公共安全，且有蓄意杀人的嫌疑，这些罪过可不轻，肯定得重判。在赵之眼里，红中身上始终蒙着一层投机倒把的色彩，很多时候他表现得像个奸商，有点儿唯利是图，可杀人放火的大案倒不大像是他所为。在见到红中之前，赵之抱着侥幸心理，最后一次拨打小宋的电话，依旧联系不上，看来她们早已神秘消失了，很明显这是有预谋的，他掉进两个女人为他精心挖好的陷阱里了。

外面艳阳似火，可看守所的会客室却阴森森的，红中脑门上的火罐印记几乎消失殆尽，取而代之的是被剃得锃亮的秃头和胡子拉碴的下颌。红中张口就问他要烟抽，他忙点燃一根，吸了两口，隔着钢筋栅栏递过去。红中孤注一掷地把烟塞进嘴角，吸得吱溜吱溜响，似乎在吹一种奇怪的暗哨。

赵之先说了几句像电视剧演员早设计好的台词，无非是何苦这样、干吗想不开、争取坦白从宽之类，红中始终一言不发，只顾垂头吸烟。吸完一根，还要，赵之又殷勤地给他续上。红中这才抬眼很暗淡无神地扫视着天花板，半晌喃喃地说，妈的，这样也好，反正啥也没了。赵之心不在焉地说，话也不能那么说，只要人活着，什么都会有的，老弟你得往开里想啊。红中冷笑一声，屁，老子算彻底明白了，人活一辈子忙忙碌碌的没球意思……

赵之便不知接下来该说什么，红中又垂下头像在打瞌睡。那你跟我说说宋媛媛的事吧。憋了老半天，赵之总算吐露真言。

红中突然嘿嘿一笑，听着阴阳怪气，笑里藏刀。上回你请我喝酒好像就为这个，今天来看我也是个幌子吧，要是我没猜错的话，你肯定跟那娘们有一腿！

赵之觉得这种口气简直令人厌恶，不过还是强压着火气说，宋媛媛住院了，她女儿跟我借了一笔钱，说是要做手术用，事情就是这样，信不信由你！我来看你也是想顺便问问，她们具体住在哪儿，平时都靠什么生活……

不等他说完，红中就抢先道，好你个老赵，肯定睡了人家娘俩儿，要不你咋那么热心热肠的！哼，兄弟股票没了，你咋就不想着接济两个活命钱？

你这纯粹是以小人之心度君子之腹！我老赵像那种人吗?!

谁不知道你是正人君子。不过，八成你那笔钱要打水漂喽。老赵我实话告诉你，这个女人你最好别招惹，那是个无底洞，她们能靠什么生活，女人嘛，你说说还能靠什么吧？红中的表情愈发古怪叵测，有点儿隔岸观火的味道，又有些鄙夷不屑。宋媛媛过去一直住在老棉纺厂家属院，不过我也好久没去过那里了，兴许那片老楼早没了……如今这世道啥能保得住呢！

赵之忽然感到太阳穴处一阵生疼，如被火烧红的针尖扎刺一般，头脑便疼得晕晕沉沉。红中的那些话变得模糊缥缈，像隔着一层密集的水幕，实在叫他捉摸不透。

老棉纺厂家属院在赵之印象中还是上世纪八十年代中后期的样子，简陋的筒子楼，外墙的砖脊全部裸露在外，远远看去那楼体就跟城墙垛子似的狰狞。住户的房门南北相向，中间是一条阴森森的狭仄幽暗的走廊，顶头有公用卫生间和自来水池，诸如洗衣择菜淘米和洗漱都在水池子里完成，一年四季总是腥秏秏臭烘烘的。当年，赵之曾随一个要好的同事来过一两趟，那个同事的父母就住在这种楼里，后来同事分到了崭新的三居室，他也就再没来过。赵之依稀还有些印象，黑漆漆的走廊里到处是熏人眼鼻的煤炉和成摞子的蜂窝煤，还有破旧的自行车和布满灰尘的咸菜缸，可以说连个落脚的地方都没有。偶尔，走廊里会闪出一个面目不清的黑影，披头散发，如梦游般，趿拉着拖鞋，疾步朝卫生间方向飞闯，感觉有几分恐怖。

若不是宋媛媛母女以及那三万块，他恐怕到死也不会再来这种破地方的，更不用说在这黑灯瞎火的时候。老远就瞅见用白石灰刷写在墙壁上的数个巨大而丑陋的“拆”字。事实上，这片老楼基本上快拆光了，像过去的棉纺厂工人俱乐部、厂办托儿所、日杂商店，以及砖砌围墙都已不复存在，现在仅仅剩下最靠里面的一幢，老气横秋地硬挺在这片瓦砾场中央，如同孤岛上的一只桅杆或一面奄奄一息的旗子。走近跟前才发现，即便是这幢楼，也被齐头拆去了三分之一多，简直像大地震后的残存建筑，被拆毁的碴口龇牙咧嘴的，弯弯曲曲的钢筋从水泥和砖缝里扭曲而出，像做着最后一次无谓的抗争，看上去颇有些惊心动魄的味道。

这里到处都是砖瓦石块，到处都是漫过脚面的灰尘和垃圾，赵之简直不知道自己是怎么跌跌撞撞摸进这被强拆得仅剩下一多半的破筒子楼里的。为了不至于摔一跤，他一路都借打火机的那点儿光来照亮，每走一步提心吊胆的。好不容易摸进了走廊，打火机的火苗却悄然熄灭了，眼前一团漆黑。他下意识地止住脚步，连续用力摁着手里的打火开关，半天只闪出碎小的几颗火星，显然气用光了。他愤愤地将它砸出去，打火机落地的一刹那，一记尖利的叫声在他的耳边陡然响起。与此同时，他异常惊恐地看到，自己脚下不远处射来一束黄绿色的荧光，如一簇烁烁鬼火，他的心不由得狂跳起来，跟撞到鬼似的禁不住喊叫了一声：谁！黑暗里那东西喵喵了几声，他才确认那不过是只猫，黑乎乎缩为一团，正虎视眈眈地盯着他这个外来的闯入者。他喘息着稳住心神，亦步亦趋地继续往里摸去，每遇到一扇门就上前敲几下，并趴近门板听听里面有无动静，几乎没有一间房子有人答应。眼看快到走廊尽头了，再往前去就是被拆去一段的楼碴口处，依稀可辨远方高楼闪烁的点点灯火，跟此处的黑暗死寂形成鲜明对比。他简直失望得要死，看来这鬼地方早已是人去楼空。

赵之正待转身，那只黑猫却嗖地一下径自从身后窜到他眼前，又拉长声调喵喵两声。毫无疑问，这回的声音不似先前那样突兀瘆人了，仿佛是跟熟人打招呼一般，或者，它还有别的意思？他茫然地看着黑猫无声无息地径自一线而去，随即又朝旁边一闪，便消失在一道很细的门缝里。赵之又惊又喜，这间房子的门竟是开着的，也许有人在里面，自己可以过去打问打问。敲了三下门后，里面似有窸窸窣窣的声响，却不甚分明。很快，失望再次袭来，他想肯定是那只畜生在里面抓挠什么，猫总是喜欢那样乱抓的。再说这地方拆得乱七八糟，早就断水断电了，除了要饭花子，谁会待在这里受罪呢。

忽然，那房内却闪跳出一簇火光，继而，摇曳但却持续的光亮正通过窗户和门缝子映射到走廊上，形成大小不同的几个亮块。他简直有些喜出望外，急忙又伸手去敲那扇门。半晌也无人应答，他怀疑里面的人也许怕见生人，毕竟现在天色已经很晚了。他犹犹豫豫推开了那扇虚掩的房门，里面的烛光顿时照亮了他的脸，他连着问了两声，有人没？谁在里面？问话时，他看见那只黑猫安静地蹲坐在地中间，尾巴像蝇刷子似的来回摆动，嗖嗖有声。房间里空荡荡的，借着烛光可以看清最里面靠墙处有一架老式的简易木床，床上支着几乎看不出颜色的蚊帐，床头跟前还立着一张同样陈旧的书桌，桌面落了一层很厚很白的灰尘，一截只剩下很矮一点儿的蜡烛正在桌面上扑跳燃烧。因为蚊帐垂罩住整个床身，他一时无法看清床上是否躺着一个人，也许那人早睡下了。我是来这找人的，你认识宋媛媛吗？在没有得到允许之前，他只能试探着将脑袋伸进房间询问。鼻子嗅到一股浓得像痰一样黏稠浑浊的气息，好像这间房子已沉睡了一个世纪。

赵之开始怀疑，这房里住的根本就是个又聋又哑的家伙，对方点燃蜡烛也许只是想确认一下自己的猫是否回来了。正当他举棋不定是否转身离开时，那只老式木床却吱扭吱扭呻吟起来，接着蚊帐中升起一截绰绰黑影，起伏晃动两下，帐口就被从里面无声地掀开了。随后，赵之看到一个瘦瘪瘪的男人从里面爬出来，或许天气太热的缘故，他下身只穿一条皱巴巴的花裤衩，烛光照亮了他一双毛茸茸的干腿棒子。黑猫大概听到主人下地的动静，马上轻巧地爬到那双干腿棒子下，抬起头喵喵直叫唤，一副邀宠的贱相儿。光身男人从床沿上起身时顺手抄起了黑猫，抱在瘦扁扁的胸前，像哄孩子似的用手掌一遍一遍捋抚着猫脊背，黑猫便受用地发出呼呼噜噜的声音，就跟人睡着了扯呼一般。

很明显，这里除了一只黑猫和一个一声不吭的瘦男人之外，根本没有赵之要找的女人，他觉得自己应该马上离开，待在这里毫无意义。于是，便很郁闷地默默转过身去。

赵主任——咱们又见面了，还记得我吧？房里的瘦男人突然开口说话，而且还叫出了他在单位的头衔。赵之惊愕得不知道该怎么办才好，他觉得自己的腿脚像被什么东西很固执地黏住了似的，一时进退两难。此刻，瘦男人已抱着黑猫站在门口了，那猫的瞳孔鬼魅而又恣睢，那种黄绿色的光芒在夜色中夺人心魄，好像只要主人一声令下，这畜生就会立刻扑过来抓他个遍体鳞伤。

真是贵人多忘事啊，赵主任你恐怕忘了吧，那年我们棉纺厂破产倒闭前，你不是还来搞过资产清查嘛，我可是陪你跑过腿的！过了好大一会儿，赵之才恍然依稀记起，多年前似乎确有此事，也许因为眼前的男人赤身露体，所以，他怎么也想不起来这人当初的模样，加之时隔多年，此刻周围又黑咕隆咚的，更加无法辨认。这时，房里的蜡烛忽闪了几下，竟熄灭了，瘦男人的脸面越发模糊不清。

不管怎么说，既然对方叫他主任肯定是认得他的，尽管当初他才不过是个刚刚提拔起来的年轻副手。所以，他很快就镇定下来。你知道宋媛媛住在什么地方？我有些急事要找她。令他不解的是，对方并不接他的话头，或者，压根没听清似的，仍然顺着刚才的话一味说下去。你看到了吧，如今咱棉纺厂拆得就剩这栋破楼了，这么大一个厂子，当年红红火火，好几千工人，说没就没了，跟做梦一样！瘦男人似乎说到动情处，声音微微有些颤。那些狗日的头头没一个好货，他们平时吃厂里的沾厂里的，临到头全不顾大家的死活，把好端端一个厂子给糟蹋掉了！

赵之多少为之一怔，倒不是因为对方所说的内容，而是他的情绪一下子变得激愤起来，有种冤家路窄狭路相逢的味道。他忙插话道，是啊，那些年不光你们棉纺厂，像轴承厂、拖拉机厂、二毛厂，还有那个电器开关厂不都一个个倒了吗？不过这也算顺应时代潮流，俗话说不破不立嘛……放屁，啥叫不破不立？坐着说话不腰疼！你知道多少人为这个厂流过汗流过泪流过血吗？你们这些当干部的整天只知道坐在办公室里，翻翻报，喝喝茶，一有机会就惦记着中饱私囊，你们拿了多少好处只有自己心里清楚，那么多工人一夜间下了岗失了业，这么些年有谁想过他们的死活？你知道后来有多少姐妹就靠着一张漂亮脸蛋去歌厅坐台，陪男人吃喝玩乐，把脸都不要了，活得人不人鬼不鬼的……现在那些家伙又像苍蝇一样眼巴巴盯上了这片地，想拆了旧房盖新楼捞大钱，天底下的便宜都让他们占尽了……

赵之觉得脸庞莫名地燥热起来，瘦男人的话机关枪似的冲他不停扫射，简直叫人无言以对，这些话显然涉及极其复杂的现实问题，根本不是他个人所能解答了的。但他更不明白的是，对方为何跟自己说起个没完没了，好像他正是这一切的罪魁祸首。有一点他心里很清楚，当初他确实在搞资产审核的时候，接受过这样或那样的一点儿实惠。可这种情况太普遍了，见怪不怪，在他的思想意识中这根本算不得什么，都啥年代了，请客送礼塞红包，社会各行各业无不如此。换句话说，你只要去一个关键部门办事，离开这个行得通吗？除非你生活在真空当中！就连唐僧师徒到西天取经，那如来手下的弟子还明目张胆地向他们索取利是才肯授经。他甚至还记得自己的前任领导退休前说过一句话：既然要搞改革开放嘛，说到底就是要把人的胆量放开，把嘴巴放开，把手脚放开，有时还得把裤带也放开。因此，在听了对方一通啰唆之后，他终于作出清晰的判断：仅凭半夜三更，逮住一个陌生人大谈特谈那些陈芝麻烂谷子的事，便可知这个精瘦的家伙精神极不正常。他来这里可不是为了听一个疯子神经兮兮东拉西扯的，所以必须当机立断迅速离开。

可就在赵之再度决然地转过头想走开时，身后猛不丁冒出一句：赵主任，你不是想见我爱人吗？要不要帮你叫醒她……那一瞬间，赵之忽然感觉手脚冰冷，急欲夺路而逃，无奈两条腿却抖动得如筛糠一般迈不开。万般惶恐中，竟又瞥见那只鬼里鬼气的黑猫，那两只黄绿色眼睛正一动不动地盯着自己，它喉咙里不时发出呼噜呼噜的古怪响声，像酣睡中的老妪。冥冥中，他觉得那猫和主人已混为一体，不分彼此，就像是来自另一个星球的怪物。

06

赵叔叔您好，我是小宋呀，好些天没跟您联系了，一定让您着急了吧？实在抱歉得很，请您谅解……我不小心把手机弄丢了，以前的号码也都没了，好在我母亲的手机里还存着您的号，可她住院后手机好久都不用，身边又没她的充电器……就是您借钱给我们的当天，我就给母亲办了出院手续。我上次好像跟您说过，我一直在外地实习，最近学校马上又要毕业答辩了，实在没有办法，我只好把母亲带到学校这边照顾……本来想一到这里就给母亲联系做手术的，可不知为啥她竟然醒了，真是谢天谢地！只是还不能说话，得慢慢静养一阵子……大夫也说这种情况比较罕见，大概是母亲身体素质一直很好，昏迷了那么多天硬是挺过来了……不管怎么说，这次真的非常非常感谢您，请赵叔叔放心，我一忙完手头的事，马上把那笔钱还给您。

晚上照样要去应酬，主人宴请了相关厅局的领导，赵之作为重要部室的负责人也应邀赴宴。他显得心不在焉，可以说食不知味。自从那晚黑咕隆咚地在老棉纺厂家属院见到那个瘦子，他简直跟丢了魂似的。

尽管这两天他也一再劝说自己，那家伙不过是个疯子、精神病，那通疯话纯属胡言乱语无稽之谈，完全不必放在心上。可到了晚上，只要闭上眼睛，瘦子的模样就在他眼前飘来晃去，仿佛幽灵，间或，还有那只鬼气十足的黑猫，一切都是那么不可思议，叫人惶恐不安，欲罢不能。后来到了白天的时候，他不堪忍受好奇心的折磨和怂恿，又单独去过那里一趟。在那幢拆去一头的破筒子楼里，除了看见一群脏得跟耗子似的野猫外，连个鬼影子也没有。至于在夜间所看到的床、蚊帐、桌子和蜡烛已全无觅处。这让他越发感到蹊跷，难道那晚的所见所闻都是自己的幻觉，压根就没有那么一回事？可那又怎么说得通呢，尤其是那个瘦子还自称是宋媛媛的爱人——但此前小宋分明跟他说过，她父亲已过世多年了。难道说有人吃饱了撑的假冒死人！所有状况几乎不敢想象，只要稍加琢磨，思绪立刻就会陷入一个可怕的黑洞，无穷无尽。

好在这天下班前，消失数日的小宋突然来电，这让他内心堆积多日的烦忧稍稍松减了一些。也许，自己真的多虑了，不就三万块钱闹的嘛，所谓利令智昏，别把自己搞得神经兮兮的。而事实也证明，小宋似乎没有要骗钱的意思，否则，她干吗还要再次打来电话。故此，他又多少萌生了惭愧之念，为区区三万块钱，而且，还是自己心甘情愿要借给人家的，到头来反倒以小人之心度君子之腹，实在有失风度。

推杯换盏之间，大伙东拉西扯讲些闲淡笑话。别人似乎觉察出整个晚上赵之太过沉默，心事重重的，便都提议要罚他酒。他这才回过神来，忙解释说忽然想起一件奇怪的事。桌上客人问之再三，他才将心里的疑团和盘道出，不过他并没有说是自己亲身经历，而谎称是一个朋友告诉他的。令他没想到的是，刚才还笑语喧哗的宴席，忽然就有些冷场，仿佛谁无意中抛下一场冰雹，使原本热烈的空气骤然冷却凝固，就连一桌子丰盛的饭菜也为之黯然失色。

过了好大一会儿，赵之听见建设厅的头头正同国土局的领导窃窃私语，谈论的正是棉纺厂工地“闹鬼”一事。听说城建分公司在负责拆除最后一幢筒子楼时，连着出了好几起重大安全事故，三死六伤，最邪乎的是一名工人当时站在挖掘机旁打电话，那只巨大的钢铁挖兜忽然从半空降下，活活把下面的人给拍扁了。操作机车的师傅一直喊冤，说真是见鬼了，他压根就没有看见有人在下面，后来这个师傅精神有些失常，逢人就唠唠叨叨诉苦叫冤喜怒无常，变得跟祥林嫂一般，再后来便没人敢再去冒险拆除，于是那幢破筒子楼就被撂着，眼看着已数月光景。

赵之的心顿时如拧紧了发条的钟表，世上竟有这种怪事，这也似乎印证了自己先前的种种猜测。那么说那晚自己真的撞上鬼了！他居然还听鬼絮絮叨叨发了半天牢骚！此刻回想当时的情景，依旧感到毛骨悚然，可无论怎么去回想，他却始终记不清那个瘦男人的具体模样。换句话说，那晚对方留给他的印象完全是模糊不清的，就像隔着浓厚的雨幕所看到的景象，亦真亦幻，唯独那只黑猫真切可感，鬼魅异常。

这种饭局通常会坐得很辛苦，差一刻十点才迟迟散宴。赵之没有马上回家，上了出租车后临时改变主意，或许是趁着酒兴，就想让司机把他拉到老棉纺厂家属院看看。司机像是没听明白似的，一个劲儿回头很奇怪地张望他。往前开了一段路，对方终于忍不住问他，这么晚去那边做什么，又说那里拆得乱七八糟的像个战场。言外之意像是，深更半夜去那里脑子不会有问题吧。赵之不置可否，反问司机知不知道闹鬼的事。司机稍稍迟疑了片刻，先是很奇怪地笑了两声，像是刻意给自己壮壮胆，然后又神经质地摇了摇头。嘿，大伙不都那么瞎传，可我不信，谁见过鬼长啥样。赵之本来想说自己见过，可话到嘴边又改口问工地接连死人的事师傅怎么看。司机说工人操作不当，出事也是常有的，八成是有人趁机装神弄鬼。他觉得有些道理，说不准为了达到不可告人的目的，便搞些鬼把戏来吓唬人。果真是这样，那么自己见到的瘦子极有可能就是作祟者。司机沉默了一会儿又说，不过为拆那些破楼，闹得动静可不小，听说什么安置费补偿款都没有谈拢就开始拆了，住户自发组织起来上工地挡工，后来还打着黑字白布条幅到街上去静坐抗议……唉，还不是瞎闹腾，现如今真不知去哪儿说理去。

似有什么忌讳，出租车几乎不敢靠近那幢破筒子楼，隔着老远就停下来，司机还顺手打开车里的小灯。赵之让稍等自己一会儿，司机有些不情不愿的。可此刻这里一片死寂，整条路上连个人影也没有，司机大概不想空跑一趟白白浪费汽油。这二年狗日的汽油跟其他物价一样总在不停地疯涨，93 号眼看奔七块半了，所以他只得勉强答应。

因为前面来过两趟，赵之再去筒子楼便显得轻车熟路。毕竟这里死过几个建筑工人，想想都瘆得慌。他心里虽说打鼓打个不停，可刚才喝进肚子的白酒倒让他添了几分果敢，酒壮怂人胆。还没走到楼里，出租车的喇叭就在身后叫了几声，催他加快速度，他没在意，继续小心翼翼地往前摸索。同时，抬头打量眼前黑黢黢的破楼，没有声响，没有想象中的暗淡烛光，甚至连那些野猫也沉睡不醒。他一步步蹚过灰尘和垃圾进入黑洞洞的走廊，用打火机的微弱光亮挨个去照那些尘封已久的房门，感觉像是进入某个黑白电影中的场景。

这时，远处又传来一串嘀嘀的喇叭声，很是恼人，显然司机等得不耐烦了。而他几乎没有任何新的发现，说白了这只是一幢毫无生气的死楼而已，现在他宁愿相信那晚的事情全部是幻觉，而所谓的闹鬼也不过是道听途说。他不想再让人家司机为难，于是快步往回走。当他终于走到坑坑洼洼的路面上，在距离那辆出租车十来米远的时候，猛地感到一阵嗖嗖的凉风从黑暗中呼啸而来，在他最后听到摩托车发动机凶猛的轰鸣声时，头部早重重地挨了一击，他还没来得及听到自己的喊叫声，便訇然倒地。

等出租车司机反应过来，惊魂未定地钻出车外，袭击者已经麻利地搜过赵之的衣服口袋，并飞也似的驾驶摩托车消失在黑夜中。司机吓得魂飞魄散，他甚至连对方的车牌也没记周全，只见那家伙戴着摩托全盔，脑袋包得严严实实，即便到近前也不易看清对方的长相。

07

喂，你好，你找谁？请说话呀！怎么不说话？莫名其妙！嘟嘟……

喂，哪位？有话直说呀，有病是不是！打来电话又不好好说话，什么玩意！嘟嘟……

喂喂！你还有完没完?!到底要找谁？我没工夫跟你捉迷藏，不许再打了，混蛋!!

妈的！你谁？……红中？没骂你没骂你，实在不好意思，刚才有个神经病不停地给我打电话又不吭声……你不是在看守所吗？怎么还能随便打电话？……哦，放出来了，出来就好啊，改天老兄我给你洗洗尘，要么再去上次的老猎户喝二两，那天你没喝好……你问我宋媛媛在哪里，我咋知道，我还想问问你呢！……别提了别提了，真他妈的倒霉透顶，昨晚挨了一黑棍，我这吃饭的买卖差点儿就搬家了……能招谁惹谁呀？我哪有心思多管闲事……你说我不该去筒子楼自寻麻烦……这么说你跟那个工地上的事有瓜葛？……什么？你说话大声点儿，别跟蚊子似的，我听不清楚……你也投资了？里面有你的股份……纯粹胡闹，这是违法的，就知道炒地皮，人命关天啊！

陈秃子你好，有件事你今天必须跟我实话实说，我老赵可一直把你当知心朋友……红中跟那个宋媛媛到底是啥关系？……什么，红中交代过不让你说……那我再问你，宋媛媛住院那次，怎么那么巧你也在那家医院里？……别想蒙我，我早猜出来了，你跟红中他们是一伙的……棉纺厂那片地是不是也有你的股份？……我现在怀疑，我头上挨的这一棍，八成是你小子干的吧？

小宋是你吧，听出我是谁了……你现在到底在哪？我想见见你母亲……什么？她快不行了！啥时候的事？……我不信，昨天你不是还在电话里跟我说她醒了吗？……你别骗人了，我不是三岁孩子，快告诉我你们的具体住处，我马上赶过去……这根本不是钱的问题，就算花了三万块，我也得买个明白，不能当猴一样叫人耍吧……好了，我不跟你啰嗦了，让你母亲听电话，快，马上！

喂，宋媛媛你好，我是赵之呀，我总算想明白了，那几个电话一准是你打来的，对不对？差点忘了你不能说话，我知道你病得很厉害，不过没关系，你不说我也懂，你千万别着急上火，我相信你一定会好起来的！咱们去年吃饭的事我还记得清清楚楚，你唱的《小背篓》很动听啊，等你把身子养好了，我要请你好好撮一顿，然后咱们一起去唱卡拉OK，到时候把红中和陈秃子他们都叫上……宋媛媛你在听我说话吗？你女儿小宋很孝顺，是个难得的好姑娘，为了给你筹钱治病，她吃了不少苦头。宋媛媛你放宽心，只要我赵之还有一口气，肯定会尽力帮你们娘俩的……

赵之醒来的时候，蒙蒙眬眬看见前妻坐在床边。他的脑子跟电器短路了似的，半天没有丝毫反应，他完全不清楚自己竟昏昏沉沉躺在医院里。而此前，他好像一直在不停地接电话、打电话，嘴皮子磨薄了，忙得跟陀螺一般团团转。

现在，他觉得口干舌燥，胸口像塞着一块烧红了的木炭，他开口仅仅说了几个水字，整个人似大病初愈有气无力一般。前妻忙把他从床上搀着坐起来，伺候他喝下半杯凉白开。吓死我了，你一整夜都在说胡话，没完没了的，跟中了邪似的。仅从对方说话时眼圈所浮动的那些微红色里，他便能感觉到前妻应该是流过泪的。一日夫妻百日恩，看来这话不假，尽管他俩已经离婚很久了。

对了，谁是宋媛媛？肯定是个女的吧？你颠三倒四老叫她的名字！前妻猛不丁问道。

赵之多少有点儿做贼心虚，便支吾道，既然是梦话，怎么知道是谁呢。

梦是心头想，跟你关系不一般吧。前妻酸溜溜地扫了他一眼，嘴角往下撇了撇。你都成这样了，还不老实交代。又说，出租车司机人不错，用你的手机打了我的电话，还报了警，待会儿派出所的人会来了解情况。

赵之木讷地摸了摸被包扎得像圆面包一样的大脑袋，着实感到一阵恍惚。前妻从包里取出一个钱夹递给他说，我大致看了一下，现金一分不剩，其他东西你再查查，看还丢什么没。赵之打开钱夹，印象中里面应该有七八百块，都被拿走了，身份证银行卡等原封未动。看来，歹徒就是冲钱来的。前妻听他这样说，方才舒了口气，说那就算破财免灾吧！

话音刚落，赵之却又不经意发现，在钱夹的隔层里竟多出一张折叠得很小的纸片，忙展开瞧，雪白的纸面上仅有一行电脑打印字：记住，下回可没这么走运！

前妻接过去细细揣摩了一会儿，才皱着眉头问，这到底什么意思，恐吓啊？老赵你不是得罪啥人了吧？赵之茫然地摇摇头。没得罪人就好，也许这只是抢劫犯的一个小伎俩吧，意思是最好别去报案。不管那么多，你平平安安的比什么都重要，要不过两天儿子放暑假回来，我可怎么给他交代。

赵之觉得事情永远不会像女人想的那么简单，尤其是联想到那晚的荒诞经历，想到死伤在工地上的无辜者，以及那只充满鬼气的黑猫，一切皆有可能。不过，他也不想跟前妻啰唆太多，毕竟这都是他个人的事。

哼，我没猜错的话，那个宋媛媛是你相好吧？说不准昨晚的事跟她有关！前妻忽然摆出一副参透玄机的样子：老赵你可得当心，看来有人跟你争风吃醋呢！

赵之无奈地合上眼皮，半晌无语。

出院那天，民警把赵之接到派出所录了口供，又带他去一间微机室，让他在电脑屏幕上查看一组嫌犯的头像，老的、少的、胖的、瘦的，形形色色，赵之看得一头雾水，鬼才清楚那家伙长啥样呢。

民警说这种案子最近一段时期屡有发生，嫌犯都在夜间驾乘一辆摩托车，选择的作案地点通常都是些比较偏僻的路段或区域，让赵之以后出门多留点神。

一朝被蛇咬，十年怕井绳。赵之几乎成了惊弓之鸟，白天安分守己上班，晚上早早地回家休息，但凡有些应酬能不去的都推辞掉了。前妻先后来家里看过他两次，送来一大堆滋补品，这让他每每心生感念。前妻听他一个劲儿地客气道谢，便一本正经地说，老赵你别美了，我可是看在咱儿子的分上，要不才懒得理你呢。

有时，赵之觉得夫妻分开时间久了，似乎又产生了朦胧而新鲜的美感，曾经有过的争执和不睦，不知不觉已被时间慢慢化开漂淡了。至少，现在他觉得前妻也并非一无是处，她这人还是很重感情的，患难见真情嘛。所以，他竟暗自希望前妻能常来家里走动走动，起码有个人跟他说说话，他一个人落单的时间不短了。

近来接二连三发生的事情，确实让赵之变得有些患得患失。他开始重新审视过去那段失败了的婚姻，发现自己其实并不完美，可以说缺点一大把，但当初他总是对妻子有太多太多的不满和牢骚，也许正是自己的这种苛刻毁掉了一个原本幸福的家庭。还记得三年前自己送儿子去外地大学报到，等手续办妥后他要跟儿子分别，儿子突然红着眼圈跟他说，要是我妈跟你一起来就好了。现在想起这情景，心里又陡生出一份愧疚。

一周后伤口该拆线了，前妻打来电话，说要陪他一起去医院。赵之嘴里虽说不用，自己可以，可心里还是盼望着对方能来的。人在有病有灾的时候，总是希望有个亲属陪在身边，反正他是这么想的。

08

小宋是你呀，你们都还好吧？……你说的是真的吗？你母亲能自己下地活动了，说话也没有太大问题，这实在太好了！……不用跟我那么客气，主要是你这当女儿的照顾得悉心啊，其实我也没帮上你们啥忙，你母亲没事比什么都好……钱先放在你那，不用急着马上还我，等有空再说不迟……什么，她提出想见见我……有空倒是有空，你让我想想，今天是周四，明天上午单位有个重要的会……那只能下午以后了……这样吧，我一到那边就给你电话……好的，咱们回头见。

考虑到周末要休息，行动起来也有诸多不便，赵之便跟单位司机打声招呼，自己开着公车前往小宋她们所在的邻市。如果说那笔钱他一点儿都不急于拿回来，纯属是客套话；当然，他倒是很想借机见见宋媛媛。自从头一次接到小宋的电话，宋媛媛这个名字就不断地在他的生活里出现，他甚至还因此冒过两次不小的险呢。现在唯一让他感到遗憾的是，脑袋上的那个伤口刚拆线不久，头发做手术时被医生剃掉了那么一绺子，的确很不雅观。所以，出门前他特意买了一顶高尔夫球帽，再戴上一副雷朋太阳镜，这样看起来舒服多了，而且，也显得年轻和时尚些。他的心情变得跟车窗外的景色一样，清新且明媚。他随手打开车载音响，《中国音乐之声》，播放的竟是宋祖英的歌曲：小背篓，晃悠悠，妈妈她背着我走上了吊脚楼……这歌声顿时让他心潮澎湃，冥冥中觉着唱歌的女人不是宋祖英，而是去年国庆节前夕见到的宋媛媛。

车在高速路上的时候，前妻打来电话。说晚上方便的话打算去他那里一趟，因为儿子订了周天航班就要回来了，她想提前帮他好好收拾收拾房间。他敷衍说自己临时要到外面开个会，最晚明早回来，周日他们可以一起去机场接儿子。又说反正你有房门钥匙，想去拾掇尽管自己去吧。前妻在电话里嘟哝，你不在家我去干吗，让邻居看见以为怎么回事呢。他觉得女人有时真够婆婆妈妈的，做事总是前怕狼后怕虎，不就拾掇一下房间吗，犯不着想那么多。不过说心里话，自己受伤这些日子，前妻表现得近乎完美，除了不厌其烦地陪他去医院检查做手术拆线，还变着法儿煲了各种肉骨头汤，颠颠地送来给他滋补身体。放在老早以前，这简直像是天方夜谭，那时的她好像只懂得工作，丈夫儿子统统抛在脑后，时间改变了一个女人。他确实对前妻的看法发生了翻天覆地的改变，但这种变化往往又发乎情止乎理，毕竟他们已经离过婚了，这是铁定的事实。即便如今她变得再好，可好马不吃回头草，五十岁的男人了，已经不可能随随便便感情用事了。这样想时，思绪又自然而然牵连到即将见面的宋媛媛身上。对于这个依旧显得陌生的女人，要说一点儿想法都没有，似乎不合情更不合理。他还记得那天在医院替小宋守护病人的情景，面对宋媛媛眼角忽然溢出的泪水，他当时显得那么激动，简直像个大男孩，甚至忘情地一遍遍呼喊她的名字。可见，他对她还是很有好感的，而她在生命垂危时首先想到的也是他，这一切在他心里几乎快演变成一个美好的爱情故事了。

两个来钟头车程，赶在夕阳落山前抵达邻市。一下高速，赵之就拨小宋的电话，对方在通话中，过一会儿再打还在通话。他想女孩子煲起电话粥总是没完没了的，他所在的部门就有这样的年轻姑娘，跟男友聊起电话来那叫一个情意绵绵无绝期，旁人看了准着急上火。有时，他真为这些 80

后、90 后感到悲哀，好像离开电话，这些小年轻简直活不下去了，更不要说谈情说爱了。平时单位里像开会、政治学习什么的，他们总跟间谍似的埋着个头嘀嘀嗒嗒收发短信，还经常盯着手机屏幕嘿嘿傻笑，跟神经了似的。

汽车进入喧闹的市区，恰好赶上下班晚高峰，铺天盖地的热浪裹挟着滚滚尾气冲入车内，人在痛苦煎熬中寸步难行。小宋的电话还是一直占线，尽管心里有些着急，他还是尽量让自己保持平和，反正已经到了，既来之则安之，见面是迟早的事。后来好不容易拨通了电话，刚喂喂两声，没等说话又嘟嘟断开了。随后，收到小宋的一条短信：赵叔叔不好意思，手机快没电了，我这阵正往回赶，随后再跟您联系。于是，只好边开车边等，反正这车一时半会儿也动不了窝。

天色不知不觉昏沉下来，交通状况渐有好转。这时接连收到小宋的两条短信：一条告诉他具体住址和路怎么走；另一条是说一起吃晚饭的事。还问他是不是就一个人，说她们也好准备饭菜。赵之言简意赅地回复：可以，就我一个。短信虽然只有几个字，可内心却有许多压抑不住的东西开始暗潮涌动。他多少变得有些焦虑起来，真不知道过一阵子见到那娘俩儿，自己该说些什么。对于这次见面，他忽然抱有某种奇妙的幻想，希望自己能够单独跟宋媛媛待上一会儿，毕竟有她女儿在旁边，这会让他有些尴尬。从一开始到现在，这个女人的神秘感似乎与日俱增，她的容貌，她的歌喉，她临危时的突然来电，以及她反复的病况，都让他不能轻易放下。其实，在他受到抢劫袭击后的几天时间里，他确实有些不敢再想这娘俩儿的事，每每想起，便立刻告诫自己，不能陷得太深，他们之间本无瓜葛，如果有那也仅仅是后来的三万块借款。现在，一旦身处异地，他似乎能从热浪未减的暮色中捕捉到星星点点来自宋媛媛的气息。随着想象中的这种异性的气味不断发酵或弥漫，越发让他变得魂不守舍。

按照小宋的短信提示，他很快就摸清了路线，天黑时分汽车终于停在了她们的住所附近。路上前后三个半钟头，赵之已然有些疲惫不堪了，肚子也开始咕咕叫了。下车后，先就近找到一家超市，当然不能空着手去见她们，付完款两只手上坠得满满当当。虽说是按图索骥，可还是转悠了半天，主要是对这里不熟，才找到了短信里说的那个单元楼。四下里都是很旧很破的家属楼，楼与楼之间几乎密不通风，仅有的一点儿空地上堆山填海般摞满了废弃的家具、纸箱等杂物，还有几只臭烘烘的垃圾箱。没有绿化，甚至连棵像样的树都看不到，不用猜就知道那些房主迁了新居，就将这种旧房子对外出租了。六楼。赵之尽管爬得气喘吁吁，可心里却有股莫名的兴奋劲儿始终在怦怦跳跃。爬到四楼时，他需要停下来歇歇脚，这个年纪想一口气爬上去显然有些力不从心。

一串踢踢踏踏的脚步声自上而下，他稍一愣神，一个披散着长发的姑娘已经迎面跑下楼来。借着楼道昏暗的灯光，他勉勉强强认出是小宋。她却像是完全未预料到他此刻会来似的，一味地急急忙忙朝着楼下疯跑，边跑边像是想起什么似的，气喘吁吁地说，赵叔叔，门开着，您先上去吧，我下楼买个东西就回来……他本来想说不必再买什么了，可又觉得对方也许并不单是为客人去的，便迟疑着一步步走上楼来。果然，顶楼正对着楼梯口的那扇房门是虚掩着的，旁边的防盗门紧锁。他用手里满当当的袋子顶了一下，那扇门便吱地朝里开了，一股浑浊的热气扑面而来。他什么也没想便提溜着东西走了进去。

这顶多是个四十来平方米的老式住房，也许更小，南北两边各有一间小卧室，门厅和北边的厨房连在一起，靠墙摆放着一张可供三两人吃饭的小圆桌，进户门正对着的是个极小的卫生间。赵之进门先粗略地观察了一番，便顺手将提来的东西堆放在圆桌上。这一路上憋得够呛，得抓紧时间方便一下，因为用不了多久小宋准上来，那样怪难为情的。果不其然，这泡尿尿得淅淅沥沥，没完没了，马拉松一般，几次他试图强行结束掉，可尿意总迟迟地在膀胱里涌动，等上那么十来秒钟，又有了，却只是很调皮地滴几滴。

卫生间异常狭窄，除了简陋的蹲便器和洗漱用的小水池外，几乎再没什么设施，要想自由转个身都很困难，动作幅度不能大。他心里多少有些不忍，为小宋她们租住这样可怜兮兮的鸽子笼。当他系好裤子，认认真真在水池边打着香皂洗手时，无意中发现水池台沿上放着一盒东西，细看竟是已打开包装的妇女用来测试怀孕的药具，盒面上有张幸福而骄傲的年轻女人头像，长得跟明星章子怡似的，仿佛正在向全世界宣布，已经怀了孕的天大喜讯。他的心头又微微颤了一下：谁的？其实根本不用猜，他当然知道是小宋的。难怪她今天举止有些奇怪，慌慌张张，气色也不好，她应该是知道自己怀孕了吧？那么，这孩子又是谁的？难道是不久前在病房遇见的那个满脸粉刺的瘦小子的？十之八九正是那家伙的，难怪刚才小宋的手机一直占线，准是他俩正在激烈地讨论要不要孩子的事吧?！她上次不是说自己正在实习和答辩吗？那她一定还没结婚，可怎么就能怀孕呢？将来靠什么来养活孩子？以她现在的处境，母亲重病缠身，自己未婚早孕，这无异于雪上加霜！不过，谁说女人怀孕就得生孩子，现今外面到处都是做无痛人流手术的，打个孩子简直跟撒泡尿一样方便，可不像他年轻那会儿，姑娘家未婚怀孕简直是天大的灾难。他觉得自己胡思乱想得有些不着边际了，便匆匆冲净双手出来。

他来来回回在房间里转悠了几圈，始终没听到小宋上楼的声音。南面卧室门是关着的，宋媛媛会不会在里面休息呢？他轻轻敲了两下，半天也没有一丝回声，再用力一推，门是锁着的。也许宋媛媛下去散步了，可上次她分明还病得那么重，怎么没多久便能恢复得这么好了？这多少让人有些纳闷。

北面房间倒是开着门，他探身扫了一眼，仅有一张双人床和一只床头柜，墙上钉了一排大号的钉子，挂着帽子、雨伞、背包和衣物什么的。就在目光收回的一瞬间，他忽然注意到那只床头柜上立着一个小镜框，照片上似乎是一家三口的模样。好奇心油然而生，他径自走进去，拿起镜框端详起来。相片上两个大人并排站立，一个五六年级模样的小姑娘穿着花裙子，笑容灿烂地依偎在大人们中间，应该就是小宋，女大十八变，跟现在不大像了；女人还很年轻，面容姣好，唇红齿白，刘海儿烫成90年代很流行的翻翘，仅从眉眼轮廓便能确定她必是宋媛媛无疑——于是他想，若再早那么几年让他遇上这个女人，他一定会不顾一切追求她的。现在最让他留意的是宋媛媛身边的男人，双手交叉搂抱在胸前，面容清瘦，嘴唇上有两撇小胡子，眼神有些阴郁，整张脸给人一种愤世嫉俗的味道。他不由得想起在破筒子楼里自称宋媛媛是他爱人的瘦子，他努力回想对方的相貌特征，试图跟照片上的男人有所对应。可惜的是，那晚实在太黑了，除了记得那只黑猫，就只剩下两条干瘦如柴的腿棒子了。

最后他又回到门厅的饭桌旁，在一把椅子上坐下来，百无聊赖地从兜里取出香烟叼在嘴里，忽然想起打火机落在车上了。于是，又起身看能不能在房间里找到一只打火机应急。这时，他才注意到这里好像并没有做饭的迹象，厨房里冷锅冷灶，而小宋先时发来的短信明明说她们要预备晚饭。或许，她又临时改变了主意，怕自己做的饭菜不好吃，叫客人笑话。始终找不到需要的东西，他就想干脆去厨房用煤气灶点一下得了。厨房比卫生间大不了多少，水泥厨台上摞着几只碗碟和筷子，布满灰尘的窗台上摆着酱醋之类的瓶子，看上去都油腻腻的。他拧了拧煤气罐阀门，接连噼啪打了几下灶头开关，也没点着火，再用手一晃罐身，才知里面根本就没气了。他想也许这就是小宋没做晚饭的原因吧，这些日子她怕是忙得没工夫换煤气。

转身离开厨房时，他脚底下被什么绊了一下。原来不小心踢在一只黑塑料袋上，呼啦——里面的东西撒出来：有一卷大号的透明胶带，一卷绕成团的尼龙绳子。他忙蹲下身，准备把地上东西重新捡回到那只黑塑料袋里。打开袋子却见里面还有一把半尺来长的水果刀，刀刃锃亮锃亮的，一看就知是新的，应该还没用过。他稍稍迟疑了一会儿，不太明白这娘俩儿到底弄这些东西做啥用场，便随手将透明胶带和尼龙绳子都塞进袋里，又系好袋口放回原地。

小宋，你母亲人呢，我怎么一直没看见她？

吃方便面的时候，赵之顺口问了一句。果然事情让他猜中了，小宋说她也是下午回家才发现没有煤气了，想找人换一瓶，可等了老半天总不见送来，所以她才临时跑下楼去买康师傅的。本来，赵之死活不同意泡方便面，他提议还是到外面吃饭，自己请客。可小宋固执地直摇头，说自己没啥胃口，赵之忽然就想起卫生间里的药具，立刻明白了七八分，也就不好再勉强什么。

您问我母亲呀，她就在附近的一家小诊所做康复治疗呢，最近每天傍晚大夫都让她去两三个钟头，再过一会儿准回来。小宋说话的时候几乎没有抬头看赵之一眼。他觉得无论如何，这姑娘今天有些奇怪，心事重重的，目光有些闪烁。

赵之实在是饿了，稀里呼噜，很快就把一桶康师傅汤汤水水都吃光了。

小宋却只是轻描淡写地挑了几筷子面，等赵之刚一吃完，她便匆匆地将桌上的面桶榨菜统统收掉了，给人感觉她像是仅仅为了礼节性地陪一陪客人。

赵之全看在眼里，便以一个长辈的口吻说，小宋怎么才吃那么两口啊，跟喂小猫似的，你这样身体怎么吃得消？小宋在厨房回答说她晚饭通常都吃得很少怕长肉。姑娘家别光顾着减肥，营养和美丽同等重要，身体是革命的本钱，将来还要生儿育女，没有好身体那可不成。赵之说话的时候，连着打了两个饱嗝，好久没吃过方便面了，偶尔对付一下，感觉也不算太坏。小宋，一定要注意身体啊，你现在可是这家里的顶梁柱，你母亲往后都得指望你了。

赵之说得有些语重心长，小宋只是跟着嗯嗯了几声。

照老习惯，吃完饭是要抽根烟解解乏气的。他问小宋家里有没有打火机。这回小宋爽朗地答应一声，就去了自己的房间，然后拿来打火机和烟递给他。赵之狐疑地看着她，你也吸烟呀？小宋摇摇头，说是她男朋友的。赵之哦了一声，只接过打火机，又掏出自己的烟，点上一根，优哉游哉地坐在椅子上吞云吐雾。

对了，小宋刚才我去厨房想用煤气点烟来着，不小心碰着地上的东西，我看袋里有把水果刀，你还是把它放个安全的地方吧，免得伤着自己了。小宋听了，二话不说，忙快步钻进厨房。赵之瞥了一眼她的身影，瘦条条的，很有些弱不禁风的味道，平时不好好吃东西，这也难怪。

像是让烟气熏的，眼睛有些酸酸涩涩睁不开，他毫无节制地张了个大哈欠，忽然就觉着眼皮沉沉的，一时间竟有些睡意蒙眬。他漫不经心地对小宋说，中午自己没休息好，这阵有些犯困，如果不介意的话他想稍微眯一会儿，正好等她母亲回来。小宋客气地说，没关系，要不您还是到床上躺着舒服些。赵之说不用不用，随便打个盹儿就成。说着，他把脑袋往椅背上靠了靠，又将帽檐拉低了一些，便合上眼皮。

糊里糊涂竟睡着了，还微微地扯起呼来。也不知睡了多久，感觉四周一片漆黑，浑身都不自在，手脚怎么也动不了，嘴巴像是被什么东西死死粘住，想叫，却一点儿也张不开嘴，声音全被堵在喉咙里，呜哇呜哇感觉自己像个哑巴。透明胶带、尼龙绳子和水果刀在他眼前乱晃，好像有谁让他说出银行卡密码，声音很年轻，他像上岸的鱼一样大口大口地喘着气，然后央求小宋，那三万块他不要了，求她放过他……可锋利的刀尖直直地顶在他的喉结上方，感觉马上会捅出一个窟窿血流如注一命呜呼……他在椅子上怪叫了一嗓子，猛地睁开眼睛。

恍恍惚惚地，看到有个男子平展展地倒在自己脚下，模样跟醉鬼似的，地上却淤了好大一摊血，细看是从躺着的人身下慢慢溢出来的，似乎时间久了，已经变得乌黑乌黑。恐惧的目光战战兢兢跳过血迹继续往前翻爬，接着就发现小宋正瑟缩在靠近房门的墙根下吸烟，头发乱蓬蓬的，脸上尽是泪痕，万念俱灰的样子，就像刚刚被无情的丈夫决绝地抛弃了似的。她的下巴颏软塌塌地支在弓起的双膝上，好像不这样脑袋会掉在地上，手指缝里夹着的烟早燃到了尽头，整个人在弥漫的烟雾中显得神情迷离，呆若木鸡，偶尔身体会神经质地颤抖一下，更叫人不寒而栗。

赵之想站起身来，却根本不能够，这才意识到那团尼龙绳子将他跟椅子紧紧捆在一起。

09

赵之，你到底咋回事啊？知不知道儿子今天回来？……我都到机场了，刚接上儿子，……你说什么？临时有事赶不回来了，咱们不是说好的，接上儿子一起吃晚饭吗？……到底啥大不了的破事，比咱儿子还要紧？……好了好了，不跟你多说了，你等等，儿子还想跟你说两句。

老爸，刚听老妈说你的头被坏人打破了，还缝了好几针，严重不严重？没事了吧？……差点儿没把我吓晕过去！……怎么那么不小心？往后晚上没事别到处瞎跑，现在社会该有多乱！……看来以后我得让老妈把你盯紧点，省得让人不放心！……老爸你最好能赶回来，我跟我妈还等你一块吃晚饭呢……当然是越快越好！……拜拜。

挂断电话，赵之愣了大半天，才慢慢回过神来。他忽然有种前所未有的后怕，真险啊！差一点儿这辈子可能再也接不到这娘俩儿的电话了。这一刻，他明显感觉到心潮起伏难平，眼圈竟有些湿润了。要不是小宋在关键时刻捅了那家伙一下，自己是死是活都很难说。可他又怎么也不能相信，小宋竟会伙同那个满脸粉刺的男朋友，在他吃的那桶康师傅里下了药，然后对他实施绑架。小宋后来说，就在赵之吃完面不省人事的时候，她突然跟男朋友吵了起来，也许是良心发现，也许是因为她已确认自己怀孕的事，反正她就是不想按原先的计划干下去了。用小宋自己的话讲：我知道您是个好人，您一直都在帮我，我不能一错再错了。当时她跟男朋友吵得很凶，以致后来彼此拉拉扯扯就发生了那可怕的一幕。

小宋主动提出来想去自首。此前小宋对赵之坦白，其实她母亲离开医院没两天就过世了，火葬费还是从赵之那笔钱里出的。现在男朋友也没了，这世上再也没有什么可牵挂的了，所以，她也用不着再去骗别人了。她说过去那些年里，为了讨生计，她总是跟着母亲四处求爷爷告奶奶看人脸色。她很早就知道，母亲跟那些借钱给她们的男人眉来眼去勾勾搭搭，她打心底里厌恶这种龌龊的生活，更憎恨那些表面上肯慷慨解囊，实际上却图谋不轨的男人。母亲身体出现状况以后，她就开始跟男朋友合起伙来，做了不少坑人的勾当，可以说把母亲过去的熟人朋友都挨个骗了一遍，也包括那个陈秃子和红中。现在，她不想再过那种日子了，她说她连做梦都讨厌自己的所作所为。可她男朋友说骗一次也是骗，骗一百次还是骗，开弓没有回头箭。他还恬不知耻地说，活该姓赵的自投罗网，要是不狠狠地从他身上诈一笔，老天爷都不能答应。那些天男朋友负责跟踪赵之，然后又设局让赵之在歌厅遇见小宋。当三万块钱顺利到手后，一个更大更疯狂的阴谋便开始酝酿：男朋友打算把赵之诓到邻市，再趁他昏迷后拍摄一组跟小宋在床上亲热的艳照，到时候逼他就范，从此源源不断地拿出钱财供他们吃穿享乐。她男朋友的原话是：这可是你妈临走前送给咱俩的最大一笔财富，机不可失，失不再来啊！

有时候，赵之觉得自己简直白活了五十岁，尽管当初他也曾犹豫和迟疑过，可后来接到小宋的电话，三万块钱的顾虑很快便消除了，到底是什么原因让他轻而易举地陷进去的，恐怕连他自己也说不清楚。也许正如电视新闻里常说的，大多数上当受骗的人都心存侥幸并爱自欺欺人。不过，有一点倒是可以确定，那就是宋媛媛本人以及最先的那几个未接电话。如果跟宋媛媛没有一面之交，如果不是那几个未接电话，也许一切都不会发生。不过，他自始至终都没再追问过小宋，当初的电话是不是宋媛媛亲自打来的。他明白世上很多东西都是经不起刨根问底的，不要把别人剥得赤裸裸的，否则只能让自己备受伤害。换句话说，他就是想在内心深处，为已经逝去的宋媛媛保存那么一点点还算美好的遐想空间，至少宋媛媛并没有直接骗过自己，这是毋庸置疑的。

那天在去派出所之前，小宋终于打开了出租房南面那个一直锁着的小房间。琥珀色的骨灰盒就安放在一张旧写字桌上，骨灰盒后面靠墙处立着一个黑边的镜框，里面是张放大了的女人头像，相片上的人依旧年轻端庄秀丽。赵之一眼便认出是宋媛媛，她似乎正微笑地看着他，面相和善。小宋默默地在桌前跪下，双手合十，朝母亲的遗像叩拜了几下。起身后，有些泣不成声地说，赵叔叔，求您最后再帮我一个忙，把我妈的骨灰带回去，就撒在老棉纺厂的家属院里吧，这样她就能和我爸在一块了。他眼前忽地又闪现出那一幅幅阴郁昏暗的画面，于是冲她用力地点了点头。

赵之并没有马上离开邻市。他想无论如何自己得想方设法帮帮这个姑娘，毕竟她肚子里已经有了一个小小的生命。

一个人的餐饭

甲

小荷忽然露出了一脸困相，简直呵欠连天，鼻尖也筋得发红，眼角不一会儿就渗出两滴清泪，亮汪汪地顺着面颊往下滑，跟刚哭过鼻子似的。

连她自己也不清楚这睡意怎么来的，不过近日餐厅里够她忙乎的，又有好几个姐妹相继辞工不做了，其实她知道她们是嫌这里工资低，去别处另攀高枝了。这事她也琢磨过，不过经理对她还算不薄，例会上老夸她手脚麻利，对客人笑得甜，服务很周到。有时调休，故意让她多休半天；偶尔，她手头有点小急事要办，经理也能网开一面，从不记在考勤册上。现在街面上到处都是开餐厅的，到处都贴着广告要聘服务员。她刚来的时候，经理动不动就吊着脸子训斥员工，什么动作太慢啦，笨手笨脚的，眼睛长哪了，饭菜硬往客人身上端……现在他可不怎么骂人了，稍微骂得重了点儿，人家当天就提出走人，想留都留不住。眼下就是这种状况，小荷总觉得在哪儿干都差不多，这家已经相熟了，真要马上离开，还真有些舍不得。经理私下里也找她谈过话，答应下个月再给她涨点儿工钱。

小荷边打呵欠边说，让我在你家沙发上些微迷糊一阵，过一刻钟记着叫醒我。说完就懒懒地偏过身子，斜靠在三人沙发一头的扶手上，闭上了那双平时很爱笑的眼睛。

温伯就坐在她旁边的单人沙发上，刚好扒拉完最后一口饭，嘴里咕哝着答应一声。他拿纸巾抹嘴的时候，顺便瞅了姑娘一眼。跟大多数女服务员一样，小荷的头发盘得齐齐整整，额前的刘海儿略显蓬松俏皮，嘴唇微微合拢，好像没搽口红，但看上去依然很红润。隐约听见她发出的细微的呼吸声，看来是真的困了，干这行哪有轻松的时候。

他一面想着，一面蹑手蹑脚地将小荷刚才提溜来的餐盒放回原先的塑料袋里，米饭凑凑合合解决了一盒，菜是土豆烧牛肉和家常茄子拼成的一份，只对付掉一半。一个人吃饭就是这样，稍微多点准得剩下。不过也没关系，留着晚上再吃。等他把塑料袋塞进冰箱，发现小荷真的已经睡着了，而且，睡得很香。他也靠在沙发上，久久地端详着眼前这个姑娘。

感情这东西吃着吃着就深了。每回见到小荷，这句话就会自然而然地跑到嘴边，或者，一下子从他脑海里蹦出来。还是去年秋天的一个傍晚，晚饭后他像往常一样，到小区外面散步，迎面碰上一个二十三四岁的姑娘，单从穿戴打扮就能看出，是某家饭店的服务员，细看肩膀上还斜挂着鲜红的绶带，上面果然印有某某餐厅欢迎您的字样。通常，见到这种人他会远远避开，因为他们多数是来散发传单推销什么的，尤其最爱盯着像他这样上了年纪的老头老太太，软磨硬泡，狂轰滥炸，你一不留神，准会上当受骗。现成的例子就有，跟他住对门的老夫妇，就曾买过一堆假药，人家打着上门免费体检的招牌，又是号脉，又是量血压，整个过程慢声细语，殷勤备至，阿姨长叔叔短地叫得那个亲切，简直就像一群活雷锋。可后来怎么样呢，那夫妇俩终于招架不住对方的循循善诱，愣是眼都没眨，就扔进去两千八百块，据说还是打了对折的。而那些东西并不像对方所鼓吹的，是什么降血压降血脂的灵丹妙药，藏进胶囊里的不过是些再平常不过的复合维生素药末，自然吃不死人，可也治不了病。

那天，温伯还是很警惕地往路边闪了闪身，想赶紧绕过去。俗话说，多一事不如少一事。姑娘始终笑得灿烂如花，齿白唇红，张嘴就甜甜地叫了他声老伯，一张粉红色的传单便款款递到面前。请您了解一下吧，我们店开业一周年店庆，最新推出早中晚优惠套餐服务，凡是一次性购买月卡消费的顾客，订餐点菜统统优先，饭菜一律享受半价！另外，我们还提供免费送餐……不等对方说完，他急忙扭开脸继续往前走，姑娘迟疑了一下，紧跟着笑盈盈地又撵上来，顺手将一张订餐卡塞进他手里。他还是本能地拒绝着，但那一瞬间，他的手跟姑娘细嫩的皮肤接触了一下，也许对方生怕他会随手丢掉那张卡片，所以塞过去的时候，顺便将他的手轻轻握合住了几秒钟。他一愣，感觉自己的手像在抽大奖时中了头彩，竟莫名地抖了抖。姑娘很恭敬地冲他笑着，那笑容简直甜得人醉心。她还轻轻地挥手，整个过程有种叫人难以抗拒的亲和力。

在那个秋高气爽的黄昏，他还无意间闻到一股来自异性身上久违了的芳香气息。一时说不清那是什么味，总之，是柔和的，甜而不腻，不是扑面而来的那种，带着田野里的花草般的清香，是跟对方有了近距离接触后，才会慢慢品味出的香气，过后似乎还余韵绵长，令人久久回味。至于塞给他的那张订餐卡，也像糖块似的黏在他手心里了，有那么两次，他竟把它凑到鼻孔前轻轻嗅了嗅，连同那只被姑娘握过的皱巴巴的老手。不过，他马上就意识到自己的举止多少有些古怪。

老伴过世后，一日三餐一度成为他最棘手的问题，过去几十年，几乎都是老伴做给他吃，不知不觉养成了一身的毛病。比如：早上的稀饭，一定是新鲜小米现做的，要熬得稀烂，米粒开花，里面还要撒几颗花生米和枸杞子；中午通常吃米饭炒菜，菜要荤素搭配，肉要肥瘦适中，还得有蛋汤什么的；晚饭，则雷打不动得吃顿面条，主要是上年纪了好消化，面条还得是现和面现擀开切好的，因为机器压面和袋装挂面他总能吃出一股机油味，简直难以下咽，老伴总戏谑他长了只狗鼻子挑三拣四。

即便后来就他一个人的时候，这些生活习惯还在艰难地维持着。起初，他也自己动手做做，可一个人的饭是很难把握的，总是做一顿要吃上两三天。这样一来，小米粥往往成了午饭，而米饭又不得不留着晚上再吃，至于煮面条，天热的时候总爱馊，不得不倒掉。糟蹋粮食，多可惜啊！儿孙们节假日才匆匆回来看一眼，撂下一堆瓶瓶罐罐的食物，有芝麻糊、蜂王浆、八宝粥和袋装牛奶，当然也有方便面、软面包和速冻饺子什么的，可这些玩意凑合那么几顿，新鲜劲过了，就觉得五脏六腑没一处是自在的。

儿子还主动接他去家里住过一阵子，可他总觉得浑身不舒坦，一来儿媳妇的性情不是很爽朗的那种，虽然嘴上也爸长爹短地叫他，可他就是感觉隔着那么一层；再有，儿子儿媳白天都忙着上班，晚上回家要准备吃喝，还得操心小孩的功课。那次他统共待了没俩月，就不辞而别跑了回来。女儿大学毕业后留在了外地，因为离家太远，回来探一次亲实属不易，倒是也提出来要他过去一起生活，他在电话里婉拒了，说金窝银窝不如自己的狗窝。

去年入冬前的傍晚，温伯终于无可奈何地走进了小区附近的那家餐厅。

当时，冰箱里还有头天的半碟剩菜和一小碗米饭，原本打算在火上馏一下吃的，可小区突然停电了，说是正在抢修线路。他倒背着手在屋子里来来回回踱悠了好几趟，每到吃饭的时间，他都有些急惶惶的感觉，像有只饿狗一刻不离地尾随着，而他却两手空空，心里没着没落的。有时，他真恨人一天到晚要吃这三顿饭，要是能减少两顿那该多美。虽说是一人吃饱全家不饿，可他一点儿都不觉得轻松，恰恰相反，吃饭于他来说越来越麻烦，越来越难办，越来越是个大负担。几乎顿顿都吃得差不离，白菜熬土豆，豆腐烧油菜，西红柿炒鸡蛋，烧茄子，清炒花菜，肉倒是买好的半成品，烧菜时从冰箱里拿出来切那么几小块就够了。说是吃肉，其实主要是让菜有个荤腥味，说心里话，他早已过了大块吃肉的年纪了。现在，每每一个人在锅灶上埋头忙乎的时候，他都会惦记起老伴的好来。真是奇怪，做了那么几十年饭，她是怎么熬煎过来的？好像从来也没听她抱怨过什么，好像做饭于她来说是件天经地义的事。她突然撒手而去，猛不丁把他的一日三餐连同好胃口全都带走了。

那时天色已经昏暗了，他百无聊赖地把头伸出阳台的窗外，张望了一会儿，最后还是闷闷地回屋去拨电话。物业叫他不必再等了，电一时半会儿肯定通不了。他有点恼火，那些搞维修的总是慢吞吞的，根本就是故意磨洋工。放下电话时，不经意间在茶几上看见了那张订餐卡，好像救命稻草等他一把抓牢。他忙拿起来，又戴上老花镜，正面反面瞅了半天。然后才起身，到卧室里找了身干净点的衣裤重新换上，出门前又上了趟卫生间，提裤子时顺便在镜子里照了照，像是要去赴一场特殊的约会。他又抹了一把脸，还拿起老木梳梳了梳头发，尽管头发稀疏，大片已灰白，可梳理一下还是有几分风度的。年轻那会儿，大伙都说他长得像电影演员王心刚，当然老伴也这么说，可转眼便人老珠黄，满脸皱纹和老龄斑不说，槽牙和门牙也相继病休了两颗。

头一次去小荷所在的餐厅，一点儿都不像是进去就餐的，而是带着一副要找谁的茫然面孔走来走去。大厅里闹哄哄的，那些女服务员燕子似的飞来飞去，端盘子倒茶，引领客人入座点菜。他的目光在喧闹的食客中不停穿梭，那些服务员穿戴基本相同，个头差不多高，年纪似乎也一般大，想一下子找到那天发餐卡给他的姑娘还真不容易。后来，踅摸了半天，接连有好几个服务员上前搭讪他，他都模棱两可地冲人家摇头晃脑，对方就不再搭理他，觉得他是个古怪的老头。再后来，就在他有些失望地转身离开之际，一个甜甜的声音从后面传来：老伯，您想吃点啥？他愣了一下，这个甜美亲切的声音好像在哪里听过。

自那以后，温伯隔三岔五就去小荷那里吃吃饭。前提条件是，小荷必须得在场。若是正赶上她轮班休息，他二话不说掉头就走。时间长了，只要他一去，别的服务员就冲里面瞎嚷嚷起来，喂，小荷，你那老回头客又来啦！小荷闻声忙满面春风一路小跑来，亲亲切切迎接他，又是忙着给他找位置，又是上心地询问他想吃什么。再后来很熟了，小荷就帮他办了储值餐卡，有时他实在懒得动，就在家里拨个电话，多半都是小荷亲自送餐上门。

外面所有餐厅的饭多吃几顿都会腻的，可能是因为有小荷跑来跑去问寒问暖，他就觉得还能对付得了。最要紧的是，经常可以见见小荷，听她甜甜的声音，看她亲和的笑脸，心里便觉得十分舒畅。很多时候，吃什么其实并不重要。

乙

小荷刚眯着不一会儿，便有人来敲门了。

温伯闻声抢步去开，生怕外面再敲会吵醒小荷。原来是儿子来了，手里提了一包吃的东西。他却只把门开了道缝，压根不打算让儿子进去，自己仅露出半拉脸压低嗓音对儿子说，你等等。便关了门转身回到卧室，穿外套的时候顺手从床上拉了条薄毯子，给那姑娘轻轻盖上。然后，才匆匆拿了钥匙出来。

儿子站在门口，很奇怪地望着他，一脸疑惑。爸，你要出门去？总得先让我进去把东西放下吧。他不置可否，伸手接过儿子手里的东西说，没事，我来拎着吧。毕竟，家里沙发上睡着个大姑娘，一来不想打扰她休息，这姑娘肯定累得够呛；二来不想让儿子看见她有别的想法。儿子始终不无怀疑地盯着他，他却二话不说已经开始下楼了。

儿子不得不随后跟来，爷俩儿走到楼下甬道边的健身器那里。现在还是初春时节，院里光秃秃的，唯独几具健身器颜色或紫或蓝，看上去十分显眼。他把手里的东西放在一个类似马扎的器具上。塑料袋口就自然敞开了，他随便往里瞥了一眼，好像有一把香蕉，还有烧鸡和蛋糕。

以后别再给我买鸡了，爸这牙越来越不行，啃不动啦。他收回目光说。

这是德州扒鸡，烧得可烂了，味道也正！是我前两天出差特意给你带的，不信你尝一口。

儿子说着，竟动手去袋里取那只鸡。

我刚刚撂下筷子，这阵啥也不想吃……对了，你媳妇最近还那么忙吗？

别提啦，她那个破单位，整天就知道加班加班，妈的，钱又不多拿一分！

忙点儿也好，像我这样成天吃了睡睡了吃，活着又有啥意思？哪天休息你们把孩子带过来，我有阵子没见那小家伙了。你们也别总逼孩子学这学那，那么点儿个人，光戴的眼镜片就这么老厚，成天弯着个腰趴在桌上，跟个小老汉似的。

爸，要不你还是搬过去跟我们一起住吧，这样照顾起来也方便，我妹前几天还打电话来说道呢，嫌我们守在家门口不管老人死活。

别听你妹胡咧咧，我这样不挺好的，你们现在各自都把家里的事操心好，等哪一天我实在动不了了，有你们出力的时候。

爸——你心里到底咋想的？

啥咋想的？你下午还要上班吧，快，忙你的去吧，我得回去歇一会儿了。

温伯说完，故意打了个呵欠，便拎起健身器上的塑料袋径自往回走。

还好，小荷还睡着，估摸快有小半个钟头了，管他呢，再让她多睡一会儿，成天在餐厅端盘子伺候人，这得多累人呢。

他脚步很轻地穿过客厅去了厨房，把儿子带来的烧鸡先取出来，放在案板上拿菜刀一一分成小块。他想，反正自己一时半会儿也吃不完，待会儿小荷走时给她带去一些尝尝。

自打去年秋上头次遇见她，或多或少对她有了几分好感，至少第一面不令他讨厌。人和人之间就是这样，有的人见一面这辈子再也不想见了，而有的人像是真有某种说不清道不明的缘分，从陌生到相熟，慢慢地你会觉得似乎离不开了。他去小荷的餐厅吃饭也好，还是小荷送餐到家来，几乎每回他的心情都很好，有时，看她笑的样子真是种莫大的享受，好像那笑容是一朵突然绽放的花朵，叫人有些陶醉；有时听她细声慢气说这说那，心里就有种满满当当的感觉，好像吃到了什么美味可口的食物。

比如今天吧，他也是心血来潮，非要请小荷进来稍微坐一会儿。她想了想就很爽快地答应了，说：那我就陪老伯说说话，等你吃完了我再走。之后，她把提来的饭菜一一取出来，把盒盖打开，款款地摆在他面前，甚至把筷子也递到他手上。他吃饭的时候，她就静静地坐着，间或会问一句菜合不合口，米饭硬不硬。总之，这姑娘在他面前大大方方的，有时他觉得她很像自己的闺女；但更多时候，又会依稀觉得她很像刚跟他结婚那阵子的老伴。当初老伴做好了饭菜，也是盛好了摆在桌上，然后眼巴巴地看着他狼吞虎咽的样子，不时地问长问短，还咯咯地傻笑。

刚把鸡肉分好，还没来得及洗手，门又开始咚咚叫了，十万火急的样子。他吓了一跳，谁这么可恶，人家姑娘困得厉害，就想在他这里迷糊一阵子，偏偏不得安宁。他很不情愿地去开，可是很快儿子的声音就隔着门再度传来。爸，你还没睡吧？我忘了一件重要的事，快开门，爸！他迟疑着，同时很紧张地瞧了一眼沙发上的姑娘，薄毯下的那个年轻的身体微微动了动，露出女性特有的凹凸有致的轮廓。他三步并作两步朝门的方向走去。这时脚下一点儿也没留意，竟踢倒了一只垃圾桶，咣当一声，把他吓出一身冷汗来。

小荷也被惊醒了。猛地从沙发上坐起来，迷迷糊糊地说，哎哟，我怎么给睡着了，该死该死，餐厅还有好多活呢！她慌慌张张站起身时，身上的那条毯子就抖落在脚下，她一怔，脸上露出些许微红，忙弯下腰去捡。老伯，我得赶紧回去了，谢谢了！她边说边麻利地将毯子叠了叠，又款款地搁在沙发上，然后径直朝门口走去。

温伯还没有任何反应，外面的人又在使劲敲了。姑娘恰好这时打开了房门。她看到一个中年男人紧锁着眉头站在门外，因为要赶着去餐厅，她顾不得多想，只跟温伯说了声再见，便脚步飞快地跑下楼去。

儿子没有马上进屋，而是转过身紧紧盯着那姑娘的背影。直到笃笃的脚步声在楼道里完全消失，才神情怪异地一步一步慢慢走进来。儿子直不愣瞪站在客厅中间，那感觉跟陌生人似的，半天目光充满狐疑地来回扫视着什么，然后，在沙发的薄毯上停留了几秒，好像警犬嗅到了什么异味。那时，温伯正蹲在地上，埋头拾掇那被他撞翻的垃圾桶，地上散落了一摊垃圾，发出很冲很酸的腐味。

他起身时才注意到儿子正死死盯着自己，他的身体很奇怪地抖了一下，连同那双沾满了秽物的老手。儿子一言不发，似乎等待着什么，但他能感觉到儿子的气息很不平静，好像呼哧呼哧的，好像随时会在他面前暴跳那么一下子。

那、那、那姑娘是，是上门来送饭的……

仿佛费了九牛二虎的力气，他总算憋出这么句话来。

儿子还是一言不发，目光开始朝卧室的方向踅摸，好像某个重大的秘密潜藏在那里。

他默默地走进卫生间，拧开水龙头，水声哗哗响，他似乎一点儿也听不见，唯独听到某种呼呼的喘息声。他有些木讷地打上香皂，一遍遍不停地搓着手。泡沫很快丰富起来，白花花一大团，他几乎快看不见自己的手指了。他曾用这双手抱过客厅里的那个男人。但他忽然觉得这件事有些不可思议，他好像失去记忆似的，怎么也想不起来儿子是什么时间长大的，什么时候起不让他抱着了，并且再也不骑在他的脖子上哈哈笑了。现在，他只是觉得心突然有点儿虚，整个人也跟着有点儿虚弱起来，好像得了一场大病似的。

我就说嘛，门也不给开！

儿子有气，声音拖得很长，拖得好像诚心要累死谁。

你们也知道，我就一个人，随便吃点啥都成，有时懒得动，打个电话叫他们送饭，很方便的。

除了送饭，她来这还干啥？

再不干啥……你小子，想啥呢？先头小荷说她瞌睡了，想在沙发上迷糊一会儿，我就是怕你进来吵醒人家……

小荷？谁是小荷？

就是刚送饭的服务员嘛。

她在你这睡？儿子的模样越发变得有些滑稽不堪，同时，很不确定似的用手指了指沙发。

他想说就是，可终于没说出口，忽然理屈词穷一般，只是顺着儿子手指的方向看了一眼沙发。他发现毯子叠得整整齐齐，心里便有种异样的感觉，尤其在这种时候，尤其是在儿子不依不饶的目光逼视下。

你不是说有啥要紧的事吗？

哦，我媳妇说她们单位有个刚退休的老太太，人很勤快，做的一手好饭菜，主要是她老伴走了，现在也是一个人，意思是让我征求一下你的意见，看啥时候方便能见个面。

怎么又给我找老伴，这是谁的馊主意，八成又是你和你妹的吧？！这个死丫头……我告诉你们休想！

爸，你理智一点儿好不好，你、你、你这样做，我们往后还咋见人呢？

你小子啥意思，老子给你们丢过脸吗？

那她、她、她也太年轻了吧……你们不合适！

放屁，你胡说些啥呢？我刚说过她就是来送饭的，爱信不信！

爸——你别生气嘛，我们还不都是为你好！要是你身边有个伴，儿女们也就放心了。现在社会太复杂，人心都隔着肚皮啊，尤其是那些外来的小姑娘，她们心机深得很，搞不好就人财两空啊……

滚！快给我滚！我的事用不着你们瞎操心。

他已经很久很久没发过这么大脾气了。儿子不敢再说什么，又闷闷地在房里磨蹭了一会儿，上了趟卫生间，才灰溜溜地走了。

家里突然静下来。他有些木然地坐在沙发上，手脚摊得很开，感觉四肢无力了一般。有那么两次，他是想跑到阳台上打开窗户，跟儿子说声没事，让儿子别往心上去，可最终还是一动未动。

他的手不知不觉抚摩在小荷刚才叠好的毯子上，那种绒绒绵绵的质感，很像一个少女的皮肤。他来回摩挲着这条薄毯，手背上的几只灰褐色老龄斑，像什么昆虫似的，在他眼前来回移动。他不由得一阵胡思乱想，甚至回想起头一回跟小荷在小区外见面的情形，他依稀也曾接触过她细嫩的手，那感觉真叫人久久难忘。

此刻，房间的极度宁静，与他纷乱动荡的思绪形成鲜明的比照。他有点恨儿子说过的那堆莫名其妙的话，可同时又隐隐地生出些许的兴奋，好像是儿子的话催生了某种不合情理却又无边无际的臆想，他和小荷，这怎么可能？

他猛地站起身来，径直走进厨房，想都没想就拎起案板上早就装好鸡块的塑料袋。

丙

小荷说她遇到了点棘手的事，餐厅原先给她们租了一间集体宿舍，由于合同到期了，对方非要收回房子别用。所以，经理就临时给她们开了动员会，让各自先去外面找地方住下，等租到新宿舍再搬回来。小荷把这事一股脑告诉给温伯，是想请他帮个忙在小区里打问打问，看有没有合适的住所，当然最好是与人合租，因为租金太贵她怕承担不起。

这个半新不旧的生活区确实有不少房子出租，大门口或单元楼道里经常贴些招租启事，可他花了整整一下午时间，也没有找到小荷想租的那种，不是房租太贵，就是房主要求必须是居家过日子的，小年轻或单身一律不考虑。这样一直折腾到天黑前，也没有任何结果。他又怕小荷等得着急，就先给她拨了电话，把情况说明了。小荷在电话里说，那可咋办呢，我们经理说，最迟明天中午前必须搬出去。听得出小荷那头急得快火烧眉毛了。他忙不迭地给她宽心，别急，别急，车到山前自有路，我再给你想想法子。

放下电话，他又到小区里外转悠了大半天，哪怕是电线杆子上的小广告，也要盯着细细看。出门时手里特意拿了笔和纸片，看到有用的出租信息，就草草地记下电话号码。回到家后挨个拨了一遍，情况还是不乐观，即便是只租一套住房里的一个单间，月租也得三四百块，而且，至少要签半年以上的合同，否则免谈。

等他上床睡觉已经很晚了，竟又失了眠。还是老伴刚去世那段时间，隔三岔五，会通宵通宵睡不着觉，大概是习惯了两个人同睡一张床，猛不丁只剩下他一个人，感觉空落落的，特别是夜深人静时分，身边静得有些怕人，那种难以排遣的孤独寂寥，时不时将他死死攫住，欲罢不能。后来他去医院看过两次，大夫说这很正常，属于丧偶性焦虑症，建议他睡觉前适当服用助眠类药物，效果还真不赖，不知不觉竟好转了。

半夜里，他不得不痛苦地从床上爬起来，翻箱倒柜找出那瓶久未吃过的艾司唑仑片。翌日，他跟小荷约好在她的住处见面，说是要来帮她搬家。小荷在电话那头高兴得叫了起来。

小荷老早就把自己的行李铺盖都打好包了，一个人站在那幢破破烂烂的楼下左顾右盼时，看见温伯骑着一辆人力三轮车慢慢地驶来。小荷就跳着脚一边冲他招手，一边甜甜地叫着老伯。他稳稳当当停好了三轮车，然后要跟她上去搬东西，小荷死活不乐意，说能帮她找上住处，够感激不尽的了。就问他在哪找到房子的。他淡淡地说，过会儿你自然就知道了。小荷想想又问价钱贵不贵。他没说话，只摇了摇头。姑娘统共五六件行李，没太多东西，等装好了车，他就让小荷也坐上去。她笑着说，我可沉呢，还是自己走吧。他说，傻丫头，有车拉不费力气的，快点儿上来吧。她这才欢天喜地地爬到车上。三轮车便骨碌骨碌往前走了。

路上，小荷从随身背着的那个包里取出一面小圆镜子，对着自己照了照，然后扑哧一笑，说一早只顾忙着收拾东西了，都忘了洗脸了。

他没吱声，听小荷说话心里总觉得很踏实。他沉稳有力地蹬着车子。都想不起来自己多久没骑过这玩意了。那都是老早以前的事了，家里每年冬天都要去买煤或蜂窝煤球，他才临时从厂里借上三轮车用一下。有时也会捎上儿子一同去帮他装煤，那时的儿子已经开始懂事了，干起活来像模像样的，像个小男子汉。后来有一次，老伴的胃病突发，疼得直不起腰，也是他骑着三轮车连夜送她去医院的。当时，老伴就躺在身后的车厢里，儿子女儿也都守护在旁边，一路哭哭啼啼叫着妈。老伴疼得路上直哼哼，快到医院的时候，老伴突然说了一句话：老温，要是我有个三长两短，你一定要把咱的孩子拉扯好。那一刻，他忽然泪如雨下。后来又过了些年，老伴到底让胃癌带走了。

小荷突然从后面伸过手来，几乎贴着他的后脖子，他感觉那里痒痒的，根本来不及看一眼，她早用三根手指将一个小东西塞进他嘴里了。他迟疑着一怔，舌齿之间立刻溢满了酸酸甜甜的滋味，原来是一颗梅子。他听见她在身后正有滋有味地吮咂着。好吃吧，干活累了渴了，吃一颗可管用呢。说心里话，这种酸了吧唧的东西不太适合他这个年龄了，不过，因为是小荷喂给他的，所以，似乎带着某种非常独特的滋味，是他此前从未感知过的。他嘴里发出咝咝的声响，酸水在口腔里汹涌蔓延，开始牙根似有一点微痛，不过很快甜味就变得浓了，不再是起初那般的辛酸难忍。这感觉就像生活，总是先酸后甜的。

等他完全适应了那梅子的滋味，车子已经到家了。

小荷懵懂地跳下车后，很奇怪地打量了一下眼前的单元楼，又回头望着他，怎么是这里呀？

他点头说就这里。

小荷又问，是你邻居家的房子吧？

他不再吱声，早用胳肢窝夹起两个行李卷走进楼道。

小荷只好狐疑地提着两个包随后跟来。

不会是让我住在你家吧？

他已经掏出钥匙，二话不说打开了深绿色的防盗门。

昨晚我把闺女以前住过的房子拾掇了拾掇，你不嫌弃的话就将就两天吧。

小荷整个人愣在门口，眼圈渐渐地开始发红了。

老伯，这怎么行呢？

怎么不行，房子一直空着，你也看到了，成天进进出出就我一个孤老头子。

可是……我……你……

可是啥？还怕我吃了你呀！

你千万别多心，不是那个意思，我就是怕太麻烦老伯。

不麻烦不麻烦，要是你住进来，我身边也有个说话的人了，往后每天想吃啥不就更方便了嘛!

小荷还想说什么，他已经从她手中接过那两个包。这种时候，她能强烈地感觉到对方骨子里的那种固执和坚持。她稍微犹豫了一下，便迈开步子走了进去。不管怎么说，这所房子让她感到很亲切，有种回到家的感觉。

丁

小荷在家里洗澡的时候，温伯便独自下楼散步去了，说是要买些生活用品。

自从小荷搬到家里住，温伯的生活多少起了些变化。就比如散步的时间，姑娘总是喜欢把自己洗得清清爽爽，这种时候他会很知趣地主动找个借口出去一趟；再比如吃饭，也总是尽量避开小荷他们餐厅的饭口，也就是说中午饭通常会在一点半到两点之间开始，而晚饭有时会推迟到八点钟左右，这样小荷基本上下班时就能顺便把饭给他捎回来，省得来回跑路了。现在，他的饭量似乎比以前好了不少，午饭往往能吃满满尖尖的一碗米饭，晚上的揪面片也能吃一大碗。至于早餐，他会天蒙蒙亮就爬起来，认认真真地熬一钢精锅小米稀饭，顺便馏俩馒头，再煮几个白鸡蛋，开一包涪陵榨菜，等小荷起床后他俩一起吃。小荷夸他的稀饭熬得比餐厅的都地道，他不好意思地说只要你喜欢喝我每天都熬。

总而言之，吃饭时身边有个人陪着说说笑笑的，会让他觉得这个家更像那么回事，不然总感到有些凄凉。他记得小荷刚搬来那天，掏出三百块钱，说啥非要他收下。他说你要给钱的话，就去别处找房子吧，我这里可不对外出租。小荷便为难得不知所措。我就当你是自己的远房侄女，来家里住一阵子，哪能收钱呢。她听他这样说，眼泪就哗哗地淌下来了。不过，我也不让你白住，闲了就帮我洗洗衣服，打扫打扫卫生。她一面抹眼泪，一面不住地点头。这姑娘的确很勤快，没事了就东擦擦西扫扫，轮休时还把他的衣服裤子床单被罩统统洗了，一间小阳台简直都不够晾晒的。

小荷刚从卫生间湿漉漉地走出来，就听见了急促的敲门声。

起初，她以为是温伯回来了，忙跑进自己住的小卧室，三下五除二套好衣裤，一边用毛巾擦拭还在滴水的头发，一边颠颠地跑去开门。哪知她的手刚碰到门把手，那门竟忽地从外面被拧开了，一个中年男人满脸惊愕地望着她，感觉就跟撞到了入室的小偷似的；在他身后还站着一个女人，嘴里大概嚼着块口香糖，腮帮子一鼓一鼓，气呼呼的样子。

片刻愣怔之后，男人开门见山地说，你就是，那个什么，小荷？

小荷点头的时候，双手仍不停地擦着发梢上的水滴，好像不擦干爽简直羞于见人似的。

男人的目光始终自上而下打量着她，然后，在她那从拖鞋里露出的雪白的脚趾上稍作停留。这回你总信我的话了吧，难怪上回我来就觉得不正常！男人煞有介事地扭过头，对身后的女人说。那个女人脸上几乎没有任何表情，除了不停地嚼着口香糖，只轻描淡写地扫了她一眼，就大摇大摆地闯进房内。

奇怪，爸怎么不在家？女人迅速地在房间里转悠了一圈后大声说。

小荷忙接过话头，老伯刚下去买东西了，一会儿准回来，你们先坐吧。

仿佛是，这句话忽然引起他俩的极大不满和愤懑。

你到底是谁？

怎么总在我爸这里？

哼，老爷子还哄我说是什么上门送饭的，一个送饭的能这样吗？

骗三岁小孩呢，这究竟算怎么一回事？

肯定没那么简单，我看这里面大有文章！

喂，你倒是快给我们说说清楚！

怎么？你哑巴了吗？既然能做得出来，现在咋不敢说了！

两个人连珠炮似的一通质询，小荷简直发蒙了，一时不知道该如何回答。

是、是、是温伯，他、他让我搬过来的……小荷紧张得竟有些结结巴巴。

听到了吧？难怪爸死活不让咱们给他介绍老伴呢，原来是他这里早有人选了！男人愤愤地嘟哝道。

爸怎么能这样？女人目光变得异常尖利，好像随时要戳穿小荷身上的什么地方似的。就算他想跟这个女的住在一起，事先总得跟我们商量一下吧，他这样做简直有些为老不尊。

不是那样的，真的，不是你们想的那样！小荷急得无可不可。我搬来只是借住一阵子，等我们餐厅有了集体宿舍马上搬走。

住口！别在我们面前花言巧语了，你们这种姑娘城里满大街到处都是。你干脆跟我们实话实说吧，你跟我爸好，到底图他啥？

你最好放聪明点儿，我们可不像老爷子那么好糊弄！

我，我……呜呜……

哼，狐狸尾巴露出来了吧，这回再没话说了吧？

年纪轻轻的，不知道学好，专走歪门邪道……真不要脸！

就在他们絮絮叨叨没完没了纠缠的时候，房门再次被打开了，温伯一只手里颤颤地提着刚买回来的东西，脸色看上去青灰青灰的，可他并没有冲儿子和儿媳发火。相反，很平静地将手里的袋子放在茶几上，又默默地去卫生间洗了把手，才四平八稳地在沙发上坐下来。

你们都坐吧。他将目光温和地移向正在一旁悄悄抹眼泪的小荷，你也过来一起坐着，我有话说。

儿子儿媳面面相觑，仿佛某个重要的时刻突然来临，而这一时刻必将让他们更加忐忑难安，犹豫半晌才勉勉强强坐下来。小荷始终低着头，好像犯了什么不可饶恕的大错，站在那里一动未动。温伯见状又起身走到她身边，伸手轻轻地把她拉到三人沙发前，两个人才双双坐下。儿子儿媳的目光始终阴狠狠地盯着小荷，好像随时会扑上去撕咬她一番，但碍于老人的面子，只能暂且隐忍以待时机。

你们俩来得正好，一直没工夫跟你们细说，小荷是我最近认下的干闺女，这姑娘朴实得很，手脚也勤快，她住这里可帮了我不少忙。说着，又和颜悦色地对身边的小荷说，这俩人就是我一直跟你说的哥嫂，往后见了面可不能生分。

小荷迟疑着，慢慢抬起头，泪光潮湿地望向温伯，然后才鼓足勇气似的转移到那两个人身上，同时站起身，恭恭敬敬地冲他们叫了声大哥大嫂。

戊

小荷老家来人了。她到城里快两年光景了，除了定期寄些钱回去，还一直没回过家呢。这次母亲是带着弟弟一同来探望她的。弟弟歪歪扭扭混完了初三，觉得念书实在没啥指望，也想跟姐姐一样进城找点儿事做。

小荷苦口婆心对弟弟说，我在外挣钱图个啥，不就是想让你把书念好吗，你咋就不给姐姐争口气呢？

就算将来考上学了，还不照样没工作吗，倒不如早早挣点儿钱好。弟弟满不在乎的样子。

小荷没好气地说，钱钱钱，屁大点人张嘴就是钱，你知道挣钱有多难怅？你才几岁，人家谁肯要你？

小荷弟弟嘟哝道，反正他不想再回学校了。小荷还想说什么，母亲在一旁插言，你弟弟也是为家里好，再说你也老大不小了，也该想想自己的婚姻大事，家里不能老拖累你。小荷的脸就不由得红了两团。

温伯把刚下楼买回的大西瓜切好了，用盘子盛着端到茶几上，殷勤地让客人吃。母亲就夸温伯很会挑瓜，吃起来又沙又甜。弟弟吃得稀里哗啦的，一副没心没肺的模样。小荷越想心事越重，只吃了一小牙儿。

小荷的母亲仅仅待了三天，就开始惦记她的鸡啦猫啦狗啦，最要紧的当然还是没有人给父亲做饭吃，于是便匆匆忙忙起程回去了。这两天小荷只要一有时间，就劝弟弟回家去继续念书，说学费的事不用发愁。可这孩子似乎是吃了秤砣——铁了心，横竖听不进姐姐的话。弟弟赌气说，我明天自己出去找活去，不劳你操心。温伯私下里跟小荷说，索性就给他找个事做做，正好趁假期磨磨他的性子。小荷疑惑地说，他能干啥？在家衣来伸手饭来张口的。温伯冲她笑笑，说干不了更好，到时候他就会知难而退了。

温伯先去居委会打问了一圈，说暑期最缺的就是垃圾清运工，回家跟小荷的弟弟一商量，他头摇得像拨浪鼓，好像掏垃圾会要他命似的。小荷也找过餐厅经理，倒是要招几名洗碗工，就是工钱太低。小荷问弟弟想不想去试试，他撇着嘴说，端盘子洗碗根本就不是男人干的活。小荷有点生气，你这也不行，那也不行，到底想干啥？弟弟却梗着脖子说，我要是知道的话，就不来找你了！小荷简直哭笑不得。温伯又给她出主意，好事多磨，慢慢来嘛，明天我带他上街再找找看。

一老一少在外面逛了大半天，那些聘人的地方多半是餐饮服务行业，说白了都是些服侍人的活计，小荷弟弟好像一点兴趣也没有。温伯忽然想起来，他有个侄子在城里搞装修，干得挺红火。他先拨了个电话，对方让他把人带过去看看。路上，他跟小荷弟弟说，如今干装修算一门不错的手艺，去那里跟着师傅好好学学，兴许将来自己也能当上小老板。小荷弟弟稚嫩的眼瞳里总算闪出一抹憧憬的亮光，好像一去那里就能发大财似的。

温伯的侄子正带领着六七个民工在一幢小高层里装修房子，那些干活的浑身上下沾满了涂料和油漆，就连头发也灰白灰白的，像落满了鸟粪，衣服裤子脏得一塌糊涂，几乎看不出个人模样来。小荷弟弟拼命眯着双眼翕动鼻孔，还一个劲儿拿手掌捂住口鼻，房间里的油漆味的确太冲了，简直叫人窒息。侄子就把温伯拉到一边说，这小伙子太娇气了，怕是干不了这行。温伯有些为难地说，好歹让他试一试，这样也好给他家人一个交代。侄子想了想，说正好最近有个新楼盘刚开盘，就让他先去那里挨家挨户发一个礼拜传单，要是能拉着生意的话，还能提成。说着拿来一摞子宣传材料交到小荷弟弟手上，又当着温伯面说了那个新楼盘的具体位置。

第二天，温伯把小荷弟弟带到公交车站，详详细细告诉他先坐什么车再倒几路车，又从兜里掏出二十来块零钱塞给他。等公交车来了，小荷弟弟便提溜着一塑料袋宣传材料挤进车厢。汽车开动前，温伯忙跑到车窗跟前，踮着脚尖叮嘱小荷弟弟，说中午等他回来一起吃饭。小荷弟弟就朝他挥了挥手，那表情似乎有些生怯和僵硬，感觉像被谁绑架了去似的。温伯心里忽然有点儿难受，自己应该陪着同去才对，毕竟他才刚到城里，人生地不熟的。可小荷临上班前给他交代过，只让送到公交车站就可以了。小荷说当初她刚到城里，一个熟人也没有，两眼一抹黑，一切都是靠自己慢慢摸索来的，所以，得让弟弟从一开始就觉得出门事事都不易，这样才好让他回心转意。

温伯一个人回到家里，总有些提心吊胆的，坐也不是，站也不好，过一会儿就去阳台往楼下瞅一瞅；楼道稍有点儿动静，赶忙跑去打开门看看。客厅墙上的钟表也走得疲疲沓沓的，仿佛时针被什么东西黏住了老是走不动，还弄出好大好大的噪音，着实叫人心烦。好容易挨到午饭时间，小荷匆匆把饭送回来，又要急急忙忙赶回去上班。他顺口问了句，你弟弟咋还不见回来，不会迷了路吧？小荷说，放心吧，昨晚我给他写了一张信息卡塞在裤兜里，上面有餐厅和老伯家的电话，还有这边的地址啥的，他一个大活人应该没有那么笨。他这才稍稍舒了口气。

近些日子，小区正闹着铺设天然气管道，要挨家挨户打孔穿管子，楼道里不时传来冲击钻的巨大声响，搞得人心惊肉跳。估计很快就要轮到温伯家，管事的白天上门通知他做好准备。温伯就把厨房里的锅碗瓢盆统统收进橱柜里，厨台上还苫上一层旧报纸，忙完这些又去了一趟农行，取出两千块钱，因为完工后要一次性收取一千八百块安装费。其实，这件事从一开始他就不太积极，小区物业召集住户开过好几次会，要广泛征求大伙意见。家里统共就他一个人，有时候换一罐子煤气能用小半年呢，自打小荷来了以后，他每天也就做顿早餐，用气确实很省的。所以，根本就没必要大动干戈地安装。

可是，天然气似乎成了发展的必然，儿子也来跟他磨叽过，说天然气又干净又方便，劝他还是装上为好，儿子还说实在不行他们来出安装费。他当然不舍得让儿女花钱，自己月月都有退休金，虽说不多，可养家糊口绰绰有余，他甚至还偷偷给女儿攒了两三万块钱，想等下次女儿回家探亲悄悄送给她。在家处处好，出门事事难，他很能体恤女儿的不易。他只是觉得安不安装天然气好像意思不大，问题是左邻右舍都要安了，不能单单绕开他这一户，生活有时就得随大流。

小荷弟弟天黑前总算回来了，一问才知道午饭吃了一碗牛肉拉面，却害得温伯一整天左顾右盼心神不宁。小荷傍晚送回来的饭菜他一直没敢动，还热乎着，就忙招呼小荷弟弟一起来吃。看来小家伙真饿极了，动起筷子简直就是风卷残云。温伯久久盯着小伙子的吃相，一时说不出是何滋味。年轻人吃东西的样子，让他有种久违了的满足和欣慰，同时又有几分好笑，给人的感觉像几辈子没吃过饱饭了。他顺便问今天传单发得怎么样。小荷弟弟一边打嗝，一边摇头支吾说，不咋样，根本没人搭理。他就说万事开头难嘛。小荷弟弟终于扒拉完了饭菜，只给温伯剩下一点儿菜汤和米饭。

等小荷下班回来，弟弟已经在温伯的床上呼呼大睡了。温伯正打算出去散会儿步，小荷说她也想一块出去走走，于是，两人轻轻地锁好房门出来。楼道里到处都是安装天然气管留下的粉尘和杂物，温伯一不留神，脚下踩到了几颗碎石子，整个身体忽然一趔趄，幸亏小荷眼疾手快，一把拽住了他，才不至于跌倒。他还是惊出一身虚汗，嘴里嘟哝说，人老了不中用了。随后，小荷不放心似的一直搀扶着他，双双走出楼道。

两个人来到小区外面，头顶已见繁星点点，夜晚的空气显得很单纯，白天的种种嘈杂和燥热，被渐浓的夜色吞噬殆尽，一丝晚风拂在脸上，感觉轻轻柔柔的。小荷边走边说，我弟才出去发了一天传单，就累成那样了，他还不肯用心念书，将来可咋办。他没有去接她的话头，任由她絮絮叨叨地说下去，他只是默默地听着，徐徐往前走。让人搀着行走的感觉，既蕴藉又体贴，他平心静气地感受着这一切。

他已记不清最后一次陪老伴散步的时间了。事实上，那些年老伴一直顽疾缠身，整个人病秧秧的，他们好像很少一同出门散步，即便出去也是匆匆上医院检查治疗。后来等老伴走了，他才迷恋上一个人漫无目的地到处转悠。一个人走路的好处，越来越让他心领神会，可以放松，可以舒缓，可以回忆，可以胡思乱想，也可以学会慢慢遗忘。想想看，人这一辈子过得实在太匆忙了，一旦轮到你一个人吃饭、一个人睡觉、一个人散步的时候，其实剩下的时日也就不多了。

我妈那天临走前嘱咐过我，说今年冬天最迟明年开春，让我回老家相对象成亲呢。也不知为什么，小荷突然换了个话题。

他一怔，半晌只模棱两可地哦了一声。

我妈说姑娘家不能在城里逛野了，不然将来就没人敢要了。

那你也可以考虑在城里找个对象嘛。他总算搜腾出一句像样的话来安慰她。

城里人会要我一个乡下来的吗？小荷的语气变得有些茫然。就拿我们餐厅那些姐妹来说，她们大多都跟自己的老乡相好，可要想结婚总得有房子住，买是这辈子也买不起的，可租金也不便宜。我们领班倒是结了婚，听说两口子在郊区租了间民房，每天上下班要挤一两个钟头的车，日子过得苦死了！若是那样的话，我宁可当一辈子老姑娘。

这个话题似乎有点儿沉重，他实在不想跟她说些冠冕堂皇的大话。好在小荷是个很乐观的人，过一会儿她自己又开脱说，嗐，不管那么多了，将来的事等到将来再看，反正天无绝人之路嘛。这话他倒爱听。

一路上小荷就那样挽着他的胳膊，一老一少不知不觉就走到中山公园的后门了。这座公园距离他住的小区并不算远，横穿两条马路再拐个小弯子便是。远远听见一阵牵牵绊绊的胡琴声，公园的凉亭每晚都聚集着一伙老戏迷，在那里吹拉弹唱，别有一番意趣。老伴走后，温伯偶尔也过去围观，但他从来不唱，只做听众。小荷听到咿咿呀呀的唱戏声，立刻兴奋起来，竟毫无意识地拉起他的手，嘴里嚷嚷着快点快点，便紧走几步过去凑热闹。

兴许是暑天的缘故，小荷的手变得又软又潮又热，有种密不透风的贴附感。这突如其来的手掌互相贴合让他多少有些胆战心惊，黑暗中他稍一犹豫，便欲罢不能地更有力地抓牢了她的手。这种时候，他忽然发觉比起刚才小荷搀着他走，他似乎更乐意彼此牵着手同行，他也意识到这或许并不十分妥，可又觉得冒这样一次小险值得，此时他真希望自己再年轻上二十岁。

后来，直到在熙熙攘攘的人堆里遇见过去的一个老同事，他才赶紧松开她的手。老同事叫出了温伯的名字，而且，还打趣说，哟，真行，老牛也啃上嫩草了。那一刻，温伯觉得自己很像一个大男孩，处在懵懂而又羞涩的青春期，见了熟人恨不能找个地缝子钻进去。小荷倒是大大方方的，心思完全都在听戏上了。

小荷弟弟出门散发传单的第三天上午，安装管道的工人才迟迟上家里来，丁零咚隆又钻又砸，把房间折腾得乌烟瘴气，才算是完工了。

温伯进卧室拿钱付款的时候，才发现塞在床头柜抽屉里的两千块钱不翼而飞。他简直百思不得其解，明明从农行取出来就搁在家里的，怎么说没就没了，长翅膀飞了，还是自己记错了？于是，翻箱倒柜好一通找啊，结果依旧是踪迹全无。思前想后，只有一种可能，那就是叫人偷了，可家里除了自己，就剩下小荷和她弟弟。而小荷根本不可能，这姑娘他观察不是一天两天了，品性应该没得说，不是那种见钱眼开见利忘义的人。那么，只能是小荷弟弟干的了。这个推断让他不寒而栗，假使真的如此，那他无异于搬起石头砸自己的脚嘛。关键是，这里面还夹着个小荷，说轻说重脸面上都不太好，毕竟那是人家的亲弟弟呀。再者，一无凭二无据的，又没有当场抓获，仅仅靠自己的怀疑推测，就认定是人家干的，恐怕于情于理都说不通。他犹犹豫豫合计了大半天，最后干脆自己揉个肚子疼，打掉牙齿往下咽吧，便又匆忙去了一趟银行。

晚上，小荷下班回来，他压根没提这件事，就当什么也没发生过。小荷进门见满屋子都是灰尘，厨房里尤其乱得不成体统，便顾不上休息，忙里忙外打扫起来。这种时候，他的情绪也渐渐阴转晴般好了起来，破财免灾之类的想法也油然而生，退一步想，那些钱如果真让小荷弟弟拿去，也算肥水不流外人田。他现在越来越觉得，在小荷身上花点钱是值当的。

然而，这种息事宁人的念头仅仅维持了个把钟头。等到他们上床睡觉的时间都过了，小荷弟弟仍未见人影，小荷急得满屋子乱转，他才隐隐约约感觉情况不妙。

己

凡是能想到的地方，几乎都寻遍了，小荷弟弟连同那两千块，一同石沉大海了一般。当然，这只是温伯自己的看法，至于小荷还一直被蒙在鼓里，她压根不晓得丢钱的事。

据温伯的侄子讲，小荷弟弟仅仅去那个新楼盘转悠了一天，后来再没见人影，估计他是不愿意去散发传单，可以想象年轻人嘛都有点儿好高骛远，人家也就没再联系温伯。小荷听了又急又恨，嘴里说谁让他不听话，小小年纪学会扯谎溜屁的，丢了活该！温伯心里就很自责，说都怪他嘴长，早知这样当初真不该领他去找侄子想办法。小荷撇开脸去抹了抹眼圈，强忍着才没哭出声。温伯茫然地安慰了她几句，说应该不会出啥事，兴许马上就回来了。

到了夜里，小荷发噩梦，大声哭醒了。温伯跑过去坐在她床头边，拍着她的肩膀头说，别怕别怕，有我呢，没事了。小荷虚弱地依偎着温伯，目光凄凄迷迷的。我梦见弟弟掉进下水井里了，那口井好深好黑，就在马路边上，上面的盖子不知让谁偷跑了……温伯摸摸小荷的额头，还好不算热，就说，梦都是反的，说不定你弟弟已经回老家了，快躺下好好睡吧。小荷这才把身子蜷进毛巾被里。温伯又在她身边默默地坐了很久，等她睡安生了才回自己的房里躺下。

翌日，小荷跟餐厅请了两天假，温伯亲自送她到长途车站，嘱咐她快去快回。从车站回来，一开家门，他便愣住了，儿子儿媳一家居然早来了，他这才意识到今天是个礼拜日。孙子一下子飞扑到他跟前，他忙弯下腰用胡子拉碴的嘴亲了亲那张小脸蛋，说小坏蛋，这么长时间也不想爷爷。孙子嫌他的胡子扎，又扭捏挣扎着跑开了。儿媳早系好了围裙，一副要摆开大干一场的架势。他说你们来了，我下去买点菜中午吃。儿子说爸不用了，来的路上我们全都买好了，今天你就等着吃现成的。孙子已把电视机打开了，抓着遥控器找自己喜欢的动画片。他往厨房扫了一眼，果然厨台上放着两只鼓鼓的食品袋，儿媳正蹲在地上吭哧吭哧刮鱼鳞呢。房间里充满了刺鼻的鱼腥味。他一时不知道自己该待在什么地方，多少显得有些碍手碍脚无所事事。

儿子不知从哪翻腾出那副缺一个棋子以瓶盖代替的老象棋，嘘嘘地努着嘴吹掉盒面上的浮尘。爸，咱爷俩儿杀一盘。他抬眼看看儿子，总觉得这张脸今天有种深藏不露的味道。于是，爷俩儿在饭桌前对坐着，开始下棋。当头卒，拐脚马，连环炮，上士，飞象，将军，噼里啪啦，儿子棋技大有长进，连着赢了他两盘。

爸今天老心不在焉的，刚才那盘咋下的，明明我别你马腿愣没看出来！儿子一边摆棋，一边不停叨叨。他心里本来窝着事，可又不能跟儿子明讲，要是说出实情，他能想象儿子儿媳会怎么看他：老糊涂了吧，引狼入室，咎由自取，钱多烧的。

儿子忽然又想起什么，盯着他的脸煞有介事地说，老刘叔说他那天碰上你了。

哪个老刘叔？他压根想不起这个人。

就是原先跟你一个车间的老刘头嘛，人家说你晚上拉着个漂亮的小姑娘，在公园听戏呢。

他一时语塞，脸上多少有些不自然了。他不想解释，这种事往往越抹越黑。好在儿子倒也不往下说什么，大概只想点到为止。他却又此处无银地添了一笔，你别听老刘头瞎咧咧，他那张嘴从来没个把门的。儿子马上笑笑说，放心吧，我已跟他澄清了，说那姑娘是我爸认的干闺女，省得他瞎胡猜。他忽然觉得儿子思想有进步，至少在这件事上能站在他的立场上。

饭菜确实很丰盛，简直跟过节一般：红烧鲤鱼、木耳肉片、韭黄炒鸡蛋、醋熘广东菜心，还有枸杞银耳圆子汤；儿子另外还带来一瓶好酒，古井贡，说是别人送他的，一直舍不得喝，特意拿来孝敬父亲。他确实有好长时间没沾过一滴酒了，主要是退休后没有什么应酬，自个儿喝更没气氛。儿子倒满两只酒盅，非要给他敬酒，他就抿了一口。儿子说不行，酒满心诚，得干掉。儿媳忙解围说，你就别劝爸了，让他慢慢喝。儿子说咱爸没事，他现在心态好，身体棒，跟小伙子没啥两样。他总觉得儿子的话里有话，又不便去追问什么，就把剩下的酒喝尽了。儿子又给他斟满，双手举着说，平时我们照顾不周的地方，爸多担待，其实大伙儿都盼着爸能健健康康快快活活的。他端起第二盅的时候，忽然意识到儿子今天好像是另有来头，就说，你小子有啥话直说吧，别跟老子拐弯抹角的。儿媳立刻给儿子使了个眼色，儿子却干巴巴地冲他笑了笑，半天欲言又止的样子。

儿媳见机忙夹起一大块鱼肉放在他碗里，笑眉笑眼地说，其实也没什么，我们单位跟外面联合开发了一个住宅区，都是一百四五十到两百来平方米的复式结构大房子，机会真是千载难逢！我们俩商量了一下，想要个大点的，主要想着往后房子宽敞了，您还是跟我们一起住，就算小妹回来住也没问题。看来，预感是正确的，他放下酒盅想了想说，这是好事啊，我倒是放在其次，只要你们一家住着舒服就成。儿子却皱起眉头说，好事是好事，那得要票子呀！他马上想到他们是来跟他要钱的，就顺着话说，反正我就那点退休金，到时候尽量帮你们凑凑。哪知儿媳忙接过话头说，爸的钱还是留着养老吧，我俩的意思是，反正将来您迟早搬过去跟我们住，这套老房子合适的时候干脆卖掉算了，留着意思也不大。

他不再作声，低头吃了一口鱼，感觉肉里面有很多小刺，差点鲠在喉眼，慌忙撂下筷子起身，将嘴里的东西一股脑儿吐到垃圾筒里。孙子好奇地跟过去看着他。爷爷，是不是卡上刺啦，赶紧喝点醋，我们老师说醋能软化鱼刺。他笑着摸摸孙子的小脑壳，说，不妨事不妨事，你可真是爷爷的孝顺孙子，等会儿吃完了带你去中山公园耍耍。孙子听了立即欢呼雀跃不止。

儿媳闻声不无严厉地说，你休想！别忘了下午两点半还有奥数课！他觉得儿媳的声音尖得有些刺耳，忽然一点儿食欲也没有了。再看孙子的小脸，沮丧到要崩溃的地步，透过那两坨厚厚的镜片，他觉得这孩子快要流眼泪了。

他知道自己帮不了孙子的忙，很多时候他甚至连自己都帮不上。可又实在不忍心看孩子可怜兮兮的模样，就抹抹嘴说，你们先吃吧，我有点不舒服，想躺一会儿。

刚躺在床上，客厅电话就响了，是儿子接的。喂？找谁……姐姐？谁是你姐姐？这里没你姐姐……打错了！儿子有些气急败坏，声音里似乎蹿着熊熊火苗。

他后来意识到，那个打来电话找姐姐的人是谁了——小荷弟弟。慌忙从床上跳下来，连拖鞋都没来得及趿就跑到客厅，嘴里嘟哝着，咋把电话挂了?！儿子很奇怪地望着他，说又不是找你的，激动啥。儿子的口气真让人讨厌，如果不看在儿媳和孙子的分上，他真想狠狠数落儿子几句。

随后，他趴在茶几上，焦急不安地等待铃声再次响起来，可是过去老半天，电话始终没有动静。他满脑子都是小荷弟弟的模样，还有那两千块钱。也许，用不了多久小荷就会打电话来，告诉他弟弟有下落了。不过，他还是觉得这事自己负有不可推卸的责任，千不该万不该，不该把钱随便放在抽屉里，小年轻一下子看到那么多钱，难免会心生杂念走上邪路。

一家人不欢而散。儿子儿媳都以为是卖房子的事惹恼了老爷子，当然还有那个该死的陌生电话。其实，儿子心知肚明，他八成猜得出电话是找小荷的，所以故意使性拌气挂断的。后来，儿子儿媳送孩子去奥数班，临走时还有些仓皇而又怏怏的味道。他没太理识他们，只是乘机塞给孩子五十块钱，叮嘱他喜欢什么玩具自己买去。不管怎么说，孙子可是他的心头肉，过些日子不见总想得慌。

家里静得有些不可思议，唯独食物的气息还在懒散地流淌着。他无意中瞥见了老伴的那幅遗像，仿佛真人一般，目光淡定，笑容可掬。这还是老伴身体相对好的时候，他俩一起去照相馆拍的，当时先拍了两人的合影，老伴突然提出来还想拍个单张，说是要给他们留个好念想。此刻，阴阳两隔，两个人相对无言，往事飞蛾一般涌上心头。

他起身去饭桌那边端来一盅酒，颤颤巍巍地敬到老伴的相框前，默默沉吟半晌，鼻子忽地一酸，泪珠子簌簌落下。老婆子，今儿你都听到了吧，他们想让我卖了这房子跟他们一起过，我不是舍不得钱，也不是舍不得房子，我是怕万一没了这个家，往后你想回来看看，上哪儿找我去啊？有时候真羡慕你，说到底还是你有福，早早地走在了我前头，丢下我一个人，难哪……

仿佛灵光乍现，他猛然记起家里的电话有来电显示功能，只是很少派用场，因为平日给他打电话的人不外乎是儿子和女儿。偶尔，孙子也会打来，跟爷爷诉苦，告爸妈的状，嫌作业太多没时间玩。这种时候，他总是装腔作势地哄哄孙子：好孩子，到时候爷爷一定狠狠批评他们，看谁还敢欺负我的乖孙孙。查出那个号码，一连拨了两三遍，开始没人接，后来总算有人懒洋洋地接听了，他就问这是哪儿的电话，对方不耐烦地回答是商店里的公用电话。他一下子傻眼了，既然是这样那就毫无意义了，不过，转念还是硬着头皮又打过去，跟人家询问了小商店的具体方位，谎称自己是要上那里买个急用的东西。

这地方太偏僻了，坐车出了城还要一直向北走。沿途两旁尽是些灰头土脸的破旧民房，门前有收来的各种废品，堆山填海般几乎遮没了矮小的房屋。路面也是坑坑洼洼的，脚下足有半尺厚的浮灰，时不时疯跑过几辆货车，喇叭声摁得山响，好像路人都是聋子。寻来找去，天黑前才摸索到了那家商店，很小的一个门面，门口歪歪斜斜地挂着个蓝白相间的公用电话牌。

温伯掀起纱门帘子走进去的时候，老板正光着膀子斜叼烟卷，两眼眯缝着盯在电视上，满屋子烟气缭绕。他乘机扫了一眼花花绿绿的货架和柜台，里面的货品个个蓬头垢面早过了期的样子，他半天也没想出该说点什么。老板狠狠吸了一口烟，又干咳了两声，随后将一口浓痰吐到地上，看也不看他一眼，只用鼻子哼着问要啥。他迟疑了一下，我想，我想……他忽然觉得口干舌燥，就随口道，给拿瓶矿泉水吧。对方眼睛始终没有瞧他，突然很不情愿地扔过一瓶农夫山泉。电视里播的是一档很流行的情感类访谈，有个漂亮的女人正声泪俱下地向主持人诉说着自己不幸的婚史，听起来很煽情，教人身上直冒鸡皮疙瘩。付完钱，喝了几大口水，他的目光才落到靠近窗边柜台的电话上。

温伯稳住心神，为了讨好老板又买了一盒很贵的芙蓉王，烟他平时闷得慌了才吸上一根，基本没什么瘾，也从来不买这么贵的烟。他先给老板递了一根烟，才客客气气地搭讪道，我想跟你打听个人，中午有没有见过一个十五六岁的小伙子，在你店里打过电话？然后，怕人家印象不深，又详细描述了一下小荷弟弟的模样个头穿戴等。恰好电视开始插播广告：怕上火就喝王老吉。老板这才慵慵懒懒地扭过脸打量了打量他。我这每天进来出去的人不少，谁能盯住哪个是你找的人？他忙解释说，是老家乡下来的侄子，刚念完初中，今天中午他就在你店里给我打过一个电话。

老板皱起眉头想了想，忽然如梦方醒般长长地哦了一声，那你侄子八成也是老鼠会的吧？温伯顿时一脸茫然，老鼠会？他还是头一回听到这么稀奇古怪的说法。老板大概一个人在店里憋得太久，好容易碰上个能说话的人，话匣子便一股脑儿拉开了。

前一阵子，不知从哪里来了一大群乱七八糟的人，男的女的老的少的都有，还有怀里抱着娃娃的妇女，我看足足有上百号人哪！这些人时不时上我店里来，买点水啦火腿肠啦方便面啦，再不就给家人朋友打个电话啥的，你还别说，自打有了这伙人，我的生意就比以前好做多了。可教人讨厌的是，每天天将蒙蒙亮，这帮家伙就公鸡打鸣一样唱起歌子了，鬼知道号丧些啥！白天呢，又都窝在后面的那排出租房里，好像见不得天光，听说是在上啥狗屁课，有时大嚷大叫的，有时又噼里啪啦地不停拍巴掌，妈的，吵得人连个觉也睡不囫囵……

后来，可能是谁告发了，那些戴大檐帽的来这里突击查过一两次，这下我才搞清楚，原来他们成天窝在里面，是专门教你咋去糊弄别人的！其实，这帮家伙也都是被自己的朋友老乡一个个骗过来的，说是很快就能大把大把赚钱！不过要想加入他们，得先缴三千来块入门费，还说交了钱就能领到一套啥高档产品，说到底就是坑蒙拐骗，无非是上家骗下家，每个人都要去外面拉人头入伙。我听这些没脑子的打电话时，满嘴说的都是什么机会难得啦，让赶紧准备好钱，来这里准能发大财……老师傅你可得当着点儿心，八成你侄子是想拉你下水呢！

从小商店里出来时，温伯整个人忽然陷入某种伸手不见五指的漆黑中。他手里毫无意识地拎着喝剩一半的农夫山泉，感觉双脚每迈出去一步，就像落进无边无底的虚空里。他提心吊胆地朝后面有昏暗灯光的出租房跌跌撞撞而去，现在，他只想抓紧时间找到小荷弟弟并带他回家。

庚

小荷心急火燎地敲开房门时，见温伯踮着一只脚站在自己面前，模样有些怪异，表情十分痛苦。

小荷吓了一跳，连忙撂下手里的东西去搀他。这到底是咋了？我走前不还好好的吗？

温伯淡淡地掩饰说是晚上下楼不小心崴了。

小荷就心疼地蹲下身去细看，果然，右脚脖子外侧瘀了乌血，肿得老粗。小荷问家里有酒没，说要用酒点着了给他好好擦擦，那样消肿快。温伯想起儿子那天拿来的那瓶好酒，就叫她去柜子里拿。

小荷小心翼翼地把酒倒进一只空碟子里，用打火机点着了，不顾火焰灼手，拿手指头蘸上带着火苗的酒水，迅速地往温伯的脚腕子上擦抹。她嘴里咝咝响着，边擦边有分寸地按摩那个乌青肿胀的部位。

温伯斜靠在沙发上，多少有点不忍心，生怕那火烫着她的手。小荷会意便一声不吭，很专注地往他的脚脖子上涂抹热酒。酒精的热度很快就由脚脖子传到腿部和身上，小荷的额头也滚下滴滴汗珠。温伯说，你刚进门，坐下歇会儿吧。小荷摇摇头，继续很卖力地给他按摩伤处，很像一名职业按摩师。

小荷说自己当初差点就跟一个小老乡在足浴城干活了。后来听那里的姐妹说，有些来洗脚的客人很不老实，你替他们按脚的时候，他们的脏手就往女孩身上乱碰乱摸，有时还故意用臭脚丫子朝你的胸口上拱，你要是大声喊叫了，他们反而猪八戒倒打一耙，跟经理告黑状，说你服务态度不端正，弄疼他们了。所以，她只在那种地方待了一个礼拜，左思右想还是去餐厅找活干了。她觉得餐厅虽然活累，人辛苦些，可至少不会发生那类龌龊的事。

说到动情处，小荷不由得伤心落了泪。温伯只当是她为弟弟的事发愁难过呢，反复思谋了半天才嗫嚅道，怪自己记性不好，差点儿把最要紧的事忘了。接着才一本正经地说，她走后她弟弟来过一个电话，让转告姐姐他找到活了，给一个什么公司当保安，这些天人家要集中培训他们，等下个月工作安定后，再回来看她。小荷听了立刻转忧为喜，激动地拿手背胡乱揩了揩眼角，说真没想到，看来是她小看弟弟了。

客厅里氤氲着厚厚的酒气。温伯许久没再吱声，他觉得脚脖子已热乎乎的，也许是燃烧的酒精麻痹了神经，痛感似乎不那么明显了，可心头却像压着块大石头。刚才是不得已才跟小荷那样说的。除了善意的欺骗之外，他不知道自己还能替小荷做些什么。人老了，胳膊腿脚都不大听使唤，那晚他摸黑去敲那排出租房的门，希望能在那里找到小荷弟弟，不承想连个人影也没见着，还把自己跌得一瘸一拐的，差点儿就回不了家了。后来，还是商店老板告诉他最近风头紧，上面隔三岔五来查，估计那些老鼠会的转移到别的地方去了。现在他暗自拿定主意，等自己的脚伤稍好点儿的时候，再去外面想办法打探小荷弟弟的消息。

这天清晨，小荷醒得特别早，起床后稍微洗漱了一下，就匆匆出门去了。温伯因为腿脚不灵便，等他又迷糊了一会儿磨蹭着下了地，小荷已经在外面敲门了，见她两只手里拎得满满当当，有新鲜的蔬菜、鸡蛋、豆腐和肉，还有刚出笼的馒头。温伯一脸惊讶。小荷说今天她要亲自下厨，好好做两顿饭给他吃。温伯疑惑地盯着她，那你不上班了？小荷说，忘了告诉你，那条街停电，餐厅歇业一天。说完就一头扎进厨房，系上围裙，手脚麻利地准备早餐了，煮小米稀饭，蒸鸡蛋羹。

吃过早餐，小荷简单地收拾好厨房，又点了烧酒仔仔细细地给温伯擦拭按摩脚伤。小荷说自己小时候崴了脚，母亲就用这种土法子，当时家里条件差，连瓶酒也买不起，好在那时爷爷经常给邻里们盖房子、上大梁、操办红白喜事，人家有时答谢他，会送一瓶高粱烧，爷爷把酒存在柜子里，平时舍不得喝，只有逢年过节才拿出来抿两口。小荷讲这些陈年旧事的时候，温伯就闭上眼睛静静地听着。

中午小荷又像模像样炒了两道菜，家常豆腐和菜花炒肉丝。豆腐特意过了油，色泽金黄，皮脆里嫩，是温伯最爱吃的；另外，她还打了鸡蛋菠菜汤，蛋花跟棉絮一样柔软飘逸，出锅后的菠菜叶子依旧碧绿碧绿的，单看一眼就教人食欲大增。温伯赞不绝口，一个劲儿地感慨道，自己好久没吃过这么合口的饭菜了，又问她这手艺是打哪儿学来的。小荷犹豫了一会儿，才说是以前跟餐厅的一个大厨学的。那个大厨比她大一轮，手艺很棒，对她颇有好感，有事没事总爱找她拉拉家常，过节的时候还老惦记着偷偷送她一样小礼物，有时是一对精致漂亮的发卡，有时是一管很时尚鲜亮的口红。

小荷讲到，后来有一晚下班后，大厨一个人站在街对面等她，说是想请她去看电影。小荷当时多少有些难为情，可那部正在全城热映的电影她又很想看，里面有她最喜欢的章子怡。大厨见她忸忸怩怩，就说要不再叫上两个姐妹一起去。她才欣然答应。等到了电影院，她才知道大厨买票时大概动了小心思，那两个一同去的姐妹的座位离他俩十万八千里，不过既来之则安之吧，她想反正不就是看一场电影嘛。

可是，大厨好像根本不是来看电影的，整个过程两只眼睛亮灿灿地老盯着她的脸蛋看来看去，后来趁机抓住她的手，还把热辣辣的嘴唇贴到她脸颊边上小声说话。黑暗中她感到心跳脸烧，却又不好声张，只是尽量往旁边避开身子，可对方简直像膏药似的越发黏得紧了。再后来，大厨竟猛不丁亲了她一口，她终于恼了，突然站起身来嚷，你再胡闹人家不看了。惹得周围的观众一阵白眼和哄笑。这样一来，她跟大厨的事餐厅众人皆知，经理私下里对她说，其实大厨在老家是有老婆的，好像还给他生过孩子。打那以后，她再也不跟大厨说笑了，哪怕平日里碰个面都要远远地避开。

晚饭又是温伯最爱吃的臊子揪面片，这个手艺小荷说是打小就跟母亲学会的。那时爹妈经常忙得顾不上做饭，弟弟饿得在家哇哇哭鼻子，她于心不忍，就开始摸索着做些简单的饭菜了。母亲闲时也手把手教她，还总跟她叨叨，姑娘家不会锅灶，将来出嫁了，一准教婆家人瞧不起。那时节虽说还不明白其中的道理，可做起饭来还是很上心的，尤其是看到家人吃饭时满足的神情，她心里非常快活。

今天温伯居然吃了满满两大碗揪面片，额头直冒热汗，嘴里不由得说，要是我有你这样的闺女该多好啊！

小荷马上笑着接过话头说，我本来就是你的干闺女呀，怎么现在想反悔了。

温伯喉头一颤，什么东西哽在那里，半天只是出神地瞅着小荷的脸。他忽然觉得，自己真的已经离不开这个很爱笑的外地姑娘了。

辛

翻过天，小荷弟弟竟不声不响地回来了。这些天你都上哪儿去了，也不打声招呼，害得你姐姐满世界找你！一见面温伯就迫不及待地问这问那。

小荷弟弟一副做贼心虚的样子，目光躲躲闪闪，始终不敢正眼多瞧一下温伯。只是吞吞吐吐地说，那天发传单时遇上一个同学，人家邀他一起在城里逛了逛，他又不好意思推辞。又说其实他给这里打过一次电话，可接电话的人非说他打错了，后来他就没敢再打。温伯一直默默地察言观色，觉得对方的话虚虚实实的，但不管怎样人回来就好。小荷弟弟去了趟卫生间，随后又说他困得要命，想去姐姐的床上躺一会儿。说罢便径自钻进屋去，还随手掩上了房门。

温伯估摸着他已经上床躺下了，就想趁机给小荷餐厅去个电话，好让她马上赶回来。但是，一连拨了好多遍，餐厅电话始终占线，怎么也打不进去。情急之下，温伯只得悄悄离开了房间。脚伤虽说在小荷的精心照料下消了一些，可行动起来毕竟还有些困难，单单下趟楼就弄得他汗流浃背。去小荷餐厅约莫十分钟的路程，他足足蹒跚了小半个钟头。

等温伯和小荷双双到家后，几乎所有的抽屉柜子床铺都被翻了个底朝天，小荷弟弟却早没人影了。他们连忙挨个屋子查了一遍。小荷发现，她压在枕头下面的两百多块钱一分没剩；温伯倒没丢多少现金，只是柜子里的一块老牌西铁城机械手表和一副纯银手镯没了。手镯还是老伴留下的东西，虽不太贵重，可那也是个念想，老伴说是将来要传给孙媳妇戴的。因为有了上回丢钱的事，他反倒显得很平静，只是无奈地靠在沙发上连连叹气，后悔自己粗心大意，临走前没把家门反锁好。后来他思前想后，觉得事情不能再隐瞒，才一五一十地把上次丢钱的事跟小荷统统讲了。小荷简直不敢相信自己的耳朵，可此刻凌乱不堪的房间，教她根本无法逃避残酷的事实，她不明白这一切是怎么发生的，就像她外出务工这两年对家中的弟弟同样一无所知。

后来温伯起身，准备收拾地上那些杂乱无章的东西。小荷突然叫了一声，别动！要不还是报案吧……她的话像猛然掷在沉默空气中的一枚炸弹，温伯不由得打了个激灵。

不成——那样你弟弟就毁了！温伯几乎一字一顿地说。

活该，谁叫他游手好闲不学好，做这么伤天害理的事呢？她的情绪异常激动。我咋会摊上这么个不争气的弟弟，爹妈要是知道了，非被他活活气死！

温伯沉吟了片刻说，不管咋说，到底还是个孩子，他不懂事，咱们不能再把他往绝路上逼啊。

那咋办呀？总不能由着他的性子这么折腾下去？小荷急得直抹眼泪。

温伯去卫生间拿来一条擦脸毛巾递给她，劝她说现在关键是先找着人，万一他到外面继续胡混，麻烦可就大了。小荷茫然无措地说，城里这么大，到哪儿找他去？他发现这双平时很爱笑的眼睛此刻充满了忧郁。于是，他又一再给她宽心，说兴许过两天你弟弟还回来，到时候我们一定想办法把他稳住，再好好劝他改邪归正。

这天晚上，小荷下班回来告诉温伯，经理正式通知大伙，餐厅已为姐妹们重新租到了集体宿舍，再过两天就可以搬过去住了。

温伯听后顿时慌了神，你真的要搬走啊？

小荷说，老伯放心吧，你想吃啥随时打个电话，我会按时按顿送过来的。

温伯说，我不是那个意思。

小荷说，真的很抱歉，没想到给老伯家里添了那么多麻烦，那两千块钱我以后一定会还的。

温伯说，你这说的是啥瓜话，再这么说我可要多心了！

小荷说，天底下没有不散的宴席，我也不能总住在你家里呀，我知道其实你也有自己的难处……往后闲了，我会常来看望老伯的。

温伯心里乱糟糟的，忽然间长满了杂草一般，一点儿头绪都没有，半晌儿静默无语。

小荷转过身默默地走回房间，轻轻掩上房门，瘫软着倒在床上，和衣静卧。她在黑暗里久久凝视着窗外，点点泪光中仿佛又看到了去年秋天的那个宁静的傍晚。那天街道两旁树叶金黄耀眼，行人如织穿梭往来，她身上披了条鲜红鲜红的绶带，仿佛一个光彩照人的新娘子，后来她在人群中看见一个慈眉善目的老先生迎面缓缓走来。

当时，她完全是带着餐厅的任务站在街边的，经理说每拉来一个办月卡的食客，就可以拿到一点提成，谁拉得越多拿的就越多。此时此刻，那点儿所谓的奖金显得是那么微不足道，甚至连想一想都感到龌龊，教人内疚，她忽然开始厌恶城里这种人和人之间的关系。她似乎更在乎自己内心的感受，更在乎在这个老人家里的点点滴滴，也更在乎这份不是亲人胜似亲人的暖暖情意。有时她真想永远这样住下去，就像她是温伯的亲闺女那样，时不时可以搀着老人的手臂，去公园散散步听听戏；可更多时候，她又莫名地感到害怕，因为她知道自己终究是要离开这座原本就不属于她的城市的。现在她不得不当机立断，弟弟的所作所为已经教人无法容忍，再这样不明不白住下去，注定会更深地伤害到别人。

而在隔壁的房间里，温伯很晚很晚才迷糊着，但很快就被噩梦紧紧纠缠。他好像接到一个陌生男子的电话，让他立刻筹好五万块钱，到一个偏僻的工地见面，还说要是他不听招呼胡来的话，以后就再也别想见到小荷了……

一早出门前，温伯好像还没有起床的迹象。小荷就把她熬好的小米稀饭盛出来搁在桌子上，上面倒扣了只碟子，锅里的馒头也馏好了，冒着白气，看上去暄腾腾的。小荷自己只掰开吃了半拉，又喝了几口稀饭便匆匆地去上班了。将要走到小区门口时，远远就见一个挺胖的男子站在那里，似乎正朝小区方向左顾右盼个不停，她觉得有几分面熟，赶紧垂下头继续走。哪知胖男子却径直朝她迎来，想躲开已经来不及了。

小荷，我天一亮就在这等你了，我有一肚子话想跟你说。她不必抬头就知道对方是谁了，在她周围只有大厨的声音才这么厚实，还因为他人胖的缘故，说话时总有些气喘吁吁的样子。

我要赶着去上班。小荷说话时加快了脚步。

你别老躲着我，我就说几句话，耽误不了多长时间。对方跟他并肩而行。

小荷一点儿也不想说话，只是愈发放快了脚步。

大厨就相跟着她一路小跑起来。小荷，别这样成不？以前咱俩在一起有说有笑该多好，你咋说翻脸就翻脸？我到底哪里得罪你了，这么长时间也不搭理人？

小荷想了想，突然止住脚步，看着大厨那张愁容不展的胖脸说道，你没得罪过我，我也不想翻脸，只是咱们不合适，我不想叫人家戳我的脊梁骨！

大厨说，别听他们背地里说三道四的，其实我早打算跟老婆离婚了，只要你乐意，往后我一定好好待你！不瞒你说，这些年我偷偷存了点钱，眼看够买一套二手房了，到时候咱俩在一起好好过日子。

小荷根本不想听他说这些，掉转头快步往前跑。

你别急着走嘛，我说的都是真心话，小荷……等等我！大厨突然从后面跑上来，一把抓住了小荷的胳膊。

小荷疼得尖叫了一声。你松开手，这像个什么样子！

你就那么讨厌我啊，我就不信我还比不上一个老头子？真的奇了怪了，你跟谁好不行，天底下的小伙子又没死光，咋偏偏跟那么一个老棺材瓤子成天黏糊在一起！

你、你、你混蛋，我不许你胡说八道！

你就别假装了，人家老头的儿子儿媳前些天都来餐厅告你的状了，你知道最近大伙私下里怎么议论你的？我都羞得说不出嘴……他们说你跟那个老家伙睡了！

小荷怔住了，简直目瞪口呆。大厨最后那句话简直像尖刀一样，深深刺疼了她，她忽然觉得这个早晨太残忍了。这感觉刚才在厨房里帮温伯悉心准备早餐时曾涌上心头，让她热泪盈眶，她想也许那是她为老人亲手做的最后一顿早餐了。此刻，太阳虽然像往常一样红扑扑地挂在东边，可她的身体却感到一阵凉意袭来，她被包括大厨在内的那些同事劈头盖脸掴了耳光，而且还是在大街上，在众目睽睽之下。眼泪不争气地纷纷出来解围，一发不可收拾，可它们除了让她变得更加脆弱、更加渺小、更加无足轻重外，再没有一丝一毫的用场。

老头怎么了？人家比你强一千倍、一万倍！再说，我乐意跟谁在一起，就跟谁在一起！你们谁都管不着！

她猛地奋力甩开了那只汗津津的胖手。这只油腻腻的大手曾亲自教她怎么做好一道道可口的菜肴，还时不时地送些礼物给她，那时的她感到心满意足，也打心眼里感激对方。而此时这只手对于她来说，就像冷冰冰的手铐，它只想牢牢地铐住她，左右她，说服她，甚至羞辱她，好让她从此俯首帖耳。小荷最后像是冲大厨笑了一下，只不过那笑容凄凉得教她自己都害怕，然后，她跟发了疯一般，猛然间撇下大厨，头也不回地在街道上飞奔起来。

整整一天，她都没去餐厅上班。世界突然变得空落落的，她觉得自己跟行尸走肉差不多少，只是漫无目的地一味游走下去，穿过了一条街又一条街，挤过一群人又一群人，那些陌生人的身体像湍急的河水，来来回回冲刷着无助而又孤单的她。除了盲目不停地走啊，走啊，她再也想不出有什么事可做值得去做。这个城市在她迷茫忧伤的双眼中显得大而无当，有些恐怖，并毫无意义。曾经无数次，她都盼望着有朝一日轻闲下来，一定要上街美美地转上一整天，去去万达、转转沃尔玛、尝尝肯德基的汉堡和炸薯条。如果时间容许，她还要去趟水上儿童乐园，听说那里有很刺激的过山车。餐厅一个姐妹跟男朋友玩过一次，说当时心儿都蹦出腔子外了，她想象不出那是种啥滋味。现在，她什么也不想了，跟丢了魂似的，从清晨走到晌午，又从晌午走到黄昏，不想吃也不想喝。直到夜色将身边的街道渐次吞没，城市被阑珊的灯火重新伪装得光怪陆离，她终于又踟蹰在温伯家楼下了。

这一日无聊的游荡，是她进城以来绝无仅有的一次，此刻，所有的恼火、愤慨、屈辱和眼泪，似乎全都被一种叫作牵挂的东西所覆盖。小区里的楼房、甬道、绿篱、花草乃至每一缕细微的空气，于她来说都已经非常熟悉了，与其说是走投无路，倒不如说是心向往之。可是，人一旦站在这里，内心又开始起伏难平了。就在她犹豫之际，突然一阵惊心动魄的警报声呜呜在黑暗里拉响，接着一辆急救车径直驶进小区里，汽车拐了个弯停在她站着的那条甬道上。车门呼啦被打开，两名身着白大褂的医务人员从里面跳出来，肩上挎着四方的医药箱，他们辨别了一下方向，便迅速朝她每天都要进出的那个单元楼门走去……

她下意识地抬头朝楼上望去，温伯家的客厅和老人的那间卧室全都亮着灯，只是阳台的灯没有亮，通常她上晚班都回来得很晚，温伯会将阳台的那盏小灯开着，像是随时告诉她家里有人呢，因为老人有时靠在沙发上看电视，看着看着会不由自主打个盹儿。此时，她发现温伯卧室的窗户上开始晃动着人影，一个，两个，三个，起起落落，晃得很厉害。她的心也开始晃晃荡荡，随即又被抽紧了似的，她竭力回想早晨出门时的情形，自己搬过来住以后，温伯好像很少睡过懒觉，唯独今天有些反常。她简直不敢再往下想了，心儿像是蹦到腔子外面了！

壬

出院那天，主治大夫特别嘱咐，说老人身体还需要好好调养，起居饮食一定得安排妥当，尤其是晚上身边不能没有人。儿子就跟温伯商量，要把他接过去住上一阵子，说实在不行家里雇个保姆。

温伯半天也没吭气，独自望着病房的窗户发呆。儿子没好气地摇了摇头，最后掏出手机嘀嘀拨号。电话接通后，说了两句马上又递给他，说我妹要跟你说话。女儿叫爸的声音有些哽咽，隔着千山万水，哭哭啼啼苦口婆心地劝他还是跟哥嫂一起生活，说她在外面成天担心死了。他说自己没事，一个人惯了。女儿说要是他不肯搬过去的话，她明天就请假飞回来照顾他。他顿了顿说，傻丫头，听话啊，千万别回来，工作当紧，爸心里有数呢，就把电话挂了。儿女们终究拗不过他。

温伯在医院躺了一个礼拜，小荷一天班都没去上。一日三餐在家做好了颠颠地给他送过来，慢慢扶他起床，一勺一勺地喂他吃。她觉得温伯一下子虚弱得像个孩子，似乎片刻也离不开人。温伯的儿子儿媳每日早晚打上两头，可毕竟是工薪阶层身不由己，班总得给人家上啊，照顾病人的事几乎就落在小荷头上，主要是他们似乎也觉察出老人更希望小荷能在身边。她本来就心细，又不怕干脏活累活，可以说把温伯的住院生活料理得井井有条，惹得其他病友无不咂舌称赞，说温伯好福气，干闺女比亲生的还要体贴孝顺些。

小荷知道今天温伯要出院，特意把家里上上下下好好拾掇了一番，床单被罩枕巾该洗的洗，该换的换，直到房间里桌明几净一尘不染她才满意。说心里话，要不是温伯这次突发心绞痛，她可能已经离开这里了。亏得温伯有惊无险，不然她真的要活活内疚死。她觉得都怪自己突然提出来要从温伯家搬走，完全不在乎老人的内心感受。人非草木孰能无情啊?！温伯后来也跟她说，一想到她真的就要走了，他忽然有种无依无靠的绝望，那一夜就不停地做噩梦说胡话，天明以后感觉头晕乏力，懒懒地躺在床上，怎么也爬不起来。随后的一整天里都昏昏沉沉，老觉得气短胸闷，后来心口疼得厉害，好在最后一刻他还能勉强拨通急救电话。

儿子儿媳去医院把温伯接回家来。儿媳当着温伯的面，从包里掏出三百块钱塞给小荷，说是给她的护理费。小荷犹豫着本不想接的。可温伯却说，给你你就拿着。

这时，儿子又和颜悦色地对小荷说，这些天多亏了你精心伺候我爸，原本打算雇个保姆，一时又怕寻不到合适的，你要是不嫌弃的话，干脆留下来继续替我们照顾老人，至于工钱嘛，市面上是多少我们照给多少。

小荷攥着那三百块钱，一时左右为难。

温伯脸色显然有些难看，他狠狠白了儿子一眼说，人家小荷有正经工作呢，餐厅也离不开她。

儿子不以为然地说，在餐厅当服务员不就是伺候人，整天还得看那么多乱七八糟人的脸色，还不如干保姆消停呢。

儿媳也赶忙插话，就是嘛，主要是觉得她人好，再说跟咱们也熟了。

温伯很尴尬地望着小荷，他压根没想到儿子会突发奇想，冒出这么一个馊主意，兴许这两口子事先早就串通好的吧。你俩都别再说了，我不同意。他生怕小荷会感到不自在，所以就沉下脸来，很固执地撂下这么一句。

儿子儿媳知趣，不敢再絮叨什么。

哪知小荷突然很爽朗地答应道，行呢，能在这里照顾老伯，也是我的福气！

一直以来，温伯觉得自己对这个姑娘已经足够了解了，可有时候她又总是出乎他的意料。

等到家里没别人的时候，温伯就小声问小荷，你真的乐意留下来？

小荷点了点头。

温伯说这也太委屈你了。

小荷就甜甜地笑了笑，像开玩笑说，革命工作不分高低贵贱，何况是照顾老伯你呢，我还巴不得呢。

温伯又解释说，我儿子他们整天忙自己的事，也是实在想不出好法子，才打起了你的主意，你可千万别难为自己。

小荷很认真地说，我是心甘情愿的！

温伯还想说什么，小荷已经钻进厨房叮叮咚咚准备饭菜了。他也趁机去卧室，把自己的工资卡翻腾出来，得上银行取点生活费。这事他已经合计好了，以后不让儿子他们负担保姆费，小荷的工钱自然由他出，这样他就可以尽量多给她点儿钱。到了这般年纪，他当然清楚很多东西不是钱能买得来的，小荷留下来对他确实是种莫大的安慰。如果没有小荷，他真不知道往后的日子该怎么过。这回因为生病住院，他才彻彻底底活明白了，人走不到山穷水尽这一步，很多事情都是雾里看花。钱再多也不一定能买得来健康，房子再大也不一定就住着很温暖。对于老年人来说，其实这些都不重要，唯独在你生命垂危的时刻，有那么一个知冷知暖的人，整日整夜守在身边，要么精心伺候你恢复如初，要么静静地陪你走完生命的最后一段旅程。

从农行出来，温伯又就近去了菜市场。小荷最近明显瘦了，下巴尖尖的，脸色也不太好看，一天几趟子往医院跑，确实太辛苦了，得买点好吃的给她补一补。称了只烧鸡，另外又买了一斤半五香牛肉，就在他给熟食摊主付账时，猛不丁有人从背后下手，一把叼住他刚掏出的那沓子钱（总共一千块，刚从银行取的），并顺势推了他一个趔趄，便拔腿飞也似的向市场外面狂奔而去。摊主惊恐得连声喊叫起来，贼！快捉贼啊！旁边立刻有三两个男人闻声朝摊主指的方向猛追过去。温伯脑子一片空白，他本来腿脚还没好利落，又刚刚出院，此刻简直有些惊弓之鸟的味道了，只觉得双腿瘫软无力，浑身巍巍乱颤。

人多力量大，小偷到底被擒获了，几个人推推搡搡呵斥着，把他扭送到温伯跟前，还打了报警电话。温伯简直做梦都想不到，站在面前的竟是小荷弟弟。显然，那些见义勇为者已经替他狠狠拾掇了一顿，小伙子脸上挂着血红血红的巴掌印，一只鼻孔还在殷殷滴血，衣裤上沾满灰尘和血迹，头发被撕扯得像丛乱草。温伯长出了口气，既感到痛恨又多少有点儿心疼，都是一娘同胞的姐弟，怎么竟会有如此天壤之别?!

正当围观者七嘴八舌之际，派出所的一名片警已赶到现场，二话不说先给小荷弟弟戴上了手铐。温伯见状，也是急中生智，急忙上前拉住片警的胳膊，连声央告，同志，误会了，这都是误会啊，他是我的远房侄儿，这两天他说急等着钱用，跑来跟我借钱我没给他，我呢脾气又不好，多数落了他两句，这小子心里有怨气，才悄悄跟在我屁股后头，做出这种丢人现眼的事，请高抬贵手饶了他吧！

温伯说着扭过头，用手指着小荷弟弟大声骂道，小兔崽子，我和你姐姐在家苦苦等你，你怎么一道金光就跑得没影了，叫人担心死了！早知道你会跟我来这一手，刚才我真不该上银行给你取钱，把你个没良心的小畜生，看我不捶死你！说着，举起拳头作势要揍他。

片警狐疑地拦住温伯，询问他说的是不是实情。温伯一个劲儿点头作揖道，这小狗日的教人操碎了心，我和他姐姐好心好意把他接到城里，本指望给他找份工作干，可他又好吃懒做三天打鱼两天晒网的……当然我们做大人的也有错，恨铁不成钢，有时骂他确实狠了点，要不他也不会挖空心思在大街上抢我的钱，恳求警察同志网开一面，就放过他这次吧，我保证一定把他带回家去，好好地批评教育……

癸

转眼又到了秋天，街道两旁的树叶又是一片片耀眼的金黄。小荷老早就答应过父母，要回老家去相亲成家了。温伯尽管有一千个理由舍不得她走，可又不得不尊重小荷的选择，他知道小荷是个很孝顺的闺女。小荷临走前很郑重地将弟弟托付给了温伯，说弟弟现在最听老伯的话，当初要不是温伯宽宏大量，结果真不知会怎样呢。温伯淡淡地说，人家是浪子回头金不换，用不着我再操闲心了。

入冬前的一个宁静的下午，小区大门口赫然贴出一张非常抢眼的《零元招租启事》，惹得一大堆人纷纷过来围观。只见上面写道：

本人年届花甲，独身一人，健康状况良好，有两居室住房一套，现欲诚招一位善良的单身女士合住。

条件是：年龄在二十五岁左右，为人朴实，喜好整洁，懂得尊老爱幼，无任何不良嗜好，餐厅服务员或会做饭者可优先考虑。凡经面试及试住一周合格者，即可免收全部房租。有意者请速与本小区温老先生联系，电话：xxxxxxx。

非诚勿扰！

疑是悬崖

一

天将黑未黑之际，视线最是模模糊糊的。外面的景物，尤其是那些川流不息的车辆和走走停停的行人，都跟老电影中的慢镜头相仿，渐渐变得恍惚而苍茫起来。

此刻，驾车的人一时还惦记不起来该打灯光，好像完全没有那种意识，只凭着自己的两只眼珠子，尽量瞪得溜圆，灯泡似的一眨不眨地照着前方的路。可万一驾驶员心里装点儿什么烦心事儿，一心二用，老前思后想犹犹豫豫的。或者，猛不丁接听一个电话，精力稍不集中，方向打得迟了一点儿，再不得要领地猛来一脚刹车，保不准就跟什么东西撞到一起，或被别的车咣当一声追了尾。

今天要怪就怪单位下午的那场破会，简直开起来没完没了，以至于到了五点四十五分，领导才迟迟在台上做了最后的总结性发言。本来领导是有现成稿子的，念一念也是很快的，充其量十来八分钟了事，反正都是走个形式嘛。可人家今天偏偏心血来潮，并不照本宣科，也许是为了表现自己的超人智慧和口才，竟脱开稿子，一路东拉西扯地自由发挥起来。时间分秒即逝，樊理简直如坐针毡。妻子五点刚过就发来一条短信，说单位临时要加班，不能按时回家。言外之意，晚饭只好让他们爷俩儿自行解决了。他仅仅回复了一个字：知。多年的夫妻很难再像小情侣们那样，缠缠绵绵没完没了地互发短信了。他心里盘算着开完会就去接女儿，然后在外面随便对付点吃的再回家。

通常，这类会议在五点半下班以前都能顺利结束。可今天传达完上级的文件精神以后，偏偏多出了那么几个急欲发言表态的跳梁小丑，生怕失去了一次在大庭广众捞表现的难得时机，一个个口若悬河信誓旦旦。等他们稀里哗啦讲完了，也许是迫于当前的形势，大领导还得像模像样地梳理和归纳一通，无非是评评这个，再夸夸那个，竟又花去了小半个钟头，自然就严重超时了。

深秋季节本来昼短，等樊理从会场一路小跑出来，赶到停车场发动汽车时，暮色早已变得昏昏沉沉。西边的天空镀上了厚厚一层铁锈色，看起来有几分阴郁之气。

路上，忽然接到一个陌生来电。起先，他是不愿意接的，这种讨厌的陌生来电已见多不怪，最好不接为妙，否则到处都是陷阱，省得被白白套取了话费上当受骗。可电话一直固执地在响，一个人开着车，这种单调的声音就显得很突兀又极刺耳。后来终于断开了，可马上又恼羞成怒地重拨过来，还是相同的号码，叫个不休。他犹豫片刻还是接了。竟是樊晓打来的！女儿的言语完全不似往常那样柔声慢气娇滴滴的公主样子，变得有些磕磕巴巴的，跟患了很严重的口吃一般。作为父亲他当然能听出来女儿的气息紧张异常，感觉她头顶的天要塌下一大方似的。

樊理知道今天接女儿晚得太厉害了，孩子必然等不及，就先好言安抚她。晓晓，爸正在去学校的路上，先别着急，我马上就到，宝贝乖，要听话啊，待会儿爸给你买好吃的。说吧，今天想吃什么，薯片还是蛋挞？可是，女儿跟没听见似的，声气依旧短促而仓皇，她身边大概还有别的同学，电话听筒里传来很嘈杂的一片叽叽喳喳的吵闹声。也许，女儿想极力掩饰自己内心的某种恐惧，可最终还是只叫了他一声爸，就呜的一声哭了起来。他着实吓了一跳，隐隐感觉到一种不祥，再而三地询问女儿到底出了什么事情，是不是谁欺负她了。

原来在下午放学当口，樊晓所在的小学校发生了一场可怕的骚乱。一名陌生男人神不知鬼不觉地溜进校园，趁大伙儿毫无防备的时候，突然从衣襟下面抽出一把刀子冲进队伍里，见了学生只顾疯撵狂追。一时间尖叫声呼救声此起彼伏，学生们像惊恐的羊群，满操场四散奔逃；那些手无缚鸡之力的老师也着实吓得惊慌失措了；校保卫室的一名上了年纪的值班老头上前制止，身上也都挂了彩。原先在操场上整好队准备回家的学生，全都纷纷逃回到班里，他们在老师的布置下迅速紧锁门窗，整个校园气氛异常严峻。老师们说在险情没有解除之前，谁都不许走出教室半步，否则，一切后果将自负。

晓晓就是在慌慌张张逃回教室以后，借了同桌的手机给樊理拨通了电话。女儿是这个秋天刚上三年级的，早就嚷嚷着想让大人买手机了，倒不是舍不得那千把块钱，如今只要去办理那种预存话费业务，那些商家就可以把手机白送给你的——其实还是羊毛出在羊身上的勾当。他们总觉得给那么点儿小姑娘带个手机，并不是什么好事，不过是为了互相攀比显摆而已，最怕的是孩子没事了总跟同学聊天、上课互发短信或者用手机上网，反倒影响了学习，所以就一直没有答应孩子。此刻，樊理脑子嗡的一声，女儿通过电话结结巴巴诉说给他的情况，简直如五雷轰顶。谢天谢地！阿弥陀佛！！好在女儿相对平安地跑回了教室，万一刚才被歹徒伤着，那可怎么得了？所以，他在电话里一再叮嘱，让女儿哪都别去，千千万万要待在教室里等他。

为了尽快赶往女儿的学校，樊理恨不得给汽车插上一双翅膀，一下子飞过去。但正值下班高峰期，马路上几乎爬满了大小车辆，摆得跟一条条龙舟似的；骑电动车、摩托车和自行车的人流更是拼了命地涌向每一条大街小巷；红灯似乎也跟着凑起了热闹，樊理一路上几乎没有遇到一个可以直接通行的绿灯，每个路口总得等那么两三次，才能勉勉强强挨过去。

在这种时候，汽车除了无奈地发出一连串嘀嘀声外，也只能望路兴叹，别无良策。车简直不像是四个轮子在路上跑，而是由一群筋疲力尽的蚂蚁慢吞吞地扛着它，艰难地一下一下往前爬行。所有的成年人都被关在一只只涂着五颜六色油漆的铁皮壳子里，透过一扇扇小玻璃窗，彼此相对，却又无言，汽车让人们变得前所未有的隔膜。很多人都把头伸到窗外，嘴里骂骂咧咧的，喇叭摁得山响，以此发泄着自己的满腔愤怒，这种时候完全看不到一丝驾驶的乐趣。没车的时候拼了命都想买车，等有了车路上却跟下饺子似的，你挨我挤，谁也跑不动，一个个像极了搁浅在陆地上的小船，奄奄一息，无动于衷。

放下电话后，樊理简直忧心如焚。他估摸了一下时间，照此进度下去，恐怕还得小半个钟头。如果可以的话，他恨不得当即撂下汽车，一口气狂奔到女儿身边去，那样总比不痛不痒地趴在这该死的马路上强些。他简直有些茫然，城里的车什么时候开始多到了令人震惊的地步，这个曾以自行车为主要代步工具的小城仿佛一夜之间被安装上了四个轮子。

以前，似乎从未感觉到车会堵得如此厉害。他是几年前加入私家车行列的。那时他们的房贷已经还完了，手头也略有些积蓄，女儿正在幼儿园上大班，并且陆续开始参加绘画、小主持人和钢琴之类的课外兴趣班了，两口子经常得东奔西跑地接送孩子。买车的想法也就那时应运而生了。他和妻子都属于能想得开的人，甚至都有点超前消费的意识，有时说寅吃卯粮似乎也不为过。他们认为挣来的钱就是用来改善生活的，家里有了车不光接送孩子出行方便，更重要的是，那也是一个家庭生活质量明显提高的象征。把钱放在银行里，不过是一串秘密数字，况且，近年来利率一再下调，还得上冤枉税，存钱是很不划算的买卖。

当时的道路状况好像也没这么糟。记得去提车那天，他和妻子把新车从郊区的 4S 店谨小慎微地开回来，因为头次开那么崭新的汽车，加上自己又是新手上路，一路上紧张得几乎有些心惊肉跳。妻子就坐在他右手边，跟垂帘听政的皇太后老佛爷似的，一个劲儿地叮嘱他慢点开慢点开小心小心，好像在指挥一个毛头小伙子。他觉得自己已经开得够慢了，再慢的话那还不如下来用手推着走呢。没想到两三年后的今天，开车的速度真的跟推车没多大区别了。

好不容易又熬过一个漫长恼人的红灯，他也是忽然想到一条捷径，因为此前他曾为赶时间送女儿打那里绕过一次。如果从这个主干道拐进旁边的一条窄巷，进去后再兜两个圈子，就能很容易绕到女儿学校后门了，这样至少可以少等三五次红绿灯呢。想到这，他当机立断开启转向灯，瞅中空当，迅速朝左打了两把方向，汽车便有些蛮横地一头扎进他预想的街道。

由于变道变得太突然了，后面的车几乎没有任何思想准备，好在对方嘎吱来了个急刹，才不至于跟他追尾。一颗愤怒的脑袋黑乎乎地窜出窗外，活像一只大号的拳击手套，正冲着他远去的方向破口大骂不依不饶。他什么也没听清，到处都是焦躁不安的喇叭声，嘀嘀嘀失控了似的鸣叫不休。

他只是从后视镜依稀瞥见那司机怒不可遏火冒三丈的模样，给谁都一样，本来就堵得一塌糊涂，又凭空遭遇了一次险情。他心里却多少松宽了一些，甚至有一丝诡诞的庆幸。现在，汽车终于可以按照既定路线往前跑了。

二

女儿的学校被团团包围在一个比较庞杂的老社区里，除了正门前有一条还算像样的沥青小道可通往正街，其余三面均为层层幢幢高矮新旧不齐的家属楼。片区的孩子基本上都在这所小学读书。该校已有五十余年的建校史了，几乎年年都被教育系统评为先进教学单位，师资力量也不可小觑，光特级教师就有好几名，而应届毕业生十之八九可以顺利考取市里的一、二、九等重点中学。这样一来，那些根本不属于片区的适龄孩子的家长老早就得八仙过海各显神通，他们不惜血本绞尽脑汁，就算挤破了头也要想方设法把儿女送进来。

樊理他们也不例外。当初为了晓晓，可以说磨破了嘴皮跑断了鞋底，到处托熟人寻门路，两万块的赞助自然一分不少。可光有钱根本不够，最主要得有很硬的关系，才能方方面面疏通下来。请客、送礼、登门答谢，再加上那笔不小的赞助款，三万块根本就打不住。事在人为，好事多磨，他们硬是爬过了这条千人同上的独木桥，最终把晓晓办了进去，尽管这里离家是远了点儿。每天上下学来回四趟子，总共花在路上的时间至少得两个钟头，若是在家门边就近上学，根本无须开车接送，孩子自己步行五分钟就能到校了。当时为此也曾纠结过，夫妇俩确实有些嘀咕和摇摆，可转念一合计，只要不让孩子输在起跑线上，舍近求远算得了什么，每天辛苦些少睡个把钟头懒觉，又能算得了什么呢。再说了，家里不是有现成的汽车嘛，也就是一踩油门的事，一定要让孩子上最好的学校，有关起跑线问题那是毋庸置疑的。

看来，刚才临时选择走这条道是没错的，尽管这阵子街巷里也是人来人往杂沓不堪的样子。可听见汽车喇叭声，人们还是赶忙往路边躲一躲，如此一路七扭八拐，几乎就要绕到女儿学校后面了。

此时，天色已近黑，路边铺面和橱窗也开始零零星星地闪起了灯光。按理说，樊理早该打开大灯，可他的心思完全不在车上，眼前总有一把血淋淋的刀子闪来晃去。王八蛋！有种去找大兵找警察闹去，干吗跟一群无辜的小孩子过不去，狗日的，简直没有人性……一边开车一边自言自语，好像要借此打消内心那愈来愈浓的忧虑。现在，他比以往任何时候都要痛恨开会、痛恨那些没完没了的发言者，要不是他们啰里啰唆耽误了时间，自己老早就赶到学校了，哪像此刻急得如坐针毡。

事实上，这种时候开“黑车”是极具危险性的，没有灯光的汽车如同一条黑色的鲸鱼在昏暗的巷道中穿梭。车里的人因为有了暗适应的过程，所以根本就意识不到；而外面的行人走着走着，猛不丁迎面窜出个庞然大物，通常会吓得心惊肉跳血脉贲张手足无措。再往前穿过一个十字交叉巷口往左拐，便能看见女儿学校的后围墙了，也就在这一刻，猛然间听见什么重物咚隆一下，正撞在汽车的左侧门上。随即，又是稀里哗啦一片杂响。他虽紧急制动，但为时已晚，撞车了。

等他满头虚汗惊弓之鸟样地从车厢里钻出来，车外早影影绰绰围上一大圈路人，仿佛凭空长出的一地黑压压的高粱。大伙指指戳戳煞有介事地嚷嚷着什么，前后左右又有行人不断往十字巷口汇聚，原本逼仄缓慢的交通状况顿时瘫痪了。

怎么开的车？长不长眼睛呀，这里又不是马路！到底会不会开车，黑灯瞎火的，连个灯也不打，有没有驾照怕都是个问题。驾照？那能管屁用，没听人说如今驾校专门培养马路杀手嘛！嘿嘿嘿……报上还说那些狗日的司机杀起人来个个不眨眼，要是一下子没把人撞死，他们还会把车倒回来，再狠狠碾上两下，直到躺在路上的人咽了气才罢休！

樊理根本无心顾及这些闲言碎语，他有些胆怯地擦着一排围观者的身体，慌忙绕到车的左侧仔细察看。果然，他的车门上有个拳头大小的凹坑，以及一组白猫胡须般的横向划痕，由深而浅朝车尾蔓延开去。这实在让他心疼不已，开车几个年头偶尔磕碰一下在所难免，那大多是倒车或停车时不慎，跟某个固定物体轻轻蹭刮一下而已，可像今天这样人车相撞的情形还是头一回。

此外，一股很浓烈的汽油味正源源不断地钻进他的鼻孔里，他忙顺着气味传来的方向放眼望过去，在靠近他车尾不远的路边上，正隐隐闪动着一堆类似玻璃碎片的光芒。一个头发苍白的老者趴伏在地上，有辆暗红色的重庆50，就是老头们常骑的那种款式的摩托车，正斜压住对方一条大腿，身下是正在不断溢出并扩大的汽油的斑驳湿痕。伤者发出微弱的哼哼哟哟声，看来情况有些严重，人已动弹不得了。

他强压住内心的万状恐惧，亦步亦趋地走向伤者。出事不由人，倒霉，真是倒八辈子霉了，妈的坏事情偏偏赶到一块儿来了！

哪知，他刚蹲下身伸手要搀扶地上的老者，对方却像逃避毒蛇似的奋力躲闪开身子。同时，嘴里胡乱嘟囔起来，别碰，给我滚开，哎哟哟……你这挨千刀的杀人犯！我快要死了，你小子倒好，先消消停停去瞧你的破车，老子的命不如你的车当紧啊……妈的你不好好开你的车，就顾着打手机了，对不对？

对方的目光突然死灰复燃一般，猛地紧盯住了樊理手里的电话。老师傅，我可没打电话，你不能随随便便冤枉人啊。哼？我冤枉你，你让大伙都瞧瞧，你手里不正抓着电话吗，要是没打你拿着它干球啥，鬼信你的话！你他妈要是不打电话，眼睛又没塞在裤裆里，好端端地能往活人身上撞？哎哟——疼死我了！

樊理简直懵了。伤者的骂骂咧咧很快引起了围观者的同情或共鸣，大伙也跟着你一言我一语讨伐起肇事者来。没错没错他肯定在打电话！就是嘛，人重要还是车重要？开车就了不起呀，啥玩意，不就有俩儿臭钱烧的吗？看他也不像个好东西，怕是无照驾驶，喝了酒了吧，黑咕隆咚钻进巷子躲警察呢……让他把证件拿出来瞧瞧！几乎所有的声音都是冲他来的，有口难辩，无法沟通。

他尽量稳住心神，暗自思谋着，反正车是买过保险的，撞坏了大不了送去修，当下最好赶快息事宁人，因为接下来还有比这更重要的事情等着自己呢。老师傅，您能不能先听我说一句，我真的是急着赶时间，女儿还在学校等着我去接呢，您要是哪里不舒服的话，我现在就送您去附近的医院看看，我有驾照，有单位，真的不是故意的！我发誓，刚才确实怪我分心了，没看到老师傅您。

说着，他试探着想把压在对方大腿上的摩托车把移开，这样伤者会好受一些。老头见状却一把抓住了它，摆出一副誓与阵地共存亡的顽抗架势。别动我的摩托，谁也不能动它，咱们就等警察来了再说。旁边的人也跟着瞎起哄，对对对，要保护好现场呢，要不然到时候，你老浑身是嘴也说不清楚了，可不能便宜了他！

老人家，您这样一直趴在地上身子凉，也不安全，您的摩托车的汽油撒了一地，万一着火怎么得了？您看这样行不，我能不能先搀您站起来，这样我也好把车靠到路边，您可以坐到我车里来歇着，有啥条件咱慢慢说好不好？他多少有些战战兢兢地再度靠近老者身边，想心平气和地寻求解决的途径。

这时，他却猛然发现对方不知何时已摸索出一部手机，正用似乎沾染了血迹的乌黑的手指颤颤巍巍地搜寻着号码，屏幕发出幽蓝幽蓝的光亮，看着有些刺目惊心，而手机按键正不时嘟嘟嘟叫着，让人越发心慌意乱。他刚想劝阻，已来不及了。看来电话通了，老者微微仰起头，那张愤怒的老脸大概刚才蹭到了地面上，灰突突的，一边的颧骨尤其显得高凸，那里应该是摔伤了，有点发青。接着，他就听到对方哑着嗓子像条可怜的老狗似的，呜哩哇啦地跟电话诉起苦来，感觉就要哭了，说什么自己去接孙子的路上，被汽车撞了，疼得动不了窝，叫他们赶紧来，以及出事地点等。

郁闷。祸不单行。蛮不讲理。僵持难下。群起而围攻。简直欲哭无泪……

樊理从来没有像今天这样深刻地意识到，开车竟是一桩能够轻而易举激起民愤的大坏事。这一刻，他多少有些绝望，即便浑身长满了嘴巴也说不清楚，根本没人会听他的，有的仅仅是无休止的谩骂、冷嘲热讽和莫名其妙的仇恨，简直类似于两个阶级之间的矛盾，一触即发，水火不能相容。况且，伤者分明已向自己的亲人求援了，相信很快会有更多张恶毒的嘴巴喋喋不休加入进来，到那时候情况会更糟，弄不好他会被可怕的唾沫活活淹死的。

秀才遇上兵了，干脆报警吧，除此之外，他已别无良策。当然，还得立刻通知保险公司来查看现场，以便日后索赔事宜。

想到这，樊理忙从手机里调出先前晓晓同学的那个号码，反拨过去，焦急地等待，半晌也无人接，听到的仅仅是话务员的一串中英文提示。紧接着，又给妻子单位去电话，办公室电话根本无人接听，该死！再打手机，可恶！居然呼叫转移了。

但愿女儿没事了吧，也许校园里的险情已经解除。这种时候也只能听天由命了。

三

交警在电话里跟审疑犯似的，一再询问有没有重大人员伤亡，有没有生命危险，他说当时车速还不足 30 迈，只是将对方碰倒在地而已。交警的口气马上舒缓下来，有些漫不经心地回复他问题不大，让他注意保护现场，耐心等办案人员到来。

保险公司倒是很快就派人来勘查现场了。二话不说，例行公事，啪啪啪地给汽车受损部位拍了照，也给地上的摩托车和伤者拍了一通，又象征性地问了问老者的伤情，然后要了他的驾照和行车证件，径自钻进路边一辆白色捷达轿车里开始填单。

樊理也乖乖地跟了过去。现场勘查员主动跟他说，最好大事化小，小事化了。一则这里是生活区街巷，非机动车道；二来最怕对方以后这疼那痒没完没了地讹诈。樊理这才想起来裤兜里还有烟，忙摸出一根递过去，对方摇头表示不吸，但经不住他一再劝让，还是装样子似的接过去夹在一只耳朵后面。樊先生，奉劝你速战速决，大不了多赔些医药费给他，破财消灾！这种事我们见多了，如今只要是机动车撞到行人，不管你占没占理，交警过来都向着对方的，毕竟人家处于弱势嘛，关键是你还跑“黑车”连大灯光也不开！说话间，单子已龙飞凤舞地填好，递过来叫樊理在上面签了名字。

可问题是，人家哪肯听我的呀，根本就搭不上话，要不麻烦师傅过去跟他说说？算我求您了，我女儿学校出了大乱子，歹徒拿着刀闯进校园里滋事，我正急着赶去接她呢，偏又摊上这种破事……求求您帮帮忙好不好？

经不住再三央求，现场勘查员才勉勉强强下了车，慢吞吞地往伤者方向走去。也许，他是在思索该如何晓之以理说服对方。试试看吧，按理说这不是我们的工作范畴。樊理连连点头称谢，一直目送对方走到伤者跟前。

那人在伤者前很亲和地弯下腰身，双手比比画画了好半天，像在演哑剧。老者依旧死猪不怕开水烫的样子，唯一的变化是，他终于可以盘着腿坐在那儿了，因为勘查员乘机帮他挪开了压在腿上的车把，他既没躲闪也未拒绝。浓烈的汽油味像妓女身上廉价的香水一样，在黑乎乎的巷道里一股股肆意招摇，好像巴不得谁来一把火将它们点燃才好。樊理忽然有种独自一人站在悬崖峭壁边的悚惧，不由得连打了两个寒噤。

现场勘查员走回来时对他摇摇头说，解铃还须解铃人，我只能做这么多了，他一口咬定你不关心他的死活，开车还打手机。毕竟他是老年人，像个孩子耍耍赖罢了，你还是多说软和话为妙，千万别再激化矛盾，这样对你很不利的。

临上车前，勘查员又嘱咐道，刚才我跟老头说过，你会负责给他修车看病的，他好像也没再说什么，你别担心，毕竟有我们保险公司呢，记住，这种事当断不断反受其害。对方说的保险倒是句大实话，每年光汽车保险费就在三四千元，假如一直不出险的话，那等于是把白花花的银子大大方方送给别人花去了。这样一想，心里多少变得坦然些了。

勘查员前脚刚走没一分钟，便有两三个人影风风火火地由巷口踢踢踏踏飞奔而来。很快，他们就径直围到伤者身边，一个年轻些的女人连声喊着老爹老爹；另一个上了岁数的老妇人也蹲在地上，天哪地呀失声叫唤起来；还有个跟樊理年龄不相上下的男子，正伏下身去准备搀起地上的老头。

年轻女人突然瞪着眼睛厉声喝道，笨蛋，还没搞清三七二十一呢，你先别乱动行不行……老爹你到底哪摔坏了呀，疼得厉害不？老头见了亲人，似乎愈发地虚弱难当，边呻唤着边喃喃地说，哎哟，都快疼死我了……这半天工夫，咋才来啊你们？上岁数的妇人早掏出几片纸巾，上上下下地给老头擦拭脸上的灰尘，蘸着手上的丝丝血迹。

年轻女人忽然抬起头，目光冷冰冰地扫着站在旁边的樊理，同时狠叨叨地质问，就是你撞的我老爹？眼睛瞎了是不是，咋能往人身上开！樊理忙说实在对不起，都怪我没看清楚……话未说完，对方便打断他说，长眼睛是出气的呀，没看清楚你又没瞎，怎么没撞到墙上！说得倒轻巧，啥叫对不起？一句对不起顶屁用，都把人撞坏了，你就这么无动于衷死站着啊，我说你到底还有没有良心?!

就是嘛，你这人太差劲了，出了事总先想着救人要紧嘛，都这老半天工夫了，咋还让我老伴款款趴在这路上，亏你能做得出来，这到底算啥世道啊……上岁数的妇人也不停地抱怨起来。

樊理忙不迭地解释，说不是自己不想施救的，而是伤者根本不让他碰一指头，不信的话可以问问路人。那个男子因为一时插不上什么手，又无端地挨了年轻女人的数落，此刻便起身虎视眈眈地瞅着樊理，一副怒不可遏，随时会大打出手的样子。

屁话！老人不让你碰那是因为他疼得厉害嘛，你当时为啥不赶紧打120急救电话？男子说着说着突然激动起来，竟一把薅住了樊理的夹克衫领子，像是要把对方撕碎才肯罢休。我看你小子就是欠揍，十有八九不想负这个责任吧，你说是不是?！今天不说出个一二三，我跟你没完！

同志，请你先松开手行不，咱们有话好好说，难道我愿意出这种事？难道我疯了想撞车啊……樊理的脖子已憋得粗红粗红的，感觉都喘不上气来了。要是不想负责，我早就开上车跑了，还能等到现在……他说着忍不住剧烈地咳嗽起来。

年轻女人见状忙抢过话头，跟他废什么话？你现在快打报警电话，让警察来拘留他！让他蹲监狱去！男子这才不依不饶地撒开了手，同时掏出手机准备拨号。

见对方根本不讲道理，樊理也只好实话实说，说他已报过警了，可到现在也没见着警察的人影儿。旁边一个尖嘴猴腮的围观者也阴阳怪气地搭讪，说如今的警察才没那么听话呢，除非你们闹出了人命，要不他们才懒得搭理这些鸡毛蒜皮的小事呢。

这时，老妇人忽然想起什么，便忐忑不安地问了声，喂，老头子，咋不见咱们的小孙孙，你接的人呢？一句话顿时提醒了另外两个人，他们如梦方醒，都用目光四处搜寻起来，好像旁边真的有个调皮的小男孩藏在熙熙攘攘的人群中，或者，也不幸被车撞着了。

老头这时才恍然大悟。或许，刚才事情来得太突然，把他吓蒙了。他沮丧地一个劲儿嘟哝着，不是在电话里说过，人还没到学校，就出了事吗……老妇人一听，马上诧异起来，声音忽地挑高了八度。你个老不死的，肯定又去打麻将，忘了接孩子的时间了吧。

妈，现在都什么时候了，你咋还有心思唠叨那些咸淡？学校不就在跟前嘛，我这就去接孩子，你们俩儿守在这，千万别让这个人溜掉了。年轻女人显得很有主意的样子。

樊理闻声脑子忽然一动，看来自己也完全被事情搅糊涂了，先前老头给家人打电话时好像是提过接孙子的事，可他当时一点儿也没往心上去。想到这他急忙插话说，你们恐怕还不知道具体情况吧，放学的时候学校闯进一个亡命徒，说是拿刀刺乱伤学生，估计师生们都被困在教室里呢！我也是赶着去接女儿的，不然也不会把车开进这巷子里。

此言一出，不啻在原地引燃了一枚重磅炸弹，包括伤者在内的几个人全都被震得大惊失色哑口无言了。

年轻女人大概尖叫了一嗓子，我的天哪！继而，就转过身去顺着巷道拼了命奔跑起来，两瓣屁股扭得晃人眼目；那个男子也大张着嘴巴，仿佛喉咙被什么硬物给噎住了，旋即也撒开腿脚，一路跟着疯跑起来。

两人的脚步声在渐浓的夜色中显得仓皇而又笨拙。

唯独老妇人唉声叹气地几乎哭了起来，你说说这叫个啥事嘛，让你去接个孩子吧，也接不安生，你成天价除了惦记着打麻将，到底还能干些啥呢……女儿女婿白天都忙得要死，这不是添乱吗——你呀你成事不足败事有余！

老头这时也意识到问题的严重性了，他勉强挣扎着撑住老伴的身子，终于颤颤巍巍从地上站了起来。腿子大概压麻了，跟金鸡独立似的，一只脚抽抽缩缩悬在半空中，好大一会儿也踩不到地面上。

眼见那夫妇俩一前一后赶去接自己的孩子了，樊理的忍耐度似乎也达到了极限，人总是这样，永远不希望在孩子问题上比人家落了后。所以，他必须豁出去，现在已管不了那么多了，天要下雨娘要嫁人，爱咋咋地。他迅速掏出钱夹，取出驾照和身份证，又将所有的钱拿出来胡乱点了一下，总共是一千两百来块。

接下来，他一股脑儿地将钱证统统递到那个老妇人手里。不等对方做出任何反应，便撂下一句话，阿姨，证件和钱都押给您，我得先去接女儿了，有啥事咱们回头再说。他一面转身往学校方向跑，一面又回头大声说，放心吧，我跑不了的，汽车就撂在这。

四

警车是在接到校方和部分家长的报警电话后才赶赴现场的。

据几位目击者说，当时歹徒大概是听到了呜啊呜啊的警笛声——真奇怪这种愚蠢的声音究竟是为了震慑群众，还是有意替罪犯通风报信？估计那家伙一时之间狗急跳墙，慌乱中劫持了一名刚刚从厕所里跑出来的男生，用刀子死死搭在对方的前脖子上。男生连疼带吓，自始至终哇啦哇啦哭爹叫娘。歹徒更是歇斯底里地冲校门口叫嚣，说谁要是敢过去，他就让这学生的脖子一刀两断。局面就此僵持住了。

天色已晚，视线又极差。歹徒劫住学生后，便径自钻进操场东南角的教工自行车棚里不肯出来了。那间车棚本来就很低矮，又覆盖着青灰色的瓦顶，黑咕隆咚的，目标几乎完全被隐匿了起来，给营救造成很大的困难。警方正在想方设法接近车棚，同时跟歹徒进行必要的交涉。最初逃回教室的学生，已在老师和家长的配合疏导下，陆陆续续离校了；受了伤的学生也被及时送往附近的医院包扎治疗。此时的校园仿佛正处于黎明前的黑暗中，安静得有些诡秘。

樊理也是赶到校门口才打听清楚，被歹徒当作人质的男生正是被他撞倒的老者的外孙子，事情就是这么寸。那对夫妇正跟困兽似的急得团团转，一看到樊理，简直是仇人见面分外眼红，恨不能当下生吞活剥了他。男子再次用双手死死揪住樊理的衣服领子，几乎把他从地上提了起来；年轻女人哭得跟泪人似的，扑上来连抠带抓带骂，口口声声要他把儿子还给他们。幸好旁边的警务人员及时过来劝阻，夫妇俩才不依不饶罢了手。

晓晓自打见到樊理后，始终战战兢兢地瑟缩在他身后，背上那只鼓鼓囊囊的书包像一座山包，压得孩子喘气似乎都有些困难。他一直紧紧攥着晓晓的一只手，父女俩手心都湿乎乎的，大手和小手紧黏在一块了。

他心里很不是滋味，从放学到现在，女儿受了一次又一次惊吓，她辛辛苦苦上了一整天学，晚上回到家还得点灯熬油对付一大堆作业。可此刻已过七点钟光景了，却还回不了家，肚子肯定饿得咕咕叫呢。而他也只能一遍遍地安慰孩子，晓晓不要怕，有爸爸在呢，咱们这就回家去。

晓晓依旧惊恐地眨着黑黑的眼睛，像一只好不容易从暗无天日的陷阱中爬出来的小兔子，带着胆怯无助的颤音低低地说，爸爸，我饿死了，想吃东西。他很内疚地看着女儿，自己口袋已无分文，钱和证件都押给别人了。黑暗中他觉得女儿才那么小一点儿，真的太无辜了，这个该死的下午对孩子来说实在是残酷至极。他只是用手臂更紧地揽护住孩子，怕她再受一点伤害。

就在这时，那被车撞倒的老头也由自己的老伴搀着，一瘸一颠蹒跚着赶过来了。他们一家四口在校门外重新聚合，彼此情绪很激动地吵吵了一阵。很快，他们就围住了正准备离开的樊理父女。

事情没完，你不能走！

年轻女人又开始大呼小叫。

你们别紧张，我是想先把孩子送回家去，她肚子饿，再说作业……

哼！想得美，你只顾自己的女儿，你有没有想过我们的孩子咋办？难道我儿子是铁打的，肚子就不饿啊？！他随时都有生命危险，这事都怪你，你要负全部责任！！

我不是把证件都押下了吗？请你们放心，送下孩子我马上赶回来，你们看病修车的费用我绝无二话。

少在这花言巧语了，押下证件有屁用，你早是干啥吃的？现在说这些黄花菜都凉了！

我说的可都是真心话……

鬼才知道呢，反正你就是哪也不能去！

这俩人夫唱妇随的，得理不饶人，根本不给樊理任何解释的机会。站在一旁的老夫妇愁容满面，他们不时面面相觑着，似乎也想发表些自己的意见，可一时又插不上嘴。

两人又转过身彼此小声嘀咕着什么，过了一会儿，老妇人丢下老头朝校门附近的一家商店走去。很快又回来了，手里拎着一个鼓鼓的塑料袋。

老人默默走到晓晓跟前，从袋子里拿出一瓶酸奶和一块独立包装的小蛋糕塞给她，说，小姑娘饿坏了，快吃吧。

樊理一时愣住。老人的口气听着很温和，甚至有些慈祥的味道，这让他始料不及，竟又莫名地勾起他心间的一段往事。

晓晓刚上幼儿园那阵子，确实搞得夫妻俩成天焦头烂额的。思前想后樊理就把自己的母亲从老家接了过来，好平日里帮他们照看接送孩子。可是，好景不长，母亲只待了不到一年光景，就待不住了。一来，当时樊理的小弟家正好新添了孩子，不止一次打电话来想争取母亲的帮助；再有，母亲在这人生地不熟的，她的亲朋好友都在老家那边，老人到樊理这就成了孤家寡人；他们小两口平时又都忙各自的工作，跟母亲交流太少，时间长了，母亲便自觉孤单难耐，后来终于还是被小弟跑来软磨硬泡地接回去了。后来樊理他们一合计，手心手背都是肉，母亲的心思也是能理解的，也就不好跟小弟争夺什么，只好自己多辛苦些。

妈——你脑子是不是吓出毛病了，还巴巴地给他们买吃的，我们孩子的死活，他问过一声没有?!

年轻女人凶巴巴地盯着晓晓手里的食物，好像随时会伸手一把叼过去似的。

咱们对这种人可不能心慈手软！男子也随声附和。

你俩快别那么说，她还不过是个小姑娘，能懂些啥呢。

老妇人忍不住回了一句。

妈！都什么时候了，你咋还胳膊肘子往外拐——向着外人呢?

气氛异常紧张，晓晓一准是害怕极了，一个劲儿往爸爸怀里黏贴。同时，把自己小手里刚刚得到的东西又悄悄推给樊理。

冤有头债有主嘛，他开车撞了你爸不假，可人家又没有绑架咱的孩子。

妈——!

你妈说得在理呢……

老头这时终于鼓足所有勇气嘟哝了一句，声音虽然不大，但包括樊理在内的几个人都听清楚了。

樊理不由得回头望了一眼，他们的目光正好碰到一起。老人一改先前那副恼羞成怒而又蛮横的嘴脸，目光中分明流露出某种忐忑不安的歉意，那感觉像是在对他说，年轻人，出事都不由我们啊。

时间一秒一秒地滑过去，里面的交涉依旧没有取得实质性进展。歹徒似乎已被逼到了悬崖边上，估计只要一狠心一跺脚，什么蠢事都能做得出来。隐隐约约从车棚那边传来一句话，你们别过来，千万别过来……我手里的刀子可不认人。被劫持的男孩早已不像先前那样放声号啕了，他的声音渐次低弱下去，像极了一只刚刚满月的猫娃子，隔一会儿才呜呜那么两声，显得有气无力。

这边一家老少眼看都急疯了，热锅蚂蚁样在原地转过来转过去，都恨不得立刻闯进学校里去救可怜的孩子。老妇人手里一直哆哆嗦嗦拎着那个小塑料袋，刚才她一准是买了两份食物，先给了晓晓一份，还给自己孙子留着一份呢。此刻，她一个劲儿冲警察嚷嚷着，孩子肯定饿坏了，能不能先给送点吃的喝的也好啊。一面央求着，一面打算将食品袋递给对方。可两名干警始终死死把守着学校大门，根本不允许她这样做。被她啰唆得实在没有办法了，干警才冷冷地劝解道，现在情况十分危急，我们的人正在积极想办法，为了不伤害到里面的人质，请你们一定冷静，配合警察工作。

想办法！想办法！都过去这么长时间了，你们到底想出啥好法子啦？真是一群没用的窝囊废！我儿子要是有个三长两短，我跟你们没完！

年轻女人犹如一只被点燃的炮仗，忽然跺着脚冲警察发起火来。

你们算哪门子民警，这么一点儿事情都解决不了，纯粹是吃白饭的吧！

这种时候警察倒是表现得相当冷静，既不搭讪也不再作任何解释，任由这个泼辣的女人气急败坏骂骂咧咧。

又过了一会儿，一个领导模样的中年警察由校园里快步走到门口，他隔着栅栏压低嗓音问谁是被劫学生的家长。那四个人闻声顿时飞扑到大门跟前，仿佛见到了大救星似的，嘴里不停地嚷着我是我是我是。四张惶恐不安的脸都紧紧趴贴在钢筋门栏上，由于太过急切一张张脸都变了形。樊理也下意识地拽着晓晓往前靠了靠，他只是满心希望事件赶快有个眉目，也好尽快带上女儿回家。

领导模样的警察说，我们跟嫌犯基本上谈妥了，他答应不会伤害孩子，不过，提的条件是要一辆车直接开进学校车棚那边，他要带着孩子一起上车，让司机把他送到他想去的地方，然后他就放人。不过，这家伙也很狡猾，说不要警车，这个也好办，我们可以随便找个别的什么车拉上他。问题是，嫌犯还提出最关键的一条，他要孩子的妈妈必须待在车上，这样他才能放心。

话说到这，警察职业性的目光已自然而然地落到年轻女人的脸上。对方像是没听明白似的，随即，有些神经质地接连打了两个激灵。可怜的孩子啊，你让妈妈可咋办呀……如火车拉响汽笛一般，女人悲痛欲绝的哭声在黑暗中蔓延。

五

也许是先前刚撞过一次车的缘故，总觉着汽车的哪个部位有些不太对头，好比人生了病后腰来腿不来的。间或，车内还有奇怪的响动以及叫人作呕的异味，具体在哪一时又没有什么头绪。开了好几年车，也算是老手了，但直到现在他好像才真正意识到，那种身处绝境无处不在的恐惧，正片刻不歇地洗劫着他的每一根神经，以至于手心出汗，脚底冰凉，两只眼睛简直不够用，像个笨手笨脚的初学者，一路上如履薄冰。

年轻女人跟木鸡似的坐在他的右手边上。先前的一通哭闹之后，她已目光呆滞，神情凄苦不堪，此刻别无选择地上了这辆车。她一路不时地回头眼巴巴地望一下后座上的孩子，马上又无可奈何地缩回脑袋，生怕惹怒了那个歹徒。最初的那副骂骂咧咧的泼妇相已不复存在，好像这辆汽车随时要把他们母子扔进前面某个巨大的深渊里，从此万劫不复。估摸此刻，她除了在心里不停念佛祈祷之外，只剩下哆哆嗦嗦抹眼泪的份了。

歹徒跟男孩双双坐在后排座上，通过前挡风玻璃上方的那面倒车镜，樊理能时不时看到对方。一张老气横秋的脸，胡子拉碴很久没有刮过的样子，下巴尖削，额头上尽是枯焦黝黑的褶子，除了一双焦虑泛红的眼睛，还有一只通红通红的酒糟鼻子，此外头发粗而短，毛参参的，两鬓已染上了霜灰，看起来像只老刺猬。

孩子毕竟是孩子，当饥饿完全占据了上风，加上妈妈又在车上，他一旦吃起东西便忘乎一切。好像仅仅是从一场噩梦中醒来，糊里糊涂哭闹过一阵之后，忽然发现了自己最心爱的食物，就只顾一味地狼吞虎咽起来。上车前，还是老妇人把食品袋和行车证件都悄悄塞还给了樊理，并央求他说别忘了给孩子吃啊。他满口答应，同时也将晓晓托付给了对方。通过刚才的观察，他知道这是个可以叫他信任的善良老人。

在汽车发动的一瞬间，樊理觉得一股热血猛地奔涌至喉咙间，热甜热甜的发腥，几乎叫人想吐。他做梦也不明白，自己当时为何会有如此大的勇气，或者，只是为了尽快从整个事件中解脱出来，他竟然有些自告奋勇。警察同志，我有车。领导模样的警察盯着他的脸看了数秒，然后只问了一句，是私家车吧？他急忙点头。好，你只管开车，嫌犯让你去哪儿就去哪儿，切记，千万不要跟他多说一句话，不要发生任何争执，我们的人会一路跟着你的车，见机行事。没有承诺，没有安全保证，甚至都没有问他叫什么名字。更不要说像美国大片里那样周密计划，出发前先往他头发丛里安装一枚小小的纽扣式卫星跟踪器或塞上一只耳机。警察倒是将孩子的妈妈叫到一旁，循循善诱地劝慰一番，最后在她耳边很神秘地嘀咕着什么。趁此工夫，他受命一路小跑去把自己的车从巷道里开了过来，警察才让女人上了车。

怎么说呢，第一眼看到这个歹徒时，樊理并没有觉得他有什么过人之处，换句话说，他脑子里关于罪犯的种种印象，并没有在对方的相貌和举止上过多地显现出来。恰恰相反，直觉告诉他歹徒其实再平常不过，跟平日所能见到的形形色色的民工无二，木讷，寡言，愁苦而落魄。如果他手里没有咋咋呼呼攥着把半尺来长的匕首的话，他根本不会把这个人跟罪犯联系到一起。还记得刚才上车时的一个细节，歹徒居然是从身后搂抱着男孩双双钻进车厢里的，这个愚蠢的动作非常危险，如果当时警察从后面冲上来，冷不丁给他一击，这家伙恐怕早就完蛋了。

现在，那把刀子并没有架在男孩的脖子上，歹徒的注意力全部集中在司机身上。锋利的刀尖大概就顶在樊理座椅后脖子那个位置，那里似乎阴风阵阵，叫他不由得倒吸口凉气。往前开，一直往前开……到下个红绿灯左拐，不，不对，该朝右拐！歹徒的命令干巴巴的，也许因为内心的巨大惶恐，言语缺乏必要的精确度。拐啊，你快拐啊——发啥愣呢，一直朝右拐下去。

樊理趁机抬眼向后视镜瞥去，对方似乎有些急不可耐，嘴角尽是白兮兮的唾沫星子，嘴唇干得起皮了。从下午到此刻，这家伙在学校耗了好几个钟头，也够他受的了，肯定又饥又渴吧。

也是忽然记起来，车门下方杂物槽里备有两瓶矿泉水。于是，他脚下略微松了松油门，一面腾出左手去摸门槽里的水瓶子，一面不无谨慎地说，我这里有水，给你来一瓶吧……话音未落，他立刻感觉到一股可怕的坚硬突然顶在后脖子上。

别乱动，我啥也不要，只管开好你的车！对方闷声闷气地发出了严厉警告。樊理刚刚抓住矿泉水瓶的左手吓得弹了回来。汗珠子猛地盖满额头，这种被人用刀子胁迫的恐惧感，有生以来还是头一回。他只好悄无声息地按对方要求继续开车。

男孩的妈妈忽然扭头狠狠扫了他一眼，他也迅速地看向对方。这女人的脸色煞白煞白的，感觉她有话要说，但迫于恐惧她不得不强压住怒火。但她的眼神分明带着深深的责备，好像在说：妈的，你疯了吧，真是没事找事。

樊理不敢吭声了，无味地咽了咽唾沫。也许只有他最清楚，汽车正在夜色中惊心动魄地行驶着。这种感觉绝对前所未有，不知道前往何处，更不知道何时才能结束这该死的一切，每前进一步似乎都有可能出现意想不到的情况。他开始有些后悔，无论如何刚才作出这一决定，是有些荒唐和太过冒险的，但那一刻仿佛有谁在背后指使，使劲推搡着他往前，他的嘴巴跑得比脑子快。难道昏头了，想当英雄了吗？他一遍遍问自己，答案是否定的。英雄？这辈子他想都没有想过，生活压力这么大，好好活着已经不容易了，见义勇为还是等下辈子吧！如果说形势所迫，再加上自己撞倒那个老头，良心上多少有些不安，或许还能勉强说得过去。至于心血来潮想给歹徒一瓶水喝，完全是想借此打破车上这种可怕的死寂，也许稍微沟通一下，对彼此都有好处，可问题是那家伙根本不领情，这种人真是该死，没药可救了。

离市中心渐渐远了。这一路上汽车经过一片又一片建筑工地，黑色的塔吊如高大的杨树林一般不时矗立在道路两侧。其间夹杂着拆了一多半的旧楼，只剩下一面墙体的老式平房，断壁残垣尚存，可那些房屋的窗户和门全都不翼而飞，留下张牙舞爪的钢筋从待拆的楼体四周伸展出来，看上去鬼影憧憧叫人感到莫名的紧张，到处都显现着兵荒马乱的痕迹。按照歹徒的指挥再往前开，车便出了城，关门闭户的路边小店显得诡异十足，还有闪着鬼火一样的军用帐篷，那是专为看管新工地临时搭建起来的。堆积成山丘状的生活垃圾起起伏伏，一直延伸至更远处。

上世纪九十年代一开初，他大学刚毕业就被分配到这里参加工作，近二十年的生活让他对此地有了较深的感情。他知道这个地处偏远的西北城市经过两三代人流血流汗才建成今天这个样子，眼前那些将要被拆除的旧楼和平房都很有年头了，有的甚至比他的年纪还大。这些年城市人口与日俱增，外来者成天在大街小巷摩肩接踵，房子就越来越不够人住的了，经历了最初的福利分房到统一参加房改，再到后来房子彻底变成一种昂贵的商品，这一切政策终于压得原先的老城区气喘吁吁。城市外围也像暴发户的腰围不断往外扩张，几乎每年都有大片大片农民的土地被房地产公司侵吞掉，昔日的田园风光消失殆尽。旧东西总要垮下去的，只是个时间问题，接下来就会有一幢幢新楼拔地而起，像盛开的花朵招蜂引蝶般吸引周边更多的有钱人纷纷进城置业，而买不起房的人依旧口袋瘪瘪地靠边站着，他们不得不租用廉价简陋的房屋过日子。那些曾建于八九十年代甚至更久远的砖混结构的楼房，它们一度也是那么崭新发亮欣欣向荣，可好像没过多久，它们全都显得老旧不堪，几乎一眼就能看出来，粗糙的墙皮和裸露的砖缝，无不透出已经过去的那些时代的苍老陈腐的气息。也正是这类旧楼老屋，在一定程度上缓解着可怕的住房压力，使很多进城来的人不至于露宿街头无家可归。他有时真的感到惶惑，现在的人不知是怎么了，似乎越来越不懂得恋旧，恨不得一夜之间就让这个小城市赶上遥远的纽约或巴黎，有人想方设法不择手段征用土地，大张旗鼓开发楼盘，好像世上仅剩下这一件事情值得人们乐此不疲。还有就是满大街下饺子样的汽车了，这个情况是在他自己买了车以后才逐渐意识到的。各类 4S 店仿佛雨后春笋，从奔驰、宝马、本田、丰田、现代、别克、大众，到国产的吉利、奇瑞以及被戏称为易拉罐的比亚迪，原先田园肥沃景色秀丽的郊区，一下子变成了购车者的天堂。据说，每天都有二三百辆车从这里欢天喜地地开进城里的家家户户。汽车确实给人们的出行带来了极大的方便，可只有当事故发生时，你就会发现，这个城市对于毫无节制暴增的私家车还没有做好必要的准备，一方面是拥挤狭窄的道路，更重要的是缺乏那种城市文明的协调关系，一种人和人或者人与车之间最起码的沟通和尊重，一旦出了事那就等于捅了马蜂窝，吃不了得兜着走。这些年给他印象最深的好像是，房子越盖越不够用，汽车越跑路越窄，人心变得像沙漠一样荒凉，过去内地人时常拿沙漠来比喻香港，现在似乎轮到自己头上了。

真想问问后座上的那个家伙，干吗要跟那些孩子过不去，干吗非要选择这条不归路，难道这种极端的方式，就能替他解决实际问题吗？那么，这家伙到底摊上什么倒霉事了，非得铤而走险持刀绑架小学生。也许，正是满脑子的疑团才促使樊理下定决心的。尽管，歹徒劫持的是别人的孩子，可从傍晚到现在他内心所经受的焦虑和恐惧，并不比坐在他旁边的女人差多少。如果没有这档子破事，或许他根本不会急火火地选择绕道行驶，那样的话怎么可能偏就撞车呢。唉，真应了老话，是福不是祸，是祸躲不过啊！

突然听到咣啷一下，汽车跟受惊的老虎似的猛然颠跳起来，接着底盘就被路面的什么硬物死死硌住了，发动机呜呜怪吼着，车轮却只在原地上空转。那一刻，车里人的身体都往前猛栽过去，女人吓得顿时失声尖叫起来，歹徒的脑门也重撞在座椅靠背上，唯独孩子一点儿反应也没有，吃过东西后小家伙大概是有些迷糊了。

咋开的车？歹徒没好气地咕哝着。樊理忙不迭地解释，该死，这里连个路灯都没有，也怪我视力不太好。说着，他迅速挂好空挡，准备下车去查看查看。歹徒很不满地问道，真就一点儿挪不动了吗？樊理点头，又转过脸说，估计够呛，要不这样，你跟我一起下车去看看？

对方分明已从座位上站起来，因为空间狭窄，他不得不佝偻着腰身缩短脖子，正不无狐疑地盯着樊理的眼睛。然后，口气生硬地对副驾座位上的年轻女人说，你给我老老实实坐着别乱动。说完，慢吞吞地打开了靠近他的那扇车门，但又觉得不妥，最终还是犹犹豫豫地又拉上车门，他让樊理一个人下去查看。

果然，这段路比想象中更糟，都是让那些过往的大型卡车碾坏的，到处坑坑洼洼，石头土块丢得东一摊西一摊的。不用猜肯定是那些家伙为了城里建房子搞绿化，把乡下好好的沙石土料一车车运进城里，再把堆山填海般的废物垃圾运到这里掩埋。汽车被搁在一个很大很深的坑里，一时进退维艰。

真是祸不单行！樊理简直心疼得要滴血了。如果说刚才跟老头碰了一下只能算个皮外伤的话，那么这次可就没那么幸运了，弄不好发动机和油箱都要大受损失了。他气急败坏地踢了一下车轮，由于用力太猛，脚尖钻心钻心地痛，他跳着脚几乎流了泪。他强忍疼痛和满腔怒火，又把头伸进车窗，要想过去的话，得有人帮我推车！事实上，这话当然是说给那个家伙听的，因为女人和孩子根本指望不上，他们没有力气。歹徒听后将那颗刺猬头伸出车窗外，来回张望了半天，显然，这种时候离开汽车对他来说意味着巨大的冒险。

还是你去推车，我来给你开，歹徒突发灵感似的冒出一句，生怕对方不相信他的话，紧接着又补充道，过去在村上，咱也摆弄过两天四轮拖拉机。不等樊理作出应答，他便自作主张从后座的过桥处一跨腿，就像愚笨的狗熊玩杂耍竟翻爬到前驾驶座上来了。

这一刻，樊理心里忽然有种难以遏制的厌恶与憎恨，尤其是一想到自己的车将要被对方当作狗屁拖拉机折腾，这感觉简直叫他既懊恼又悔恨不已，世上竟还有这种粗人，真他妈的该死，可事已至此又别无良策。何况，对方手里自始至终都抓着那把沾了血迹的刀子呢，他现在只好由着对方任意摆布了。

发动机倔强地哼哧了老半天。樊理几乎用上了吃奶的力气。那个家伙只知道在车上拼命轰踩油门，好像那些汽油根本不要钱似的。一股股浓烟争先恐后地从排气筒往外窜，呛得推车的人狂咳不停。好在，汽车终于嗷嗷叫着爬出了倒霉的坑壕。然而，它却跟头疯牛似的径直往前冲出去，刹车器似乎完全失灵了。一眨眼工夫樊理已被远远地甩在车后的烟尘中了。

在某个瞬间，他确实有种极不好的预感：完了，车让歹徒抢跑了！自己竟稀里糊涂中了狗日的圈套，像只猴子一样被坏蛋给耍了。

六

只要想起刚才那一幕，樊理依然会感到心有余悸。

当时，的确有种叫天天不应喊地地不灵的孤立无援感。他拼命朝四周张望连声呼喊，除了看到几辆趁着夜色超载疯跑的大货车，附近根本没有一辆警车的影子，鬼才知道他们关键时候跑到哪去了，哪怕是呜呜地闪一闪警灯也算个安慰啊。但也就在他几近绝望的时候，汽车居然在前面猛地掉了个头，又原封不动地开了回来，这确实让他始料不及。

对方将车歪歪斜斜停下来，照旧那么笨手笨脚地又翻爬回后座上去了。等樊理重新钻进驾驶室，歹徒忽然不无兴奋地开口说话了。这是个啥车，真娘的窜，乖乖，一给油门，就一下子飞出那么老远去。他像在自言自语，甚至还有些艳羡地咂了咂嘴皮。

樊理心里忽地掠过一种奇怪的感觉，就在一分钟前，可以说他已绝望透顶，假如车真的被抢走了，对于他来说不单单是种巨大的经济损失，那简直就是此生的奇耻大辱，堂堂国家公务员，大学本科生，一个九岁女孩的父亲，那么轻而易举地就被坏人给忽悠了，说出去简直能活活丢死人。好在，车里的人并没有听到他那一通歇斯底里的鬼哭狼嚎，我的车我的车，快来人啊，抢劫啦……所以，此刻一旦物归原主，他反倒觉得很难为情，毕竟对方没有那么做，或者说，人家压根没有那么想过，只不过是拖拉机和小轿车的驾驶感觉太不同了，对方实在是没有控制好油门，才让车飞蹿出去的，仅此而已。

我要尿尿，憋不住了憋不住了，妈妈尿……汽车刚一开动，男孩突然一连声地叫唤起来，那种迫切感好像他已经尿到裤子上了。樊理下意识地吸了吸鼻子，这才明白一直萦绕在车里的那股异味，十之八九是孩子的尿臊味，遇到这种事情，孩子不被吓得尿裤子才怪。

别急别急，叔叔这就停下让你尿。女人听樊理这么说，也忙扭过头去安慰孩子，别着急，好儿子，再忍一忍啊，妈妈马上陪你下车尿啊。

不——准——停——车！后座的那个家伙几乎冲着樊理的脑袋咆哮起来，生怕司机听不清楚他发出的指令。

好好开你的车——他想尿就尿车上！

樊理隐隐觉得后脑勺的头皮一阵阵发麻，刚刚舒缓下来的神经马上又绷紧了，汽车不得不继续向前飞驰。正前方那一片被车灯照亮的路面以及夜色显得苍白而又鬼魅十足。虽说已是深秋，可还是会有些夜游的昆虫躁动不安地撞向车头或挡风玻璃上，霎时间粉身碎骨，发出砰砰的闷响。女人又紧张又难过，却始终泪流满面无话可说。孩子挤牙膏似的弄出呜呜的抽泣声，好像就坐在一只正要发威的大老虎身旁，也许他早已经尿了，该死，肯定尿到车坐垫上了。樊理心里忽然有种即将崩溃前的冲动，感觉来自浑身上下的血液全部汇聚到额头，脑门子生疼，手脚都不由得有些痉挛了。

这位老兄，你看能不能商量商量，这到底是要去哪儿？咱们这样黑灯瞎火乱跑下去总不是个事啊……你想上哪我倒都没意见，可不可以让这娘俩儿先下车去，我保证把你平平安安地送到目的地。君子一言，快马一鞭，你看这样好不好？樊理几乎是一股脑儿说出这些话的，他已经完全不在乎出发前警察叮嘱过什么了，他只是不想这样毫无作为地干耗下去。某一刻，他甚至就差跟对方说那句老话了：悬崖勒马为时不晚。但也许是迫于形势，话到嘴边又咽下了。

整个傍晚到现在，迟到、撞车、挨骂、遭白眼，还差点被人卡住脖子一顿扭打。最不可思议的是，他居然莫名其妙地上了这条“贼船”！——都怪一时意气用事，竟然要用自己的车护送歹徒和人质，真他娘的见鬼了！警察又没死绝，他干吗要充大瓣蒜呢。如果再这样不明不白地憋受下去，他觉得自己迟早要发疯了。车是自己的不假，开车的也是自己，可唯独前途一片黑暗，车似乎走在悬崖边上，随时都会车毁人亡的。这感觉太突兀太惊险了。

事实上，多少年来这种似曾相识的感觉一直时隐时现，比如单位评高级职称，大概有那么两次他都因为几票之差而落选。个中缘由他心里清楚得很，领导们总是要搞平衡的，而那些评委最是吃人不吐骨头，这种事过去也就是吃桌餐饭，现今光吃饭根本没用，关键时刻得动真格的，说白了得送钱送礼给人家。再有他的职务，从大学毕业到现今，一晃已人到中年，可还是一名小科长，而且还是个副手。他人生的方向盘其实一直都让别人掌控着，他不过是个无足轻重的小人物，或者仅仅是屁股下面的四只轮子，只能默默地低头拉车，永远也无法选择前行的方向。难怪单位人事上流传着一句顺口溜：男人要进步就送票子，女人想升迁得撩裙子。事情明摆着，适者生存，你要学会见怪不怪和忍气吞声，否则只有死路一条。

商量？跟你有啥好商量的，谁也管不了我的事啊。对方一边冷冷地嘟哝着，一边无聊地用刀子的手柄末端像锤子一样，咚咚地在樊理座椅靠背后方敲击着，而每敲一声他的心都会跟着使劲扑腾一下。

你们都觉得我是个苕子（傻子）吧，我也觉着自己苕得快没个人样了。像咱这样的人，天生下就该受苦受累，不像你们城里人，成天吃香的穿光的，出门就坐车，冬天冻不着，夏天晒不着，可咱一年到头，哪有一天轻省日子，得不停地下力气干活啊，庄稼人就这命，没啥好抱怨的。说来，咱村原先在郊区也算数一数二的，地肥，灌渠也通畅，庄稼收成年年都不赖，离城边又不算太远，出去卖个粮、卖个菜也算方便，那阵年年都有个好盼头……可后来突然要搞开发，要建个啥大型工业园区，还要修几条八车道的柏油路，这样一来，咱们原先的地就让陆陆续续征掉了。当初上头明明说好的，一分地能补几千几千，大伙还都偷着乐呢，这下可好了，熬出头了，等手里有了钱，再不受那地里的罪了……谁承想，地是真的都没了，再没啥农活可做，可钱只给了个零头，说是资金还不到位，等到位了一准补清……这眼看三四年光景了，为了讨要那些钱，成天求爷爷告奶奶，村上推乡上，乡上又推给郊区政府，郊区说这事他们也管不了，说那项目都是市里统一征地筹建的。咱平头百姓一个，上市里两眼一抹黑，找谁说理去……唉，你说说这叫啥世道，你要是资金不到位，为啥还要急火火地把咱的地都征了去，害得人当老讨吃，东奔西走去要钱……唉，要是真能把钱要回来，咱就想买辆时风农用车，好进城做个啥买卖，往后安安稳稳过日子……今年一开春，大伙又都吵吵起来，说当年那些钱确实拨到各乡各村上了，哪知头头们瞒着大伙，把截留下的款子投给工业园区入了什么股份，说是等着以后好分红……大伙就去找村长说理，才知道春节前人家就悄悄搬到城里住小洋楼去了……后来不知是听哪个说的，有人亲眼看见村长家那个调皮捣蛋的宝贝娃子就在城里的这所学校念书……我这些天在学校门口转悠来转悠去，那里的学生娃娃赶上一大草滩羊多了，狗日的村长真是鬼精鬼精的，把娃子藏在这里，谁能找得着啊……那些钱啊，怕是这辈子也要不回来了……庄稼人活该这个命，跟谁诉苦去哟……呜……呜！

哭声苍老且哀痛，来得叫人猝不及防。

樊理觉得这一定是自己有生以来听到的最难听的声音，甚至有些摧枯拉朽撕心裂肺。他的心忽然开始往下沉，刚才鼓起要跟对方来个鱼死网破的那股莽撞勇气，一下子便销声匿迹了。难怪当初晓晓入学那么困难，看来只要肯花钱，就连郊区一个小小村长的儿子也能办得进来。他又想起自己同事的孩子，学习成绩本来糟得一塌糊涂，可这位同事后来偏要费九牛二虎之力把孩子由原先一个三流小学转到晓晓所在的重点学校。大伙都说孩子学习那么差，在哪儿上还不都一个样。可这位同事却振振有词，他说这个你们就不懂了，我家孩子学习成绩固然不好，可要是转进一流学校，他长大以后人脉关系一定会很旺很旺，因为好学校优秀生必然多，将来这批优秀人才读完名牌大学参加工作，一个个可都是社会的中流砥柱，到那时候他家孩子打着同学的旗号，想办个事托个关系还不容易，说白了他给孩子转学图的就是这个。同事这番奇谈怪论简直叫人无言以对。

此刻，后座上的男人抽泣得像条受尽委屈的老狗，呜呜咽咽，涕泗横流。孩子和女人也都惶惶地屏住了呼吸，彼此面面相觑，一声都不吭，生怕再弄出一点儿动静会火上浇油，惹火上身。这时，樊理的电话有些暴躁地叫了起来，老婆打来的，劈头盖脸质问他们爷俩到底怎么回事，都疯到这时候了，还不赶紧回家来。他本想实话实说的，可话到嘴边又急忙止住，只是模棱两可地支吾了几声就匆匆挂断。

心里的那股怨气已渐渐消散了，取而代之的是某种难以摆脱的现实感，说不上是感慨还是怜悯，这一切正沉甸甸地堆积在胸口，郁结得几乎叫人要窒息了。樊理不清楚是对方的那一通无比纠结的诉说，还是悲恸无助而又苍凉的哭声，总之，他仿佛被裹挟到另外一种情景里，这里既陌生又熟悉，没完没了的劳碌奔波，永无尽头的曲折之路，还有一张张冷漠无情的面孔。所有一切都像这深秋的夜色，越来越阴冷，也越来越僵硬。这绝对不是他一个人的错，尽管他做了自己不该做的蠢事，错就错在他不应该不计后果闯进小学校对无辜的孩子歹毒出手，可除此之外，他又能做些什么，还能做些什么呢？他的地被人家征掉了，他的活命钱几乎打了水漂，他要找的人又像是从人间蒸发了，没有钱也没有地可种了，他成了名副其实的无业游民，孤魂野鬼般，整天到处流窜，变得处心积虑。其实，他的目的再单纯不过了，他到底做错了什么，他不就是想要回属于自己的东西吗？难道说忍气吞声郁郁而终才是他唯一的出路?!

樊理心里如同十五个吊桶打水——七上八下的，可不管怎样，他真的再也恨不起来了。他竟又莫名地想起那年单位评职称的事，明明自己都被公示过的，可最终又被莫名其妙地刷下来，理由是论文篇数虽然够了，可所发表的刊物非核心类。关于发表论文一事，他确实没有像别的同事那样，私下里花一两千块买几个版面应付了事，他是点灯熬油一个字一个字在电脑上敲出来的，后来文章相继登在一些专业杂志上，反响很不错。牵扯到个人利益，他实在觉得忍无可忍，才硬着头皮找上面据理力争。领导摆出一贯的慢条斯理和事佬的样子，说，这事得从长计议，毕竟你还年轻，往后有的是机会；至于别的同志是不是花钱买版面，你又没有什么铁证，反正送审的论文得上核心，这是人事部门的明文规定。后来他终于想通了，去他的吧，等到下次评审前他也如法炮制，不就是花俩儿钱嘛，干吗跟自己过不去呢。一切都不过是场游戏，是游戏总得讲讲规则，哪怕那些规则本身就非常荒谬非常可笑不堪一击。

远处依稀闪烁起朦朦胧胧的灯光，低矮的房屋轮廓在夜色笼罩下影影绰绰的，透过车窗缝隙灌进来的风，带着一股潮湿清冷的乡村烟火气。路面越来越窄了，且坑坑洼洼的，看来汽车已经开到离城很远的地方了。樊理暗自寻思，这个倒霉的人十有八九是住在附近吧。也许，他离开家有些日子了，只是想回来看一眼自己的老婆和孩子，眼下他做下这种事，往后恐怕也不太容易见到亲人了。

师傅，给停停车吧，再往前开路不好走，我该下来了。说话声显得异常平静，他本人好像已经忘记了劫持人质这件事了，好像只是很平常地搭了辆顺路车而已。停到这就行了，你也好掉头回去。

樊理犹犹豫豫地用脚尖点了点刹车器，伴随着一团浓浓的尘烟，汽车终于慢慢地停靠在土路边。这一路啊，给师傅添了不少麻烦。对方客气得有些叫人不太习惯了，毕竟他是以那样一种令人惊恐的决绝方式钻进这辆汽车的，一路上虽没做出特别出格的事，可他还是让车上的人饱受了煎熬和恐惧。或者说，是他让这个原本平常的傍晚变得陌生而又冰冷。他用一只手摸摸索索去开车门，也许临时惦记起来什么，就在推开车门的一刹那，他忽然回过头去，冲那个歪歪斜斜躺在座位上的男孩看了一眼。此时，樊理跟那个女人早不约而同地扭过头去，密切注视着他的一举一动，两个人的呼吸都快凝滞了，唯独发动机发出低沉持续的轰鸣声。

借着车里昏黄的灯光，他们发现这个倒霉的家伙竟然用一只手摸了一下男孩睡得昏昏沉沉的小脑袋，嘴角嗫嚅着什么，好像在同孩子做最后的道别。睡吧，小家伙，不用害怕了。或者，仅仅是下意识地抚摸了一下，他什么也没有说。

那一刻，樊理心间浮动着一种很奇怪的感觉：对方已完全不再是先前那个穷凶极恶晃着刀子的模样了，那个有些狰狞的劫犯形象似乎仅仅是在电影电视中才有的情景，或者，此前的那个他仅仅是噩梦中被什么鬼魂附了体。尤其是，当他的手指颤颤巍巍抚过男孩毛茸茸的小脑壳时，樊理脑子里一直绷着的那根弦突然就松弛了下来。他如释重负地在座位上舒了口气——虽然不知道这个人能好到哪儿去，但他似乎也坏不到哪儿去。

在此之前，对事情的结局樊理确实有过无数种猜测：对方会不会言而无信，会不会狗急跳墙，会不会对男孩再下毒手，或者，孤注一掷地挟持人质趁夜黑继续逃窜。最终什么也没有发生，几乎风平浪静的，他一路战战兢兢开着车把对方送达了目的地。但是，接下来的一幕他却无论如何也想象不到。

无异于神兵天降，一名年轻干警居然出其不意地从樊理汽车的后备厢里蹿出来——鬼才知道他是什么时候钻进里面埋伏好的——猎豹一般准确无误地将刚刚钻出车厢的倒霉蛋扑倒在地。一时间，警察威武的厉声呵斥，冰冷的手铐哗啦作响，那个倒霉蛋趴在路上死命挣扎苦苦哀嚎。与此同时，大小几辆警车也风驰电掣般驶来并迅速包围了现场，刺人眼目的红蓝两色警灯不停闪烁着，将原本沉寂的黑夜撕出无数道触目惊心的裂缝。

就这号蠢怂也敢出来闹事，长他妈几个脑袋，死有余辜，带走！——那个干部模样的警察一面气狠狠地发号命令，一面径直走到樊理跟前，伸出手很有力地跟他握了一握。同志，辛苦辛苦，任务完成得很出色。

樊理有些受宠若惊，长这么大还是头一回跟警察握手，或者说被警察握住。他嗫嚅着不知说什么好，也许这个结局来得太突然了，他分明还沉浸在先前的种种焦虑与恐慌中难以自拔。干部模样的警察早已拉开车门，探身进去慰问车上的受害者。那母子俩正紧紧搂抱成一团，大人号孩子哭，简直跟生离死别过一般。警察根本插不进话，便回头嘱咐樊理先跟他们一起回趟局子，还需要做笔录协助调查。

警车呜呜地在前面鸣笛开道，樊理满心茫然地驾车相随。原先绷着的神经倒是松懈了，取而代之的是一种无法言说的落寞感。身后座位上的母子俩哭声渐止，一旦险情解除，女人又沉浸到絮絮叨叨中去，不停地问询孩子这里疼不疼，那里难受不难受。男孩的回答哼哼唧唧的，多少也有些不耐烦的样子，好像眼皮重得就快合上了。汽车发动机显得沉闷又压抑，女人和孩子的声音听起来也有些沙哑和缥缈，仿佛都是一场梦境里不小心溢出来的，听起来令人多少有些犯困。

七

派出所所长:（嘴角叼着半截烟卷，缕缕青烟罩着有些铁森森的脸）樊先生，请你再好好想一想，你的证词对这案子的调查和定性都很关键，一定要实事求是，有一说一，有二说二，要知道法律是最讲事实和证据的，可不能感情用事啊!

女人:（始终斗鸡样咬牙切齿喋喋不休）你们千万别听这姓樊的在这瞎摆乎，明明是他先开车撞伤了我老父亲，我们家人不过多说了他两句，他就怀恨在心，想趁机报复。他刚才的证词分明都是在替罪犯开脱，我看他打一开始就没安啥好心眼！那个恶魔哪有一点儿人性，伤了几个人不说，还险些要了我儿子的命。先前在车上，他还拿刀子逼着我儿子不许尿尿呢，可怜我的孩子差点没让尿憋死……要是把牛牛憋坏了，往后可怎么做人？

樊理：事情根本不像她说的那样，人家只是不让我停车，并没有说不许孩子尿尿，不信你们可以问问埋伏在后备厢里的警察。

年轻干警：（站姿笔直、挺胸抬头、目不斜视）报告所长，后备厢里又窄又闷，基本上听不太清楚他们说什么，不过，孩子确实哭闹过一阵子，好像很着急。

老妇人：（一直怀抱着男孩，双手不停地抚摩着孩子幼小的身体）只要咱孩子没事就好，没事就好……谁都有走错路的时候。

女人：妈——你到底胡说些什么，这里没你说话的份！

劫犯：（上身被捆成粽子样，耷拉着脑袋，老老实实蹲在地上）我该死，我罪有应得，我不是人……还不都是让那些钱逼的，要不咋会——唉！

樊理：凡事总得有个前因后果吧，我相信他是确确实实碰到了难事，是天大的难事，否则他不会那么胡来的。

劫犯：谁说不是啊，但凡能有一点点法子，咱也不会走这条路啊……一家老小还都指望着要回那些钱过日子呢。

派出所所长：妈的，犯了法还要强词夺理，有困难解决困难，人人都像你这样，我们的社会还不乱了套?!

劫犯：是是是……我有罪我有罪啊……

樊理：别的我不太清楚，至少在我开车送他的路上，他真的没有再伤害过我们谁。我再提醒一点，刚才我的车被卡在路上，还是他帮我开的车，我下去推车的工夫，他完全可以驾车逃之夭夭，可他没有，还是把车开了回来交还给我，这说明了什么？警察同志，请设身处地地想一想，要是换了另外一个真正的凶犯，情况又会怎样呢？

女人：哼，刚好了伤疤你就忘了疼啊！当时明明是你想让他帮你下去推车的，可这家伙太狡猾了，死活不乐意去，才把你指使下去推车。现在你反倒惦记起这个坏蛋的好处来了，我看你脑子是不是进水了，简直胡话连篇！

樊理：我清醒得很，比以往任何时候都要清醒！他做了蠢事不假，可那也得分清盐从哪儿咸、醋从哪儿酸，不能不分三七二十一就将他一棍子打死吧。警察同志，请别光急着审问他、定他的罪，你们也该下去了解一下实际情况，那些家伙拖欠他的钱好些年了，为什么至今也不肯给个说法？害得他一个农民有地不能种，有家不能回，这不是明摆着要把人往绝路上逼吗？

女人：哈哈，我总算听明白了，你果然跟他穿着一条裤子，你就是他的帮凶！

派出所所长：冷静冷静！不要动不动就上纲上线的，现今可是法治社会，我们不能随便冤枉一个好人，可也绝不能轻易放过一个坏人。

女人：所长同志真英明！难怪我越想这事越觉得蹊跷，按理说姓樊的应该痛恨这个歹徒才对，毕竟他拿刀子胁迫他开车，可他非但不积极告发，反倒处处向着歹徒说话，他俩不是一伙才见鬼呢！

樊理：诬陷，这纯粹是诬陷！

派出所所长：大家都不要激动，怀疑也要有证据嘛。

女人：证据我当然有，姓樊的半路上突然提出来，说是让我们娘俩儿下车去，当时黑灯瞎火的，亏他怎么想出来的，万一我们下去遭遇了不测算谁的？再有，他一个普通人，怎么胆子那么大，放着自己的孩子不送、家不回，偏偏又搭时间又搭汽油的，他是想学雷锋当英雄，还是别有用心，这些怕是还两说呢！

樊理：（忍无可忍地从椅子上一跃而起）你……你这女人简直不可理喻……你……你血口喷人！

女人：谁不可理喻谁心里最清楚！说我血口喷人，那你为啥偏要站在罪犯的立场上？你不是跟他有亲戚，就是你自己心里有鬼吧?！难怪在路上你还贱不喽嗖给那坏蛋水喝，你怎么那么好心？你说呀你——怎么不说了，你哑巴了，还是心虚了？

老妇人：闺女啊，咱做事不能昧了良心，今天多亏人家樊同志不顾危险肯出车帮咱们，不然的话，孩子现在真不知咋样呢……你咋能由着嘴胡说八道呀？

女人：妈！你什么也不明白，就少说两句吧，反正这里没啥事了，你先带孩子回家，老爹受了伤需要人照顾。

老妇人：你爸没事了，在家歇着呢，我们就是不放心你。

女人：我也不是三岁孩子，有啥不放心的！

八

凌晨两点四十分。

他依旧烙饼似的翻来覆去睡不着，耳朵里始终是无休无止的吵闹声。妻子和女儿已睡得很沉很沉了。接女儿回来他只简单地跟妻子讲了学校里的事，至于自己撞车以及后来的那些复杂过程暂且先保密，主要是说了也无益，还要惹她着急上火不停唠叨，况且，他早被折腾得连说话的力气都没有了。

直到上床前，晓晓的作业也没能完成，孩子困得东倒西歪，本来事出有因，怪不得孩子。是他主动提出不让女儿做了，说要是明天老师问起就说是家长同意的。尽管这样，晓晓还是有些提心吊胆，生怕明天当众挨批评，后来她实在挡不住困意来袭，才哭哭啼啼睡下的。

他感到身心疲惫，但就是没有丝毫睡意，大脑中控制睡眠的那根神经像是被谁很阴险地掐断了。索性蹑手蹑脚爬起来，一个人悄悄猫在书房里猛吸了两根烟。后来又打开电脑上网，在百度搜索引擎随便输入了几个关键词：持刀、歹徒、学校。屏幕上立刻呈现出叫他难以置信的五花八门的相关链接。

@某年某月某日，一名男子闯入吉林省磐石市明城镇中心小学，用刀将正在上课的12名小学生砍伤。

@某年某月某日，山东莒县第一实验小学发生一起恶性事件，一名男子手持菜刀砍伤25名小学生。

@湖南临武县广宜乡中心小学教师刘红文突然精神失常，在校园内持菜刀当场砍死学生2名，砍伤学生11名。

@近日，在北京北大医院幼儿园里，一名看门的临时工持刀将园内15名儿童和3名老师砍伤。

@甘肃宕昌县秦峪乡羊骨堆村小学发生一起严重恶性事件，一名本村成年男子双手各持一把菜刀冲进教室，将15名学生以及2名当地农民砍成重伤。

@江苏泰兴市泰兴镇中心幼儿园发生一起伤人事件，一名男子持刀冲入校园，砍伤31人，包括28名幼儿、2名教师、1名保安，其中5人伤势较重，有生命危险，受伤者已被送往医院抢救。持刀男子被当场制服。据初步了解，持刀男子为当地人，47岁，原因正在进一步调查中。

@上海最近发生首例校园劫持事件。一名歹徒闯进位于上海市普陀区宜昌路的江宁学校，进入A栋二楼一年级4班教室，持刀劫持了一名一年级男生。警方与歹徒经过两个小时的周旋，于当日中午12点35分将歹徒制服，人质及同班学生安全脱险，一名干警受轻伤。

他默默滚动鼠标一页页往下浏览，屏幕上荧光格外刺眼，那些或黄或蓝的关键词条犹如一道道划破午夜的闪电令人触目惊心。他几乎没有勇气看下去了。险象环生的校园变得叫人异常恐惧，他忽然意识到自己每天不是把孩子送到学校，而是很不负责地丢到悬崖边上，然后孩子的一切都听天由命。妈的，这到底算啥世道，连最最纯洁美好的校园也成了一触即发的雷区。往后还能不能继续送女儿去上学，还是干脆让她待在家里，花钱雇个家教上门辅导，可万一家教本身就是个隐藏很深的恐怖分子呢？稀奇古怪的念头层出不穷，似乎并没有哪一条路更可靠。滚动在眼前的那些铺天盖地的文字和图片当中，总算还有一条让他忍不住多扫了一眼：

@某年某月某日，一名可疑男子强行闯入东北师范大学人文学院校园，执勤保安上前拦截，该男子不听劝阻，并掏出随身携带的菜刀向学生冲去，路上的行人吓得四处乱跑。学校门卫立即报警，与此同时保安员迅速上前追赶并与持刀歹徒对峙。接警后保卫处立即启动应急预案，组织其他保安员携带防暴工具迅速赶到现场，用防暴棍、防暴钢叉、防暴盾牌一起围追堵截持刀男子，仅用几分钟时间就把凶狠的持刀歹徒制服，路上的行人依旧惊魂未定。原来，以上情景是该院保卫处组织保安员开展的一场惊心动魄的防暴演练活动……

真叫人啼笑皆非！是道高一尺，还是魔高一丈？到底是东北人，什么事都敢忽悠啊，竟堂而皇之地搞起了什么防暴演练！难道这些真的管用？万一凶狠残忍的真歹徒不期而至，学校也会像演练中那样从容应对克敌制胜？恐怕一切还是个未知数吧。不过由此至少可以断定，天底下的学校早已是谈虎色变草木皆兵的样子了。想一想这种状况多像当年的“非典”时期，病毒肆意蔓延，人人岌岌可危。最不可思议的是，歹徒的作案方式都跟得了某种传染病似的，简直就是在扎堆跟风竞相效仿，狗日的全都冲着学校和学生！

樊理的单位是专门搞行业发展调查研究的，他很容易就从网上林林总总的案例和数据中得到了一个惊人的结果：即今年仅头十个月内，全国平均每个礼拜都有一所学校发生此类恶性案件，平均每两天会有一名无辜学生遇害！早在傍晚接到女儿电话的那一刻，或者说，一路开车前往学校的途中，他还以为自己是天底下最最倒霉的家长，没想到他还算是顶幸运的那一个。最起码，现在自己的宝贝女儿正毫发无损地躺在床上睡觉。

可是，此刻一旦居安思危，反倒让他感到无比的惶恐，就像昏迷中被谁注射了一剂大麻，现在人忽然清醒了，看着胳膊上莫名发红的针孔，再联想到随时将要发作的毒瘾，简直毛骨悚然，惶惶不能自已。不行，得抓紧时间给晓晓配部手机，最好明天一大早就去买，刻不容缓，这样他们就能随时同孩子保持联络了；同时，还要去书店买一些安全防范方面的专业书籍，必须让孩子从现在开始树立自我保护意识，遇到险情首先懂得保护好自己；再有，每天早中晚的接送务必按时按点，尤其是他们没来之前，晓晓绝对不能离开校园半步，最好是待在教室里耐心等爸妈的电话。可问题是，现在的学校根本不是什么叫人安心的避风港，网上不是说连学校的老师和临时工都会对学生下毒手吗？那么，谁又能保证孩子待在教室里就一定安全呢？这就好比每天开车上路，总会有这样那样的交通事故发生。一句话，你不去撞别人，可难保别人不来撞你！

九

夜里实在回来太晚，汽车未能正常开进小区停车场。尖嘴猴腮的保安一再拒绝说里面车位已满，连个扎锥的地方也没有，他后来只得将车随便停在小区门外的马路边上。

一早去送晓晓上学时，竟赫然发现车的引擎盖上又被狠狠地划了几道，看着那些弯曲而又歹毒的划痕，樊理忽然觉得像是谁在后背上猛地刺了他两下，虽不致命，可那痛感却来得着实钻心。昨天的撞痕尚待修理，怎奈一夜之间又添了许多新伤。值夜班的保安早已下班回家了，而前来接早班的人一副刚刚睡醒的样子，樊理过去跟他理论，对方很无辜地冲他摇头摆手，说这事他一点儿不知情。

你们他妈的全都是死人！算什么保安，要你们有屁用，都是他妈的聋子耳朵！樊理狠狠地骂了几句，便扭头愤愤离开了。

经过彻夜的胡思乱想，横竖也没拿出一个万全之策来好好保护女儿。此刻，乍一看到汽车被毁容后的模样，他简直怒火中烧，恨不能立刻逮住那个卑鄙无耻的破坏者，并将对方生吞活剥了才解气。这种状况简直无可奈何，只要联想到自己生活的城市，就会发现烦心的事情总是接二连三，有时连最起码的一点儿安全感也得不到保证。汽车越来越多，停车位却少得可怜，每天晚上八点以后小区的停车场便车满为患，就像联欢会上的抢椅子游戏，人数永远比椅子多，要想抢到一个有利位置，你必须绞尽脑汁身体力行，否则，乖乖靠边站吧。

距离校门口十步开外处，已圈定了崭新的警戒线，还新增了两名年轻力壮身着黑蓝色制服的安保，手持黑橡胶棍，盖世太保似的一哼一哈戳在那里。他们毫无表情地不停吆喝着，家长一律不准越过黄色警戒线半步！学校还临时通知大家，所有学生家长每人必须交两张二寸相片及十元工本费，本周将统一办理学生接送胸卡。也就是说，以后不佩戴胸卡的家长是不能随便从学校领走学生的。

种种迹象表明，校方正在积极采取一些亡羊补牢的措施。这似乎没有什么不妥，可这又促使他不得不思考表面与现实的问题。为什么人们都喜爱做事后诸葛亮呢？事先学校从来没有这么要求过，难道非要等到见了棺材才落泪吗？昨天的情况并非首例，国内那么多学校不都纷纷上演了此类悲剧吗？难道唯独这所学校的领导耳聋眼瞎从没听说过?！起码，教育部门早八辈子就该在全系统内传达、学习（这样的会议不是每天都在开个没完没了吗？至少他本人昨天下午就因参加类似扯淡的洗脑会而接孩子严重迟到了）和加强整改了，若是没有昨天的突发事件，看来这所学校根本不会当回事的，麻痹大意成为习惯，事不关己高高挂起，未雨绸缪的情形永远可望而不可即，事情没轮到自己头上，干吗大动干戈？说到底，即便是性命攸关的大事，在有些人看来不过是多围一圈警戒线，再添两名装模作样的保安而已，一切就是这么简单！——问题是如此简单的举措，却总是要以更大更惨痛的代价才能付诸实施。

一旦想到这一点，很多困惑也就迎刃而解了。现在，他脑子里忽然就有种很奇怪的闪念，那就是真该好好感谢一下昨晚那位倒霉蛋老兄（此时想起对方失魂落魄的样子，还有哀痛无助的号啕大哭，他的心顿时像被谁揪了一把），若非那么一闹，往后学校还不知道会出多大乱子呢，真是不幸中的万幸。很多时候，好像越是采取极端野蛮的方式，就越能导致某些实际问题立竿见影地得以解决。

开车去单位沿途所经过的几家中小学校，门口几乎都设置了必要的围栏或警戒线，安保人员也都摩拳擦掌严阵以待，看来全市的学校都被“武装”起来了。这种印象也是带有传染病色彩的，好比城门失火殃及池鱼，一家有难八方动员，最起码也得各扫自家门前雪才对。尽管都在第一时间采取了相应的防范措施，可还是让他觉得这很滑稽，就像小丑在舞台上穿得西装革履的，可骨子里还是往外透着那种叫人忍俊不禁的怪诞气息。他不知道这种做法到底能持续多久，一周、一个月、一学期……或者形成一种永远不变的保卫制度？反正，就算装样子也比没有强些吧？毕竟学校都在用自己的实际行动表明这里是安全的。

现在，他心情郁闷地开着被摩托车拦腰撞过，又被游手好闲者夜间划过的汽车，内心也像布满划痕一般乱七八糟的。他感到眼皮子死沉死沉，稍不留意它们就会耷拉下来挡住视线。上午八点钟正是交通最高峰，路上的车跟下饺子似的挤成堆了，嘀嘀的喇叭声汇聚成浩瀚的噪声之海，淹没了所有的路人。而每个待在车里的人，都恨不能从前面的车顶上呼啦一下飞过去，但那不现实，除非你被一辆野蛮的汽车猛地给撞飞。现实就是这样，你必须老老实实窝在车里，跟蜗牛似的慢慢慢慢往前爬，此外别无良策。

电话响了，恰好在千钧一发间粉碎了一个沉闷的短盹儿，好险啊！他竟差点儿就睡了过去，那感觉就像整个人将要一头栽进黑咕隆咚的万丈悬崖中，又猛不丁被谁一把拽住。他正满头虚汗惊魂未定，那个女人的声音便怒不可遏地直逼进耳膜中来：姓樊的，你最好马上到人民医院来一趟，我家老爷子头晕心悸，高压都快上两百了，都是让你撞坏的……老人家要是有个三长两短，让你吃不了兜着走！

那一刻，他忽然莫名其妙地来了个急刹车，就像是非要停下车来好好跟那个女人理论一番，对方的无理蛮横跋扈到了叫他忍无可忍的地步。他清晰地听到了汽车防抱死系统发出的一串刺耳的咯唧声。与此同时，整个车身撞上冰山似的往前跳了起来，他的下巴和鼻梁结结实实撞在方向盘上，鼻孔顿时喷出两道鲜血，方才知道后面的车已跟他追尾，而他几乎恶狠狠地撞瘪了前方的车屁股。一时间，马路上所有汽车的喇叭声咆哮成巨大无比的愤怒的旋涡，瞬间将他和他的车完全吞没。他只是用一只软弱的手掌下意识地捂着鼻子，好让血不要流得那么快，内心有种毁灭前的兴奋与动荡。

被瞄准的女人

黄铜拉链唰啦一下张开了金黄色大嘴

通常，那些属于女人的细软物件：像粉底盒、口红、护手霜、香水、卫生巾、遮阳伞、丝质手套、纱巾、钱夹、小毛绒熊玩偶，还有口香糖或吃剩下一半的袋装小零食，马上如剖开的鱼肚似的竞相绽露出来。女人的肩头或手臂弯里总会悬着一只皮包，千奇百怪，五颜六色，或大或小，总之，这些皮革物件永远被无关紧要的东西塞得鼓鼓囊囊，简直就是女人身体的一部分，一个色泽光鲜的巨大皮革囊中，欢乐和痛苦都装在里面，如影随形，片刻难离。

包是女人出门的首要道具，也是她们最后站在家门口的唯一有效的通行证。包内永远杂七杂八凌乱无序，像极了一个女人的全部生活。好在，女主人总是能够像训练有素的魔术师那样，斜歪着优美的身体曲线，后背微微靠向冰冷的水泥墙壁，同时，将包底勉强搁在自己屈起的膝盖上，然后，在一堆随时都可能倒散出来的杂物中间，茫然而又不可思议地摸索到叮当作响的钥匙串。

女人永远不会像男人那样，在距离家门很远的地方，就跟有预感似的，提前将钥匙攥在手里。男人习惯于手心攥着什么，比如香烟，再比如——枪。他们不太喜欢盲目，蒙头蒙脑，临到了才东翻西找，一头雾水的蠢样子。这一点上，男女是有很大区别的。最大的区别往往还在于，女人总是很盲目地，又总是非常感性地去做每一件事，包括打开皮包，取出钥匙，然后糊里糊涂地去拧开属于自己的家门。

就说你吧，直到这一刻，也还丝毫未曾意识到，今天要打开的这扇房门的背后是何种情形，你又将面对些什么。其实，每次站在家门口，你大概都是这样茫然的，你从不需要憧憬什么，也不会心满意足，你总是微微皱一下眉头，眼前或许还会掠过几幅模糊的画面，好像你刚刚从电影院里走出来，最后的镜头依旧在你面前定格或闪现。生活不是电影，电影都是事先设计好的，导演太清楚故事的脉络和人物的走向了，演员只是按部就班地完成一项演出任务而已。从这个角度说，你也是导演，是你自己生活故事的执行导演，只不过，没有人为你提前写好剧本。你似乎永远也不清楚，下一步或下一场戏该演什么，或怎样去演。

跟绝大多数女人一样，你也喜欢看电影，几乎打小就这样。记得那些年看露天电影，你总是安静地坐在一只自带的小马扎上，两只黑亮的眼睛自始至终都盯在银幕上，幼小的心灵随着故事情节起起伏伏，有时害怕得失声尖叫，有时又默默地陪着剧中人一起抹眼泪。那时你们一家三口，爸爸、妈妈还有你，日子过得简简单单，平凡却充实有味。但几年之后，霉运忽然降临，父母离异，母亲带着你改嫁，之后你身边又莫名地多出一个弟弟。尽管这个鼻涕兮兮的小男孩总是拿孱弱的小手拽着你的衣襟，不停地唤你姐姐姐姐，可你总觉得他是个外人，就因为弟弟跟你不是同一个父亲的缘故吧，或者，还有什么更深层的原因？很多事你自己也说不清楚。反正，你一直对后来的生活耿耿于怀。

当然，最让你难过的还是父亲，你永远也弄不明白，这个表情有些阴郁的男人，为什么会对那种东西那么感兴趣？简直到了登峰造极走火入魔的地步。当时，家里的墙上几乎贴满了从《大众电影》里扯下来的演员照，还有彩色年画，画上的人物多数都是英雄形象，杨子荣、洪常青、韩英、邱少勇、董存瑞，还有吴琼花和红色娘子军……总之，他们都有一个共同特点，几乎每个人手里都端着枪，英姿飒爽，威风凛凛，冲锋陷阵的样子。这些当然都是父亲的最爱，你是女孩子，素来对此兴趣不大，打打杀杀的让人恐惧。直到那件可怕的事情发生之后，母亲才毅然决然地将长期霸占着你们家四壁的那些革命的画子统统撕扯下来，并付之一炬。其实，烧掉的只不过是些发黄的旧画纸，留在墙壁上的却是难以磨灭的历史阴影。

那时的你懵懵懂懂，小黄毛丫头一个，只知道家里出大事了，父亲居然用自制的手枪，没完没了地瞄准墙壁上的那些英雄画面，据说也包括主席的肖像，嘴里不时地发出砰砰的射击声。他的胆子也忒大了！大概就是因为这件荒唐的事，父亲到底被人告密了，东窗事发后，他被绳捆索绑半夜三更从床上给提溜走了，而且很快就定了罪，现行反革命，无期徒刑。母亲好像也哭哭啼啼过那么几天，但她更多时候反复念叨的却只有两个字：活该，活该！活该！！对，不是活该，又是什么？想想看，一个妻子整天要在家里胆战心惊地面对行为怪诞而又乖张的丈夫，她的日子能好过到哪儿去？反正那些话伴随着年轻母亲咬牙切齿的模样，永久地刻进了你的脑子里，并且，在此后相当长的时间里，你几乎也默认父亲真是活该的，咎由自取，吃饱了撑的，害人又害己。

直到很多年后的一天，你也是偶然间从旁人嘴里得知，那个可憎的告密者，很有可能就是自己的母亲，你完全傻了，崩溃了。这怎么可能？可你转念一想，又怎么不可能呢？要知道跟父亲朝夕相处的人只有你和母亲，除了母亲还能有谁知道那个可怕的秘密呢？就算父亲再蠢，就算他痴迷自制的那种手枪，但他不过是机械制造厂里一名默默无闻的车床工，他还不至于当着大家伙的面，拿着破枪去瞄伟大领袖的头像吧，他又不是真的吃了熊心豹子胆。从那时候起，你开始怀恨自己的母亲。尽管后来母亲一再地哭鼻子抹泪，说当时形势所逼迫不得已，她这样做都是为了你和这个家。可你根本无法接受这种解释，你对母亲这个告密者简直无法忍受，由此产生的恨突如其来，并日久天长，尽管此后的很多年里，你始终带着莫名的仇恨跟母亲生活在一起，当然还有那个后来出生的小弟弟。

对于那个异父的同胞弟弟，你总是爱不起来，也恨不起来。好像是父亲出事没多久，母亲就带着刚五六岁的你改嫁了，你成了名副其实的小油瓶子。好在，母亲要嫁的这个男人，并没有表现出那种厌嫌你们娘俩儿的情绪，相反，这个表面上看起来老实巴交的男人，对你们还是很友善的。也许，对于你们娘俩儿来说，这个男人一生最大的贡献就是，在那种极特殊极敏感的时期勇敢地接纳了你们，给了你们一个相对来说可以遮风挡雨的小窝。他是个年纪偏大的转业军人，祖上三代皆为贫下中农，根红苗正。不过他在部队却是没拿过一天枪的，因为他不过是个老炊事兵，整天就围着锅碗瓢盆转圈子了，后来他好不容易转到地方上，人尽其才，还是被安排在一家国营工厂的职工食堂里烧菜做饭。关于这个男人，你一开始就知道这些。

你不禁又想起许多年前的那个上午，远远地就听见一阵鞭炮声在街巷深处炸响，人们纷纷涌到街上，抻长脖子等着看稀罕，你害怕得紧紧捂住耳朵。那个即将成为你继父的炊事员，正骑着擦洗一新的永久牌锰钢自行车，缠裹了电影胶片的车大梁上就坐着你，你的发辫上扎了两截红丝绸，乍一看跟杨白劳家的小喜儿似的；车后架上端坐着你母亲，她那天梳着油光油光的发髻，面色素净，嘴唇红润，青春再度焕发一般。她比骑车子的男人小好几岁，人也长得俊，应该说她配一个炊事员那是绰绰有余的。

后来自行车终于停稳，先是你母亲款款落了地。那天她脚上穿一双用彩线绣了牡丹花样的黑平绒布鞋，手里拎着鼓鼓囊囊的一只大红布包袱，那颜色夺人眼目，简直就是一团火。你母亲轻轻仰起脸，上上下下打量着眼前的院子，那架势多少有点儿视察的味道，或者，她需要确认一下自己下半辈子的光阴。这对她非常重要，生活已经坑过她一次了。男人则一手扶住车把，轻轻向前一勾腰，另一只手就把横梁上的你抱了下来。你也是这时才清楚地闻到炊事员身上的那股浓浓的味道，酱油醋辣面子混合在一起，还夹杂着一股很冲鼻子的葱花油味。你并不在乎这些，其实一路上早把你的一双小脚都控麻了，此时双脚刚一着地面，你便一颠一跛龇牙咧嘴地叫起来。你母亲这才回过神，也过来帮着男人将你搀了一把。又咋的了？小姑娘家家别那么娇气！你听到母亲有些不满的责备，今天是她的好日子，你似乎不该喧宾夺主，败了她的兴。所以，她甚至还在搀你起来的时候，有意或无意地拧了一下你的后腰，很疼，钻心的那种，马蜂蜇过一般，以示警告。你差点儿又叫出声来，可你毕竟忍住了。生活过早地教会了你一些东西，比如默默承受。

那时，院里早迎出来一伙子人，大概都是男方家的远房亲戚，也有的是头晚就赶来住下帮忙的。一个老妇人笑逐颜开地接过你母亲手里的红布包袱，轻轻拉着她的手，一面说着笑着一面往里走，后来你知道老妇人就是炊事员的老娘，往后你得管她喊奶奶；另一个中年男人也顺势把你拉在手里，你多少有点害羞，始终不敢抬头，像做了什么错事。你好像还注意到炊事员在院墙下锁好了车子，然后就转过身，一面朝围观的人群嘿嘿憨笑着，一面将双手伸进新崭崭的灰的卡制服的两只兜里，用力掏了一掏，便天女散花般朝大伙一扬手，再一扬手，左右开攻，又是花生核桃，又是水果喜糖的。好像是，整个厂子里的小孩都欢呼尖叫着涌来了，他们欢天喜地满地哄抢那些好吃的……炊事员一点儿也没有得意忘形，他竟然惦记着留下最后的几颗糖，悄悄地塞到你的小手心里。

当时的场面真的又喜庆又热烈，可那一刻，你却突然泪流不止，说不清楚究竟为了什么，反正，你只想找一个没有人的地方，美美地哭上一鼻子，或者一个人待着。你也是忽然有点儿想那个不知在什么鬼地方接受改造的男人了。才五六岁大的一个小姑娘，竟前所未有地感受到了什么叫作思念和忧伤。直到好多天以后，你才悄悄地品尝了那些糖果迟来的滋味。有时你想生活要是像糖果来得那样简单该多好！

下午通常没什么要紧事，你早早地就跟一个女同事开溜了

像这样的事业单位，你又是坐办公室的，每天早晨雷打不动地去开水房打两壶水，然后抹抹桌子，拖拖地板，然后就沏上茶水，慢条斯理地翻翻当天的报纸，最忙的事情就是接电话，动动嘴皮子的活。对面叫丽娜的女同事与你同岁，和你还算是投缘，没事的时候你们俩总爱嘀嘀咕咕嚼舌头，无非是些东家长西家短，昨天吃了什么，最近穿什么最时髦，彼此的丈夫如何如何。你俩儿除了能鸡毛蒜皮磨叽到一处，最重要的是，你们小部门只有四五个女人，可谓一台好戏，那个年龄偏大且胖乎乎的女同志，是你们的小头头，说话嗓门高，总一副先知先觉的嘴脸，平时爱对别人指手画脚，因为她姓高，私下里你们就戏称她为“高八度”。“高八度”在单位似乎有些背景，所以，你们尽量对“高八度”避而远之，时间一长，你跟丽娜就越走越近乎了。

离开单位后没有直接回家，你们结伴去逛街，无头苍蝇似的，东游西荡，毫无目的性，就像一个猎人糊里糊涂走进森林，对所要猎取的猎物一无所知。感觉只是因为街上奇缺你俩似的，这边停停，那里瞧瞧，穿梭于熙来攘往的人流，又不肯放过任何一样女人感兴趣的物品或风景。最后的战果仅仅是，丽娜挑了一双丝袜，你在街边摊心血来潮地买了两条一拃来长的金鱼，就是眼睛鼓凸凸的、尾巴像大扫帚的那种。为什么非要买金鱼，你同样一无所知。只是看到摊贩熟练地把鱼和水装进一只蓝色的塑料袋里。你只知道鱼缸是不用再买的，家里还有现成的。你忘了上一次养鱼具体是什么时间了，反正鱼总是要死的，只是时间长短问题。摊贩说鱼是饿不死的，吃多了会活活撑死。你不置可否，你就是喜欢看它们在水中无忧无虑游来游去的样子。鱼儿永远也不会跟人亲近，不论你怎么对待它们，鱼就是鱼，见到人总是显得惊慌失措如临大敌。

钥匙嘎啦嘎啦响动，锁芯年久劳损，拧起来跟插在坚硬的石头缝里似的

你讨厌这种单调的噪声。你曾几次三番要求换锁，可母亲表示反对，滴几滴机油就好了。鬼才信呢，人的脑子生锈了，也能用这种法子吗？你们现在的年轻人太浪费，动不动就说什么换掉扔掉，总有一天，干脆把我这老不死的棺材瓤子也扔出去吧，你好眼不见心不烦。又来了，又来了！妈你烦不烦？我说的是门锁！门锁！姑奶奶以后你别带钥匙了，我每天等在家里给你开门总成了吧？万一你要是不在家呢，万一你去市场买菜呢，万一你跑到老年舞会上跳得高兴忘了回家呢？我总不至于站在楼道里傻等吧?！你哪那么多万一万一的，就数你理由最多，妈什么时候跳得忘了回家？你这丫头就知道满嘴胡咧咧，这么多年我有一次忘了回来给你们做饭吃吗？没良心的死丫头，跟你那个死鬼爹一样，我这辈子真是命苦啊！又来了，又来了，妈，我耳朵都听出多少层老茧子了，你不说这个会难受死吗？我现在问你到底见没见我那个鱼缸？

在母亲的片刻沉默之后，你早换好拖鞋，胡乱扔下挎包，踢踢踏踏拎着那只蓝色塑料袋去找鱼缸了，客厅卧室里翻箱倒柜了半天，均未果。怪事，我明明放在柜子上的，怎么就不见了？妈你是不是动了我的鱼缸？母亲这才注意到你手里的塑料袋。干吗又买这东西，烧包，有钱没处花了？还不如称二斤鲫鱼回来，妈给你们炖汤喝呢！你是养鱼的料吗？三天打鱼两天晒网，想起来就撒给一把食，想不起来几天也懒得瞧上一眼睛。我问你到底见没见那个鱼缸？你别东拉西扯的好不好，你要实在馋得想吃鱼的话，那好啊，现在就把这两条拿去烧了吃吧！母亲终于动怒，你少问我，我的话都是耳旁风，我才懒得管你！她猛地甩手钻进厨房，并用力推上房门，声音巨大，隐约传来叮叮当当的切菜声。

当上次养的那缸鱼一条一条漂浮在水面上，母亲就好像说过，好端端的，真是害命啊！你不以为然。人都要死，何况几条小金鱼？其实，你说这话并没有别的意思，一点儿也没有，可你母亲总爱往别处想儿。自从那件事发生后，她人似乎越来越神道，越来越敏感，没事总爱胡思乱想，爱钻牛角尖，似乎她的更年期无限制地在延长了。你们本来只是在讨论金鱼，她却善于由物及人浮想联翩。母亲总能联系到几年前死去的那个炊事员，就是你继父。

人死不能复生，理应顺命。在你看来，就连继父的死也是命，要是当年他没有娶你母亲，或者，他俩后来别生下那个小冤家，说不准继父就会没事的。为了自己心爱的儿子，与一帮小混混大动干戈，硬搭上一条命，好像也能说得过去，这世上有多少人莫名其妙地忽然就没了，什么也不为。不过，当时外人都不这么看，他们私下里嘀咕，你母亲天生克夫相，你看她害得头一个男人当了劳改犯不说，又把第二个男人也葬送了。这简直有些危言耸听！

当然了，也不时会有个把好心人劝你母亲再往前走一步，毕竟继父走的时候母亲刚过不惑之年。这次母亲似乎认命了，她甚至认为这一切都是报应，是老天爷对她应有的惩罚。母亲不但没有再婚的念想，相反，她竟主动提出来自己想提前退休，她一趟趟去单位找领导说情，求爷爷告奶奶地终于让你成功地顶替她上了班，而她自己心甘情愿做一名家庭主妇，整天伺候你们吃吃喝喝洗洗涮涮。

事实上，自从炊事员发生意外之后，你就开始过着一种相对深居简出的日子，这个家除了母亲每个早晨要去家属院外的小巷子赶一趟早市，傍晚搁下饭碗，雷打不动地加入到一群老头老太太的摇摇摆摆的舞蹈行列中之外，你基本上维持着两点一线——从单位到家再从家去单位的单调生活。前两年身边还有个读书的弟弟，可这个家伙完全被炊事员和母亲合起伙来惯坏了，衣来伸手饭来张口，好吃懒做，书念得磕磕巴巴，可坏毛病一样也没落下，撒谎、偷东西、打群架、泡游戏厅、纠缠小姑娘，直到后来为了他喜欢的女中学生争风吃醋，跑去跟另外一伙社会上的混混斗殴。

你后来总在想，那天也是合该出事。弟弟拿了你夹在书本里仅有的几元零花钱，恰好让你发觉了，你拦住他的去路，非要让他把钱还给你。可弟弟死活不认账，后来你们姐弟争吵起来，他气急败坏地骂你是没人要的油瓶子，你当时也是气极了，就毫不客气地扇了他一个耳光，他又冲你身上吐唾沫，你拉住他的书包带子死活不撒手，非让他道歉不可。结果把包带子扯断了，书包掉地，文具盒书本撒了一地。弟弟乘机夺路而逃。母亲后来狠狠地训斥了你一顿。你哪有个当姐姐的样？他是你的仇人吗？你们整天跟乌眼鸡似的闹腾，早知道当初就不该把你带过来。你被母亲的话深深刺伤了，心里觉得委屈，可你后来还是在母亲的漫骂声里蹲下来，流着眼泪收拾撒落在地上的书本。

正是在那个时候，你完全是无意中发现那张字条的，那是弟弟写给一个小女生的，大意是只要对方能跟他一直好下去，他愿意为她赴汤蹈火，去做任何事情，包括他们定于今天下午放学以后的那场所谓的决斗。你当时对此嗤之以鼻，觉得弟弟实在幼稚可笑，你内心深处甚至有种既阴暗又迫切的期待：但愿这个愚顽的小混蛋被人打得鼻青脸肿体无完肤才好呢！所以，你压根没有把字条的事跟大人们提及。可以说，你那天完全是一种隔岸观火的报复心态。当然，你也根本无法预料后来的结局。天黑后，弟弟也没有按时回家，继父后来一个人出门去找他，然后撞上了弟弟跟那伙小混混的械斗，继父为了儿子脑袋挨了好几砖头，血流了足足有半脸盆吧。

金鱼的大尾巴搅得塑料袋扑唰扑唰乱响

那个卖鱼的摊贩真够小气的，只在袋子里装了很少的一点儿水，顶多够你刷一次牙的。扑唰——扑唰，鱼儿始终在拼命做着垂死挣扎，仿佛随时要撞开袋子突围出去。此刻，你的心情烦躁而又憋屈，为那两条大眼睛鱼，或者，也为自己。

在这个家里，你的心情似乎从来也没有多么好过。就像弟弟所说的，你可有可无，是顺带捎来的，一个老拖别人后腿的小油瓶子。继父罹难后，他生前的一个老战友很是怜恤你们孤儿寡母。这位老伯一直在军区里工作，好像还有些门路，他热心热肠地来家里跟你母亲说，孩子得抓紧送进部队锻炼去，要不人就毁了。母亲感动得无话可说，后来弟弟在那个老伯的关照下，真的就应征入伍了。而你高中一毕业，也顶替母亲上了班。于是，这个家才暂时归复平静。

弟弟入伍后，也就每年春节前夕才匆匆回家探一次亲，穿上了绿军装，人模狗样的，好像那身威严的衣裳真的具有某种神奇的魔力，竟将他一贯懒散不羁的野性子给束缚住了。过去在家的时候，弟弟从来懒得叠自己的被褥，现在每天清早起床，都要把被褥叠得像块大砖头似的，有棱有角，方方正正，一丝不苟。或许，真的是士别三日当刮目相看。而且，你们姐弟的关系也渐渐有所缓和，吵架的事自然再也不会发生。但更多的时候，你觉得彼此都像是表面上的客气，如同陌生的熟人。弟弟回到家完全成了客人，母亲整天想方设法地做好吃的犒劳他，今天包饺子，明天清炖羊肉，后天又要兴师动众涮火锅。你下班回来也忙前忙后打下手，生怕有照顾不周的地方。总之，一家人的关系看起来融洽而又稳妥，那个可怕的历史节点如同旧日历上被撕去的一页，永远不会再有谁把它翻找回来。

必须马上找到那只旧鱼缸！否则，它们会被活活闷死的

你可不想让鱼儿现在就死在自己手上，至于日后它们不幸死了，那可是个时间问题。母亲不置可否，现在又使性拌气地把自己关在厨房里不肯出来。你已经翻遍了客厅、卧室、小书房的每个角落，甚至还有卫生间，最后只好硬着头皮推开厨房的门。

你母亲只在每个白天过来料理三餐，晚上直到看完她自己喜欢的电视节目才迟迟下楼回自己那边去，也就是说，只有晚间休息不跟你在一起。说来话长，这事你早就开始后悔不迭了。本来，一年半前你结婚时男方家里也准备了一套不算大的新房，一室一厅，虽然局促狭小，可那毕竟属于二人世界呀。后来，你母亲总觉得你们小两口住那边离娘家太远了，平时互相照顾起来很不方便。再后来，你母亲所在的这个家属院正好有人要卖房子，母亲就风风火火大包大揽替你们张罗起来。那时，你丈夫对自己丈母娘的话可谓言听计从的，经不起她苦口婆心地一再撺掇。你母亲甚至还承诺，等你俩儿以后有了孩子她来带，权衡再三你们到底还是下定决心，把那套新婚不久的小房子转手了，当然你母亲也慷慨地凑出两三万块钱鼎力相助，这样一来就买下了现在这套大一些的房子。

这样的确方便多了，每天，你母亲只要站在自家的阳台上，就能清楚地看到你们卧室北面的那扇窗户了，窗帘晚上什么时间合上，早晨何时拉开，母亲由此可以准确地获知你们的作息时间。因为这两栋楼前后相邻，中间隔着巴掌大的一片草地和两个小花坛，夏日花坛里面种着或红或粉或白的月季花。正是打那以后，原本已经出了嫁的你，一下子又重新回到了母亲的怀抱，回到你生活的原点。最主要的是，你们的生活又不可避免地搅和在一起了。

母亲正在厨房里霍霍地炒菜，她根本不想搭理你

油烟味扑鼻而来，感觉她手里的菜铲随时会把锅底捅个窟窿出来。又是一阵蒙头蒙脑地翻箱倒柜，盲目中奇迹终于发生了，你几乎冒着浓浓的油烟和烈焰，在厨房最高处的吊柜里瞥见了那只被深藏起来的玻璃鱼缸。只不过此刻，它那圆圆的透明肚子里被塞满了绿豆，简直成了一只多功能的储物罐。不用猜，必定是母亲所为，她太善于变废为宝了，平时家中的一切杂物都由她管理和处置。你想都没想就伸手去够鱼缸，母亲一点儿也不肯为你腾开地方，依旧动作夸张地挥动菜铲。煤气灶呼呼作响，油烟机转得歇斯底里，狭小的空间早已热火朝天。在这个有些残酷的狭窄空间里，你们母女犹如两只高温炉里的困兽。你跟母亲的身体难免要有些摩擦，母亲正气得鼓鼓的，身体僵硬，而你反倒平添了一种胜利者的傲慢与张狂。毕竟，你亲自戳穿了母亲的谎言，事实胜于雄辩，失败者已无话可说了。

就在你的手指够到鱼缸波浪式的边沿时，母亲却猛地 180 度转身，她大概是想去后面的案板上拿葱姜蒜之类的辅料，你依稀听见她瓮声瓮气地嘟囔道，让开，好狗不挡道！而你的手已经抓住了缸沿，母亲忽然那么用力往外一推，她那发了福的胯腹顶在你依旧平坦的肚子上，你整个身体就禁不住向后趔趄开去了，你的身体完全失控了。与此同时，那只装了大半缸绿豆的鱼缸也随之滑落下来，咣当一声，重重地砸在灶台上，玻璃瞬间破碎，汹涌的绿豆满世界翻滚奔逃。你惊愕，继而恼羞成怒。母亲亦然，她似乎更心疼那些营养丰富的绿豆，她已经开始咬牙切齿。

现世报！我真是倒了八辈子霉，怎么偏就生了你这么个现世报？！母亲愤怒地叫嚣起来。锅里的菜叶烧得吱吱尖叫，油烟机轰隆隆转个不停，从灶头喷发出来的蓝火焰疯狂地舔向锅底。瞧瞧你干的好事，成天价除了给老娘添乱，你到底还能干成个啥？！早知道这样，当年我就不该要你这贱货，我真后悔没把你送给旁人去！母亲的目光早已发绿，满炉台满地板都是那些可恶的豆子在翻滚。你拍拍自己的良心想一想，没有老娘你能有那么轻松的工作？我整天跟个老妈子一样，忙里忙外管吃管喝，到头来能落下你们什么好？你的性子跟你老子一样坏，怎么摊上你们爷俩，我这辈子没一天好日子过……

你愣怔了片刻，母亲始终骂不绝口，她手里的菜铲正滴滴答答往下流淌着褐色的油汁。那一瞬间，你大脑一片空白，水洗一般。你搞不清楚眼前的女人是谁，你又是谁，对方的嘴角跟老和尚念经一样不停地收缩抽动，火焰烧得正旺，狭窄的厨房弥漫着呛人的焦煳味，空气彻底燃烧起来了。

你的眼中没有绿豆，没有鱼缸，没有饭菜，也没有母亲和女儿，有的仅仅是一屋子的烈火，炽热燃烧着，吱吱叫嚣着。你几乎崩溃了。许多年来，还是头一次如此真切地听到她对你的最真实评价，只会添乱，一事无成，倒霉蛋一个，该送人的货……这就是你二十五六年来得到的全部肯定。命中注定，你在这个家一直都是这样，你的存在完全是多余的。假如没有你，这个家包括母亲会很幸福。

听吧，她终于说出了大实话。而你似乎一直在苦苦等待这一天。你眼含热泪，目光凄迷，心却在默默滴血。你不想再跟她多说一句话，哪怕一个字，更不想再听她的恶言恶语。你脑海里忽然涌现出一个词：情尽义绝。最后，你只是恶狠狠地瞪视了她一眼，然后，奋力拉开屋门，冲出厨房，跑向客厅。当你顺手从茶几上抓起包带的一刹那，泪水终于夺眶而出。

这或许是你一生中最黑暗的一刻

亏你们怎么想的，人家巴不得要去享受自由自在的二人世界，你倒好，明明是泼出去的水，还真能让收回去，瞧着吧，往后呀，有你吃苦头的日子！

冲出家门的一刹那，丽娜当初跟你说的那句话又在耳边响起。看来，人家丽娜真是太有先见之明了，而你也愈来愈意识到，当初的决定大错特错，绝对是天大的错误！表面上看，现在的一日三餐都由母亲一手操持，你跟丈夫完全做甩手掌柜的，油瓶子倒了也不需要扶一把。可除此之外呢，你甚至连养条鱼的自由都被抹杀了，母亲像个十足的太上皇，向来说一不二，她完全左右着你的私生活，控制着你的自由，监视着你们的一举一动。你虽然结婚也有一阵子了，可跟以前当黄毛丫头时几乎没有任何区别，除了夜晚可以跟一个男人同居一室。总之一句话，母亲太善于掌控着儿女们的一切了。弟弟如今在部队服役，她当然不会放过你的，否则，她的生活将会失去意义。她活着似乎就是为了操控别人的。也许，她从一开始怂恿你们卖掉房子，到让搬回来跟她住在一起，所有这些都是有预谋的。她都得逞了，你活该受气！

不寒而栗！你简直再也不敢想下去了。你目前的境况可以说糟透了。如果说此前你尚且蒙在鼓里，那么，这一刻你完全如梦方醒。在母亲眼里，你不过是长不大的黄毛丫头，即便你结了婚也无法改变这一事实。她习惯于打理你生活的一切，柴米油盐水暖电，等等，甚至连你们小两口的银行存折都由她亲自掌握，留在你手里的那点儿可怜的零花钱，几乎不敢上街买太好的衣服和化妆品。当你怒不可遏一口气飞奔出楼道时，你忽然对自己感到前所未有的可怜与可悲。也就是说，离开这个由母亲一手操持的家，你立刻就等于光杆司令 —— 一无所有了。

家门咣当一声在你身后合上

女人的咒骂声瞬间消失了。被隔绝开的还有火红的炉灶以及烧煳了的一锅菜，这些滚烫滚烫的东西实在叫人难以忍受。从五楼到一楼，脚步凌乱而又匆忙，落荒而逃，又恨又惧，生怕撞上一个熟人，最好这种时候，连条邻居家的小狗也没有，省的连它也要投来怜悯的目光。

在一片朦胧的泪光中，隐隐约约看见一个男人，提着一只似乎很沉的兜子迎面朝你走来。男人笑嘻嘻地对你说，是来接我的吧，你咋知道我现在回来？快猜猜，我给你买了啥好东西？说着话，对方已经敞开了塑料袋，把手里的东西递到你面前了。你正气不打一处来，郁闷之极，无处发泄，而这个跟你朝夕相处的家伙分明是在火上浇油。买东西，在这该死的家里还能指望买什么，即便是花了几块钱的两条金鱼都要受人白眼和无休止的奚落！所以，势头正旺的火苗终于找准了对象，高举的枪口命中了靶心，你几乎二话不说，上前劈头盖脸给了对方一下子。

那是一株你最喜欢的绿萝，碧绿如玉的片片嫩叶，弯曲缠绕的茎条，还有浸泡于玻璃容器中白胡须一样的根系。你一直嚷嚷着想养这种花，可因为种种原因只是停留在嘴上。这一刻，美好的愿望全被你无情的巴掌给毁了，你都不知道自己下手怎么那么狠，简直像个不眨眼的刽子手，比刚才的那个老女人还要可怕几分。或者说，骨子里你们很可能是同一种人。

丽娜这家伙一贯喜欢冷嘲热讽

你的突然到来和一股脑儿的泣泪倾诉，完全证实了丽娜当初的预言。这就叫周瑜打黄盖—— 一个愿打一个愿挨！你不觉得你们这样很不正常吗?！你妈的心理绝对有问题，你看她一生的婚姻几乎都是失败的，她什么也没有抓住，所以，到了晚年就心血来潮孤注一掷，跟老母鸡护崽子一样，拼命要把你们揽在自己的翅膀下边，不让你们离开她半步，在她眼里你们不过都是些小毛孩子，就差上趟厕所也要向她打报告了。她是唯一的家长，一切都是她说了算！说白了，你不过是她算盘上的一颗珠子，她想怎么摆布就怎么摆布，一旦你要是敢违背了她的意愿，准没好果子吃！

此刻，你早就不想再多说一句话了，可你管不住丽娜这张嘴，关键是对方好像全都说在点子上了，弹无虚发命中目标，让你一时哑口无言。不过，闹翻了也好，这叫不破不立！正好可以逮住这个好机会，你过你的独木桥，她走她的阳光道，从此以后井水不犯河水，大家各过各的日子。

丽娜的脸上闪动着一种叫你不敢直视的光芒，那是旁观者才具有的异常清醒，再加上密友大刀阔斧舌剑唇枪。你从头到尾就像个落魄的遇难者，只是在风雨飘摇中，毫无意识地有幸爬上了对方的救生船，脑海中却始终一片空白，半天没有丝毫头绪。

丽娜跟你的情况截然不同。人家从小到大几乎可以说是顺风顺水的，父母和睦，兄妹团结，又是自由恋爱，成家以后更是如鱼得水，小日子过得甭提有多舒心了。而你的生活注定有太多太多的不如意，从父亲到继父再到那个已是现役军人的弟弟，可以说，这三个男人把你过去搅得一团糟。回想二十多年的时光，留在你脑海中的印象几乎都跟快乐无关，担惊受怕，漂泊无助，更多的是寄人篱下和谨小慎微的苦涩滋味。至于母亲，这个一手把你带到世上的女人，她大半生多舛的命运早就跟你形成了一种唇亡齿寒的关系，她所遇到的每次厄运和打击，都让你如浮萍般战战兢兢无所适从。

好了，千万别跟自己过不去，你得学会擦干眼泪抬起头，放心，天是不会塌的！丽娜总算是结束了她那一通长篇大论。天塌了不还有个大个子替你顶着吗？你干脆就在我这边待两天，先让那个老巫婆着着急。

很多时候，你非常羡慕丽娜这种风风火火敢做敢说的性格。“老巫婆”这三个字在你心里埋藏了很久很久了，偶尔也仅限于自言自语，此刻通过丽娜那张嘴替你说出来，你心里顿时觉得很过瘾，也很解恨。对，一定要让老巫婆知道，你早已不再是那个逆来顺受的小女孩了，更不是她随便拖来带去的小油瓶子！

现在的问题是丈夫怎么办呢

一想到他此时的那个处境，你不由得替他捏把汗。你完全可以想象，此时母亲正在家里没鼻子没脸地迁怒于他。

可事实完全不如你想的那样糟。家里此刻的情形是，母亲正在和你丈夫风平浪静地吃着晚饭，而且，好像什么都未曾发生过。

道高一尺，魔高一丈。母亲毕竟是母亲，姜是老的辣。这种时候，她可不会像你那样只知道拂袖而去，光耍小姐脾气是没有用的。这种时候母亲很懂得克制，她要尽可能多地挽回僵局，这样也许对她更有利。毕竟，今天跟她闹翻了的不是你丈夫而是你，这种敌我关系她还能分得明。

母亲心平气和地把饭菜端上桌，菜虽然烧煳了，可还能凑合着吃，母亲为了表示自己的愧疚和诚意，赶紧又补做了一碗鸡蛋汤。男人总是要吃饭的，尤其是希望回到家里永远有现成的东西供他们吃。母亲当然比你更明白这个道理，要知道她这辈子跟两个男人共同生活过。

吃饭前，她什么话都没有跟你丈夫说，跟没事人似的，只说不等了，咱们先吃吧。你丈夫虽然刚才在半路上莫名其妙地遭受了你的一通鲁莽和冷遇，但面对自己的丈母娘以及现成的饭菜，他当然不会拒绝。恰恰相反，他也装作什么都没发生过，端起饭碗只顾埋头呼呼地吃起来。

别嫌妈爱唠叨，你们俩也老大不小了，得抓紧时间要个孩子了，趁着妈手脚还能动弹，生下来了也好帮你们带大。

你丈夫愣了一下，脸上马上堆出那种感恩戴德的笑意。其实这事我倒没啥意见，就是她老怕将来有了孩子麻烦。

麻烦什么麻烦！天底下的女人不都是这么熬过来的，不生孩子那叫啥女人？这事你得拿定主意，先把生米做成熟饭再说，不能啥都由着她的性子！

你在丽娜家瞎凑合了一宿

所有人都在昏然沉睡，唯独你孤枕难眠。这一觉睡得实在很糟，突然换了住处，就连枕头都觉得那么陌生、那么僵硬。

丽娜那张利嘴在你耳边叨叨个不停，就像你是她的活靶子，被她瞄准了好一通扫射，直到把你打得体无完肤七零八落。

作为当局者，你似乎真的有些迷惑了。母亲到底是个什么样的人，有时连你自己也说不清楚，只是感觉她越来越不可理喻，对你似乎永远充满了强大的控制欲，总想让你按照她的思路生活下去，什么时候该工作，什么时候该结婚，什么时候该跟丈夫生小孩……总而言之，就连家里该不该养几条小鱼也是她说了算的。用丽娜的话说，她真像个十足的老巫婆，偏激，固执，阴郁，酷爱指手画脚，又不苟言笑，简直没有一点儿做母亲的和蔼模样。

早上你只是心不在焉地去单位打了一头，中间趁“高八度”不注意便悄悄溜出了办公室。如果有什么情况自然会有丽娜替你打掩护的，谁让你俩是穿连裆裤的。现在，你只惦记着要去看看丈夫，问问家里的情况。不管怎么说，昨天不该那样对待他，一想到那盆无辜的绿萝，你真是心疼，简直后悔得要命。不过，当时正在气头上，谁让他早不回来晚不回来？偏偏赶在那一刻鬼使神差地出现了，他和他手中的绿萝正好充当了你的出气筒和靶子。怎么说呢，丈夫这个人心眼不坏，可就是耳根子有点儿软，经不住旁人三句话。当初，母亲劝你们把那套小房子卖掉的时候，你其实犹豫过，你怕跟母亲生活在一起会有摩擦和矛盾，可母亲却避开你先说服了你丈夫，最后少数服从多数，你只能顺大流了。因此，这次你最担心他架不住母亲的狂轰滥炸和循循善诱，关键时刻跟你不一条心。你必须赶早做通他的思想，无论如何，这次一定要让他跟你统一战线，联起手来对付那个老巫婆。

果然，一切正如你所料想，丈夫对你夜不归宿的做法很有意见，他说不就是为一点儿鸡毛蒜皮嘛，犯不着弄得一家子鸡飞狗跳的，不管咋说，老人成天为我们做饭收拾屋子，没有功劳总有苦劳吧，我们做儿女的应该顺着她。你一时语塞，本来路上准备好的一套说辞，此刻全都被丈夫堵得严严实实无处下嘴。

喂！别只顾听她一面之词，你知道她是怎么对待我的？她骂我是现世报，是不该要的贱货，还说她真是后悔，当初没把我送给别人。你说，世上还有没有像她这样做母亲的？她把我当什么了？包袱、累赘，还是要饭的小讨吃……

你几乎再也说不下去，这份屈辱恐怕这辈子都无法消除。我恨她！要不是她告密，我爸怎么会成那样？这么多年她一直不知道悔改，反而变本加厉，我早就受得够够的，从今往后我的事她最好少来插手！不然的话，别怪我六亲不认！

显然，丈夫的表情有些狐疑不定，他拿不准你说的这些是不是真的，不过，他还是一个劲儿劝你回家去住。怎么说那也是你妈呀，老人家昨晚一宿都没合眼，一早起来说心口很难受，可她还是给你准备了早饭，说是怕你忽然回来没吃的。对此，你不屑一顾，你很清楚母亲之所以这样猫哭耗子假慈悲的，其实，就是为了博得丈夫的理解和同情，这样他们俩就可以牢牢地捆绑在一起，随时来对付你，而此刻看来母亲的策略果然很奏效，丈夫完全倒向她那边了。

好了，好了，我现在没心情听你说这些，中午我不回去了，我想去看看我爸。你这样说其实是希望丈夫能就坡下驴陪你一同去的，尤其这种情况下，孤军作战总显得势单力薄。可是，对方竟连一点儿反应都没有。或者，他脑子里会想吃饱了撑的，干吗又要去看那个老家伙？他到底为你和这个家做了什么杰出贡献?！这些你完全可以猜想到，母亲昨晚给他灌输了多少歪理邪说。她跟他爸简直是一个模子刻出来的，都是茅坑里的石头——又臭又硬，鸭子煮烂嘴煮不烂，他们认准的道谁也挡不住，不见棺材不落泪，碰到南墙也不回头，活该一辈子倒霉……诸如此类，尖酸刻薄。

你有时也会为此感到庆幸，因为你总算还没有沾染上母亲那种乖戾的性情，至少，你相信不管什么时候，永远都不会对自己的爱人放冷箭下狠手的。

长途汽车很快就摇摇晃晃出站了

曾几何时，你始终不能理解，父亲后来为什么要远远地离开你们，独自生活在另外一个城市。

现在，当你静静地闭上双眼，坐在不停晃动的车厢里，父亲那张饱经风霜的脸庞便浮现在眼前。父亲出来的那年，你刚好开始念初三，正值躁动不安的青春期，脸上起了好多红痘痘，整天低着头不愿意跟任何人说话，还经常胡乱发脾气，跟弟弟的关系一直弄得很僵。那时几乎所有的老师都说你性格孤僻，很不合群，从不关心集体，喜欢独来独往。你从不辩解，更不会敞开心扉跟什么人去交流，你的天空有太多太多的乌云，你的生活注定不会一帆风顺，你唯一能做到的就是沉默。正是在这种近乎孤绝的自闭中，你渐渐出落成个大姑娘，男生们开始对你产生朦胧的爱慕，不过他们普遍认为你生性孤傲，是个“冷美人”，不苟言笑，他们甚至私下里打赌，看谁有胆量和勇气能捕获你的芳心。所以在放学的路上，时不时会有滑稽的口哨声悄然追随。你对喜欢你的男生嗤之以鼻，更多时候你觉得男生这种性别充满了荒唐意味，你始终觉得他们甜言蜜语的背后隐藏着什么阴谋，让你越发谨小慎微望而却步。

同样在那一年，你的继父发生了意外，你母亲总狠叨叨地说，都怪那个丧门星，他一出来我们准没好日子过。听她的口气好像一切悲剧都是父亲酿成的，她一丁点儿责任也没有。你当然知道她不喜欢父亲，甚至恨他，但你还是不明白，为什么事情过去了那么多年，即便他被平了反放出来，她还是那么不待见他，甚至耿耿于怀。

当时，父亲的确做梦都想见你一面，母亲却死活不同意，说我们早就离了，没什么好见的，再说见了面孩子会产生自卑情绪，对她将来没有任何好处，最好让她以为你已经死了。在母亲眼里，父亲永远都是个害人精，属于被专政的对象，最好在这个地球上消失。不过，他倒是好几次一个人站在学校门口的马路对面，远远地冲你深情地张望着。也许他并不能在学生队伍当中一眼认出你来，毕竟你已经出落成个大姑娘了，个头比原先高了一倍多，除了有些偏瘦以外，可谓亭亭玉立。

有一天，当你发现一个愁眉苦脸的老男人正盯着你出神，后来他悄无声息地一路跟随着你时，你马上就猜出他是谁了。那时，也许逆反心理作用，越是母亲极力反对的，你就越想突破和尝试。所以，那天傍晚，你走着走着冷不丁转过身去，差点儿就让跟在你身后的男人同你撞个满怀。那一刻，四只眼睛相视，欣喜，焦虑，痛苦，思念，懊悔，忧伤，无奈……世间所有冷暖全部袭来，让人措手不及。你们父女俩至少在马路边愣怔了两分钟，彼此似乎都有说不尽的话，可是，谁也开不了口，除了眼睛与眼睛的交流，泪水与泪水的共鸣。

就在那个关头，母亲不知从哪儿钻出来，她像只剽悍的老母鸡，猛然间闯入你们父女中间，以迅雷不及掩耳之势，硬是将你从父亲的眼中拉开并且奋力拖走。当时，你确实像只木偶，一路上任由母亲摆布。你休想祸害我的闺女！你给我离她远远的！我们这辈子都不想再看见你！毫无疑问，当时母亲的确跟发了疯一般，你能感觉到她的手指在发抖，浑身冒冷汗，叫声几乎歇斯底里。

一切都过去了，历史不会再重演，现在你就坐在飞驰的汽车上，你所前进的方向正同母亲多年来既定的路线背道而驰，并且，越走越远。从昨天下午开始，你忽然觉得自己似乎变得强大起来，既可以与之抗衡，也可以选择逃避，当然，逃避只是手段，最终的目的是要重新获得自由。多年来，母亲对父亲的敌视早已经让你筋疲力尽，由于你自身不够强大，很多时候只能听之任之，默默忍受。当你觉得自己终于处于某种优势地位时，便会不顾一切冲锋陷阵。

再说，你确实好久没有去看看父亲了，他还是那么瘦吗？头发是不是全白了？你都快记不清上一次父女俩是什么时候见的面。是在你们的婚礼上吧?！应该不会，就算你有这份孝心，老巫婆也绝不会答应的。你是我身上掉下来的一疙瘩肉，我尿一把屎一把把你拉扯大容易吗？他到底有啥资格来参加你的婚礼？他害得咱们还不够苦吗？你别好了伤疤就忘了疼！母亲的这句口头禅已风行十多年，可以说在任何时候任何场合只要抛出，都那么畅通无阻而无往不胜，关键是那些年彼此悬殊太大，你一个小姑娘又怎么能够掰得过母亲的手腕。

天空晴朗，原野葱郁，一群白的鸽子悠悠飞过，道旁的杨树柳树排出齐整的队列，仿佛在恭候谁似的，汽车穿越它们时发出呜呜的啸声

788，多古怪的一个厂子，几乎就建在贺兰山脚下，荒凉偏僻，一年四季风总是不断地刮来刮去，即便此刻你一下车，还是有种不寒而栗的感觉。有时你觉得这里好似一个冷冰冰的古战场，父亲就这么把自己的下半生放逐在这天高皇帝远的所在了。

父亲后来一直在这个神秘的工厂里上班。据说，这是家地方军工厂，专门为部队生产东西，也许就是枪械吧，要不他们怎么会要父亲这么特殊的人呢？父亲没有具体讲过，跟保密局似的，你也从不过问。你知道这似乎就是一个人的宿命。在你看来，这里跟父亲当年待过的劳改地方十分相似，同样偏远，同样神秘，也同样叫人忐忑不安。还是在结婚前，你曾背着母亲带未婚夫来过一趟，主要是想让父亲见见你未来的丈夫。那天父亲很愉快，跟那个被你称作阿姨的女人忙里忙外准备饭食，后来在饭桌上他还跟你的未婚夫碰过两杯酒，他笑着说祝你们俩白头偕老。你当时心里很难过，白头偕老，也许这只是个堂皇的书面语吧，人们真的能一辈子都不离不弃终老天年吗？也许，另一句话更有说服力，夫妻本是同林鸟，大难临头各自飞。你比谁都看得更清楚，也更深刻。

现在让你猝不及防的是，父亲的身体出现了可怕的状况，听起来就教人感到恐惧，腹膜恶性间皮瘤，他住院检查治疗了近一个月，大夫跟阿姨说已到恶性肿瘤晚期了，且已转移至全身，建议接回家去，多则小半年，少则一半个月光景。阿姨的眼圈跟母牛一样湿漉漉的。不过，说话的时候她并没有哭得死去活来，相反，她显得极为平静，好像心里早就准备好了。阿姨只不过是788 厂职工澡堂的一名临时工，平日负责看门和打扫卫生，跟父亲一起生活了十来个年头，你一直觉得这个女人很了不起，世上的男人那么多，而她偏偏选择了有“历史污点”的父亲，她的出现总教你觉得母亲真的很卑劣，甚至让你觉得自己都不光彩。记得以前父亲跟你讲过，说他们俩在一起就是互相做个伴，还说主要是阿姨人很本分，把他照顾得周周全全，这辈子他不想再图别的什么了。

看到父亲平躺在床上，身体单薄得如同倒空了的麻袋，脸上透着一团青铜色的幽光。床头柜上摆放着大大小小的药瓶药盒，跟小杂货摊相似。阿姨倒了茶水递给你，轻声和缓地说他夜里总是难受得很，这阵子才刚合上眼。你早已泪流满面，也许，你原本打算见到父亲要诉诉委屈说说母亲的种种不是，可现在你知道什么也不能说，父亲今生的苦难似乎早就注定，假如没有当年母亲的告密，也没有那么多年的劳改生涯，或许他还是很健康的，至少不该是眼前这个吓人的模样。

阿姨陪你在客厅坐了一会儿，除了几句简短的问候，几乎没有什么话题可说。你只是木讷地握着茶杯，杯子里外雪白，一如阿姨这个人整洁素净。偶尔环顾一下四周，从地板到窗户，从沙发到茶几，到处都收拾得干干净净，完全没有一丝一毫病人家里常有的杂乱污浊。你忽然意识到，父亲下半辈子遇到这个素朴勤快的女人，也许正是老天对他额外的补偿。假设现在陪伴他的是母亲，你几乎不敢想象。

随后你才注意到，沙发后面的墙上挂着一个小镜框，里面存有几幅过去的黑白相片，显得弥足珍贵。细看，其中一张竟是你们一家三口的合影，相片上父母还很年轻，他俩胸口戴着主席像章，而你还被母亲紧紧抱在怀里，嘴巴像是被谁逗乐了似的突然张开，露出几颗稀疏稚嫩的小乳齿。在那镜框旁边，至少悬挂了十几幅“先进工作者”“五一劳动者”之类的奖状，父亲的名字被写成钢笔或毛笔字，那些遒劲隽秀的字体，让你的父亲在墙上变得无上荣光。

你正看得出神，听见阿姨在一旁喃喃地说，你爸说将来他要是走了，让把这些老相片交给你……他这辈子呀啥都放得下，就是放不下你。你使劲儿抹了抹眼圈，才没有让该死的眼泪再淌下来。窗外阳光明媚，你的心里却一直在下雨。

白天的最后一点时光被晚霞涂抹得浓艳而又虚幻起来

你都搞不清自己是怎么赶回来的，你甚至忘了昨天发生的事，父亲的病况把你的心里填得满满当当。

母亲开门的时候，没忘冲你咕哝了一句，哼，你还知道回来啊。你压根没接茬，默默换上拖鞋去了趟卫生间，然后径直钻进自己的卧室。母亲好像问你晚饭想吃点什么，你一声不吭躺在床上，母亲叮叮当当在厨房忙乎起来。其实，你什么也不想吃，只想好好睡一觉，你觉得自己身心憔悴。尤其是一想到今天父亲醒来后看着你老泪纵横，你的心碎得七零八落。也许，这次你们父女俩算是诀别了，你不敢想象，更不敢奢望再次见到他。父亲后来无力地抓着你的手，颤巍巍地说，孩子别再记恨你妈了，都是爸对不住你们娘俩啊！那一刻，你真的连想死的心都有了。

天黑前，丈夫迟迟回家来，母亲压低声音跟他嘀咕着什么，然后，房门又响了一下，母亲大概回自己那边去了，真是破天荒的一次，她老人家竟然没有看完自己最喜欢的电视剧。很多时候，你觉得她也很可怜，不过是用那些婆婆妈妈胡编滥造的电视剧打发着自己的余生，一个女人一生当中怎么可能两度失去自己的丈夫？

丈夫推开卧室门不无殷勤地催你起来吃饭，你说自己在外面吃过了。他就不再叫你，只顾自己趴在饭桌前狼吞虎咽。饭后，他打着响亮的饱嗝，随手将碗筷推到一边，就去卫生间洗漱了。在这个家里，母亲从来不让他沾手厨房的事，也许，这正是一个男人最迷恋的地方，母亲几乎包揽了你们夫妻的日常生活，从买菜、买米到洗衣、做饭，样样都不用操心，油瓶倒地也不必伸手，只要你们按照母亲的路线走下去就好。

他很快就摸索到你身后，窸窸窣窣宽衣解带，然后，迫不及待地往你身上贴来，嘴里呼出很浓的饭菜味，双手猴急猴急地撕扯着你的衣裙。

你知道他想干什么，可他并不晓得你的心还在滴血。他的动作鲁莽得有点儿夸张，简直像个色情狂，欲火中烧，孤注一掷。你扑棱一下从床上坐起来，泪水在黑暗中铺满面颊。你用眼泪克制住一个女人的欲望，冷静而又怪诞地注视着这个手忙脚乱的男人，你希望他能暂时撇开享乐，正视你伤感的身体和眼泪。但是，他却愚蠢地以为你像平时那样在积极配合，就顺势把你抱紧，雨点似的亲吻你敞开的胸口。

这种时候，你不可能完全像根木头，其实你内心的伤痛的确需要爱人抚慰，况且，他这个人除了耳朵根子软，爱听丈母娘的话，夫妻生活方面还是很内行的，每次颠鸾倒凤都能让你激情澎湃。所以，此刻你忽然希望他能用这种最原始的方式来疼你、爱你、理解你、保护你。你终于柔情似水地搂住了他的脖颈，将湿漉漉的脸颊贴在他身上，像个孩子似的寻求爱抚与呵护。

然而，当丈夫像炽烈的岩石将你压在身下时，嘴里竟莫名地冒出咱俩要个孩子吧。那一刻，你忽然警觉了，或者如梦方醒。关于孩子的问题你一直在逃避，尽管母亲不厌其烦地在你耳边叨叨过无数次，可你始终没有拿定主意。换句话说，如果婚姻还不够稳定、夫妻还不够恩爱，一旦有了孩子再生什么变故，你最清楚那对孩子意味着什么。你不想让自己的孩子将来也重蹈你的覆辙。

所以，你的愤怒突如其来：我就知道你没安好心！你怎么啥都听她的？你到底还是不是个男人？我讨厌你这种没心没肺的样子。你快滚开，我要跟你分居！

上班的路上车水马龙人流如织，可你从来没有像此刻这样感到迷茫而又孤独

一个跟你母亲年龄差不多大的老妇人朝你走来，她的步子多少有些蹒跚迟缓，也许患了静脉曲张或骨质增生，你多少了解一些，因为母亲就有这些毛病，去市场买菜回来总嚷嚷着这疼那痒。老妇人拦住你，带着乞求的口吻想要问路，你没有心情搭理她，事实上现在你谁也不想理。生活搞得一团糟，没有一样顺心的事。

老妇人口齿有些含混，但你分明听出她想要去的地方，可你想都不想就顺手朝一条路比画了一下。对方木讷地朝着那个方向瞅了瞅，然后回头对你说那不是去长途车站的路吗？我不去那儿！你只想尽快脱身，就随口说条条大路通罗马，顺着那条路同样可以走到的。老妇人脸色变得有些难看，也许你的回答让她十分恼火。她再次纠缠住你不放，好像你若不说出她要去的那个地方的具体路径，就会立刻跟你翻脸。我说了不去车站不去车站！老妇人几乎冲你嚷了起来，大早晨的你甭想蒙人！你到底安的啥心？然后，她更加高声大嗓地冲过往的路人诉说你的无礼和不是，惹得好多人交头接耳隔岸观火。

这种时候，你觉得她跟你的母亲多么相像，倚老卖老，得理不饶人，喋喋不休，两片皱巴巴的嘴皮子能把这世界搅个天翻地覆。这种老女人，在儿女们和年轻人面前永远摆出老资格的派头，不顾别人说了什么或做了什么，也不管正确与否，她们永远会挑三拣四吹毛求疵；这种女人最喜欢别人无条件地奉承和迎合，稍有不如意的地方，便眼睛不是眼睛鼻子不是鼻子，不管在任何场合，总教别人下不了台；她们还乐意充当革命的小喇叭，哪怕一丁点儿陈芝麻烂谷子，到她们嘴里都会被无限制地夸大，稍不留意她们的唾沫星子准会将你淹没，教你死无葬身之地。

在路人幸灾乐祸前来围观时，你终于趁乱从人缝中挣脱出来，几乎跌跌撞撞一路小跑，差点没崴了脚脖子。你听见那个老妇人依旧情绪激动不依不饶地嚷嚷着，好像因为你的偶然过失把对方引向了一条不归之路。

你刚在办公桌前气喘吁吁坐下来，“高八度”就一本正经地对大伙说，最近我们有些同志表现很不好，不是早退，就是迟到，一点组织纪律都不讲，单位不是自由市场，想来就来想走就走！你明白“高八度”在说谁，你只能假装什么都没听见。对面的丽娜冲你吐了吐舌头，你根本没有心思同她嘻嘻哈哈，嘴里不由得冒出两个字，有——病！哪知“高八度”耳聪异常，眼里不揉沙子，突然丢开手里的报纸站起身道，谁有病？你再说一遍！

办公室忽然静下几秒钟，“高八度”刺耳的嗓音还在空气中震颤。几个人的目光不约而同投向你，丽娜急忙替你打圆场说，没事没事，她那是跟我开玩笑呢。不等丽娜再说下去，“高八度”厉声喝道，闭嘴，这里没你的事，今天我非让她把话说清楚，咱们到底谁有病?!

其实，你打小就懂得这个道理，是福不是祸，是祸躲不过。看来今天“高八度”是有意要治你的，这叫欲加之罪，何患无辞，一切都已挑明了，而你恰好给对方提供了一个可有可无的口实。谁答应谁有病！你一字一顿地说。空气中的火药味渐浓，包括丽娜在内的几个同事全都默不作声了。“高八度”像只弹力十足的皮球猛地蹦到你桌前，用她粗胖的手指直戳向你的面门。小婊子，你敢说老娘有病，我看你们一家老小才真的有病，你那劳改犯爹就是个标标准准的神经病！

与其说你痛恨对方那不可一世的泼妇语气，不如说是她突然戳向你的脏脏的手指让你忍无可忍——“高八度”似乎故意用她的手指做出手枪瞄准靶子的架势，正是这种极具挑衅和侮辱性的动作让你恼羞成怒气不可遏的。

还在你很小的时候，学校里经常会有这样那样的调皮男生，他们故意在你面前做出那种讨厌的手势，他们像打靶一样瞄准你的时候，嘴巴里还要学着枪声砰砰乱叫，往往坏男生们嘻嘻哈哈哄笑作一团，你都会捂着脸拼命逃开，或者找个没人的角落伤心而泣。那时的你又孤单又无助，你一生的痛苦就是从那些年开始的。那时你根本不知道，这种糟糕的局面甚至会延续到十多年后的今天。

此刻，你本能地抄起躺在桌面上的一把裁纸刀，姓高的，你敢把刚才的屁话再说一遍！

哼，说就说，你还能吃了我不成？你爹是老神经，你是小神经！“高八度”肥胖的手指依旧趾高气扬指指点点。

是可忍，孰不可忍。“高八度”显然没料到你突然挥动手中的裁纸刀，这种刀子太锋利了，一道银光疾如闪电，女人的嚎叫雷声般响彻房间和楼道。丽娜第一个反应过来，抢步上前把你拦腰抱死，其他人也慌忙围上去瞧那手指受伤的女人。

丽娜你快松开我，我要宰了她！我要宰了她！！你始终在叫嚣，完全丧失了理智，活像丛林里的一头疯狂的母兽。

领导闻声赶来，及时制止了两个女人之间的战争

后来丽娜将你护送回家，又苦口婆心劝了半天。母亲正好在场，听得心惊肉跳，一个劲埋怨，太莽撞了，太莽撞了！你脑子进水了吧，怎么能这么干？弄不好单位会开除你的！可你分明已豁出去了，开除就开除，有什么大不了的，你说你早就不想在那个鬼地方待了。

等丽娜前脚一走，母亲变得气急败坏，不停地在厨房里摔摔打打。你的情绪倒是渐渐平静下来，就像一场暴风雨过后，天空澄澈，大地宁寂，一缕阳光忽然洒在身上。从小到大，这种痛快淋漓的感觉还是头一回，或许，这种无法无天的宣泄该早一点到来，你觉得自己憋得太久了，长期的苦苦压抑让你几乎透不过气来。有时候，你真恨自己不是男儿身，否则，你会表现得比现在坚强一百倍。

母亲气得直抹眼泪，进而放声呜咽起来。老天爷，我到底做了什么孽啊，你们一个两个都不听我的话，我为这个家真是操碎了心，你们哪一个体谅过我的难处？我这辈子活得一点儿意思都没有，不如早早死了算了……母亲在厨房里一边抽泣一边嘟囔，然后，你就听到了一阵咚咚声。

起初，你并未在意，以为母亲不过是在摔打什么东西，她的脾气就是那样，不痛快的时候总爱拿家里的物品出气。但是，很快你就意识到情况不妙，撞击声此起彼伏，听起来沉闷却有力。你才急忙跳下床，光着脚跑出卧室，母亲竟然不停地用脑袋撞击厨房的墙，鲜血已迸到了雪白的墙面上，似乎正在强调这次角逐母亲是彻头彻尾的失败者。实际上，是你已经变得强大了，至少不会轻易充当弱者的形象，更不会向任何人示弱，而母亲早已丧失了还击的力量，这种司空见惯的母女之争终于以母亲的颓势而宣告结束，或者说，母亲在过去二十多年时光中同父亲的长期对峙几乎让她筋疲力尽了，现在你只需向天平上稍加一丝分量，她便会突然失衡。

当你死死抱住母亲，竭力阻拦她以头撞墙的吓人举动时，她的啜泣声越来越响，你还是头一次看到她披头散发泣不成声的样子，尤其是她额头殷红的血迹叫你触目惊心。你吓坏了，手忙脚乱地从药品抽屉里找来棉球和纱布，还有创可贴。帮母亲擦拭鲜血包扎伤口的时候，你无意中发现她眼角皱纹叠起，乱发中银丝丛生。你忽然觉得母亲老了，好像就在这一刻衰老不堪。你意识到总有那么一天，她也会像父亲那样躺在病床上奄奄一息。

母亲微微闭着眼，泪水不断地涌出，浑身不停筛抖着，像个无助的孩子。这么多年来，你还是头一回如此近距离地接触她的身体，她的气息，她的额头，她的血液，以及她的伤口……一直以来你自认为很了解母亲的秉性，但是现在你却感到迷惘，甚至多少有了一丝悔意，皆因你的任性胡来，竟让母亲动了轻生的念头。母亲用这种极端的方式惩罚了自己，也有力地打击了你惯有的桀骜气焰，让你为此感到内疚，以前那种根深蒂固的习惯思维在这种情形下似乎行不通了，猜疑、怨恨、敌对突然间消失殆尽，剩下的仅仅是懊悔、沮丧和尴尬。母亲卸下了惯有的强硬外壳和姿态，女儿也将自己的桀骜与执拗尽可能收藏起来。

母亲又发出一声长长的号叫，像绝望无助的母狼，这种声音不但吓着了你，同时也吓到了她自己。随即，她压低了嗓音，依旧喘息、号啕，不停呻吟着，她的呜咽声在所有房间里持续蔓延，一声接着一声，逐渐变得短促而微弱了。或许，楼上楼下的邻居们很快就会兴师动众地跑来敲门，他们肯定又在抱怨你们娘俩儿歇斯底里的哭号与吵闹，而这一不良后果必将由你一人承担，毕竟老人家是弱势群体。

妈，好了，没事了，你再别哭了，都怪我不好，我以后再也不那么冲动……你尽量舒缓语气，像搂抱着自己的女儿那样耐心地抚慰她。

速带三千块到辖区派出所领人

周六一大早，还在睡懒觉的你突然被电话铃声惊醒。你这才意识到丈夫竟然彻夜未归。真是祸不单行，你不清楚丈夫到底在外面做了什么，在你印象中，他虽然平时衣来伸手饭来张口的，可也不像是那种惹是生非的人。可短时间筹措这么一笔钱，对你来说简直太难了，因为存折都在母亲手上，问她要点儿钱比要命还难，她一定会雷霆大发的。思前想后，只能去跟丽娜张口了。好在，你自己私下里还攒有一千来块，这些钱都是单位逢年过节发的，你没有上交给母亲保管。

当你心神不宁地揣着从丽娜手里借来的钱找到辖区派出所，才知道昨夜突击检查，丈夫嫖娼，被警察堵在辖区的一间黑乎乎的出租房内。警察漠然地说，只要交完罚款就可以把人领走。当头一棒，难以置信，你简直要崩溃了，这种事情居然会降到自己头上。依照你的性格，即便把那些钱捐献给山区灾民，捐给街头的老讨吃，也不可能去赎这种不要脸的男人，干脆让他坐一辈子牢好了。可最终你还是交了这笔钱，一日夫妻百日恩，也许就为这个吧。这让你不由得想起父母当年的那档子事，假如今天的事换作母亲，情形又会怎样？是见死不救，还是别的什么？事已至此，你可不能像母亲那样，抓住别人的小辫子喋喋不休。

你多少还是了解自己丈夫的，他生性浪漫，欲望强烈，在男女之事上有些痴迷忘返，现在问题或许出在分居上，想必是他一时得不到满足，心生怨恨，甚至故意用这种龌龊的行为来打击你，报复你，让你颜面扫地，深感懊悔。你忽然觉得自己像极了多米诺骨牌中的一枚，由于一种势不可挡的惯性，你的生活大厦开始接二连三倾覆，父亲、母亲、丈夫、同事和你自己，你们之间被冥冥中的一股神秘力量所驱使，顷刻间相互碰撞稀里哗啦不可收拾。你不知道这一切是怎么发生的，对此你真的无能为力。

你一直以为这世上谁都可以背叛你伤害你，唯独丈夫应该不会，因为你把自己的终身全都托付给了他。可是，当你带着前所未有的耻辱走出派出所的一瞬间，似乎幡然醒悟，如同一种宿命，这些年你最最担心害怕的事终于发生了，而且教人猝不及防。你不禁又想起自己少女时代最喜欢的普希金的那首诗：假如生活欺骗了你/不要悲伤/不要心急/忧郁的日子里须要镇静/相信吧快乐的日子将会来临/心儿永远向往着未来/现在却常是忧郁/一切都是瞬息/一切都将会过去/而那过去了的/就会成为亲切的怀恋。这诗写得真好啊，可惜那不是你的生活。

丈夫始终灰溜溜地跟在你身后，亦步亦趋，头都不抬一下，像一条狗刚被谁饱揍过一顿，紧紧地夹着尾巴一声不吭。你们之间被刻意拉开了距离，也就十来步的样子，感觉却像有十万八千里之遥，陌生得教人害怕。老天真是残酷啊，它要瞄准了谁，想施加什么或拿走什么的时候，向来都是铁面无私毫不手软。现在你真的觉得自己是一无所有了，打小父爱缺失，母亲对你一直不冷不热，如今本以为可以白头偕老的丈夫也这样待你，你脑海里又浮现出《红楼梦》里宝玉禅悟到的那句话：赤条条来去无牵挂。

一路上你尽量忍住悲伤，不让眼泪轻易掉下来。

后来，两人走到那天你伸手打翻绿萝的地方，不同的是那天丈夫兴冲冲地迎面而来，想要给你一个惊喜和浪漫，而此刻他却可怜巴巴地扯住了你袖子，他的样子无法形容，失魂落魄，羞愧难当，简直无颜再见江东父老。求求你了，千万别声张出去啊……你好像什么也听不见，耳畔一阵轰鸣，似有万千蚊蛾在头顶起舞飞旋。这种印象一下子将你拉回到许多年前，同样嘈杂，同样轰鸣，同样生不如死，同样以泪洗面。你忽然感到无比痛心，两个人在一起生活了四五百天，他对你这个人几乎一点儿都不了解，你怎么可能是那种人，这事即便烂在心里，你绝对不会跟第二个人讲，况且，当事者是自己的丈夫。告密？真是可笑，你早在自己人生的词典里将它抠去了！

当你擦去泪水毅然走进家门，头一眼瞅见的却是摆放在客厅茶几上的崭新通亮的玻璃鱼缸，好几条鲜活的金鱼正在水里自由地游弋。似乎是关门声突然惊扰了它们的安宁，大眼睛鱼儿警惕而慌张地分散开来，但是很快又恢复了原样，彼此默默相随，看上去悠然而又轻盈，此刻那个小小的水世界如此安逸，教人羡慕。

阿姨直接把电话打到你办公室里

你匆匆忙忙请好假直接从单位出发，一路上心急如焚紧赶慢赶，父亲到底还是无声无息地走在你前头了。你说不出是种什么感觉，一个人痛到什么程度才能穿透五脏六腑，许多年来这些可怕的镜头总在你眼前闪现，痛不欲生，生离死别，欲哭却无泪……阿姨平静地说，他最怕看见你难过，所以不让我提前通知你来。说着，就把一个装着什么的牛皮纸信封交到你手上。你忙别开脸去，揩抹了一把眼泪，才无比沉痛地将手伸进信封内。

手指最先触及到的竟是一个冰冷的金属物件。你稍一犹豫，皱着眉头疑惑地取了出来。枪，虽说是把自制的手枪，却有板有眼做工精细，枪壳子摩挲得十分光亮，枪口黑洞洞的，能看出来不久前应该用机油细细擦拭过，上面静谧着一层铁蓝色的幽光，拿在手上沉甸甸的，仿佛触摸一段尘封已久的历史黑块，让你忽然有种血脉贲张后的紧张与压抑。继而，你再度泪如泉涌，双手颤颤，浑身开始发麻打冷战。你几乎想立刻把它扔出窗外，扔得越远越好。你知道正是这个冷冰冰的罪魁祸首，让一个好端端的家庭支离破碎夫妻反目，多年以来让你的生活始终处于逆境缺少家庭温暖。阿姨在一旁低声对你说，还有封信呢，是他清醒的时候写给你的。你又迟疑片刻，终于鼓起勇气重新将那只手枪塞进信封里，然后才慢慢展开了父亲的亲笔信：

……我这辈子没有别的爱好，不喝酒，不吸烟，也不打麻将，除了喜欢枪这东西以外。年轻时闲了，老爱瞎琢磨胡捣鼓，后来就用业余时间自己动手仿做了一把。

那时节总吵吵着美帝、苏修要跟咱们开仗，只要想到有朝一日能拿着自己造的家伙上战场冲锋陷阵，我就激动不已……那时我还常爱端着枪，站在毛主席他老人家画像前暗暗起誓，总有一天要用自己造的武器保家卫国消灭敌人……可惜那时候没有一个人肯信我的话，就连你母亲也一样。那些人问我为什么要用枪瞄准毛主席，我说是为了向他老人家保证，他们二话不说对我拳打脚踢……我那阵子就想，你们信不信没关系，毛主席他老人家一定会相信的！

枪这东西确实给了我这辈子难以想象的灾难，可后来它也给我带来了新的生活和希望，不然的话我怎么能遇见你阿姨呢？跟她在一起的日子里，是我心情最舒畅的时候……这么些年风风雨雨都过去了，我早在心里原谅你母亲了，当时但凡有一点儿法子，我相信她是不会那么做的！相反我一直很感激她后来把你拉扯成人，你要做的就是好好孝敬她，将来给她养老送终，这样我就再没啥可牵挂的了……

一整天过得浑浑噩噩，你压根没想到丈夫会在天黑前忽然出现，他说自己从丽娜口中得到消息，便马不停蹄赶来了。在这种极其悲痛的气氛中，就是装也得装出个样子，家丑不可外扬，你不想让阿姨看出什么端倪来。

丈夫似乎也在尽量扮演好自己的角色，焚纸、烧香、磕头、祭拜，而你始终不露声色，内心却有种无法按捺的冲动，真想当着阿姨的面痛斥他一顿，然后将他毫不客气地逐出父亲的灵堂。也许，这样的男人根本就不配出现在这里。母亲曾经背叛过父亲，而今丈夫又背叛了你；父亲在信中宽恕了母亲，你却不知道什么时候才能够解开心结原谅丈夫。生活有时脆弱得像一片很薄很薄的纸，一捅即破，很难弥合，即便被勉强粘合上，可那裂痕却永远无法消退。

丈夫忽然想起了什么，就从衣兜里取出一个用红绸子包裹着的小物件，说是临行前丈母娘特意让他带来的。阿姨当着你俩儿的面打开包裹，原来是一对玉手镯，你记得自己很小的时候，母亲好像戴过一阵，那时她还很年轻，没事的时候嘴里老哼着电影里的歌子，可后来就再也没看到它们，母亲从此也不再哼唱什么了，生活变得像一潭死水。现在，母亲心血来潮将这对晶莹剔透的玉石物件转交给了阿姨。同时还捎来话，说物归原主吧，只有阿姨才配戴它。阿姨半天默不作声，手镯偶尔在她手里发出轻微的鸣响，听起来仿若隔世。你脑子里莫名其妙地设想着母亲现在的心绪，百感交集，悔恨交加，还是心如止水，无动于衷？因为在母亲的嘴里，父亲总是把她害得要多惨有多惨，现在这个毁了她一生幸福的男人已悄然离去，她是否可以从此将往日的怨恨一笔勾销，或者，至少该感到解脱和轻松了？

追悼会定在第二天上午，阿姨说厂里的好些领导干部都要来吊唁。你们必须留下来过夜，否则时间上肯定来不及的。许多年来，你还是头一次在这里留宿，阿姨已提前为你俩收拾出一间卧室，枕巾被褥和床单似乎都是新的，散发出浓浓的织物气息，这总让你想起你们的新婚之夜，那时一切都是那么崭新和陌生，连同两副滚烫多情的身体。

熄灯后，你们并排躺下，两人中间隔着很生分的一道空当，被无声的黑暗所填充。你们很像偶然住进同一间旅馆的孤男寡女，出于谨慎与必要的提防，你几乎和衣而卧；丈夫起初还像往常在家那样宽解衣带，但很快就发现对方的矜持与冷漠了，他才默默地脱去了外套，然后蹑手蹑脚摸索到床上。他翻身时压得床板吱吱扭动，放在以往这种吱吱声听起来是那么的性感和悦耳，那是夫妻生活的序曲和开场白，而此刻却显得异常刺耳难听。

你根本不想开口说话，太多的柔情蜜意，太多的甜言蜜语，还有太多太多的海誓山盟，说到头又当如何？曾经的那些旦旦的诺言到底能够维持多久？每一分钟的每一秒，每一小时的每一分钟，每一天的每一小时，每一个月的每一天，每一年的每一个月，还是一生之中的年复一年？可是欺骗和背叛真的易如反掌，顷刻间夫妻恩爱便荡然无存了，如果不是今夜，如果不为明天的葬礼，也许打死你都不愿意再和他睡在同一张床上。

为什么还有梦？梦里是那么的不可思议，夜色中一伙人在穷追父亲，马嘶，狗吠，还有乒乒乓乓的枪声，前面是万丈悬崖，父亲已无退路，身后追兵迫近。忽闻母亲在对岸高呼，跳吧，跳呀，跳下去就解脱了，免得我们娘俩儿跟着受苦受罪！父亲脸色阴沉，目光凝重，浑身上下沾满尘土和血迹。就在追兵们哗啦哗啦端起枪，瞄准父亲的最后一刻，他突然叫起了你的乳名，那声音听起来充满恐惧，教人揪心，你再也顾不得母亲的拦阻奋力挣脱开来，呜咽着拼命地朝父亲的方向飞奔，忽然脚下踩空，整个人失重，头朝下迅速坠落……千钧一发时，一双大手稳稳接住了你，继而把你紧紧揽在怀里，你知道是父亲，也只有父亲，你始终不敢睁开眼睛，真希望这一切是场噩梦，在梦境里父亲不顾危险挽救了你，或者，你终于能如愿以偿跟他在一起了。

天蒙蒙亮时，你依稀觉出自己躺在一个人的湿热的臂弯里，那人几乎一动不动，生怕惊醒了你。蒙眬中你注意到，身边的另一半床上，空着一套被褥。

跟往常一样，打开的电视机正在播映《新闻联播》

画面上五星红旗如旭日般冉冉升起，各族儿女们正昂首仰视，这是节目的开场标志，也是一家人晚间生活的序曲。你随手抓起一小撮颗粒鱼食撒进鱼缸里，鱼儿纷纷扑向水面不停啄食，假如它们太过贪婪，明早起来准会有那么一条可怜虫肚皮朝天。此刻母亲已在厨房忙得不亦乐乎，丈夫下班后也装模作样地钻进去帮忙剥葱剥蒜，近来这个男人的表现越来越受丈母娘欢迎。房间里飘荡着饭菜的香热气息，不大一会儿，一家人又可以坐在一起饱餐一顿谈笑自如。

父亲的遗像挂在客厅墙上，与之并列的还有你从阿姨家取回的那面老式镜框，一家三口在许多年前的黑白合影依旧清晰如昨。起初，你只想把镜框挂在自己卧室里，可母亲却说既然要挂就大大方方挂在客厅吧。父亲的五七祭日上，母亲特意从外面买回香烛纸裱，你向来不大懂这些规矩，母亲亲自教你给父亲上了香焚了纸钱。也就在那一刻，你无意中瞥见母亲虔诚的额头上那个指甲盖大小的伤疤，心潮禁不住一阵翻涌。那天后来，你犹豫了半晌，到底还是跟母亲讲述了当年继父出事前的一幕，就是你无意间在弟弟课本里发现的那张字条。你说当时要是及时把字条拿给大人看了，兴许，继父就没事了。母亲沉吟了良久，泪眼婆娑地呢喃着，这都是命，怪不得谁。有件事你始终瞒着母亲，就是父亲葬礼那天，阿姨将那对玉手镯郑重其事地给了你。或许，母亲早就料到了这个结果，她只是想借一下阿姨的手，你知道若是她直接送给你，你不一定能接受。

日子总在时间的浪潮中起起落落却又归于平淡无奇。你一直希望自己不是被养在玻璃缸里的金鱼，玻璃缸一旦破碎，鱼儿就会迅速窒息，而你最怕自己过早地丧失了回归生活这片海的技能和勇气，因为母亲总是习惯于任劳任怨和包办一切。但这里究竟是你唯一的归宿，也是母亲的家，除非有朝一日母亲大人不在了，情况才会发生改变。你必须强迫自己最好永远都不朝那方面去想，毕竟生活似乎已经宽宥了你们，你要做的仅仅是衣来伸手饭来张口。

但你知道这其实并不容易。

投　奔

一

临走前好像也没说啥，真的！统共就一句，他说等再攒多点儿钱，就跟我把婚结了。说这话时，采莲几乎是在自言自语，声音跟小病猫似的可怜兮兮，怀里抱着的小星正在不停啃食自己的手指，小家伙已经学会用他还没有一颗牙齿的小嘴巴探寻这个世界了。也就是打那时候起，我隐隐觉着他的眼神有些怪，就是跟平时不太一样，可能都是因为这个孩子让他心烦。

这种时候，康丽表姐始终不吱一声，而是手脚利落地往奶瓶里加几勺奶粉，又灌多半瓶热水，上下不停晃荡着晃荡着，奶瓶变得白蒙蒙的，很像被调皮男孩吹起来的一只避孕套。之后，康丽表姐把奶嘴搭在手腕处挤出两滴，试了一试，才随手递给了采莲。快让咱们的小星星吃吧，瞧他饿得那小馋样儿。采莲慢吞吞地接过去，动作有些机械地将孩子身体抱正，再把奶嘴塞进小家伙红彤彤的嘴里。

自从采莲带着小星投靠到这里，康丽表姐便自觉自愿地充当她母子俩的义工，换尿布，洗屁屁，冲奶粉，抱着孩子满屋转悠，有时还负责哄他睡觉，采莲总算是有机会弥补前一阵子被严重拖欠下的那些瞌睡。问题是她现在总也睡不踏实，合上眼往事就一段段浮现。没有小星之前，日子够快活，没有太多烦忧，世界就他们二人，小得不能再小，好得不能再好，白天他俩都各自在外面奔忙挣钱，虽说打工事事不易，可夜里只要双双回到住处，就忘了外面的种种艰辛和不快，黏糊得跟一个人似的。再后来肚子里添了小星，安稳日子便一去不复返了，什么呕吐啦浮肿啦酸痛啦，这样那样的妊娠反应她都一一扛下来，万没想到就要苦尽甘来把小星盼到这世上了，她的高明却不辞而别，整整一天一夜没见他的踪影，后来只好给他拨电话，手机却在她枕头底下叫唤起来，吓了她一跳。起初，她仅仅以为是他一早走得太匆忙，忘带手机了呢，可等那一昼夜结结实实熬过去之后，她才开始感到害怕，一种不祥的预感死死攫住了她。

那只手机还是采莲买的，是她特意送给高明二十四岁的生日礼物。那时他俩正风风火火黏在一起，好得如胶似漆。如今，他悄无声息地把这件礼物丢还在她身边，人却一道金光没影了。她顿时慌了神，没了法子。第二天一早爬起来，就用小被子裹了小星去高明干活的那家车行找人，老板十分纳闷地望着她，反问他不是两天前就辞了工嘛。她当时两腿一软，眼前一团漆黑，要不是车行老板伸了手及时搀扶，她怕是早一屁股跌坐在油乎乎的地面上了。再后来她不得不来回千里迢迢去了趟高明的老家。

本来，她是打算跟他的家人摊牌的，或者，干脆就把孩子撂给他们照管好了，可等见到高明父母以后，她又打退堂鼓了，一来人家根本不知道儿子有这么档子事，怕告诉了他们会为儿子担惊受怕，再有老两口日子也过得够紧巴够凄惶的，她实在舍不得让小星留在那穷乡僻壤里跟着他们受苦受罪。临走前，反倒是她又怜恤地塞给二老几百块零花钱。打那时起，小星的哭闹彻底变成了灾难，尤其半夜里哇啦一声，就跟拉警报一样响亮，她半梦半醒惊慌失措，勉强爬起来给孩子换尿布喂奶，哄小家伙再度入睡。她的奶水就那样吓没了，两只乳房瘪葫芦似的空吊着。长夜漫漫啊，她越来越感到恐惧，她不知道她的高明上哪儿去了，他怎能狠心撇下娘俩儿不管了呢，怎么看他也不像是那种人呀！就这样，一次次从噩梦中惊醒，又一次次陷入浑浑噩噩里，她一直相信高明一定会回来的，也许正像他自己说的那样，他要找一个更能挣钱的好地方，等他攒够了彩礼钱，一准会跑回来跟她结婚的。这一点儿她深信不疑。不能不信啊，否则，她根本就活不下去了。

那是你傻呗，人家这叫鞋底子抹油——溜之大吉啦。康丽表姐跟采莲的看法截然相反。世上的男人能有几个好东西？你当初就该把这个小东西打掉……不过，每次康丽表姐说到这，便有些口不由衷了，那语气不像是带着怒的，倒是露出了几分欣喜若狂，跟八辈子没见过小孩似的。小星的样子实在太让人着迷了，水萝卜样嫩嫩的小手，红里透白的粉脸蛋儿，肉嘟嘟的小屁股，还有那双雪白雪白的小脚丫子，康丽表姐每天都一遍遍爱抚亲吻，简直不知道怎么侍弄好了。

采莲隐约知晓，表姐和表姐夫婚后好多年一直没有孩子，具体情况她也不甚了解，兴许是不想要呗，很多城里人都嫌孩子缠人，他们更喜欢过轻轻松松的二人世界；表姐夫看起来还算一团和气，大小是个包工头，一年四季除了冬天停工赋闲在家，其余时间都在外面忙他永远也忙不完的工程；这样一来，表姐平时除了吊吊拉拉上上班，多半时间家里都是一个人。当初采莲乍到城里找工作时，就在表姐家凑合过一阵子。后来认识了高明，再后来她就毅然决然地搬过去跟他同居了。如今，采莲也是走投无路又回到了最初的这个起点。

表姐家的房子属于复式结构上下两层，室内有做工考究的红木旋梯，大得就像个宫殿，高声讲话时都有嗡嗡的回音。她想，这样的地方也许应该多养几个孩子，养一个两个不够，至少得养四个，那样才显得热闹有趣。采莲娘俩儿被安排在一楼的客房里，有单独的卫生间，洗漱什么的都很方便。表姐两口子都住在楼上，这层除了书房起居室外，南北各有一个大露台，虽说都用玻璃钢结构封了起来，可站在里面看风景视野还是足够开阔的。

表姐两口子也丝毫没把采莲当外人，自打娘俩儿住进来之后，光婴儿用具就添置了一大堆，什么摇篮床、学步车、儿童安全餐椅、婴儿手推车等。表姐只要一上街，准不会空着手回家。采莲自然很过意不去，要知道自己可是落了难的人，有个落脚处已是天大的福分，哪能再有非分之想？因此，表姐每每给孩子花钱买了什么东西，采莲都牢牢刻在心上，她想，等将来自己有了能力，一定要加倍偿还，她不是一个没良心的人，得懂得知恩图报。偶尔，表姐夫匆匆回来一趟，也不空着手，不是拎回一大兜子奶粉米粉之类的，就是些产妇必需的营养滋补品，惹得表姐也拿话揶揄他，啧，今儿太阳咋从西面出来了。

太阳果真能从西面出来吗？要是那样该多好啊，她的高明肯定还能回到她身边来。采莲总是朝这方面不甘心地乱思谋着，他怎么能这样无情无义，小星可是他俩的爱情结晶呀，怎能说走就走，一去不回头呢？她偷偷去附近派出所咨询过一下，民警见她怀里抱着个婴孩，只简单问了她两句，就轻描淡写地敷衍道，这种情况基本上不能算失踪，他充其量是在逃避家庭责任，这种事如今太普遍了，况且，你俩儿还没领证结婚呢，根本就不受法律保护。采莲一路心灰意冷地跑回来，这叫什么事啊，想找找他都没地方找去。她又生怕万一高明突然回来找不到他们娘俩儿该怎么办，就又觍着脸去求原先的房东，请对方一定帮她留意着，还特意写了张小纸条贴在出租房的门板上：我和小星搬到表姐家住了。甚至，还留了个电话号码。高明没等来，倒是隔三岔五就有乱七八糟的人打来骚扰电话，不是流里流气跟她套近乎，就是说些莫名其妙的醉话，诸如我想你了、小宝贝……她快疯掉了，气急败坏地关了手机。

这些康丽表姐当然都看在眼里，有时她会淡淡地递来一句，就别再痴心妄想了，我的傻妹子，根本不值当！也不等采莲做任何反应，表姐已经亲昵地从床上抱起孩子，还是咱们小星最乖最听话啊，来，大姨带你去露台晒晒太阳吧。很快，红木旋梯那边传来咚咚的一串脚步声，间或是女人宝贝宝贝哄孩子的甜蜜声音。这种时候，采莲忽然觉得自己空落落的，就像产后的腹部，原先胀鼓鼓那么大那么圆满，可一旦分了娩，留在身体上的仅剩下一副暂时无法收缩的空皮囊，看上去那么丑陋和滑稽。她简直不明白这一切到底是怎么发生的。再不能这样傻傻地干坐着，她非得立刻出门，到街上去，到人流最密集的地方，把自己塞进成百上千的人群里，这样她会好受一点儿，反正，总比一个人呆磕磕地守在房子里苦思冥想要好得多。

大约有小半年光景，采莲近乎固执地让自己这么做。起初分明有所期待，认为奇迹还会发生，后来慢慢人就麻木了，一个人不顾一切地跑到大街上，满世界逛来逛去，跟丢了魂似的，又好像只是发泄一下心头的郁闷，不至于憋得喘不过气来，或者，仅仅是为了躲开康丽表姐抱着孩子乐此不疲的样子。似乎也不都是人在屋檐下的缘故，平心而论，表姐两口子待她娘俩儿真是不薄，管吃管住还帮着操心孩子，不然就她一个人，怕是早就走到山穷水尽了。

问题恰恰就出在这里，在采莲这边，越来越把小星视作她人生的烦恼或灾星的时候，康丽表姐却把那孩子当成掌上明珠了，甚至让她产生了一种莫名的错觉，好像她突然变成表姐家的儿媳妇了，他们越是对小星宠爱有加关怀备至，就越发让她觉得事情不正常，不知哪里怪怪的。

起头那会儿，表姐善待她娘俩儿总让她感到亏欠太多，简直无以回报，可后来随着时间推移，孩子一天天在长大，她就下意识地开始抵触什么了。比方说，到了百天，表姐就热情洋溢地张罗着给孩子剃胎头，又非要抱去照相馆拍什么纪念照，还买了甜蜜蜜大蛋糕在家庆祝，这总让她觉得太过兴师动众了。再比如，孩子每个月都要打一两次预防针，采莲自己是不可能做到的，她身上除了身份证和一张暂住证外，根本不能提供结婚证准生证和户口，小星完全是个黑孩子，城里的一切优良疫苗都不可能提供给他。但是，康丽表姐不知私下里托了哪方面的关系，当然少不了得花钱，反正事情就那么轻而易举解决了，每个月到了规定时间，表姐就带着她和孩子去指定的医疗点打上那么一两针。这种时候，采莲会显得十分茫然，好像怀里抱着的真不是自己的亲骨肉，而她只不过是表姐家雇来的小保姆，因为一切程序她都无须知晓，她需要做的仅仅是，按时抱着孩子去那里，然后再原封不动抱回来。看看，整个过程自己多像个标准的小保姆啊！所以，每隔一阵子，一个可怖的念头就会突然冒出来，干脆抱着小家伙去投河算了，这样不明不白活着，到底有啥意思呢。

二

午觉醒来后，窗外的秋阳依旧精力旺盛。表姐就张罗着要给小星洗澡了，是在露台上进行，热水事先就接好在那里晒着了，表姐说这叫日光浴，对孩子最有好处，能补钙，将来骨骼准保结结实实。采莲觉得在抚育孩子的问题上，自己永远都像是个门外汉，懵懵懂懂，好在她已经习惯了表姐安排好的一切。

露台里热得简直像只巨大的玻璃蒸笼，至少有二十七八度的样子。表姐身上只穿了吊带背心和短裤，勾勒得那乳沟和屁股蛋都凹凸毕现。这些总让她觉得表姐还像个大姑娘，也许仅仅是她没生育过的缘故吧，老家人常说没生孩子的女人算不得真正的女人。在那只浅绿色的塑料浴盆里，漂着一群奶气十足的小黄鸭，这些当然都是表姐买给小星的玩意。

孩子被剥得精光，表姐一只手托着孩子细细嫩嫩的脖颈，一只手举着肉嘟嘟的小屁股，然后轻轻地将他放进浴盆里。小家伙紧张了那么一会儿，干嚎了几嗓子，很快小手就攥住了一只小黄鸭，那东西下部装有气眼，被小手捏得吱吱响。小星顿时被吸引了，有些手舞足蹈，盆里的水都拍溅到采莲脸上了。整个洗浴过程表姐笑声爽朗，活像个温和的慈母，而她却一直不苟言笑。除了应付差事似的默默蹲在一旁，机械地递送着浴液和毛巾之类，她几乎没有动手去搓一搓孩子细腻的皮肤，真的就像一个喜欢偷懒的小保姆那样敷衍着女主人。好容易结束了，她早已汗流浃背，差点没有热晕过去。表姐让采莲把露台收拾一下，她自己用毛巾被裹着孩子亲密地回房间去了。

采莲大汗淋漓地将露台地板上的水渍擦干净，又吭哧吭哧把浴盆端进了卫生间，往马桶倒脏水时，竟然忘了先从水里取出那些黄色的塑料玩具，一只小鸭子顺着水流飞身落下时，她才如梦方醒。一准是脑子让晒糊涂了。她狠狠地骂了一句娘的，赶紧放下浴盆去捡马桶里的东西，好像生怕被表姐看到似的。就在这时，那种疯狂的念头又突如其来，急吼吼的，不可阻挡，她得马上离开这里，离开这所不属于自己的大房子，到人来人往的大街上去透透气，刻不容缓。

表姐，我想出去走走。每回采莲都这么言简意赅地跟表姐吱一声的，可今天她甚至连这最起码的招呼都省略掉了。采莲的脚是湿的，浑身上下都汗津津的，像是刚从一场大雨中逃出来，脚底踩在光滑的木质旋梯上，有种被粘住的感觉，就像她小时候在自家稻田里薅草，腿脚总被淤泥深深地吸附住难以自拔，当年的回忆实在有点儿恶心和痛苦。所以，长大后她发誓一定要离开那个穷乡僻壤，离开那苦不堪言的农田劳作，想方设法到城里去，哪怕仅仅是去给人家做个小保姆呢。

下楼时，分明还能听到表姐正在起居室里肆无忌惮地逗孩子开心，以前她并不晓得表姐是那么喜欢孩子的一个人，现在她算是真正领教了，或者说是她的小星让表姐如愿以偿了。也许是自己的年龄不够吧，根本无法体会其中的天伦之乐，都说人上了三十以后才渐渐懂得爱小孩的，而她满打满算不过才二十刚出头。当初决定生下这个孩子，很大程度上是为了她的高明才下的赌注。那时她懵懂地以为，只要有了孩子，男人就会被牢牢地绑在身边，两个人就可以天长地久好下去。可这个世界跟她想象的完全不一样，她是她，男人就是男人，孩子不过是可笑的把柄，或者仅仅算作一次意外事故，而她的高明就被这该死的把柄或意外给吓跑了。有时候，她真恨自己，当初咋就那么愚蠢，一点儿都没猜透男人的心思，竟然还傻乎乎地信以为真，有了孩子，高明肯定马上就会娶她，从此过上无比美满的小日子，真是白日做梦！

表姐家门口的这趟公交，只消花一块钱就能从起点坐到终点，路线很长很长，好像要在城里兜上一大圈。从表姐家跑出来，采莲毫无意识地钻进车厢，汽车猛地开动了，身体就跟着汽车一起战栗或摇晃起来。这种被摇来晃去的感觉很容易让人松弛下来，就像孩子待在一只软绵绵的摇篮里那样满足。她得承认，自己是个爱坐车的人，原先还在乡下的时候，她做梦都想有朝一日自己也能乘长途车出一次远门。后来终于如愿以偿，不过，那次的感受并不太美妙，甚至是龌龊不堪的。主要是那辆车太破太旧，还小得可怜，一大群灰头土脸的乡下人臭烘烘缩成一团，就跟挤在铁皮罐头盒里的死鱼相仿。说是坐车，其实一路她都站着，路况又差，颠得心惊肉跳，腿肿脚麻，差点累过气了，一路上她还干呕过好几次，惹得那些老乡都误以为她怀了孕，只拿讶异的眼光不停地扫视她，全都摆出一副集体打压伤风败俗者的鄙夷与厌嫌。如今想起那片白花花带刺的眼光，她的脸还会热辣辣地烧涨起来，因为她终于明白当初老乡们为何那样看她了，现在她可是货真价实作了孽的。

那次是她平生头一回到城里投奔表姐家。康丽表姐是老早从他们那穷乡僻壤考中专出来的，农转非吃上了商品粮，叫多少人艳羡不已。那时候家里每每批评不好学的小孩，开口闭口总是瞧瞧人家康丽多聪明多能考，采莲家当然也不例外，怎奈自己死活不开窍，勉强只念完初中。表姐的丈夫正是表姐在建筑学校时的同班同学兼初恋情人，毕业后两个人进了同一家建筑公司。再后来表姐夫翅膀硬气了，索性辞了职自己甩开膀子揽起了工程，亲戚们纷纷传言，说他挣了好几百万，光家里住的房子和表姐夫开的日本进口小轿车就值不少钱呢。

透过敞亮的车窗，采莲木木地望向对面街道上来来往往的车流和人群，那些高低起伏的楼宇和整齐划一的行道树，正迅疾地朝车身后逃遁，这些司空见惯的事物丝毫不能引起她的注意，她唯独希望这趟车能一直这样开下去，开到一个很远很远的地方，最好永远不要停下来。偶尔，她会对那些路人多打量几眼，尤其是二十来岁的男子，当某个跟高明身高模样差不多的年轻人出现在视线中时，她总会把脖颈扭得很偏很偏，虽然她知道奇迹不可能发生，可她就是管不住自己的好奇心和奢望。这种时候，总有个声音从心底最深处一股脑儿钻出来，你真的狠心不要我们了，求求你快点儿回来吧，我和孩子一直在苦苦等着呢。这样求乞的声音往往裹挟着泪水突如其来。好在人是在行驶的车上，大可以决绝地将湿漉漉的脸孔撇向车窗，紧紧贴在玻璃上，谁也不会留意到她。

每个月总有那么几天，她会近乎执拗地挤上这趟公交车，打发自己即将崩溃的时光。起初，这个主意还是康丽表姐给她出的，有一次看到她眼圈红红的，脸上满是沮丧神情，表姐就主动抱过孩子说，去吧，你也出去转转，别这样老闷在家里，会落病的。在她看来，表姐算是把她揣摩透了，尤其是在她最烦心的时候，对方就像她肚子里的虫子。其实，她也发觉表姐同样有大量的时间需要打发，表姐夫常年在外，她一个人独守空房，身边连个孩子也没有，空虚寂寞可想而知。所以，当她再次带着小星投奔到表姐家时，对方非但没有惊讶异常，反倒表现出十分的热情和宽容。反正我家的房子也空着，你们娘俩儿就随便住吧。

刚开始，这样的情形的确让人感到安然妥帖无忧无虑，可时间久了，她越来越觉得，表姐对她娘俩儿的热情和宽容渐渐变成一种负累，一种施舍，甚至是一种伤害。她不知道问题出在哪里，就拿刚才给孩子洗澡这件事来说，作为母亲她本该快快活活地进行，可洗着洗着她就陷入某种奇怪的境地，非常不情愿的，像是在饱受煎熬，她说不清楚，也想不明白，自己到底是怎么了，表姐对自己的孩子真够倾心倾力毫无保留的，而她却一点儿也高兴不起来，甚至急于逃避开去。

汽车终归是有终点的，而日子却总是没完没了。这时天色已近昏暗，落日余晖静静地舔舐着枝头上的树叶，那些叶子猛然间变得一片枯黄了，整条街道看上去都老气横秋的，平添了几分凄凉。显然，那个干练的女公交司机已经注意到她了，这条线路不算太繁忙，车厢里的乘客稀稀拉拉的，每次到站车停稳后，女司机都要把马尾巴头扭一百八十度，表面上是在打量那些乘客，其实她知道，对方就是在观察她的一举一动。也许，女司机认定她八成是个神经病，或者是那种无家可归者，不然的话，怎会从终点坐到起点，又从起点坐回终点呢？所以，最后对方几乎高声大嗓门地宣布，终点站到啦快下车！她才意识到车厢内除了女公交司机，单单剩她一个人，形单影只，感觉非常滑稽，这才慌忙起身快步跑下车去。她依稀听到那个女司机用鼻子哼了一声，车门很神经质地吱嘎了一声，随即就在她身后关闭了，似乎是怕她会突然反悔又卷土重来。

下车后，采莲在沉郁的暮色中分辨了一下表姐家的方向，尽量迈开步子，像是要摆脱刚才那女人鄙夷不屑的一记鼻哼。也许她走得太快了，以至于身体跟对面来的一个男子发生了不可避免的摩擦，她趔趄了一下身子，一只胳膊肘一阵酸痛，眼泪差点就滴下来。幸好没有被对方撞翻在地，假如摔得鼻青脸肿一瘸一拐，表姐又该拿话奚落自己了。这样想着，便又下意识地回头望了一次。那是个个头瘦高，腿子很长，走起路来天生带着点儿佝偻的男人，正是这昏暗中的匆忙一瞥，简直让她吃了一惊，她不由得转过身去死死盯住那只背影。太熟悉了！那身高、那步态、那架势……以及跟她碰撞时感受到的闷闷的气息，怎么那么熟啊？

她整个人仿佛挨了那足以致命的电击，脑海中顿时冒出几颗细碎的蓝火花，思绪在瞬间短路后，随后又慢慢地连通，智力恢复正常水平，她站在原地尖叫了起来：高明——高——明！旋即，抓狂般朝那人猛追上去，心跳得无以复加，耳中灌进呜呜的风声，好似一群黑鸟伴她同行。那人仗着身高腿长，三下两下就穿过马路，她好不容易撵到路边上，偏又遇到了绿灯，那隆隆车阵正疯狂地铺满道路，她想冲过去，怎奈几次三番都无空当可钻，只得万端焦急站在路边大声呼喊他的名字。可比起那些轰然行驶的巨型车辆，她的声音实在太微不足道了。

三

别神神道道的好不好，那根本就是你的幻觉嘛，康丽表姐就像抓住了问题的实质，好马不吃回头草，他既然能撇下你们娘俩儿，咋可能颠颠地再跑回来？这种男人你就权当他死了干净！再说，天底下长得一样的人多了去了，凭啥就认定那是他？

这种时候，采莲就像那种好不容易挣扎着露出水面的溺水者，还没等她喘口气呼救呢，就被一只黑手轻轻地再度摁下水去，从此全没了声息。表姐像往常那样抱着小星满屋子转悠，间或，发表一下自己的真知灼见。孩子对两个女人的谈话毫无兴趣，小手里牢牢攥着一只火红色的拨浪鼓，过一会儿他就很冲动地摆弄几下，啷啷啷啷，鼓点激烈而单调，让人有种一惊一乍的感觉。也许正是这种恼人的声响搅得采莲愈发心烦意乱，她猛地从椅子上跳起，一把叼过那个胡乱响的玩意，气急败坏地摔在地板上，让你再摇让你再摇，没人要的小东西！她的口气活像个刁蛮的泼妇，可脸上尽是泪和清汪汪的水鼻涕。接下来，孩子开始号啕不止，大人却一味地遁入空茫中。她再也没吭一声，似乎决计要与这个莫名其妙的世界抗争下去。表姐识趣地从她身边抱走了孩子。她则在椅子上枯坐良久，后来终究和衣倒下了。

在床上，她灯都一直懒得开，窗帘也不去掩。床就摆在窗根下，一抬眼就能望到外面深邃的夜空，满天的星星稠得挤成团了，有几颗又灿又大的始终冲床上的女人眨呀眨，可奇怪的是半晌都找不到月亮的影子，不知它躲到哪里去了。当初小星这个名字还是他给起下的。她记得那还是去年农历八月十五那晚，当时她在一家酒楼做服务生，高明从车行下班后骑着自行车去接她一道回家，他们中途称了几块月饼，还买了一串紫葡萄和二斤大红枣，再忙再累这节日还是要过的，其实两个人在一起比过节还好。高明就那样一边蹬车一边抬头看着天空跟她说，我的名字里有日月，将来孩子就叫小星吧。她当时幸福地坐在后车架上，双手紧紧搂着他的腰，孩子突然在她肚子里又伸胳膊又蹬腿的，她就激动地哎哟两声，动了，动了，小家伙动了，一准是听到你给起的名字高兴的呗……那时的一切都显得平静而稳妥，尤其是想到孩子的名字跟“高兴”谐音，她就难以抑制对未来的些许憧憬，可她想破脑袋也料不到，到头来竟会有那么漆黑惨淡的一天。为什么非要这样，难道两个人在一起不好吗，难道多添了一个小星世界就颠倒了爱情就不在了？她至死也想不明白。星星和月亮不是都在一起的吗，你高明就是我和孩子的太阳、月亮啊，你怎么就舍得丢下我们娘俩儿呢？整晚一直这样睁着眼，熬到很深的夜里。

翻过天是周日，天蒙蒙亮。采莲又早早爬起来，简单地洗漱过便出门去了，她一定要让昨天的情景再重演一遍，这次绝不放过每一个细枝末节和路人的面孔。秋天早晨空气清冷异常，她瑟瑟地站在路边的候车棚下等车，脑子里装满了男人的影子，却没有一个是正面的，总是躲猫猫似的背过身去，她始终看不到他的面孔和表情，唯独那身高那步态还有那两条长腿，让她坚信他确实回来过，也许他已经背地里偷偷上过表姐家了，他一定是太想孩子了，想得要发疯了，匆匆忙忙看一眼小星又离开了。可他为啥非要躲着她呢？她又不是老虎，吃不了他的，这个冤家怎么这么不懂女人的心思，哪怕是让她只见一面再走也不迟啊！

首班车空荡荡地开过来，她迫不及待地跟着还未刹稳的汽车往前跑出十来步，车门带着一股怨气呼啦一下敞开，那个女司机几乎一眼就瞅准了她，眼珠顿时瞪得铜铃般大，似乎正在为替她开车门而后悔不迭呢，她却不管三七二十一直闯进来。车厢里并没有多少乘客，即便是座位上的人也都摇头晃脑昏昏欲睡的样子，也许是车太空的缘故，那种颠簸摇晃和战栗就比往常凶猛得多，简直到了让人心惊肉跳的地步。她默默隐忍着，仿佛忍受一段非同寻常的冒险，眼睛却一眨不眨盯着车外，任凭女司机酣畅淋漓地将车开过了一站又一站……一上午光景几乎就这样白白葬送了。

接下来的日子，她始终心事重重，食欲也不振，时不时望着窗外发呆，或者，突然像是灵光一闪，想起了什么当紧的事情，于是，便慌慌张张不顾一切地跑下楼去，出了小区径直往街上狂奔，有时她会一直跑到原先他们租住过的那个地方。有一次竟然忘了带家门钥匙，把自己生生锁在门外，幸好康丽表姐出门及时赶回来，被丢在家里的孩子才不至于出什么事。跟几个月前相比，她几乎把自己的日子搞得一塌糊涂。那时不管怎么说，就算终日以泪洗面也罢，还是有些星星点点的盼头的，毕竟念想没死。

如今却截然不同了，万念俱灰了，她越来越不修边幅，每天从早到晚都穿着一件看上去松塌塌的土黄色绒线衫，腿上是一条类似睡裤一样花哨的松紧裤，头发散乱着，总也想不起来该拿梳子梳理梳理；最要命的是，她越来越不上心孩子的事，小星屙了屎她老是忘了及时换掉，惹得康丽表姐一进门就探着鼻尖皱着眉眼到处闻，天哪，怎么这么臭，小家伙又拉了吧。然后，就怒气冲冲一把从她怀里夺过孩子，果然渗了满满一裤裆。有时她抱着抱着，孩子猛不丁出溜下去，严重的时候竟摔在地板上，直到那小人儿撕心裂肺地奏响了警笛，她才如梦方醒。吓得表姐从旋梯那边飞奔直下，嘴里一个劲儿嚷着，造孽啊，真是造孽！

这天后半夜，采莲迷迷糊糊发觉自己变成个十一二岁的小姑娘，扎着两根细细的一走一晃的羊角辫儿，当然不是在表姐家的大房子里，而是在偏远的乡下，两间矮矮的土平房，一家五六口人挤着睡在一起，她那时也是靠窗而眠的。所不同的是，那扇玻璃窗很小，比一张 A4 纸大不了多少，围绕这面玻璃的四周都是用窗户纸糊起来的，每到晚上，尤其是有月光的日子，糊了纸的地方会透出窗棂的条条框框，黑黢黢的，很是吓人。所以，晚上她几乎不敢盯着那窗户多看。只有在白天，趴在小炕桌上写作业的时候，才能通过玻璃窗瞅瞅院子，几只芦花鸡在树坑里叽叽咕咕抢食从树枝上掉落下来的毛虫子，看家狗平展展地趴在窝棚前养精蓄锐，有时父亲会佝着腰在小菜园里默默耕种着什么。那时的一切看上去似乎都很安稳，但她骨子里却一直都揣着不变的梦想，总有一天自己要离开这个家这个没有多大意思的农家小院，就像聪明好学的表姐那样进城去生活，因为那样肯定会无比快活的。但是，梦中的采莲好像是突然从什么地方掉进院子里的，到处都是尘土，到处都是干枯发黑的草叶，还有一摊摊的鸡粪和狗屎，那些尘烟迷蒙了她的眼，害得她竟不小心踩了两脚，臭气熏天，她想喊一声爸妈的，告诉他们自己回来了，可嘴巴无论如何是张不开的，她急得要叫要哭，可那声音比委屈的老狗还要低沉难听。

这个梦既显得弥足珍贵，又透着几分怪异的味道。在梦里她简直就是个哑巴，大半夜硬把自己哭醒了。过去的景象清晰得如水洗过，就在家里那间拥挤的平房里，她不止一次发现父亲夜里偷偷摸摸钻进母亲的被窝里，弄出那种叫人又害怕又害臊的呻吟，她蒙头躲在被子里，连大气也不敢出。后来哥哥娶了嫂子，就搬到隔壁去住，那间屋子收拾成新房了，墙壁粉刷得雪白，一切用具都那么崭新发亮，她那时觉得结婚真是件不错的事情，至少大伙再也不用挤成一团无法呼吸。

有一天下午放学回家，院子里静悄悄的，父母大概还在地里忙活，她就想去哥嫂屋里写作业，因为那时她太迷恋新房的味道了，尤其是那张油光可鉴的写字台，人趴在上面感觉神清气爽，写出的字都比平时好看。门是虚掩的，她想都没想就推门进去，那两个人大白天不知羞臊，白花花地搂成一团。也就是打那之后，她跟嫂子的关系一下子搞僵了，就像卖面的见不得卖石灰的，彼此总是冷面相向。更糟糕的是，自从撞上那种事情后，她的心思也仿佛春花绽开再也收不拢了，有事没事老瞎琢磨，青年男女彼此赤身纠缠的情景，既让她感到可耻，又有种说不出的好奇和渴望。她上课开始心不在焉，成绩一落千丈，恰好不久后哥嫂闹着要分家单过，这叫儿大不由娘，父母无奈下，只好应允了。因为家里少了哥哥这个劳力，索性等她初中一毕业，就让回来帮衬家务了……

我想回趟家去。

两人坐下来吃午饭时，采莲一字一顿地把自己的想法跟表姐说了。

那孩子呢，也要一起带去吗？康丽表姐拧着眉梢瞅了她一眼，我觉得吧，你还是一个人回去为好，小星就由我来管两天吧。说着，便起身从挎包里掏出钱夹，大大方方点出五百块递到采莲面前，这些拿着路上好用。

但她始终没有伸手去接钱，而是抬眼看了看表姐那张女主人式的脸。平心而论，自从她抱着小星逃难般走进这所房子，除了生活上衣食无忧外，表姐确实帮了她太多太多的忙，她一直心存感念不假，可慢慢地，这一切都在随着日子发生变化，寄人篱下的滋味她当然懂的，所以，在孩子问题上，她总是一味地听从表姐的支配，什么时候该喂奶，什么时候该冲米粉，什么时候要去打预防针，什么时候给孩子洗澡，总而言之，她算是把这个孩子拱手相让了，自己所扮演的不过是个小保姆的角色，主人让她怎样她就得怎样。

我想，我想带……带上小星。

啃，真是疯了！你就不想想，一个黄花大闺女，不明不白抱个孩子回娘家，表姐说着就气不打一处来，随手将那些钱拍在饭桌上，瞪着眼看她。到时候你让你爹妈脸往哪儿搁?!

又沉默了片刻，她忽然无力地低下头去，似乎是被对方那咄咄逼人的口气震慑住了，再不敢面对那张一本正经又有些霸道的脸。我刷完锅就起身。她几乎小心翼翼地嗫嚅着，但分明是去意已决的。

康丽表姐大概不想再理识她，径自咚咚咚地上楼去了——城里人都有睡午觉的习惯。

四

快客由长途站发车，沿着环城路磨蹭了老半天，无非是想沿途多拉几个赶路的急客，之后才不甘心地驶入高速路。车倒是开得平稳而飞快，近三个钟头里，小星基本上都在她怀里安稳地甜睡。

真是奇怪啊，小家伙那睡相简直像神了高明，以前她跟高明在一起，经常会遇到高明比她先睡着的时候，她通常会趴在枕头边上，静静地盯着他看啊看，他的眼皮、嘴唇还有呼吸时的声响，她都记得清清楚楚的。可以说，这些日子以来，她真的没有这么近距离这么悉心地看着自己的孩子了。现在，一旦有机会独享这种滋味，心里不免有些疑惑。眼前又总是浮现出康丽表姐搂着孩子的模样，这让她往往会产生一种错觉，好像表姐才是孩子的亲生妈妈，而她不过是个打下手的乡下姑娘。中午在饭桌上，她觉得表姐多少有点儿神经过敏，她回家带自己的亲骨肉怎么啦，难道犯了谁的法不成？表姐不乐意归不乐意，反正她是拿定主意了。想回家的决定都源于昨晚的那场没完没了的梦，梦是心头想啊，她已经很久没有那么大篇幅地梦到父母了。再丑的媳妇终归得见公婆吧，况且，她这是要回自己的家。也许她早就该回去一趟了，上一次还是去年高明陪着她一起回去的，不过当时她稀里糊涂的，并不知晓自己已经怀孕快俩月了。那次就算是让父母初次面试了未来的女婿，他们虽然显得有些意想不到，但并没有发表多少意见，唯独母亲觉得高明个子比她高得太多，可她就喜欢这种高低搭配的感觉，她说男人就该像棵大树立在自己身边。

下了快客，又在站里苦等了将近俩钟头，眼看天要擦黑了，盼星星盼月亮，总算盼来一辆脏兮兮的绿皮中巴车，那是唯一一趟开往她家方向去的。兴许是夜色突然降临的缘故，孩子不再乖乖昏睡了，而是被一种陌生的气息牢牢攫住，乡村道路曲折而又坑洼不平，加之车厢里的味道异常难闻，汗酸脚气烟味口臭混为一团，小星就呜哇呜哇不停地嚎起来，怎么哄也不行。采莲旁边坐着一位扎粉红色棉围巾的年轻农妇，不时探过头来观望着他们，热心地问孩子是不是饿了，还让她快给小家伙喂点奶吃。采莲有点慌神了，说车上没有开水，冲不了奶粉。妇女就啧着嘴皮说，乖乖哟，人是活的呀，拿你的奶给喂呗，看娃儿哭得多让人心焦。她的脸顿时涨得通红，好像自己的乳房被外人看到了似的，要知道她的奶水早就断了，孩子后来一直都是靠喝奶粉的。问题是就连奶粉也不是自己的，康丽表姐一下子就买了十几罐堆在桌上，说都是电视上广告过的好牌子，吃了对孩子健康大大有益。也许，就因为这个缘故，她更加觉得孩子属于表姐，至少表姐是最有权来决定孩子事情的人。

妇女显然洞悉了她的尴尬处境，忽然转过身来，连招呼也不打，就从她怀里熟络地接过孩子去。同时，嘴里发出亲昵的嗷啊嗷啊的母亲特有的声音。正当采莲愣怔之际，对方早顺势撸起自己的衣襟来，一只胀鼓鼓的乳房赫然外露，有些霸气十足，那奶头四周还有斑斑点点暗褐色晕圈，估计是尚处在哺乳期，故此乳房显得饱满而张扬。当对方旁若无人自告奋勇地给小星喂起奶时，采莲彻底惊愕坏了。以至于有那么十几秒，她只是空张着嘴，一个字也说不出来。唯独听见孩子嘬住奶头时贪婪的吧唧声，先前无休止的哭号总算是戛然而止，真格有奶便是娘，她从来没有像现在这样深刻地体会过这句话。

就这样小星一路嘬着陌生女人的奶头，竟不知不觉又迷糊着了。采莲只能袖手旁观，她的感觉有些古怪，这事倘若让康丽表姐知晓，她准会骂她不长脑子，就连陌生人的饮料也不该随便接受的，如今在外事事都得多长个心眼，哪能轻易相信一个外人。于是，她在心里默默叮嘱自己，这事无论如何也不能告诉表姐的。后来，对方把睡熟的孩子交还到她手上时说，妹子可别笑话，我奶胀得都不行。语气中分明透着哺乳期女人特有的自豪和满足感。

采莲心里说不出是什么滋味，但孩子不哭不闹总是好的。她很想说声谢谢，可话一出口却变了味，你可真行。她这样说。妇女压根没听出她话里的些微不满和鄙薄，依旧笑嘻嘻地很好奇地盯着她，咋就一个人，你女婿呢？这样的好奇比当头给她一棍还来得凶猛，她心中最脆弱的那一部分顿时坍塌了。还不是在外忙着挣钱呗，她冷冰冰地回复道。男人都一样，见了钱就忘了婆姨和娃儿。妇女撇着嘴的样子让人真不舒服，她接茬唠叨开了。可话又说回来，他们不出去挣钱，让咱们娘们在家吃啥喝啥，女人嘛，图的就是嫁汉嫁汉穿衣吃饭，不过也得把他们盯紧些，如今外头有的是狐狸精，万一让哪个勾搭上就惨了……这种话听多了，就像和尚念经叫人有点昏昏欲睡，采莲半天不再吭声，只是把脸决绝地瞥向车窗一边，任由对方没完没了。

外面一片漆黑，汽车裹挟着呜咽的风声在乡间道路上疯跑，路况越走越差，剧烈的摇晃让人感到一阵阵绝望。她从窗玻璃上看到一个泪光闪闪的女人，那模样显得孤独、迷茫，又有些凄凉。兴许是触景生情，她忽然意识到，这次返乡之行多像是一次逃离啊，进城，务工，恋爱，生子，把一个人变成两个人，再变成三个人，最终那个最关键的人忽然消失了，现在又剩下两个人相依为命。而当初自己离开家乡，更像是一次逃离，渴望另外一种生活，孤注一掷地出门，远离灰头土脸的村庄和田野。就连刚才给孩子喂奶的女人都看出了端倪，可见自己的灾难有多深重。她尽量控制住自己的情绪，偷偷流流眼泪也就罢了，万一像孩子那样号啕痛哭，旁人该怎么看她的笑话。她的心事不想让任何人知道。她拿手背抹了把脸，努力去回想着以前拥有过的那些欢乐。

起初认识高明，还是在采莲当服务员的饭馆里。那天傍晚高明一伙人进来吃饭，一看穿戴就知道是修车行里的受苦人，她负责招呼客人倒茶点菜，其实他们不过是吃几碗刀削面，还要了几个便宜的凉菜和茶叶蛋，老板多少有些嫌贫爱富，加上这伙人浑身上下油渍麻花的，每个人都像是从汽油桶里捞出来的，那股气味刺人眼鼻。店里明明有现成的座位，可老板非要指使她把这些人安排到外面去，说是怕影响其他食客的胃口。她虽然觉得这样做很不厚道，可也不敢拗着老板，只好低眉顺眼地在门口台阶处临时支张桌子，让客人坐。

别的人倒也没啥意见，其中有个瘦高个叫住她说，咋的，狗眼看人低，吃饭还分三六九等。她一下子就被对方那张愤愤不平而又桀骜不驯的脸给怔住了。怎么说呢，这个男人身上有种叫她一见如故的东西，她既感到胆怯，又很欣赏。也许是过于羞怯，始终红着脸蛋，好像自己做了什么违心的事，当场叫人戳穿了。这样一来，高个男子越发抓住她不放，快去，把你老板叫来，我们吃饭又不是不掏钱，还看人下菜碟。她左右为难，两只手紧紧扽着自己的衣襟，下巴低垂下去半天都不敢往起抬。另外几个人就对高个说，喂，算了吧，不就是吃顿饭吗，在哪吃不一样，瞧你快把人家小姑娘整哭了。大伙一吵吵，高个也似乎意识到自己有些过了，才换了口气说，那今天就看在你的面子上，放你老板一马。

当时，采莲确实被这句话逗笑了，好像她是个多么重要的人物，这个人说话真有意思。哪知她一笑，高个又说话了，原来你会笑啊，瞧你刚才那小脸绷的，怪怵人的。那天后来，他们吃完面又要了一件子啤酒，吆五喝六地猜拳行令，等店内所有客人都走光了，他们也迟迟不肯散去，她觉得这些人肯定是想故意治一治老板的。到了第二天上午，那个高个又独自来店里，说昨晚喝多了，大概是把手机落在桌上了。天地良心，她一直等他们离开才收拾碗筷和桌凳的，确实没见过他说的什么手机。真的没见？高个至少盯着她的脸打量了十秒，她当时就差赌咒发誓了。好吧，我信你，兴许是丢在回去的路上了，我自认倒霉。他很沮丧地对她说。虽说结局是这样，可她还是觉得有些对不住他，她想如果不让人家坐在店外吃饭，可能什么也不会发生，她也是从乡下来城里的，挣点钱多不容易。她因此对他产生了些许好感，他身上确实有种让人既感到亲切又值得敬重的地方。反正跟他就是这样认识的。此后隔三岔五，他总会到店里吃顿饭，不过，每次来都换了干净衣裤，加上他个子又高，人看上去倍精神，关键是，她已不知不觉又无可救药地喜欢上这个男人了……

汽车到站时，外面的雨正下得急切。车灯照射到的那片地方，雨点明亮而密集，像极了一大群骚动凶狠的马蜂，乘客们唉声叹气，一个个跟丢了魂似的，不得不带上行李无可奈何地钻进黑暗的雨幕中仓皇逃遁。她是最后一个犹犹豫豫下车的，车刚一停下小星就醒了，她用毛巾被把孩子裹了又裹，当双脚踏进外面的泥水中时，小家伙突然又呜哇起来，有些歇斯底里的，她顾不上哄他，只是将随身带着的鼓鼓囊囊的背包往肩上撸了撸，然后双手尽可能抱紧孩子，凄惶地朝远处的一间亮着灯的平房跑去。地上的泥点迸溅起来，迅速沾满了她的裤腿，雨水打湿了头发和面颊，秋雨凉得教人心寒，雨中的她多少有些落难般的可怜。或许表姐说得没错，这纯粹是自己给自己找罪受呢，但她认命了。如果生活非要让她一个人独自承受更多的话。总算是冒着大雨跑到那间小商店门口了，可里面早就挤满了人，像一堆黑乎乎的绵羊，一台小电视机正在柜台上哇啦哇啦播报着新闻，几个男子抻着脖子围着电视吞云吐雾，满屋子都是呛人的劣质烟味，地上连个插脚的空子也没有，她刚伸进门槛的那只脚又缩了回来，就那样狼狈地贴着墙根在屋檐下避着雨。

及至此刻，才顾上把遮住孩子头脸的被角揭开来。借着店里投出的一团灯光，她发现小星的脸蛋涨得通红通红的，眼神惊恐而又带着倦色，黄豆粒大的泪珠还噙在眼角，当小家伙看到妈妈后，小身体立刻拧扯起来，像是在做一个又一个鲤鱼打挺，同时，从那细小的喉咙里传出一串模糊的咳咳声。她随手摸了一把孩子的脸，竟热乎乎的。她好歹吃了一惊，连忙又摸自己的额头，之后再去试孩子的，可一时还是不能完全断定孩子是否在发烧。出门前还好好的，怎么会突然这样呢？兴许是午间从城里出来车上有人开窗，被风吹着了。她焦躁地朝四周张望，除了秋雨攒足了劲从天上纷纷砸落，似乎再也看不到什么希望。要知道从这步行到家，还有相当一段距离呢，过去她念中学时每天都要由家里骑上半个多钟头自行车，才能到达此处。如果下午没把时间花费在等车上，现在娘俩儿早就安安生生待在屋里了。

想到这些，心头泛起一股悲凉，看来老天爷委实要惩罚她，非把她娘俩儿丢在这冷凄凄黑洞洞的雨夜里，就是不让她一头扎进暖和的家里，还有亲人的怀抱。

五

天是怎么亮起来的，采莲一点儿也不清楚。反正醒来的时候，父母已在她屋里严阵以待了，那表情全都直板板的，脸面上像是上了厚厚的一层灰浆。小家伙醒得比采莲早多了，此刻正在自己外婆的怀抱里拧麻花般扭动，似乎想竭力弄清这个陌生的住所，看来，药吃得还算及时，已无大碍了。

昨晚亏了小商店里被困住的几个人招来一辆三轮蹦蹦，她才得以花几块钱搭上了便车。好在那车厢是用白铁皮包住的，人坐在里面不至于再挨风吹雨淋。当时采莲就瑟缩在屋檐下，心中万般沮丧地诅咒着坏天气，还有那个不翼而飞的男友。后来可算是到家了，一进门就把眼看要上床休息的父母吓得心惊肉跳，女儿怀里凭空多出个小不点儿来，这是他们做梦也料不到的。而且，孩子有点儿发烧，小脑袋热得像个火炉子。他们顾不得许多，便慌急慌忙拿湿毛巾敷小脑门，又给灌了速效感冒冲剂，另外还给吃了半片退烧药。

这是谁家的小娃娃？怎么也没听你说起来过？不会是……当时父母一边不停忙乎，一边狐疑地向她问这问那。本来她在路上早都想好的，回家照直承认就是，可一旦面对父母那种近乎过敏的口吻，她又忽然打起了退堂鼓。哎呀，我实在太累了，再说这孩子也不舒服，咱们都先睡吧，等明一早再告诉你们好不好？父母就面面相觑，虽然满腹疑惑，也觉得女儿说得在理，只好暂且作罢。又心疼女儿夜里睡不好，索性把孩子抱过去由他们哄着睡了。采莲睡觉的房间，就是原先哥嫂的新房，后来那俩人分了家，在外面单另盖了两间房子搬出去过活，这间屋自然就成了采莲一个人的。

你咋这么长时间也没个音信？这猛不丁半夜三更跑回来，咋还抱着个小娃娃，这到底是咋回事啊？你倒是快给我们说说呀，真是急死人了！父母似乎已顾不得采莲尚睡眼惺忪的样子，便连珠炮似的开始发问了。

哦，你们问他呀，他是……是我主家的儿子。她张了一个大哈欠，灵机一动，将自己的角色瞬间转化成保姆了。他叫小星，模样长得够心疼的吧！又故作轻松地补充了一句。

啥时间又给人当保姆去了，你不是说在酒店当领班吗？

哼，你们哪里知道，那种地方乱得要命，三天两头就有醉鬼对女服务员动手动脚，我实在不想在那里干下去了。谎言一旦开了头，只能睁着眼睛讲瞎话。不过，当保姆也不赖，每天就是帮着管管小孩吃喝，人家还包吃包住，钱也不少拿一分。

哦，原来这样呀，也好……那你去年领来的那个大高个呢，这回咋没跟你一起来家里？母亲的话头忽然一转，一下子就扯到那个最要命的问题上，你们俩人还好着没？

她急忙把脸转向窗户装作看景，不敢再正视母亲那十分迫切的目光。早吹了！除此之外，她不知道该怎样回答，心里五味杂陈的。他太没良心了，我对他那么好，他却撂下我和孩子，一个人跑了，他简直该千刀万剐。她心里一直这样恨恨地暗语着。

这也好，早吹早了，妈当初就觉得你俩不般配，他个子忒高，戳在那跟个电线杆子一样，你们在一起真是猴骑骆驼难看死了。看来，母亲的确从一开始就不看好他俩的事，现在算是如愿以偿了。那你后来就没再找？母亲的表情显然比刚才松弛多了。

我在人家里当保姆呢，上哪儿找去！她急忙拿话搪塞。

没找就好，没找就好，省得我和你爸老是不放心。

院里忽然传来一阵凌厉的狗吠声，父亲嘴里嘟哝着什么已快步走出屋去。母亲皱着眉头对她说，准是外头那条骚狗又来缠磨，都快把人活活颇烦死了！

采莲的目光就跟着移向窗外，自家的那条花狗用链子拴着，一条浑身黝黑黝黑的大狗不知何时钻进院来，嘴头子正在花狗尾巴处嗅来嗅去，间或，将两只前爪从后面粗鲁地搭在花狗的腰胯上，做出公狗常见的那种丑陋举动，惹得自家的花狗怯弱地步步后退，最后索性蹿到窝棚顶上逃避了。父亲早跑到院里，顺手抄起一截木棍奋力抡去，大黑狗见势不妙，冲着人干吠两声，极不情愿地夺路而逃了。父亲不依不饶，捏着棍子一直追赶到院门外去了，嘴里一直骂骂咧咧的。

母亲见采莲半天看得起劲，又解释说，这该死的畜生，去年就害得咱家大花下了一窝小崽子，你爸三求四告，好不容易才把那些小狗一条条送了出去，它倒好吃惯了嘴跑断了腿，这两天又进来招骚！母亲说到最后那个词，几乎有些咬牙切齿。

采莲一时听得出神，脑海里不觉浮现出一窝肉嘟嘟的狗幼崽来，就像襁褓里呱呱叫着的婴娃，这让她立刻想到可怜的小星，也想到她自己，娘俩儿的境遇也许更糟吧，人家黑狗每年尚且知道跑回来找一次大花狗呢，可她的高明却一直杳无音信。

母亲见她一味地盯着窗外发呆，便回头安顿道，你回来就多住两天，妈还想着让你见几个亲戚呢。还有，没事你可别把这小东西抱到外面去显摆，省得旁人看见乱嚼舌头根子，毕竟，你是个姑娘家么。

她半听不听，似懂非懂，整个人只是呆磕磕的。

采莲，妈刚才说的话你都记住没有？可别净当耳旁风！母亲的口气一下子高了八度，她这才心事重重地点了点头。

当天，母亲就背着她悄悄张罗起来。先是一个婶子笑眯眯地来家里串门子，一双丹凤眼始终盯着采莲不放，还不时地上来抓一下手，或轻轻摩挲着她的脸，像在菜市场挑东西，不停地啧着嘴皮夸她出落得越发标致，说进了城的女人就是不同，咋看咋洋气。弄得采莲坐立不安，只好谎称有事，忙躲进自己的屋里去。其实，她就是想跟小星待在一起，在表姐家好像也无所谓，一旦到了乡下，她忽然觉得一刻也离不开孩子了。

哪知这天傍晚，一家子人正在吃饭，这个婶子又颠颠地跑进来，只是这回又领来一个男的，他手里还拎着一小箱夏进牛奶和一袋水果，说是前面庄上谁家的二小子，过去还曾同采莲一起在乡中学念过书。采莲丈二和尚摸不着头脑，一点相关的记忆也没有。那男的说起话来温暾暾的，嘴里像含着糖块。唯独母亲热情得什么似的，一阵让饭，一阵端茶，一阵又递烟，生怕怠慢了客人。

采莲正欲回避，母亲看出了苗头，一把拽住她说，婶子好心好意来咱家串个门，你又正好回来了，也陪着说会儿话嘛。采莲这才明了了母亲的意图，难怪一早说要见亲戚的事，原来是要给她相亲呢，这怎么可能？她简直如坐针毡，自己有一个可恶的高明，还有一个可怜的小星，她的世界早就满满当当，再也不可能容下任何一个人了。可这些话全无从出口，假设一旦说出去，那这个家还不得天翻地覆鸡飞狗跳啊，父母准会被她活活气死羞死，要知道他们都是最爱面情的人。没法子，她得硬着头皮装模作样跟着演戏，完全是一副哑巴吃黄连的窘相，任由那男的不时地在她脸面和身体上乱踅摸，那婶子眉飞色舞地夸耀她如何漂亮能干。

好容易客人前脚刚撤，母亲就紧追不舍地跟在她身后，问怎么样怎么样，还说那男的一看就老实本分，准能顾家奔光阴。

采莲的忍耐似乎到了极限，再也顾不得母亲的好心情，便一盆凉水兜头浇下去。啥怎么样，长得跟个榆木疙瘩似的，也不知从哪里挖出来的，你瞧他那双老鼠眼滴溜溜地直放贼光！

那也比你领回来的电线杆子强吧，母亲不甘示弱，更不想让这一江春水付诸东流，你也老大不小的，该找个婆家了。

妈，你着啥急么，我还不想考虑这事呢，再说我不得回城挣钱去？

你少来这套，实话跟你说，我跟你爸商量好了，这回你要不把婚订下，就休想再出这个门！母亲义正词严，不容她再多说什么。

好吧好吧，妈，孩子都困了，我得哄他先睡了，有啥话咱明儿再说行不行。她只好且战且退跟母亲周旋。

跟城里比起来，这里的夜晚总是来得又早又漫长，四周一片阒寂，整个村子仿佛一座黑色的孤岛，与世隔绝般让人感到心慌意乱。采莲始终把自己关在房间里，孩子刚喝完一瓶奶，小手黏糊糊地趴在她的肩窝上，打着心满意足的小饱嗝，那种带着甜味的奶气不时撩动她鬓边的发丝，感觉痒痒的。

这种时候，她更像一个有经验的母亲，若有若无地轻轻拍抚孩子的后背——每次喂完奶康丽表姐都教她这样做。没有回来之前她是那么迫不及待，甚至为此还跟康丽表姐较了好大的劲，可现在她却感到十分后悔了，早知如此真不该急急忙忙跑回来，可那样不明不白待在城里住在表姐家到底算什么？关键是，她意识到自己的状况太糟了，像是掉进一只永远也无法钻出来的套子里，在那里两眼一抹黑，她只是不停地在钻着牛角尖，把自己搞得都有些神经错乱了。她以为回到老家心里暂时会好受一些，起码见到亲人，对彼此都是个不错的安慰，可没料到母亲倒抓住这个机会大做文章。婚事，她还配跟别人谈婚论嫁吗？她觉得自己早已是残花败柳了，况且，还带着一个不满周岁的孩子，这就是命，她不得不认了。如果老天爷真有意可怜她娘俩，那就早早地让他回到自己身边来吧。除此之外，她不再抱有任何的幻想。

六

母亲说你难得回来一趟，怎么也该上你哥嫂家转转去，省得他俩知道了多心。其实呢，采莲本意是要去的，母亲这样说反倒显得她生分了。母亲又特意把昨晚相亲者提来的礼品分出一半装在塑料袋里，嘱咐她一会儿提到哥嫂家去。这个礼数让她觉得非常别扭，就像他们已经爽快地答应了那门亲事，所以才有资格心安理得地随意分配对方送来的食物。

最令人尴尬的事还在后头，当采莲拎着这袋礼物走进哥嫂家里时，一眼便瞧见那个在中巴车上自作主张给小星喂奶的妇女了，这感觉于她来说无异于青天白日撞上鬼了。嫂子笑盈盈地由她手里接过礼物，心情自然不错，便介绍说那妇女是她娘家村上的一个干姊妹，今天正好来这里串个门子。之后，又用手指着采莲，不无骄傲地对那妇女说，这就是我家小姑子，长得俊吧，她可是在城里挣大钱的。妇女迟疑片刻，冲她大大地张了张嘴，像是被一个讨厌的呵欠卡住了，半天才嘿嘿嘿地冲采莲傻笑起来，还一个劲儿说，真是大水冲了龙王庙——一家人不认一家人。当即，这个女人跟邀功似的，滔滔不绝地把那天在车上相遇的事原原本本讲给嫂子听，整个过程采莲觉得自己像个白痴，一言不发。

天哪，采莲你啥时结的婚？连娃娃都有了，我跟你哥咋一点消息也不知道！嫂子明显开始挑她的理了，眼光无比惊讶地盯着她上下打量，好像根本不认识她这个人似的。这种时候，采莲简直想找个地缝子一头钻进去，好在那套谎言倒是现成的，不得不按部就班又讲了一遍来搪塞嫂子。

采莲，你是说，你在城里给人家当保姆？嫂子和那妇女几乎异口同声。她生怕这两人不信，忙使劲点头。你一个当保姆的，人家就能轻信你，大老远地让你把娃娃抱回来？嫂子这个女人原比她想象中要精明得多，当年嫁给哥哥没多久，就是她整天跳闹着想分家的，此刻她正狐疑地跟那妇女交换着眼神。

妇女的表情也变得怪异起来，眼珠子在采莲身上骨碌碌转动，像是非要找出什么蛛丝马迹不可；或者，猛地回想起那天在车上的种种情形，一下子又加深了她对采莲刚才那番话的质疑程度。就是嘛，现如今城里娃娃都金贵得跟命根子一样，谁敢放心大胆地让一个小保姆领到几百里外的乡下去，除非是脑子进水了。

谁说不是，主要是这样，我呢跟主家处得还行，他们也都不把我当外人……采莲觉得这个场面实在是来得猝不及防，自己事先压根没朝这方面想过，否则的话，她真该接受康丽表姐的建议，现在只得硬着头皮对付了。

爸妈可是逢人就讲哟，你在一个什么大酒店里当领班啥的，手下管着好几十号服务员，工资老高老高的，咋好端端地又去干保姆了？嫂子果然不是一般人，总能准确无误地找到对方的软肋。

这时，那个妇女也随声附和道，就是，就是，保姆哪是人干的，我们村上有个小丫头，没念过一天书，家里拖累重，后来就送她去县城干保姆，你猜后来咋的啦？傻乎乎地让主家男人给睡了，肚子挺得鼓那么高了，才哭着鼻子跑回家，可把爹妈脸都丢光了……

采莲再也听不下去了。

事实上，对于保姆她也是从心里抵触的，她从来没想过要去城里干这一行，她原以为作为一个谎言它可以掩人耳目，没想到搬起石头砸自己的脚，糊里糊涂将她置于极其尴尬的境地，想让自己保持镇定好像已无能为力了，这不仅仅是一个谎言被揭穿的问题，对她而言，更意味着无情地揭开自己的伤疤让别人看。情急之下，她只得匆匆跟嫂子告了声别，说爸妈还等她回去吃饭呢，就神色仓皇地扭头离去了。

那种感觉又突如其来，现在她急需跑到别处去，随便到什么没有熟人的地方。深秋的原野显得格外萧条，玉米地里空空荡荡，唯独那些缺胳膊断腿的枯秸秆空余在上面，路畔和埂边的杂草已然枯黄萎缩了，杨树和柳树所剩无几的黄叶正在随风凋零。她毫无方向地一直往前走，往前走，脚下踩着吱吱作响的枯草和黄树叶，似乎要去赶赴什么重大的约会。

回来当天的那场大雨，此刻正在她脚下显现出泥泞破败的痕迹，每走一步都会有种黏糊糊的感觉，叫人觉得恶心。城里永远不会这样，就算下再大的雨都留不下什么痕迹，可城里也有更叫人闹心的地方，那不是三言两语能说得清楚的。像是要极力摆脱这种感觉，她后来一口气跑到村庄最西头的干渠边上，渠水流势湍急，一副不顾一切奔流不悔的模样。站在这里，心潮也随那流水起起伏伏，久久难平。

她忽然冲着渠水喊叫起来，啊！一声，接着又是一声，啊——！一次比一次用力，一次比一次疯狂，跟着了魔似的。这样喊着喊着，声音渐渐就嘶哑了，最后再也喊不出声了，眼泪哗啦啦地涌出来，她不擦，就让泪水那样疯流得满面满脖子，后来她用最低最低几乎只有自己能听到的声音，向着远方呼唤了一次那个人的名字，也许只是为了解恨吧，声音拖得老长，在天边苍白地回荡。这一瞬间，她真想两眼一闭，纵身而下，从此了断了自己心中的所有念想……

等采莲脚步迟疑地迈进家门的时候，隐隐听见嫂子正在屋内很神秘地跟父母们说着什么，间或，是她的小星呜哇呜哇的啼哭声，先前若不是想到世上还有这个可怜的小东西，她也许再也不想回来了。她忙用手背抹了抹眼圈和湿漉漉的面颊，毅然木然地走进屋去。父母和嫂子全怔住，都很不自然地望向她，恰如背地里说人闲话，正好叫对方听得真切。唯独小星见到妈妈，完全不听外婆的话了，小身体决绝地扭向她这边。她伸手接过孩子的一刹那，感觉热乎乎沉甸甸的，失而复得一般，紧紧抱住。只有孩子是鲜活的，有血有肉的，也只有他是唯一真实可靠的，其余一切都是枉然。

嫂子似乎明白拨弄是非是可耻的，急忙推脱说家里还有客人，便惶急慌忙一溜烟颠了。父母始终面沉似水，他们看人的眼神叫她感到难过。

你到底想好了没，媒人今天可还等着咱回话呢。

母亲率先打破僵局；父亲则慢慢垂下头去，半晌摸出一根烟，颤索索点燃，一口一口沉重地吸着。

妈，这事再缓缓吧，我还不想……

你成天到底想些啥？母亲不等她话说完，脾气就跟旺盛的火苗似的蹿了上来，你实话告诉我们，这娃娃究竟是谁的？你去四村八镇访一访，有哪个保姆能把人家城里的娃娃领回家的？真当我们是老傻子好哄呢！

显然，嫂子已在她回来之前给父母洗过脑了，他们再也不会相信她那套善良而拙劣的谎言了。

掂量我俩啥都不知道，你抱着这小崽子坐车，一路都在流眼泪，你嫂子的干姊妹全都看得真真的，今天若不说实话，我们老两口权当没养你这个死丫头！

母亲的嗓音与其说是怒不可遏，倒不如说是蒙羞后的愧不可当。当她把该说的话一股脑儿发挥完毕后，突然就大放悲声呜咽起来，眼泪也哗哗地往下掉，接着，又呼噜呼噜擤了鼻涕往衣袖上乱抹，同时，嘴里含混地抱怨自己命苦，怪罪丈夫当初要主张女儿进城去。

犹如物伤其类，采莲再也忍不住自己的悲伤。纸里包不住火，该来的终究会来，她知道自己根本没有什么可以瞒天过海的本事，她回家的初衷是来疗伤镇痛的，她此刻唯一能做的，却是陪着母亲一起痛哭流涕，并声泪俱下地讲述自己在城里所遭遇过的一切。

整个过程，父亲的头越垂越低，腰身苍老得如同一截弯曲的枯木，似乎再也挺立不起来了，任由那火红的烟头烧得两根手指乱颤，牙缝咝咝作响。

小星也被这种可怕的气氛所裹挟，起初还在妈妈的怀里惊恐地扭动，后来也跟着妈妈不明就里地呜哇起来，那张小脸就涨得发红发紫了。婴娃的哭声总是带着某种不达目的誓不罢休的恼怒与急迫，尤其是当屋里的大人对此视而不见听而不闻，孩子越发哭得死去活来。最后，竟然由一串剧烈的咳嗽引发了大规模呕吐，把不久前刚喂进去的奶水加米粉全部吐了出来，白花花地铺满了采莲的肩膀和胸膛……

直到这时候，大人们才从厄运中省过神来，手忙脚乱地投入到无序的善后事宜中。母亲阴着脸抓来一团抹布，使性拌气地擦了孩子的嘴脸，又去擦采莲的上衣，真是作孽真是作孽啊，她一面狠狠地擦拭一面不停嘴地唠叨。采莲被动地接受着这一切，她能感觉到母亲每一次下手都带着巨大的愤懑与厌嫌，这种时候她真希望母亲能狠狠揍自己一顿，兴许那样自己会好受一些。

就在这个节骨眼上，那条讨嫌的黑狗又趁人不备溜进院来，家里的大花狗竟心有灵犀般发出似怨非怨的呜呜声，还拽得那条铁链子哗啦哗啦响。

父亲闻听紧锁着眉头往外狂奔，母亲更没好气破口骂道，你咋就那么窝囊啊，不能狠狠给它一顿棍子吗，打死那狗东西省心！对于这只无耻的入侵者，母亲简直到了忍无可忍怒火中烧的地步。采莲忽然想，假设高明就在眼前，父母肯定会像对付黑狗一样对待他。

晚些时候，她搂着小星正准备躺下睡了，母亲有些神秘地推门进来。单从表面上看，火气似乎压住了不少，但话语里还深透着那股子无法排遣的怨恨。

你到底怎么打算的？总不能一个人带着个累赘过日子吧！说心里话，这何尝不是她内心最大的迷惘和伤痛。不管咋说孩子是无辜的，他才这么点儿人儿能有啥错。母亲可不爱听这话。你要是答应了昨天的亲事，娃娃的事妈给你想法子。你有啥办法？她觉得母亲的脸色又阴得像被乌云罩住。这个你就别多问了，反正由我来替你擦屁股好了，谁叫妈命苦呢。

母亲说着，径自伸过手来，就要把小星从她怀里夺走。

她不由得一惊，母亲的神情一看就是那种痛下过决心的，没什么好讲，非这样不可。所以，她下意识地抱紧了孩子，连连往床里退缩着——也许她只是想尽可能地保护好她跟那个人的孩子，那段美好感情的唯一见证。如今她只能做到这一点了，她已经失去那一个了，绝不能再失去这一个。

快，把他给我！母亲咬着牙语气突然加重，像下了最后一道通牒。好歹是个带把儿的，你放心，总会有人乐意要的。

不……这可不行……妈你让我再好好想想。她着实被母亲那副凶巴巴的模样吓着了。

事到如今，还有啥好想呢？留着这个小孽障，你一世都抬不起头！

她望了望母亲那张阴郁而固执的脸，那神情叫人有些伤心欲绝，她又低头瞅瞅熟睡着的小星，只有他最无忧无虑，泪水再也憋不住，开闸般奔涌出来——她知道即便是日日夜夜以泪洗面，也洗不去她心头浓浓的忧愁，她一时真不知如何是好，或者，她从来没有想过要把这孩子怎么样。

母亲见她搂着小星在床里不停抽泣抹泪，似乎也受了莫大感染，终于软下来，竟一屁股坐在地上，开始呼天抢地。

闺女啊闺女，你咋那么傻呀，你让人坑了知不知道？你可让爹妈下半辈子咋活人呢……

可以说，从小到大，从未见母亲这样当着自己的面号啕过，她心里顿时跟万千针扎一般痛。

七

外面黑麻麻的，院子里一派死寂。

蹑手蹑脚出门的时候，小星依旧在甜睡，呼出的小气息呵得她胸口热乎乎的。这些许热量还是让她感到温暖而有力，她想总有一天孩子会给母亲更多的力量，到那个时候她一定会感到很欣慰。不过，眼下倒也加重了她的负疚感，作为女儿，对于这个家对于父母双亲，她亏欠得实在太多了，但她心里清楚自己也是被逼无奈。母亲所谓的好“法子”，让她足足合计了大半宿，可就是过不了自己那一关，她知道天一亮一切都将不由自己做主，这种时候只有先离开再说了，至少康丽表姐那边是不会拒她娘俩儿于门外的。而且，冥冥之中，她其实早就觉察到，表姐对小星就跟亲生母亲无二，即便是动那种要命的念头，她也会先考虑表姐他们的。

没有时间再去犹豫什么了，唯独一颗心儿跳得潦草至极。她禁不住回头朝身后望了一眼。父母睡觉的那间老屋静谧在黎明中，好像昨晚的事情根本不曾发生过，又如当初她离开家只身到城里去。她的眼光快速掠过院里的所有东西，一草、一木，哪怕是搁在墙角下的半块砖头，都有些依依不舍啊！无意中却发现，原先用来拴狗的铁链子竟被挣断了，只剩半截蛇状地趴在地上，狗窝里空空如也，大花狗早就不翼而飞了！

她不敢想象等天明以后，父母面对这空荡荡的场景时，那种无法压抑的气恼和愤恨——大花狗挣脱锁链跟着野狗跑了，闺女更是不顾长辈苦心规劝没心没肺不辞而别，都是喂不熟的东西，都滚吧，滚得越远越好，眼不见心不烦，有本事就再也不要回来！或许，在他们看来，没有狗和没有闺女的院子好不凄凉，生活简直像是塌下去一大块似的……但她已顾不得再去思忖什么，急忙扭头大步走出了院子。这种时候，潜意识又开始野草般在脑海里滋生蔓长，自己才急急火火跑回来没住两天，这到底是图个啥呢，不是已经到家了吗，世上哪有比这更舒心的地方？自己一定是疯了！

从未想过这段曾经被自己无数次赶过的熟路，竟变得那么曲折漫长，好像永生永世也走不完似的。不管咋说回来的那晚虽然下着雨，可后来好歹还搭上了三轮蹦蹦车。现在一旦要摸着黑徒步行走，肩上背着个大包，怀里还抱着个小孩，情况也就可想而知。关键是，她一直都提心吊胆的，跟做贼差不多，万一迎面撞上村里的某个熟人，或是被父母发觉了一路紧追而来，难免要在路上纠缠一番，那将会让她陷入更加难堪的境地。到那时候，恐父母会跟她撕破脸吧，她可不想那样。

她一直低着头匆匆赶路，偶尔抬起头来辨明方向，竟发觉那天空上还映着浅浅薄薄的一弯月牙，那月儿就跟拿剪刀铰出来的小纸片相仿。她最后一次回头朝着家的方位望去，寂静的村子已被远远甩在身后了，就在那黑乌乌的一爿村舍上方，同样高悬着一颗很淡很薄的星星，东方渐次地泛起了白，那抹星光也就跟着越来越暗淡和微弱了。如果不仔细盯着瞧，几乎是难以觉察它的存在。

一瞬间，她忽然意识到，此刻那高挂在天上的星星和月亮就好比是他们娘俩儿跟高明的距离，一个在东，一个在西，隔天隔地，模模糊糊，遥不可及。就算他们彼此知道对方的思念有多深，就算他们夜以继日地想念着对方，可一定还有什么更强大的没有边际的东西阻隔着，所以，她恐怕是再也见不到他了。这种漫无边际的凝神苦想，无疑又加重了逃离者的厄运感，就好像是，每迈出一步都在不断地累积和叠加这份痛苦。

当务之急得尽快逃出镇子，倘若这时父母气冲冲地撵上来拦路截住她，那就等于前功尽弃了。可是，若想搭上那趟唯一的中巴车，至少还得在镇上游荡两三个钟头。正当她急得团团转时，一辆满载着蔬菜的卡车就要从镇上驶离，一个三四十岁的男人斜靠在座椅上，胡子巴碴的，嘴角叼着根烟，一双老鼠眼熬得通红，阴郁的目光中带着那种职业性的无聊和倦怠。后来经不住她再三大哥长大哥短地央求，对方总算是撇着嘴答应捎她一程。

一直心急如焚，好在卡车终于轰鸣着启动了，车轮卷起的尘土霎时遮没了窄窄的镇街，她内心顿时产生了一种逃脱成功的喜悦。但也就在那一瞬间，她突然大吃了一惊，远远望见父母各自骑着一辆自行车，正十万火急地朝镇街这边赶来，两人恓惶的身影立刻被浓浓的烟尘包围，就像钻进了一团永远也走不出来的巨大迷雾中。她急忙撇开脸去，尽量将头低垂到孩子身上，她不忍心多望一眼，生怕自己会情绪失控，生怕会半途而废。一时间心儿又被剧烈揪扯着，怎么说呢，既想立即远走高飞，又实在于心不忍，一边是自己的亲骨肉，一边是生身父母。却也终于明白了，这回算是把父母的心给伤得透透的了，她真是一个不折不扣的坏丫头！

司机显然是个老手，即便是在这种狭窄坑洼的乡村道路上，同样把车开得风风火火。没过多一会儿，小星的呼吸就变得均匀了，小家伙总是迷恋这种摇摇晃晃昏睡的感觉。也许是刚才太过紧张的缘故，此刻任由那萧瑟的田园景致透过前挡玻璃不断地撞击视线，她人只是近乎麻木地望着外面发呆。司机左手边的车窗放下去一半，晨风裹挟着潮湿的泥土气息，不时地吹乱她的头发，这让她一筹莫展的脸看起来越发迷茫和憔悴。

汽车确实颠簸得很厉害，对于她来说这倒还可以忍受，毕竟在城里她隔三岔五就会去坐一次表姐家门口的那趟公交车，那通常是精神即将崩溃、不得不选择逃离的时候。不过，眼下她却丝毫没有这种感觉，因为司机不光车开得很老练，花花肠子也不少，他总是借着挂挡和摘挡的间隙，用他油腻腻的手背或手指摩挲一下她的大腿面；甚至有一次，竟明目张胆地将手搭在她的手背上，吓得她如遇见毒蝎似的急忙缩回手去。那人却装得跟没事人似的，依旧扭过头冲她嘿嘿地干笑两声，她不得不把身体往右边移了两三次，这样她几乎快贴在车门上了。即便这样，那人还是不肯收敛，言语间带着粗鄙的挑逗意味，嘴巴开始不停地讲些荤荤素素的笑话，还时不时拿那种不怀好意的眼神在她身上踅摸。人在房檐下，她还能怎么样呢。后来趁临时停车等待的工夫，那人竟又很无礼地伸过手来，几乎擦着她的胸脯，摸了一把怀里的孩子，那副赖兮兮的模样真叫人作呕。她简直要疯了，但碍于搭乘人家的便车，不得不克制着自己。

走着走着，那人忽然把车拐进一片前不着村后不着店的荒地上，说他得下去放水了，问她要不要方便，需要的话就抓紧时间。说完，便丢开她径直跳下车走了。她早就感到内急，只是一直不肯说出来，现在好不容易有了机会，当然不能错过。下车时她多少犹豫了一下，要不要也抱着孩子呢，可问题是她没有过那样的经验，怀里抱着小孩，又是在野地里，想想都觉得别扭死了。好在小星睡得正酣，就顺手把他放在座位上。然后，急忙跳下车去，一路小跑，越过脚下两个长满荆棘的沙丘，在一丛半人高的红柳树后蹲下身去。

事情就在这时发生了。等她匆匆立起身时，那人不知从哪里钻出来，双手猛地从后面箍死了她的腰肢。她顿时感到魂飞魄散，拼了命地喊出声来。对方孤注一掷地腾出一只手去捂她的嘴。她情急之下咬住了一根手指。霎时，那种油乎乎的来自汽车和油料混合的味道，一下子灌进了她的喉咙和脏腑之中。像是中了邪似的，她一时竟愣怔着不动了，这特殊的气味那么汹涌又那么熟悉，曾几何时她那整天在修车行干活的高明，每到晚上都要用一双掺杂着汽油味的大手揽她抱她摩挲她的，那时他俩琴瑟和美如胶似漆，那时她并不知道有朝一日他会悄然弃她而去，泪珠儿一刹那蜂拥而出，裹挟着巨大的伤痛和屈辱，大脑变得一片空白。她忘了自己身在何处，忘了自己到底是谁，她不再喊叫，也不再有挣扎，任由对方像条野狗似的在她耳边嗷嗷叫着，把她扑倒在冰凉的沙荒地上。

她躺下去的时候，看到隐晦的天空正笼罩着四野，绝望的沙荒地里阒寂无声，一只惊慌失措的灰褐色沙虎子从身旁的沙丘里飞蹿而去，速度快得犹如一颗流星瞬间滑过。后来整个过程，她都侧着脸近乎倔强地盯住那只沙丘，那东西看上去很像女人光裸的身体，或孕妇圆满的腹。

八

康丽表姐简直哭得没了人模样。本来采莲憋着满满一肚子委屈要诉，可眼下的情形却叫她无论如何张不开口。表姐旁若无人地只顾呼噜呼噜擤鼻涕，一盒子纸巾转眼就被她抽光了，客厅遍地都是湿纸团儿。每抛出一团，表姐都要狠狠地骂上一句没良心的、不要脸的……好像她掷出去的不是纸团，而是能致命的子弹。

很快，采莲就从对方的咒骂声里听出了七八分，表姐夫在外面有了女人，而且，那个女人好像还怀上了他的孩子。采莲一时怔住，怪不得表姐夫老是不着家门呢，原来真的事出有因啊。触景生情，她忽然又想到了高明，难道说他也是为了别的女人，才那么狠下心肠丢开她和小星的？一旦这样去思量，整个人马上陷入到由表姐一手制造的悲伤氛围当中，接下来，她顾不得自己刚进家门风尘仆仆，就放下孩子扑到表姐跟前呜咽起来。事实上，两个女人从来也没有像现在这般同病相怜过。表姐有表姐的苦衷，采莲更有采莲的难处，一旦两个人抱头痛哭，彼此便成了真正意义上的患难姐妹了。

后来当然是采莲默默下厨做好了晚饭，可康丽表姐一口也不想吃。她不知道该怎么劝她，自己本来就泥菩萨过河自身难保，所以只是把饭菜盛好了，小心翼翼地端到表姐面前。以前表姐是多么好强的一个人，自小学习就很用功，后来功夫不负有心人，总算顺利考上学又留城工作，让老家多少乡亲艳羡不已。此刻，看到对方痛苦地瘫软在沙发上，几乎难过到想死的地步了，采莲才终于意识到，其实女人有时候真的很可怜。

她当然还记得自己当初落难时的惨状，那才叫一个喊天天不应啊，不，那感觉完全是天塌了地陷了，眼前一片漆黑，心里成天没着没落的，只盼着一死了事。可经过一段日子的苦苦熬煎，尤其是近来所发生的每一件事情，反倒能让她镇定一点儿，至少遇事能想得开了。情况已经坏得不能再坏了，而今她算是彻彻底底地众叛亲离了，想必父母永远不会原谅她，乡邻和亲友又该怎么看她——一个未出阁的姑娘家真不要脸败坏门风！她注定再也没脸回去了，况且，还有一桩那么龌龊的事就发生在自己身上。

有时候她想，这就是命吧，假如她乖乖地听从父母之命媒妁之言，随便在老家找个男人一嫁，一切也许都会风平浪静的，也不必再经受那样一次铭心刻骨的凌辱。但那一刻，她也不知道自己到底是怎么了，竟任由那个恶人摆布，事后她匆忙跑回车上，从座位上抱起正在哇哇啼哭的小星，浑身上下不住地颤抖，连牙齿都在咔咔打战，跟患了疟疾一般，吓得那司机一路上再也不敢搭讪她。能怎么样呢，去派出所告他，将他绳之以法，就算可以去告，那也得离开那个荒郊野地啊，况且，自己还带着不满周岁的孩子，一旦想到孩子的将来，她只能打碎了牙往肚子里咽了，女人永远不可能只为自己活着。

没有谁可以真正做到遇事不慌。以前康丽表姐做事的风格总是那么精明和强干的，对采莲更是指手画脚惯了，可现在她除了整天发呆和以泪洗面之外，几乎对采莲娘俩儿视而不见听而不闻。不久之前，她还总是把小星当成宝贝看待，一旦自己情绪萎靡焦头烂额时，也就顾不上这些了。后来随着事态进一步恶化——这或许是采莲个人的看法，表姐夫好像已跟康丽表姐提出协议离婚的要求，理由无外乎不孝有三无后为大，表姐多年来一直不能生育，他生怕自己将来要断子绝孙，口口声声说没有儿子将来谁继承他的财产呢。可是，采莲后来亲耳听到表姐咬牙切齿地说，想得倒美，除非我死了，休想！

有一次，采莲正忙着给孩子喂奶，表姐不知什么时候悄悄地推开房门，可她并没像以往那样欢欢喜喜走进来哄孩子玩，或者，主动抱起来由她亲自喂。那一刻，采莲发觉表姐的眼神很古怪，从门口方向斜斜地刺过来，半天她人既不进来也不离开，只是那么冷冷地盯着她们娘俩儿，好像盯着一对仇人似的，叫人感到头皮都有点儿冒凉气。采莲是后来才慢慢意识到，一定是小星的存在刺激了表姐那颗脆弱的心。如果不是为了孩子，表姐夫也许不会做出那种事，更不可能理直气壮地提出离婚。

采莲深为这番心思感到难过。掐指一算，自己到表姐家的日子不算短了，可以说在这段日子里，表姐为她的孩子付出了很多很多：只要下班到家就把孩子抱在怀里，宝宝啦乖乖啦哄的那叫一个亲热；节假日也多半是为孩子做这做那，单位有两次外出游玩的机会，她也自动放弃了。仿佛小星才是她生活的全部，而唯独把表姐夫给晾在一边了，这种疏忽也许是最致命的。

她记得那一回，表姐夫难得回家过夜，可表姐非要搂着小星一起睡，结果惹得表姐夫第二天在饭桌上唠叨，他一整夜都没睡安生。套用表姐自己的话说男人有几个好东西，表姐夫又成天在外面忙着工程和应酬，时间长了难怪会生出这样的乱子。采莲忽然感到忐忑不安了，进而生出深深的愧疚之意。她甚至暗想，以前表姐两口子好好的，自她带着小星投靠到这里小半年光景，他俩就要闹离婚了。也许都是小星的出现，才最大限度地勾起了表姐夫想要一个孩子的念头！

日子突然过得极慢，慢得像被谁暗中拽住了腿脚停止不前。表姐妹之间也变得越来越沉默，后来干脆谁也不开口了。于采莲来说，主要是那份忐忑始终折磨着她，当她意识到那个可怕的问题以后，甚至减少了当着表姐的面抱孩子喂奶什么的，更不敢跟孩子做出任何亲昵的举动，生怕会刺激到对方。而康丽表姐呢，似乎也下意识地避免接触小孩，她几乎不再主动抱起那个小家伙，也不再跟采莲提出来去阳台上给孩子洗日光浴，更多时候她只把自己一个人关进二楼的卧室，房门紧闭，有时整整一个晚上也不下楼来。采莲只能静悄悄地待在楼下的房间里，尽量不让孩子哭闹。

这中间表姐夫猛不丁开车回来，说是天气变凉了，要拿些换洗的衣服。当时就采莲跟小星两个人在家。于是，她破天荒地鼓起平生最大的勇气，几乎乞求着对表姐夫说了千万不要跟表姐离婚的话；她甚至还想说，如果他们真的需要一个孩子的话，她会心甘情愿把小星让出来，尽管她还没想过自己是否能离得开这个孩子。

我们的事你就别操心了，总之我不会亏待你表姐的，你现在的首要任务是，好好地把这个孩子养大成人啊！表姐夫以过来人的姿态语重心长地跟她说。兴许真的是出于喜爱，对方说着说着，就从她怀里接过小星，然后很笨拙地用双手一上一下托举着，嘴里不停地哦哦有声，哄得小孩也咯咯乐起来。她就想要是表姐真能生出小孩，他一定也会成天这样乐颠颠的吧。她正要开口说出心里埋藏的那句话时，表姐突然开门进来了，客厅的气氛顿时肃然了。表姐几乎恶狠狠地瞪了表姐夫两眼，又回头乜斜了采莲一下，随后一声不吭径自噔噔噔地冲上楼去，把卧室房门甩得山响。

正是这一刻，采莲觉得自己真的是昧着良心背叛了表姐，心里不由一阵阵发虚。她觉得自己再也无法待下去了，这里再也没人欢迎她。如果真是她和孩子的到来影响了表姐的正常生活，那么她这辈子也不能原谅自己。男人。孩子。她的脑子里总是莫名地浮现出这两个词。男人和女人在一起就是为了要孩子吗？没有孩子，男人迟早会离开；可是有了孩子呢，男人同样也要离开。这到底是怎样一种狗屁逻辑？世上还有没有讲理的地方？为什么受到伤害的总是女人？真是让她百思不得其解。

那种近乎崩溃的抓狂猛地攫住了她。采莲想都没想，便一头冲出门去。到外面去，到大街上去，到一个没有熟人地方，最好从今以后再也不要回到这里！她大口大口喘着气，满脑子都是这种疯狂而执拗的念头，一时间竟跑得脚下生风耳畔呼啸。恰好一辆公交车驶进站台，她闷头闷脑地跟在一群乘客后面挤进去。这会儿正是下班高峰，车内水泄不通，人们大腿蹭着大腿，肚子挨着肚子，每个人都在暗中较劲，试图拥有更多一丝空间来容身。可人实在太多了，身体跟身体黏在一起，男人女人老人小孩全都成了连体，喘息声咳嗽声埋怨声漫骂声此起彼伏。

采莲觉得自己的身体快要由内里破碎了，两只脚空悬起来没有任何着落。一个中年妇人涂脂抹粉的白脸几乎跟她的脸贴在一起，对方表情僵硬呼吸凝滞眼神冷漠；另一个高个男人的胳肢窝恰好吊在她头顶正上方，从这里源源不断地分泌着刺人眼鼻的狐臭味，她几乎快要晕厥过去，她不得不死死屏住鼻息；忽然又有一只硬邦邦的物件从后面顶在了她的屁股上，叫人感到龌龊极了。她腹背受敌，却又无法逃脱，仿佛是一不留神上了贼船，一种比死亡更可怕的气息团团包围了她。

车厢忽然骚动起来，那个身材肥硕的女票员拼了老命从车头那端挤过来，嘴里不时嚷嚷着，没票的准备买票啦！那肥大的身躯掀起一股强有力的冲击波，使得乘客几乎无法站立，加之车身摇摇晃晃，采莲觉得自己像是被一股泥沙裹挟着东摇西摆起来。女票员像是有什么不可告人的法术，尽管车内已无立锥之地，但对方依旧凭借自身的优势和蛮力，很快就所向披靡地占据了车厢的中部。采莲顿时让一股身体波浪推得仰面朝天，她还没来得及稳住自己，女票员的胖手指已经触到她鼻尖上了，有月票的出示月票，没票的快买票啦！

由于汽车的惯性所致，采莲一个趔趄撞进票员怀里，那硕大的身体几乎立刻将她弹开了。喂，你有票没？对方似乎一点儿都不在乎这种肉体的碰撞，或者采莲的冲撞不过是蝼蚁撼树，这种时候票员只在乎一件事。而采莲这时猛地省悟过来，刚从表姐那里慌慌张张跑出来时，身上确实一分钱也没带。我……我……没……不等她说完，票员的表情已由先前的满不在乎，转为异常厌恶和恼怒了，少他妈吞吞吐吐的，快点儿掏钱！可是，此时采莲身上甚至只穿了一套半新不旧的睡衣睡裤（这是表姐以前穿过的后来送给了她），上面连只像样的衣兜也没有。她完全窘住了，半天不知所措，只是恓惶地摇了摇头。想逃票是不是？啊？跟我到前面去，快点儿！对方鄙夷地瞪着她，同时一把揪住她的衣领，不由分说便用力往车头那端拉扯……乘客一阵喧哗和骚动，嬉笑怒骂声交织在一起，逃票者应该接受惩罚。

……后来采莲感觉自己就像一摊遭人唾弃的垃圾，终于被七手八脚给推出车外了，票员顺势照准她屁股狠狠地补了一脚，嘴里依旧骂骂咧咧，真不要脸，看你还敢不敢逃票！她就那样扑通一下趴在了路上，两只手掌各蹭掉了一片油皮，一只膝盖也跌破了。血从蹭得脏兮兮的皮肤和裤面里涌出来，起初是有些发黑的，好像是某种珍贵的石油，渐渐地才显现出血本该有的鲜艳来。她已完全不在乎这些，头发也被撕乱了，睡衣的几粒扣子早都拽脱了。她从地上爬起来的时候，几乎是一副披头散发敞胸露怀的样子。

尽管此刻天色变得模模糊糊，可路边一群正在焦急候车的乘客，还是非常敏锐地捕捉到了这个摇摇晃晃的女人。人们迅速朝她聚拢过来，七嘴八舌发表议论，快看快看，哪来的女疯子？瞧，她奶头都露在外面！嘻嘻，八成有神经病吧……有人当即兴高采烈地掏出手机，对着她啪啪地胡乱拍起照来。她既没有特别的羞怯，也没有刻意去躲闪，只是一瘸一拐艰难地从人群中挤出来，然后，沿着街边稀稀疏疏的榆树绿篱，一步一摇缓缓往前移动。从后面看，她的睡衣被晚风吹得飘飘荡荡的。

远处忽然浮现出一道亮丽的彩虹，红的黄的绿的蓝的……一闪一闪煞是好看。她茫然地仰起头，半晌一眨不眨望着那道悬架于马路上方的美丽虹彩。这种景象似乎只有梦中才能见到，还有她记忆中的童年和少女时期，夏日晌午的一场雷雨过后，天空中就会挂出一道彩虹，水雾弥漫，空气清新，那时的欢乐简单而又真实，那时身在乡村的她不知道将来会有这么一天。倏忽之间，一股前所未有的温暖在体内簌簌涌动，她下意识地将敞开的衣襟往身上裹了裹，然后环抱着双臂朝那五彩的光亮处走去。

这种时候，天已黑透了，周围大大小小的门户和橱窗开始射出光芒，街灯一排排地亮彻起来，白天的喧嚣忽然褪去了，街道似乎变得空灵起来。她气吁吁地终于爬上那道彩虹。真是高处不胜寒啊，这里风吹得更急了，睡衣扑啦啦鼓胀着，要从身上剥离开似的。她随手将两只衣角扽过来打了个死结，这样就可以腾出双手了。风声呜咽，栏杆冰凉，她用目光长久地搜寻着被林立的高楼围拢起来的一方夜空，那里陡然升起一轮明月来，竟又大又圆，似乎一伸手就能触摸得到。又快到十五了吧，难怪月亮这么好看。这样想的时候，她多少感到了一丝慰藉。现在，她就一个人站在高高的过街天桥上，已经看不到那五光十色的彩虹了，唯独能感受到什么东西正毛茸茸地悄然爬过面颊，就像小婴儿的嫩手不停抚摸着她。她接连用舌尖抿舔着嘴角，那湿漉漉的液体好不咸涩，一如她能感受到的所有心酸往事。

她一直那样静静地望着天上的月亮，也望着月旁一颗很小很小的星星——它也跟孩子眨着小眼睛似的，从高处恋恋不舍地俯瞰着她，彼此相对不语。不知过了多长时间，她下意识地把身体朝着桥身靠了靠，双手用力抓牢那光滑的不锈钢栏杆，像抓紧一生中最重要的什么东西，一条腿尽可能高地从侧面抬起来，猛地一下子就跨在桥栏上了……在她身体的正下方，那道五颜六色的彩虹愈发绚烂诡谲，彩虹下面是汹涌聒噪的黑色车流。

裸　夜

一

约莫午夜两点半光景。疲疲沓沓的沈越从值班室回到自己的住所。之所以称之为住所，因为这只是暂时租下的房子，他的家并不在这座城市，如大多数背井离乡的年轻人那样，三年前大学毕业后他几经辗转，算是在城里谋到报社这份工作。可小报记者的苦累程度，是当初刚走出校园的他难以想象的，一个跑社会新闻的年轻人，简直像剧团里跑龙套的，整日里忙得团团转，只要一接到上面的任务，便像是被拧紧了发条的钟，刻不容缓马不停蹄赶赴第一现场，大到像凶杀、爆炸、车祸、盗窃、火灾、抢劫、自杀、殴斗、抓捕等事发地点，小到什么市场商贩哄抬物价啦欺买欺卖啦，邻里口角争执不休啦，还有婆媳之间关系不睦啦，总之，一切可以赚取读者眼球率的突发社会事件，他们都会像馋猫嗅到鱼腥味，第一时间扑上去，不停地拍照、询问、观察、录音、笔记，即便是夜里做场梦，也片刻不得消停，得绞尽脑汁捣鼓出一篇应景的新闻稿来。没办法啊，都是逼的，要想在报社站稳脚跟，保质保量完成每月的基本稿件指标，不被头头们冷言斥责，就得像只陀螺滴溜溜旋个不停。难怪大伙在手机段子里戏谑记者：睡得比狗晚，起得比猫早，跑得比驴快，挣得比鸡（妓）少……

此时的沈越多少有些迷迷瞪瞪的，写了改改了改，自己的两篇稿子总算通过了，等明天一早见报就万事大吉了。每每这种时候，他总有种披星戴月不辞劳苦的慨叹。他不知道自己到底在为谁而奔波忙碌，更不清楚那些被印刷成铅字的纸片，对别人有何益处，唯一可以感觉到的，只是他那紧绷着的神经，总算可以暂时松弛一会儿，就像主任手中那根一直抽打他这只小陀螺的皮鞭，终于不再高高举起。

夏日的夜空通常不是纯黑的，看上去晕晕乎乎，泛着迷蒙的红光，类似于干红葡萄酒所特有的色泽，显出些许暧昧的味道。沈越骑着上月刚买的那辆电动车，跟夜猫子无二，无声无息驶至小区门口。为买这辆车他很是咬了咬牙的，平日早出晚归，经常赶不上公交，夜间打出租也不易，且贵得要死，合计来合计去，还是狠下心花一个来月工资，买了这辆代步工具。眼瞅着那些有钱的人都开宝马坐奔驰，他也就只能凑合着开开这种小玩意，两只轮子总是比两条腿快得多。此外，当然还有一个不可忽视的理由，那就是为了他能更方便地接送女朋友。他跟现在的女友晓蕾是大四那年认识的，毕业后一直藕断丝连来往着，彼此的关系也悄然从校友朝着男女方面过渡。今年的情人节那天，他特意买了一束红玫瑰花送给她，她接受是接受了，不过当时晓蕾有点儿狡黠地说，礼物可以收下，不过我可不是你的哪门子情人哟。那晚他没有反驳她，一来怕败坏了浪漫愉快的气氛，二者人家晓蕾好像说得不无道理，她当然不是他的情人，而是正儿八经的对象。如果不出意外的话，该是他未来的妻子。情人这玩意，不是谁都能拥有的，那得看你有没有钱，有没有势，否则，哪个女人吃疯了，肯做你的情人？换言之，就算你有情人，那也注定养不久的，她们迟早还会跟更有钱有势的男人跑掉的。

小区大门早上锁了，靠近门房的那扇便门好像也上了铁闩，门房里闪着灰蓝色的荧光，看门人该在里面看电视吧，或者，早在那打上盹儿了，只是还开着电视虚张声势。沈越还没来得及停下车去叩门，突然，就从小区内飞也似的窜出一只黑影——说黑影其实并不准确，因为情形太不可思议，容不得他多看多想。说时迟那时快，对方就窜到他面前了，竟是一副光溜溜的肉身！沈越简直有种撞见了鬼的惊慌失措，他使劲用手背揉了揉熬得通红的眼睛，尽管他几乎每天都要见识于各种各样的突发局面，但深更半夜猛不丁遇到这么一个赤条条的大活人，平生绝对是头一遭，况且，又是在自己的居住地，太不可思议了。

借着门房玻璃窗所投出来的那一抹电视荧光，沈越惊愕地看到，那个一丝不挂者三下五除二竟攀爬到铁栅门上。夜色中，那副精瘦扁平的身体如猿猴般灵巧，一头很久没修理过的浓密黑发，桀骜不驯地遮没了对方的眼窝，使那张模糊的长脸显得十分阴郁。此外，长胳膊长腿的攀登优势，恰好使之身轻如燕，只是吊在裆里的那个玩意被黑乎乎的一丛毛发所包裹，看上去跟裸露的身体极不协调，甚至有点儿险恶的滑稽味道。

未等沈越彻底反应明白，对方已噌的一声稳稳落了地，继而，拧着有些发青的两瓣屁股，迈动一双细若竹竿的瘦腿，十万火急地朝着小区外面狂奔而去。这种事情放在任何人眼前，都是不同寻常的，何况沈越是报社社会部的一名年轻记者。此刻，也许是出于某种敏感的职业惯性，他顾不得思索什么，便及时掉转车头，想从后面跟上去看个究竟。但糟糕的是，电动车在关键时刻熄了火，怎么也发动不起来。他不无恼火地用力拍打着车把，嘴里不甘心地嘟囔着，他奶奶的又没电了……两眼却始终死死盯着对方即将消失的赤裸背影。

赤身奔跑者早已飞快地冲上小区对面的马路，午夜的街道显得空阔而又寂寥，偶尔，会有一两辆汽车鬼魅般呼啸而过，车前大灯将路面照得雪亮雪亮。裸奔者仿佛在灯光中获得了无穷的能量，又像是正在进行一场别开生面的越野比赛。他近乎轻盈地迈开光溜溜的双腿，跟跨栏运动员一般，接连横穿过两条马路，仿佛是要有意甩开好事者的鬼祟尾随，因此果决地拐进一条路灯稀疏光线暗淡的小道，顷刻间便没了踪影。

那个秃脑袋的看门人后来总算出来了，一副很不情愿的样子，边张哈欠边用手挠他光秃秃的后脑勺，半天才慢吞吞地替沈越拉开了便门。当他推着毫无生气的电动车往里走时，不由得又止住脚步问道，老师傅，有没有见过一个光身子男的，刚才跑出来爬铁门？对方显然对此不感兴趣，或者，压根没听清楚他在说什么，嘴里不无埋怨地嘟嘟哝哝，哼，也不看看都啥时候了，还叫人睡觉不了……沈越本来还想打听一下那个男人的底细，见看门人呵欠连天十分不耐烦的冷漠样子，忽然间也就兴致索然了。

但回到自己的住处，困意几乎消失殆尽，取而代之的是某种难以抑制的兴奋，正如一簇蓝幽幽的火苗，不停地舔舐和炙烤着他的每一根神经。这两年他过惯了夜猫子式的记者生活，采访、写稿、发稿、修改乃至最后校对，动不动就要加班加点熬夜赶稿，所有这些活儿都让他感到无趣之极。大学里读的是中文专业，他一直酷爱写作，在校期间已陆续在报刊上发表过一些诗歌和散文作品，还获过两次校园文学之星奖，他的梦想是将来成为一名好作家。他最欣赏的外国作家是卡夫卡，至今床头一直摆放着《变形记》和《城堡》等文学书籍，但报社的工作并不能让他自由施展拳脚，那种枯燥乏味的新闻报道，注定让他跟自己的文学梦想背道而驰。不过，比起卡夫卡他觉得自己还算是幸运的，毕竟所从事的职业跟文字还沾点儿边，而卡夫卡则不然，他生前一直在一家商业气息极浓人际关系复杂的保险公司供职，想想看，那些整天满街乱窜，逢人就觍着笑脸去推销保险产品的可怜虫们，沈越觉得自己的处境也许并没有那么糟。

先前在大门口撞到的怪异景象，一时半会儿仍挥之不去，他胡乱倒在床上，翻来覆去久久不能入睡。自己的住地居然出现了活生生的裸奔者，简直叫人难以置信。此刻，夹在床头的简易台灯所投射来的光晕正好笼罩着他，于是他信手拿起那本搁在自己枕边的小说读起来：

一天早晨，格里高尔从烦躁不安的睡梦中惊醒，发现自己躺在床上变成了一只巨大的甲虫。他仰卧着，那坚硬得像铁甲一般的背贴着床。他稍稍抬了抬头，便看见自己那穹顶似的棕色肚子分成了好多块弧形的硬片，被子几乎盖不住肚子尖，都快滑下来了。比起偌大的身躯来，他那许多支腿真是细得可怜，都在他眼前无可奈何地舞动着……我出什么事啦？他想。这可不是梦。他的房间虽是嫌小了些，的确是普普通通人住的房间，如今仍然安静地躺在四堵熟悉的墙壁当中……

这可不是梦！沈越嘴里反复念叨着这句话，尤其是小说中甲壳虫在床上拼命挣扎着细腿的模样，一下子又让他联想到先前攀爬铁栅门的瘦男人。那家伙八成是个精神病吧，不然，怎么会半夜三更光着身子四处瞎跑呢？可是，门房师傅对此好像一点儿也不知情，那么，不该是对方头一回裸奔就让自己撞了个正着？再或者，刚才的所见，压根是自己在夜色中产生的某种幻觉，要知道熬夜熬到这个点，再过两个来钟头天都要大亮的，就算是一只公鸡也难免会有些恍惚的。

不过，眼见为实，耳听为虚，作为一名新闻工作者，岂能拿这种事当儿戏，刚才如若电动车不出现状况，兴许这阵子他还在穷追不舍，弄不好真的会有些什么重要斩获（这种考量纯属记者的职业通病）呢，抓个爆炸性的头版头条，让头头和同事们也都为他刮目一次。他越想越觉得这事很不寻常，至少对自己是这样的，就像遇到了千载难逢的大好时机，天上掉馅饼正好砸在自己头上了，他必须从长计议方可……眼下，他完全被这件怪事撩拨得神情异常，坐卧不宁，也许该找个人来分享一下，或者，也帮他出出主意。于是，他立刻从床上爬起来，摸出裤兜里的手机，急急火火搜寻要拨的号码。

……就为这破事？半夜三更真有你的……人家都快困死了！晓蕾的气息断断续续，好像只是呢呢喃喃在说着梦话，恰巧被他偷听到了。

沈越眼前顿时浮现出一个女孩半裸朦胧的睡姿，她那性感的身体和姣好的面容，着实让他着迷。跟晓蕾相识时间也不算短了，照理也该到谈婚论嫁的时候了。他心里非常清楚，要结婚大小总得有套房子吧，可自己每月那点工资实在是可怜巴巴，捉襟见肘，他只能将就着跟别人合租在这种不足五十平方米的破旧的单元楼里。家里自然是指望不上的，父母都远在乡下，母亲身体状况一直很差，多年的老胃病了，疼起来简直能要命。况且，他还有一对弟妹，家里能把他供养到大学毕业已实属不易，再甭想奢求什么。他一个人留在城市里打拼，一切都是艰难曲折的，还得隔三岔五给家里寄去些贴补，供养弟妹念书，他可不想让乡亲们说成是忘恩负义的白眼狼。当初晓蕾之所以跟他好，还不是因为欣赏他在文学方面有点儿才气，除此之外，他知道自己再也给不了她什么，至少眼下就是这样。所以，他必须埋头苦干，不放过任何一次机会——要知道，机会总是青睐那些有所准备的人。

你先别睡好不好，求你听我说完嘛，这事真非常非常重要……我都合计好了，明晚我不用去报社值班，这样正好可以守在小区里等那个家伙，我会事先准备好相机，一定要把他抓拍下来……报道的题目我都想好了，《午夜裸影》，晓蕾你觉得怎么样？是不是有点进口大片《卢浮魅影》的味道，很酷吧？

沈越对着手机兴奋地滔滔不绝时，仿佛已经看到自己大功告成的样子，看到斗大的黑色标题被赫然印在报纸的头版上，看到总编和部主任充满赞赏的目光正像一束阳光笼罩着他，四周是一片谄媚的笑声。

我觉得你很无聊，真的！这分明是人家的隐私，你为什么非要报道这些，真庸俗……反正我不想听，我要挂了，你让我好好睡吧，明天一早我手头还有要紧的工作呢！

后来晓蕾还是非常果决地挂掉了他的电话。这让他的自尊心多少受了些伤害。无聊？庸俗？怎么会！这只能说明她一点儿新闻嗅觉都没有，头发长见识短！他到报社眼看快两年了，还从来没有摊上如此赚眼球的事件，这个城市太死板了，人们似乎都活得气喘吁吁，所有正在发生的事情都是那么平庸和乏味，可他几乎每天都在为这些平庸和乏味奔波忙碌，那些任务性的报道早就令他厌倦了，乃至深恶痛绝。现在，不，就在今夜，老天爷大概是很想垂青一下他这位有志青年吧，将这么一个极具新闻眼的大事件搁到他眼皮底下，这怎能不教他激动万分呢？他想，如果报道顺利，可以断言这将是本市最具爆炸性的原创新闻，也许自己的命运从此将被彻底改变……一旦想到这些，他都有些欣喜若狂了。

二

清早一觉醒来，隔壁房间传来一阵吱吱扭扭的床腿呻唤，接着是一浪高过一浪的粗声猛喘，又挨过片刻，才是窸窸窣窣的穿衣声，那是跟自己同租此处的另外一名房客弄出的响动。对方姓武，年纪在三十五六岁，留着板寸头，身体非常壮实，脖子上套着一条很粗很黄的链子，走起路来慢吞吞沉甸甸的，跟变形金刚似的。沈越总觉得此人应该结过婚的。但现实情况是，他好像也一个人在城里混，跟自己有所不同的是，武房客在城里大概有若干个相好，每当沈越要在报社值晚班的时候，那些女人总是换着个儿蔫不溜跑来，然后钻进隔壁的小屋子里鬼混到天明，估计昨晚亦如此。

现在，隔壁的男女正嘀嘀咕咕的，间或发出意义模糊的嬉笑声，大概还在调情什么的，但很快沈越就听到房门开关的砰砰声，然后是一阵笃笃的脚步声渐去渐远，女人率先下楼去了，每回基本如此。此前，沈越见过这个女人一两面，她个头不高，爱穿带细跟的皮鞋，一张粉白粉白的柿饼子脸，胸脯那里显得很肉，白花花的。反正，沈越固执地认为，这种女人充其量也就是武房客的情人之类。假如是夫妻的话，他们大可出双入对，不必这样鬼鬼祟祟的。

他起身后先上卫生间，武房客正好从里面睡眼惺忪地闯出来，挟着一股浓浓的臊臭味，身上除了那条金黄金黄的项链和短裤外再别无一物。沈越下意识地皱了皱眉头，突然想起昨夜自己回来那么的晚，又啰哩啰唆给女朋友打了半天电话，也许影响到了对方休息，便客气地冲对方点头。武房客始终将一根小拇指插进鼻孔，饶有兴趣地一味掏挖着，嘴里含糊地说，是不是又吵着大记者的美梦啦。沈越知道对方话里有话，忙说，武大哥说哪里的话。

不瞒兄弟，咱是过来人了，不比你们小年轻，隔几天不弄一弄，这心里头憋得火烧火燎的，嘿嘿。没想到对方如此直截了当，沈越反倒有些尴尬起来。差点忘了，我得离开这两天，家里来了电话，跟催命一样，要我赶回去。我的意思是，你们知识分子羞脸忒重，我不在的时候你想咋弄就咋弄，反正别让这房子白闲着呀！说着，对方一只肥厚的手掌准确无误地落在他的肩膀头上，并又一次冲他嘿嘿起来。这古怪的笑声里既带着几分戏谑味道，又不乏得意扬扬之色，让他忽然觉得脸红耳赤，无言以对。他慌忙躲进卫生间里。纸篓的最上面竟团着两只用过的软塌塌的避孕套，以及颜色艳丽的塑料包装壳，他心里不由得暗骂了好几声狗日的。

通常，在报社值过一个夜班，翻过天会稍稍消停一日。虽说武房客的话糙了些，可也算是语重心长的。平时，沈越就算把女朋友糊弄到自己住处，顶多也就刚过夜间十点半，她就一个劲儿嚷嚷着要走了，好像是，再多待一刻，就会发生什么意外似的，这每每总让他意犹未尽。截至目前为止，除了经常拉拉晓蕾的手，偶尔抱过她几次，好像也匆匆忙忙地接过两回吻，他们之间再也没有更深入更实质性的内容了。现在，武房客的话像一剂兴奋剂，一下子把他的情趣撩拨得如火如荼难以按捺了，尤其是摆在纸篓里的那几样物件，简直充满了野性的挑逗意味，他甚至蹲在那里方便的时候，满脑子都是跟晓蕾纠缠在一起的暧昧画面。

问题是，晓蕾一直不搭理他，这让他一筹莫展。也许，昨夜真不该那么晚打电话去，平白地惹得她生气，要知道恋爱中的女人，总是喜欢生些闲气的。好在今天不用赶着去报社坐班，他有足够的时间等她，实在不行就去单位找，然后当面向她赔礼道歉。或者，干脆买只玫瑰送给她，女孩子只要见了鲜花，一切不快顿时会烟消云散的。他这样心事重重合计的时候，另外一个念头又近乎顽固地冒了出来。夜间偶遇到的那位裸奔者，就生活在这个小区，抬头不见低头见，只是到了深夜，对方才会不顾一切扒光了衣裤裸身而出。而他需要做的第一步，得先搞到一台专业相机，夜间埋伏在小区的大门左近，待对方出没时，好以迅雷不及掩耳之势，出其不意连续摁动快门。

为了能借到一台好相机，他还是决定去一趟报社。要知道部里带长焦镜头的好相机就那么两台，记者有采访任务时方能临时领到，况且，都是随用随还的，原则上不准私自带回家过夜。其实，自从进了报社，他就盘算着要买一台相机，以便外出时随时抓拍，可像那些理光啦、柯达啦、富士啦都死贵死贵的，动辄五六千甚至上万块，以他的消费水平只好咽咽干唾沫，权且忍耐着吧。借相机的事竟比想象中顺利得多，主要是部主任对他昨晚点灯熬油撰写的那两篇稿子甚为满意，所以一见面便夸了他两句，无非是再接再厉好好干吧，还说他将来前途远大。这简直让他受宠若惊飘飘然了。于是，赶紧蚂蚱喝露水——正好顺着主任支起的杆儿往上爬。

怎么，你要借相机，不会是跟你那个小情人出去玩的吧？不久前，主任确曾在报社门口见到过正在等他下班的晓蕾，当时主任好像还多瞄了她两眼。

现在听到主任疑惑地询问，他急忙实话实说了，甚至信誓旦旦地承诺，只要有台好相机，他一定会拍到那个黑夜中的裸奔者。

主任听罢，习惯性地将鼻梁上的眼镜往上推了推，好像这样才能把眼前的下属看得更加透彻一些。

小沈啊，你这个想法非常好，部里一定大力支持你，但记住，千万不要打草惊蛇！这次不仅要有图文报道，最好能做一个整版，咱们可以深挖一下裸奔行为背后的新闻故事，比如那个家伙是不是失恋了，还是发现了第三者，或者，他根本就是一个性变态……说不准，这可是最具新闻价值的年度大选题哩！

主任煞有介事地叮嘱他的时候，几乎已两眼放光，半晌死死盯着他，好像那个裸奔者就藏在他的身体里面。

这让他陡然想起，就在上个礼拜的今天，主任还在编前会上为一个事故报道大光其火，原因是沈越的稿子写得太平太实，没有抓住最核心最吸引眼球的素材。主任说，你光报道一下火灾现场有屁用，谁愿意看这些乏味无趣的内容，你得深挖那个摊贩为什么会在市场纵火，为什么要把自己烧得像个火把，既然他活得不耐烦了，那么他的老婆有没有外遇，是不是给他戴绿帽子了？或者，他自己在外面有了相好的，被小女人偷拍了不雅视频，要狠心讹诈他一笔的，等等……总之，得想方设法抓住读者的心理才对嘛！我们搞新闻报道的，不能人家给了你面粉，你就只能烙张死面饼，对不对？你还得学会把面发起来，最好是做成一块人人都爱吃的大蛋糕！

沈越当时很为难，那个事故他确实已调查得非常清楚，问题真的没有主任想象的那么复杂，其实就是一群城管强行没收了小摊贩的货物和三轮车，小摊贩整天哭哭啼啼求人作揖，却怎么也讨要不回属于自己的东西，最后他想不开钻了牛角尖，一气之下竟跑到市场里，哗啦哗啦往身上浇了汽油，然后就把自己点着了。可是，要照直这样写的话，城管马上就会投诉报社的，到那时候主任和总编都得吃不了兜着走，他自己当然也会死得更惨。他还记得主任当时在会上的那番高论，你们不要总是一副死脑筋嘛，要时刻学会变通，变通！要看到常人看不到的，想到常人想不到的东西，否则的话，赶紧给我卷铺盖走人，别占着茅坑不拉屎！没办法，主任就是这么一个人，脾气有些暴躁，喜怒无常，隔三岔五准把自己的部下批得狗血淋头才肯罢休。

当沈越脖子上挎着部里最棒的一台理光相机，兴冲冲地走出报社大楼的时候，耳边又莫名地响起了格里高尔躺在床上，对前来家中探视他的秘书主任说过的那番话：

> 您瞧，我并不顽固不化，我很喜欢工作……人总会有一时受阻

不能工作的时候，但这也正好是回想他以往获得的功绩的时候，同时他会考虑，以后排除了障碍，他一定要更加勤奋，更加专心致志地工作。我有责任好好为老板先生效劳……我还得供养我的父母亲和妹妹。我的景况十分艰难，但我一定会摆脱困境的，请您不要使我难上加难了……在公司您还要多护着我点……

三

这天傍晚，晓蕾见到他的头一句话就是，都怪你，我快恨死你了！说完，头也不回径自迈步走开。沈越忙觍着笑脸紧追上去。今天没看我们的报纸吗，上面有篇文章说得多好，仇恨会把一个女人变得很丑，比如童话里那些巫婆和恶毒的皇后。他说他的，晓蕾死死抿着嘴，只顾往前走去，他瞧她眼圈微红，好像哭过一鼻子。是不是谁欺负你了，告诉我一定替你出气！晓蕾还是一声不吭，表情忽然变得有些坚毅，但愈是这样，她的眼圈就愈红了。

沈越终于抢前一步搂住了她。晓蕾的腰又细又软，搂在怀里有种叫人心疼的感觉。她不由得叫了起来，挣扎着想要逃脱。你真讨厌死了，快松开我。这次竟连鼻尖也红得发亮。四目终于相对，那两只温柔眼早已被泪水浸得湿漉漉的了。谁教你半夜打电话来的？本来人家睡前定好手机闹铃，可老担心你会再打来啰唆个没完，索性放了静音，所以手机闹铃才没响，早晨一觉睡过了头，上午开会的时候，经理吹胡子瞪眼把我当众训了一顿……简直丢死人了！都怪你那么讨厌……

其实，沈越知道晓蕾的处境并不比自己强多少，大学毕业后他先后陪她应聘过好几次，但几乎每次都是碰壁，那些搞人事的家伙总是板着个死面孔，劈头盖脸问她，有没有相关工作经验，有没有类似的业绩，有没有这个证书那个证书，好像谁天生从娘胎爬出来就是个天才，什么都会，要啥有啥。最可恨的还有，这帮家伙都跟查户口似的，动不动就问她结过婚没，有没有生孩子。言外之意是，人家可不想花钱雇一个刚上班就准备结婚的女人，然后还有生孩子、坐月子，一大堆破事。可见，女人的就业环境比男人们更加险恶，实属人心不古啊！

沈越嘿嘿傻笑了两声，忙不迭地道歉说软和话，你们经理胆敢再这样无礼，我非教他好看不可。老半天，晓蕾的情绪才渐渐好了点儿，哼，把你能的，你怎么教人家好看？你别忘了，我是记者呀，记者可不是吃素的，哪天把老子惹火了，我专门写一篇他的糗事发在报纸上，说他对女部下动粗，还有性骚扰，看他还老实不老实！晓蕾没好气地捣了他一拳，你们这些小报记者，就知道耍贫嘴！沈越见状，忙就坡下驴道，人家为了你茶饭不思，肚子都快饿扁了，现在又吃了你的掏心拳，怎么也得先让我填饱肚子吧，然后再接着挨你的打不迟。说到这，他眼珠一转，对了，我住的那块儿最近新开了家云南米线，味道很正宗，我请你，算正式给你赔礼。晓蕾的两只大眼睛忽闪了几下，过了一会儿才慢慢伸过手来，轻轻地跟他拉在一起。

本来，晓蕾今晚是不打算去沈越住处的，想早早回去休息，昨晚确实没睡好。可刚吃完米线，沈越突然双手捂着肚子直嚷嚷难受，汗流似水的额头上似乎也涨得暴了青筋。晓蕾便关切地问他，要不要去附近的诊所瞧瞧。沈越忙挥挥手说，估计是哪里吃得不对劲了，回去歇歇应该没事。她二话不说，搀着他一起往小区里走。

到了住处，她先让他乖乖地在床上躺好，倒了杯开水，用嘴呲呲地吹温了给他喝，又问他有没有热水袋，想灌一个给他暖暖肠胃。

他摇摇头，一把拽住她的胳膊，嘴巴跟涂了蜜一般甜，没关系，你不就是我最好的热水袋吗，快让我好好抱着吧。

她娇嗔一声，别拉拉扯扯的，当心让人看见。

放心好了，今晚这里是咱们的天下，隔壁那位回老家了。

她问，那你不难受了？

他赶紧蹙额道，难受呀，浑身上下都快难受死了，幸亏有你在我身边。

她默默地把一只手搭在他的额头上，摸了摸，好像没有发烧，要不，我帮你揉揉肚子吧。

干脆这样，你也把鞋脱了，上来陪我躺一会儿。

她佯装生气，美得你！

蕾，算我求你了，好不好？你大慈大悲，看在人家这么可怜的分上，就陪陪我嘛。

她静静站在床前，用银牙咬着下嘴唇看了看他，半晌，终于欠身在床沿边坐了下来。

他便猴急猴急地伸过双手去黏她。这种时候，他觉得体内似有一团火在吱吱燃烧，仿佛他曾报道过的那个在市场里泼了汽油的可怜的自焚者，而一早在纸篓里瞥见的那种玩意，又开始刺激他的神经。此刻，她身上所散发出的迷人气息，几乎令他着魔痴狂了。他猛地一个鹞子翻身，就将娇小妩媚的她完全压在了自己身下……

也许昨夜彼此都睡得很差，抑或是先前那一通意乱情迷的折腾，反正，两个年轻人都有些筋疲力尽，后来竟不知不觉都睡着了，睡得像一对襁褓中的婴儿。夜色把窗户涂得黑幽幽的，四壁相对静默无语，被子上罩着一层朦朦胧胧的青光，普普通通的小房间里充满了温馨甜蜜的味道。

沈越最先醒来时，听到晓蕾均匀而细腻的呼吸声，她真像一个刚过门的小媳妇，恬静而娇羞，乌黑的长发如瀑布般平铺在枕头上，她那白嫩的脖颈露在外面，略略地朝他弯曲着，跟美丽的白天鹅般高贵，粉嫩泛红的面颊上，微微带着几分梦中的欣悦与甜美。他不禁动情地将嘴唇轻轻地凑近她吻了吻，她还在沉沉睡熟呢。

这真是一个再美好不过的夜晚，一切都让他感到无比惬意，最重要的是，两人若即若离的关系，最终在一番精心谋划下定格了，作为男人他有足够的理由感到骄傲，因为他明白这个女人从此将永远属于自己了。这种时候，他再次告诫自己，人生总是需要规划的，就像父母曾不止一次跟他唠叨，吃不穷，穿不穷，谋划不好一世穷。而那个早就蓄谋好的午夜计划，又一下子浮出水面，刚才差点在缠绵中被抛却脑后了，好在他醒来得还算及时。他从床头摸过手机，屏幕显示零点一刻，他长长舒了一口气。于是，屏住气息蹑手蹑脚地从被子里慢慢抽身而出，他可不想现在就吵醒了她。

一个女人的美或许正是这一刻被重新发现的。他下床时不小心卷起了被子一角，熟睡中的晓蕾的身体正好被裸露出来，好像一颗巨大的夜明珠在他眼中闪闪发亮。她的玉颈、香肩、饱满的乳房，乃至光洁平滑的小腹全都一览无余，他不由得愣住了，看呆了。尽管这姣好的身体刚才确实被他疯狂地搂抱拥吻过，可当时人在兴头上，目的是那样的单一和执拗，似乎根本顾不上过多地去欣赏沿途的风景。

现在，他觉得自己很像一个入室的盗窃者，直到慌慌张张临出门前，才蓦然发现床上那个尤物的妙处。相机就搁在床头柜上，当他毫不犹豫地捧起它的时候，他才意识到自己是多么的有先见之明，如此动人的夜晚，如此美丽的女人，老天真是待他不薄啊，他必须尽可能留住这珍贵难忘的一刻——无疑这将是送给他们两人第一夜最最精彩而又永恒的礼物。

接下来，他几乎以一个职业摄影师的执着姿态，准确轻快地摁下了快门。镜头里的晓蕾确实太美了，她身体的曲线，肌肤的光泽，完全放松的柔美睡姿都教人着迷，以至于摁动快门时他简直战战兢兢的，他从来没有过这样真实的体验。为了不弄醒她，他不得不屏气凝神谨小慎微，当闪光灯瞬间照亮她的身体和房间时，他忽然觉得自己未来或许可以改行做一名摄影师，要知道干小报记者也许不是最好的选择。后来在出门前，仍感到意犹未尽，原来人体摄影很容易上瘾的，他索性将她下半身的被子也轻轻地掀开去，这样她的美便一览无余了。

四

很多时候，他觉得自己像个蹩脚的三流侦探。外面黑漆模糊，天空阴沉着一张可怕的黑脸，反正是找不到星星或月亮的，尽管这个时节，一旦进入午夜后，天气还是有些凉意的。他双手有些自怜地抱着两个肩膀头，在距离小区大门十几米外的一棵槐树下蹲下来，这里相对比较隐蔽，他可不想让那个秃脑门瞧见自己，那样的话对方一定会跑过来跟他啰唆个没完，为什么还不睡觉，半夜三更想搞啥名堂，诸如此类，这在他当初刚搬到这个小区不久就曾见识过，看门人甚至还给他约法三章，老年人总是瞧不惯年轻人的一切作为，而他确实也懒得去解释什么，他只消在此静静等待，放长线钓大鱼。他相信用不了多长时间，那个古怪的家伙准会出现。从他蹲着的地方，可以非常清晰地看到那扇乌黑发亮的铁栅门，此刻已经上了锁，静默在夜空下，那扇靠近门房的小便门也闭合着。看门人当然照常守在电视机前，甚至依稀可见那颗熠熠生辉的秃脑袋。

蹲在那里时间一久，腿脚竟开始发麻了，他只好起身在树影下来回踱步，感觉自己真像个居心叵测的窃贼。这种时候，除了那些躲藏在草丛中和树叶间的吱吱作响的虫子，整个小区几乎一片死寂，家家户户都黑着灯了，人们进入短暂的休眠期。而他的生活注定不能像常人那样，别人呼呼入睡时，他却还得孤注一掷死守阵地，他心里再清楚不过，要想混出个人样来，必须得下这样的苦功。父母常说，吃得人下苦，才做人上人。想到主任白天对自己破天荒的一次鼓励和信任，他立刻就像是打足了鸡血，浑身上下顿时振奋百倍，跃跃欲试。当然还有晓蕾，多么好的一个姑娘，就在今晚她已将最宝贵的东西给了他，他还有什么可抱怨的，想必用不了多久，他俩就可以顺理成章地结婚，一起过属于自己的小日子。就算是为了未来舒心而惬意的二人世界，自己即便再辛苦些，那也是非常值得的。

时间一分一秒滑过，小区以外的街道不时传来汽车的咆哮声，间或是一串很神经质的凄厉尖叫，是某个刚刚趔趄着走出灯红酒绿场所的醉鬼吧，这些人最善于在深夜里鬼哭狼嚎放浪形骸。但那绝不是他的生活，吃喝玩乐离他还有十万八千里呢，他现在最需要改善的是自己的工作环境，尽可能得到上司的认可，最好职务上能有所提升。独自徘徊在夜色中，他多少显得有些急不可待，一切似乎都是那么渺茫又无法触及。他朝大门方向张望了好大一会儿，眼睛都有些酸涩了，他想自己应该在小区里溜达一圈，自从搬进这里住以后，他还从来没有仔仔细细在里面转上一次。这里于他而言纯粹就是个睡觉的所在，他习惯了早出晚归，习惯了独来独往，除过吃饭睡觉，他多半时间都耗在乱糟糟的编辑部里，好像他一生下来就注定是报社里的人。

这小区其实并不太大，统共也就十来栋破破旧旧的单元楼，楼与楼之间距离极窄，即便有一片巴掌大的空地，也让那些脏兮兮的自行车棚或杂物堆盘踞着，没有草坪，也没有绿篱，几株零星生长着的毫无形状的柳树槐树，都很不成气候地颓废在黑漆漆的夜色中，成为这里仅有的风景。听说这里原先是某个国营厂子的职工家属院，八十年代曾辉煌过一段，后来厂子倒闭了，工人们全部下了岗，很多人出去跑买卖干别的去了，有点儿姿色的年轻女人还钻进歌厅做了三陪，再后来有人挣到了钱，便纷纷搬出去住，主家就将这些旧楼出租给像沈越这样的外乡人。仿佛游魂一般，他一个人在楼与楼之间踽踽穿行，在黑洞洞的狭窄的甬道上无所事事地转来转去，猛然会撞上一两只正在刨挖垃圾的野猫，它们狡黠而阴郁的模样实在叫人不寒而栗。挂在脖子上的相机摇摇晃晃，像颗定时炸弹，此刻这个沉甸甸的家伙悄无声息，然而，他知道它一旦发光发声，必将会为他带来巨大的惊喜和收获，他可就指望它了。他一眨不眨地凝望着眼前某个忽然亮起了灯的房间，兴许就在那灯光下面，那个无耻的裸奔者正在进行出门前最后的准备。继而，他开始全神贯注地注视着跟那灯光相关的楼道和楼门洞里的动静，满怀希望那个人能从里面飞快地跑出来。可是，那些房间里的灯光不久又熄灭了，半天都毫无声息，他想也许人家只不过是起夜解手罢了。后来，他还听到来自某个骤然亮灯的房间传来一阵歇斯底里的婴儿哭号，这种小儿夜哭声传得很远很远。总之，他要等的人始终没有露面。

于是，他不得不睁大双眼继续在黑暗中逡巡，等待下一个奇迹出现。眼前竟莫名地闪出《城堡》里的主人公 K 的样子，那个执着的男人一门心思想进入某个神秘的城堡，而制度森严的城堡如铜墙铁壁般始终将他拒之门外。现在，这里在夜色笼罩下，还真有点儿一座小城堡的味道，那扇紧锁着的铁栅门是这里的最后一道防线，而且，到处都是墙皮脱落的苍老痕迹，到处是寒碜丑陋的老式钢窗和没有安装楼门的门洞，到处都摆放着杂乱无章的垃圾箱，和歪歪扭扭随意停放在楼道附近的自行车，也许自己三更半夜放着美梦不去做，放着温柔漂亮的女朋友不去陪，一门心思守候在此，实在是蠢到家了！至于那个诡异的裸奔者，或许是他一厢情愿的臆想，又或者是昨晚自己头晕眼花时的错觉，这里压根就不存在那样一个人！

但几乎同时，他又立刻推翻了自己气馁的胡思乱想，凡事都不可能一蹴而就，要想有所作为，你必须耐得住黑暗和寂寞，甚或有蚊虫的恼人盘旋和叮咬，否则将功亏一篑。卡夫卡在《城堡》里写下的那句话太精妙了——“它比那些低矮的住房有着更高的目的，比暗淡忙碌的日常生活有着更为鲜明的蕴含。”更高的目的。鲜明的蕴含。目的、蕴含……他在心里反复念叨着这些关键词，好像卡夫卡的这些经典词句是专门写给自己的，这着实让他感到受用和心满意足。其实，每个人在生活中都面临着一座城堡，那里有最起码的生存条件，将提供安居乐业的种种可能，只是想要彻底地进入它并融入它，却绝非易事，很多时候你得选择不正当的生活，甚至还有非正当的渠道。

冷不丁地，一个硬邦邦的东西直戳戳顶在他的后腰上，他几乎还没有任何反应，便在吱叭叭的一簇幽蓝色的电火花中栽倒在黑暗中。他的额头和半拉脸颊结结实实撞在水泥地面上，鼻梁骨差点没跌扁，一股鼻血跟拧开的水龙头似的汩汩流淌，脸下的水泥地顿时洇出好大一片黑来，像极了那种恶鬼的影子。在神志清醒过来之前，他就那样死狗般瘫趴在血泊上，那台理光专业相机从他脖子上飞出老远，尼龙挂带甩断了。

不知过了多久，等他渐渐恢复了知觉，试探着想动动身子，才意识到自己遭遇了可怕的一击。他一时感到无比茫然，大脑跟短路了似的，什么也记不起来了，他完全不知道刚才到底发生了什么，好像是，正当他漫无边际地思索卡夫卡的名言锦句时，所有的思绪都被一双利爪掐断了，现在自己就莫名其妙地趴在地上，脸和额头疼得要命，鼻孔好像还在无声地冒着乌血。

他刚痛苦地呻唤了两下，就被人像拖死狗样从地上提溜了起来。小子，我早就看出你不是啥好东西，半夜三更不老实睡觉，到处瞎晃悠，你到底想偷啥……看门人左手攥着黝黑黝黑的电警棍，右手死死卡着他的后脖子，推推搡搡准备朝着门房那边去。看来，他平时确实低估了这个看大门的老头，以为他只会没事蹴在那里打盹看电视呢，仅老头手上的力气就够他受的，不像自己书生一个，手无缚鸡之力。

相机，我的相机，师傅……关键时刻，他总算是想起了那台昂贵的相机，要是它有个三长两短，主任一定会火冒三丈的，当场非吞下他不可。

对方迟疑了片刻，半晌才推着他慢吞吞转过身去，很不情愿地佝腰将相机从水泥地上捡起来端详着。

狗日的，说你是做贼的吧，还带着这么个球玩意！

师傅，你误会了，我不是贼，真的，你一定认错人了，我是报社记者……

狗屁记者！像你这样的我见多了，你以为脖子上挂个破相机就是记者，那我手里捏着警棍，我还说自个是人民警察呢！说着，看门人依旧气不打一处来，好像抓贼根本不是他分内的事，竟又狠狠地用警棍捣了他两三下，好在这次没有再放电击他。糊弄吃屎的娃娃去，老汉我可不吃你这套，有本事你上派出所跟警察摆乎去，咱这小区连着丢了好几辆自行车还有摩托，这回你可算撞到枪口上了。

五

晓蕾获悉沈越的情况时，已是第二天上午。

辖区派出所里十分拥挤，到处都显得乱糟糟的，那些穿制服的警察跟走马灯似的在她眼前穿梭往来，个个忙得像大案当前的样子。她一看见这些人就感到心惊肉跳，尤其是那些被警察提溜着或正遭大声斥责的嫌犯，他们多数显得或猥琐或刁钻，都不大像善茬，她平生还是头一回进这种地方，几乎不敢正视，只好低着头匆匆往里走。

好在，有人直接把她领进一个相对安静点儿的办公室里，坐在一张咖啡色桌子后面的是个表情古板的中年女警，对方乜斜着她，细细打量了一会儿，好像要确认她是不是他们要找的人。

你就是沈越的女朋友？女警边问边摊开桌上的黑皮笔记本，一支黑色碳素笔灵活地在她右手的指缝间转来转去，教人看着有种杂耍般的眼花缭乱。

她尽量镇定并懵懂地点了点头。

昨晚都跟谁在一起？

她的脸便莫名地红了，但迫于对方强硬的问话方式，还是迟疑着答复了。

我……我跟我男朋友呀……怎么了？

那你能肯定你俩一直都在一起？

嗯……对，也不是，一开始是的，后来……后来他好像出去了，我醒来后发现他已经离开房间了，可能是着急上班去了。

他出门的时候，你真的一点儿都不知道？

她低下头沉思着，面孔已烧得通红通红，昨夜的情形不时地在她眼前闪过。

你男朋友夜里出去做什么，你不会一点儿都不清楚吧?

她想了一下忙摇了摇头。

小区保安怀疑他是个盗车贼，昨夜发现他在小区楼道跟前踩点，所以当场就用警棍把他制服了。

她简直吓蒙了，大脑突然一片空白，半天仅用手捂住嘴，一句完整的话也说不出来。

不会吧，这咋可能呢?她不停地晃着头。

现在问题还没彻底调查清楚，找你来主要是配合一下。那么，你觉得你男朋友是那种人吗?

不——不可能!他只是个普普通通的记者——盗车贼，打死我也不相信!

俗话说得好，知人知面难知心啊。女警说罢猛地丢开手里的碳素笔，然后，用双手将她桌上的电脑屏幕几乎扭了180度，正好冲着晓蕾面前。

这些相片上的人应该是你吧?女警用右手两根手指笃笃地触碰着鼠标，屏幕上的大幅照片就跟幻灯似的不停变换起来。

这次她既感震惊更觉羞愤，震惊的是这些东西怎会出现在派出所的电脑里，羞愤难当的是那些莫名其妙的画面太不堪入目了，她觉得自己从来没有这么丑陋过，她已无地自容了。

女警大概觉得已没必要再让她继续浏览下去了，于是吧啦一下，又将电脑恢复了原位，然后正襟危坐继续发问。

这都是我们从他相机里发现的，他拍这些的时候，你大概应该清楚的吧。

泪水早已潸然而落，她始终痛苦地摇晃着头，一袭长发散乱地遮蔽了她的脸，继而，双肩和整个身体都开始颤抖了。

你的意思是自己根本不知晓?!

她不想再回答这个问题，因为她觉得昨晚的一切像是一个美丽的圈套，从他俩见面到一起吃饭，再到后来他嚷嚷说肚子难受，然后她就陪他回到了住处，现在看来，所有这些都是他精心设计好的。他是有预谋的!她开始恨他。她使劲抹了抹眼圈，尽量不让自己哭得像个傻瓜。

还想再问一个题外话，你跟他在一起是心甘情愿的吗?还是被他强迫或者诱骗?假如那样的话，案子性质可就大不一样了!

她再度陷入了沉默，这个问题真叫人感到恶心。强迫？诱骗？真是可笑之极！她当然不是无知少女。她忽然抬起头，发现女警仍然死死盯着她，那张古板而冷漠的面孔，就跟这里千篇一律的制服和警帽一样，始终闪烁着一种高高在上的带有鄙视和压制的神情，那感觉仿佛在说：姑娘，你也太轻率了吧。

我现在只能说，他确确实实是我男朋友，至少昨晚以前是这样的。她总算是完完整整一字不落地将心里话说了出来，她不想被对方看作白痴。

后来女警没有让她去见沈越，也许是怕他俩串供什么的，只对她说你还是回去等结果吧。

晓蕾离开派出所时，迎面正好碰到了沈越的那个部主任。她稍稍犹豫了一下，便快步跑上去打招呼。

主任您好，我是沈越的女朋友，求求您无论如何一定要帮帮他啊……我忽然想起来，他好像说过要给报社拍一个什么裸奔者，不知咋会弄成这样……

对方脸色阴霾得有些发青，半天只是用力推了推鼻梁上斯斯文文的细边镜框，同时没好气地扫了她一眼，欲言又止。随即，便撇开她一头扎进派出所里。她无奈地待在原地，眼泪再也止不住，夺眶涌出。

六

外面哗啦啦下起了雨，间或有汹汹的雷声滚过头顶，街道上交通一片混乱，暴躁的司机们铆足了劲，一味地用喇叭声轰赶着路人，行人则如羊群般不顾一切地在雨幕中来回奔突，弄得到处泥水四溅，叫苦声不迭。这时，沈越从派出所走出来，他一点儿没有要躲避一下的意思。不知怎的，眼下这场猛烈的雷雨隐隐地让他感觉到，连老天爷都想洗刷自己身上的不白之冤。

当他木呆呆地走到一个交叉路口，眯起被雨水打湿的双眼，望向那高高在上的红绿灯时，他突然觉得这世界有时真的很残酷。如同走到了人生的十字路口，前、后、左、右，他一时竟无从选择了。眼下，他好像什么也没有了，事件让部主任恼羞成怒，上午对方在所里见到他时，鄙夷的牙缝里只冒出一句话，小子这回你完蛋了！据说，那台理光相机被他摔残废了，只剩下里面那张存储卡还能用。一想到这张幸存的芯片，他连死的心都有了，他知道自己太对不起晓蕾了，他真是疯了，昨晚干吗心血来潮要拍她呢，到头来害人又害己。刚才释放他时，警察还声色俱厉地交代过，往后要好好做人，别净搞那些歪门邪道，拍点什么不好，就会拍光屁股女人？又说，幸亏没赶上扫黄打非，要不就死定了！

他决定先去见见晓蕾，当面给她赔罪。当他跟落汤鸡似的出现在她门口时，她冷冷地说了一句，让他这辈子永远不可能忘记的话：咱们到此为止吧。她的话比先前天空滚过的炸雷还要让他恐惧。他浑身上下都湿漉漉的，神经质地打着战，双手和裤脚不时往下滴水。他苦苦地喜欢了她这么多年，追求了这么多年，没想到到头来，刚刚尝到爱情的甜蜜滋味，彼此却要反目成仇分道扬镳。

你为啥非要那样做？你把我当成什么人了？晓蕾始终流着伤心的泪，恨铁不成钢地质问着他。我真傻，相信了你的鬼话。你简直，不是人！他无言以对。不过这些已经不重要了，往后你好自为之吧。说着，晓蕾近乎决绝地关闭了房门。

他仍不甘心，用力敲打着她的门，那感觉就像冲锋陷阵的战士，明知阵地皆失性命不保，却还死命地不肯放弃最后的一次挣扎。等他奄奄一息无力再敲打时，才依稀听到里面传来的呜咽声。那一刻，他才意识到自己真的伤透了她的心，他的存在本身就是对她最大的侮辱，自己越是这样纠缠不休，就越是伤害她更深。

对不起晓蕾，实在对不起……他无助地趴在门板上，伴着泪水喃喃自语。

雨停雷歇，天空黑得像一团饱蘸了墨汁的海绵挤压在头上。他忽然想起在大学里，他俩都喜欢听的一首流行歌《分手总要在雨天》，现在这古怪的歌名竟成谶语了。他游游荡荡终于又回到了自己的住处。经过门房时，他下意识地朝玻璃窗张望了一眼，奇怪，竟没有看到那个秃脑袋，好像连电视机也没开，想必是心虚躲起来了吧。假使此刻能见到对方，他或许会把一腔的怒火全部发泄出来。

雨夜中的小区像古老的城堡那样矗立在眼前，到处都在滴滴答答地流水，到处都散发着难闻的雨腥味。当他凝视黑暗中的一栋栋旧的楼房时，他觉得自己好像生出了第三只眼，因为经验教训告诫他不要再多看再多想，而第三只眼却不然，它渴望机会出现，期待奇迹再次发生。主任今天的眼神和口吻充满了叱责和怀疑，也许他认为自己的部下不过是个小流氓，瞎编了一个堂皇的借口，就从报社拿走了相机，不过是为了满足荒唐无耻的一己私欲，他根本就不可能抓拍到什么裸奔者，更不可能有什么深度报道。唯独沈越自己知道，他拍晓蕾完全是出于爱，他太喜欢她了，情不自禁，她的身体有一种让他无法抗拒的魅力。再说了世界上那些伟大的摄影师，包括获得普利策奖的人，哪一个没有拍过女人的裸体？

此时此刻，当浓浓夜色再度笼罩着这个不起眼的小区时，他那观察者的目光突然变得清澈无比，他知道就在这个小小的城堡之中，有一位比自己更了不起的家伙，他可以一丝不挂地翻越大门，径自冲到大街上奔跑，置路人于不顾。而他不过是因为一个莫须有的罪名进了一次派出所，这又有什么关系呢？我可没有犯罪，狗眼看人低。如果我的计划成功了，他们又将会怎么看我？一旦想到此处，他几乎一口气跑回自己的房间，将秘密存放在床板和褥子之间的那个小存折取了出来，他盯着下面最后一排的四位数思谋着，这点儿积蓄或许可以凑凑合合买到他急需的东西。

正在此时，房门被人从外面嘎吱一声粗暴地拧开了，房东大摇大摆闯进来。这个老女人满身珠光宝气，灯光下仿佛一尊熠熠生辉的佛像。你总算回来了，我没啥好说的，明天天亮前，你必须给我搬走！对方劈头盖脸冲他发号施令。他这才意识到刚才为啥没有看到那个秃脑袋，一准是那老头去通的风报的信。他尽量赔上笑脸，巴巴地解释了好一通，希望她能够网开一面。哼！我不听这个，让你搬你就搬！至于还剩下的俩月房租，我就不退了，总得让我花时间再租给别人吧！

半夜里被什么响动弄醒了，或者，他根本就没睡踏实。老是不断地做梦。梦见屋顶突然被大雨冲开了，简直像是水漫金山，整个房间一片汪洋。他好不容易爬上一块木头床板，准备破门逃生，结果刚一钻出门来，外面一下子冲上来十几个人，硬生生把他挤下去了，而他们却迅速地爬上了那块救生木板，七手八脚地开始不停划水，他绝望地冲那些人呼喊，却发现自己的上司，就是部主任正不怀好意地冲着他挥手告别，拜拜喽……这时，他猛地惊醒了，隔壁的响动充满了某种暴力和淫亵的味道。那个姓武的房客回来了，且又带来了某个相好，正在争分夺秒地一通折腾呢。他痛苦地钻进被窝里，把头蒙得严严实实，可那种龌龊的声音简直像要钻进他脑子里，挥之不去。他现在恨透了隔壁那个家伙。如果没有他昨天的那一次善意的提醒，也许晓蕾就不会跟他分手，至少不会发生昨晚拍照那一幕。

实在是无法忍受下去了，反正过了今夜他就得卷铺盖走人了，懒得跟这种家伙计较什么，此处不留爷自有留爷处，索性爬起来重新穿好衣裤，独自走到外面去。小区院子一片清冷岑寂，兴许是下过雨的缘故，竟连只野猫也看不到，这种时候世界变得异常安静，好像整个小区仅剩下他一个人了。他把衬衣领口和袖口的扣子都系紧了，又把领子竖了起来，好像这样能更温暖一些，然后不知所终地往前走去。

忽然，从他身后不远处传来腾腾腾的响声，那声音好像没穿鞋的光脚板踩踏出来的，沉甸甸的，他稍一迟疑，腾腾声已飞快地越过了他，径直向前去。他简直目瞪口呆，那个光身子的裸奔者再度出现，仿若鬼使神差一般，正朝着大门的方向一路狂奔。我操！他使劲揉了揉眼睛，嘴里莫名地冒出这两个字，他感到自己的牙齿都开始打战了，喉结上下突突乱窜，这意想不到的场面，这梦寐以求的机会，于他而言，一点儿也不亚于当年哥伦布发现了新大陆。这难道是神授天意不成？他感到一阵狂喜，兴奋不已，有什么东西在心间怒放开来。他来不及想更多，如同勇敢的前赴后继者，急忙从后面紧追上去。

裸奔者灵敏得像公园里的猴子，翻越那道铁栅门不费吹灰之力。而他却笨手笨脚，跟狗熊相仿，腰来腿不来，手脚难以协调配合，当他终于搭上吃奶的力气爬到门栅的最高处时，他竟感到一阵眼晕，好像下面等待他的是万丈深渊。这时，裸奔者早已轻盈地纵身而下，同时回头朝挂在门栅上方的他瞄了一眼，随即便大步流星跑上了小区外的街道。

那一刻，他觉得自己受到了莫大的侮辱，对方显然不把他放在眼里，或者，以那样轻蔑的回望讽刺了他。老子为你丢了职、失了恋，平白无故地蹲了一夜局子，现在还要得到这样的讥讽和嘲笑，是可忍，孰不可忍。于是，他把眼一闭，铁了心纵身跳下去，耳边响起了险恶的刺啦声——原来他的衬衫被门栅上端的菱形钢尖挑住了，人落地后衬衣就从后背那里生生撕成两半。他已顾不上这些了，放开腿脚一路穷追不舍。这辈子他从来没有像今夜这样快速奔跑过，他觉得全身血脉贲张，心儿蹦得如热锅炒豆子。那个裸奔者似乎洞悉了他的目的，不再像上次那样匆匆一闪便消失不见，恰恰相反，对方反倒像个适可而止的引领者，跑跑停停，既不至于让他立刻追到，也不至于把他落得太远。总之，裸奔者开始跟他玩起了猫和老鼠的游戏。

棘手的问题随着他的狂奔出现了，就是身上被铁门撕扯的衬衫，简直像两片快要折断了的烂翅膀，一路甩甩搭搭碍手碍脚，有几次差点拖到地面上，绊住了他的脚脖子。这样跑着跑着，前面的路突然往右一拐，目标竟突然消失了。他大口大口喘着粗气，不得要领地四处张望。一阵凉风刮过来，他正好站在一棵杨树下，树叶上积蓄的雨点猛地砸落到他身上，他被这种突然袭击搞得尖叫起来。

正当他有些自怜地擦抹雨水时，那个裸奔者却又悄无声息地出现在他的面前。你一直在追我？对方死死逼近他，眼神中充满了某种难言的痛苦和迷茫的忧郁，光裸的身体距离他仅有一寸来远，男人皮肤和肉体的气息扑鼻而来，他甚至能感受到对方那颗狂跳不止的心随时要冲出体外。我不认识你，你到底想干啥？借着路灯昏暗的光芒，他总算看清楚了，这个男人不足三十岁，瘦得可怕，但比自己高出一个脑袋，即便在这样冷清的夜晚，他居然浑身上下都在莫名其妙地冒汗。我……我……我只是个记者，没啥恶意。他不无结巴地却又答非所问。记者？你以为你是谁，最好离我远点儿，如果你再随便干扰别人，别怪我对你不客气！说完，便头也不回地继续往前跑开了。

他站在那里犹豫了片刻，对方说得一点儿没错，自己有什么理由半夜三更追赶人家呢，世上没有哪条法律规定，一个人不可以在夜间赤条条出来跑步？这完全是人家的权利和自由嘛，裸奔并没有碍着谁。但别忘了，我是一名报社记者，至少昨晚以前还是，除了好奇心驱使之外，我有责任记录这种事情，毕竟它太不同寻常了！这个男子身上有太多太多的疑点，况且，我已为此付出了不小的代价，我不可能半途而废。他始终被这些问题反复纠缠着，一时间裹足不前了。等他好不容易回过神来，男子早就跑得无影无踪。

最终，他狼狈不堪无望而又无奈地回到了房间，隔壁的响动变成了如雷的鼾声，武房客一准是折腾倦了，睡得像头死猪，可他却全无睡意，翻来覆去半天，最后，只好又拿起眼看快被他翻烂了的《变形记》来消磨时间。

格里高尔每个月给的家用——他自己只留下几个零用钱——款子当然很小……如果光靠利息维持家用，这笔钱还远远不够；这项款子可以使他们生活一年，至多二年，不能再多了。这笔钱根本不能动用，要留着以备不时之需；日常的生活费用得另行设法。他父亲身体虽然还算健壮，但已经老了，他已有五年没做事，也很难期望他能有什么作为了……而格里高尔的老母亲患有气喘病，在家里走动都很困难……又怎能叫她去挣钱养家呢？妹妹还只是个孩子……

七

求爷爷告奶奶好话说尽，主任那副铁石心肠终于有了一丝软化的迹象。其实，主要是为了那台高级理光相机，主任大概不想替自己的下属背这口黑锅。那就看在你以往做事还算认真的分上，不过从现在起，你的待遇得按实习生对待了，表现好的话再视情况给你转正，至于相机的修理费，就按月从你工资中扣除吧。

他鸡叨碎米点头致谢。尽管经济受损，但只要能继续留在报社，自己总还有翻身的资本。原先的房子自然是住不得了，好在大丈夫能屈能伸，他总算又在小区街道对面寻到了一间阴面低矮的小煤房。这些房子的墙壁上赫然刷写了无数个雪白雪白的“拆”字，纯粹属于违章建筑，随时会被夷为平地。虽然条件极差，但不至于露宿街头，关键是租金十分便宜，不及原先费用的五分之一，他想先凑合这一阵子，等时来运转再作计较。

一旦离开了那个是非之地，便有了一种距离产生美的效果，整个小区的轮廓清晰可见，它是那样的毫不起眼，却又是那么的神秘莫测。现在每每到了夜深人静时分，沈越反倒可以游刃有余地在外面蹲点守候了。这几乎成了他生活中不可或缺的一部分。他到底还是拿出自己的积蓄，从二手电子市场淘到了一台半新不旧的柯达全自动相机，外加一个国产的长焦镜头，成像效果还不错。自从有了这套装备，他的蹲守很快便见成效了。没过几天，那个赤裸裸的家伙就被他偷拍到了，对方如何攀爬铁栅门，如何快速冲上马路，如何忘乎所以一路狂奔……功夫不负有心人，他总算以影像的方式获得了第一手宝贵的资料。如果一切顺利的话，他想找个恰当的时机跟主任面谈此事，相信到那时主任那张黑脸定会乐开花的。

但是，之所以迟迟未能下定决心，内心还是有着一番纠结的，那就是来自裸奔者的警告，以及对方那种复杂忧郁的眼神，他似乎能感受到某种难以启齿的痛苦折磨着对方，正如他时时为自己的所作所为而感到迷惘和焦虑。一方面，他必须不断寻求成功的机会，以尽快改变当前的困境；而另一方面，他一直念念不忘自己对晓蕾的情感，在她被自己伤害后的这些日子里，他几乎无时无刻不思念着她，她把爱情最美的果实毫无保留地奉献给了他，而他却把晓蕾伤得无以复加。她一定还在恨他，还在深夜里独自偷偷掉眼泪。事实上，白天里只要一有空暇，他就会去她公司附近溜达一圈，远远地看她郁郁寡欢下班回家，看她情绪低落地一个人独来独往，好几次他差点就迎上前去拥抱住她了，但最终还是选择了悄然退却。

一天临近下班时，主任突然叫他到办公室去。他多少感到有些紧张，毕竟他还在新一轮试用期呢，无异于一切从头开始，若表现不好领导只消一句话他就可以走人。小沈啊，你最近工作还是很有起色，可千万不要背啥思想包袱，俗话说得好啊，在哪里跌倒就在哪里爬起来嘛！说话的时候，主任正在大口大口吸烟，这说明领导正在极力思考什么，通常对方想问题的时候总是烟不离口吞云吐雾的。他暗自思忖着主任的话，尤其是最后那句，在哪里跌倒在哪里爬起来，主任好像是在暗示他什么吧？还是确有所指？最近夜里你还常出去不，我的意思是，那件事有没有再去关注一下？

他马上意识到，对方一定是觉察到什么了。或者，报社的某些人暗地里打了他的小报告，比如他购买二手相机的事。要知道记者们平日都憋足了劲抓新闻搞选题呢，生怕自个落后挨批失宠。同时，他们又对那些比自己强的同行表现出极大的羡慕嫉妒恨。他犹犹豫豫地说，这种事确实有些难度，不太好把握，也许还涉及个人隐私……不等他把话说完，主任立刻起身打断道，对嘛，越有隐私才越有价值，众所周知的事也犯不着咱们新闻媒体操心。你若是能抓住这个点，狠狠地报道一番，我保证咱们报纸会火的，到时候部里对你的处分可以酌情重新考虑！说着，主任已绕到他身边，颇有深意地拍了一下他的肩膀头。他简直受宠若惊，鼓舞的力量是巨大的，身体的温度似乎开始飙升，领导开出的条件太诱人了，叫他难以抗拒，而满屋子的烟山雾海更教人有种轻飘飘的迷失感，他几乎差一点儿就把对裸奔者的追踪调查和盘托出了。

事实上，他做梦都想将自己的想法说给晓蕾听，请她帮忙出出主意，但他又非常清楚，在这个问题上她是持反对意见的，他深知她是一个单纯而善良女人，绝对不允许他为了所谓的成功而不择手段，况且，他俩的关系已彻底进入了冰冻期，不知何时才能冰雪融化春暖花开。到了晚上，除了留在编辑室值班，他总是一个人猫在阴暗狭窄废弃的小煤房里，尤其快要接近午夜的时候，内心就有种生满野草的荒凉感。有时为了等待或打发时间，他会刻意翻开《城堡》中被他亲手画过波浪线的折页一字一句读着：

> ……不管这一切多么微不足道，我好歹已经有了一个家，一个职位和实实在在的工作，我有了一个未婚妻，我工作忙不过来，她可以帮我点忙，我将娶她为妻，并且成为村里的一个居民……

可现在，自己的房间里除了一床简单的卧具和两大纸箱书刊，唯一值钱的家当就属那辆电动车了，它像一匹乖顺的小骡驹，随时听候主人的差遣。说实话，这里连个像样的卫生间都没有，洗漱拉撒都要跑好几分钟的路程，白天他特意备好一个空的矿泉水瓶子，晚上起夜只能对准瓶口胡乱解决。至于恋爱问题简直不敢奢望，就算晓蕾能回心转意原谅他，但一想到要让心上人跟自己来这种龌龊的地方约会，他的心都要滴血了。不，我绝不能容忍自己待在这鬼地方，我得尽快搬进一个有自来水、有卫生间、有淋浴器的大点儿的房间，最好是朝阳的，有一扇明亮的玻璃窗可以眺望远方，还要有一间小厨房，哪怕是几个人公用的也成。

到了深夜，万物都需要静静地休眠养精蓄锐，可有些人注定不会这样。比如，那个裸奔者，再比如沈越自己。其实，经过这段时间的夜间蹲点跟踪，收获还是非常大的。沈越发现那个人高马大的武房客总是在不停地召妓，高的矮的胖的瘦的，只要有点姿色的女人，统统走马灯似的往房间里领，通常两个钟头左右这些女人多半会趁着夜色悄然离去；看门人之所以对此熟视无睹，有时甚至还不辞劳苦地替妓女们开锁放行，皆是因为武房客隔三岔五会塞给对方一包香烟或一小瓶二锅头；至于那个涂脂抹粉珠光宝气的女房东，她一整夜一整夜坐在小区附近的一家老年棋牌乐中心，优哉游哉搓着麻将，这个看起来很富态的女人，实际上长期组织并亲自参与赌博活动。当然，归根到底，在这个城堡里，最吸引他眼球的依旧是那个瘦高瘦高的裸奔者。

起初，沈越对这个人的跟踪和偷拍完全出于某种职业的需要，或者说是还很有功利目的。但是，自从他近距离地见识了对方那种极其无辜而又忧郁的眼神后，忽然就对他产生了某种类似同情的感觉，随着后来蹲点跟踪的进一步深入持续，他越来越觉得对方一定承受着常人难以理解的痛苦，尤其是在那么清凉的雨夜里自己冷得够呛，而他却汗流浃背，也许这根本就是一种病态，裸奔者必须借助午夜的奔跑，才能维持身体的某种平衡。但更多时候，沈越又会把他单纯地看作是一名非常执着的马拉松运动员，比赛的时间总是定在午夜以后，奔跑的路线几乎从来没有改变过，只是参赛者仅有一个人。

有一次，沈越自始至终都驾驶着电动车一路尾随潜行。发现该男子一口气跑到这个城市西边的一条护城河畔，说是河，其实不过是一条黄水渠，据说自汉唐以来便有之，每当夏日总是引来无数游泳爱好者下水嬉戏，当然几乎每个暑假都有数名中小学生溺水身亡，这里还不包括完全绝望的自杀者。沈越就曾专门做过相关内容的报道，以此呼吁校方和家庭要严管那些年幼的孩子。

正是在这个夜晚，他亲眼目睹裸奔者久久地站立在水渠边，像是在静心倾听那汩汩的水流声，或者，更像是那类想不开的人，正在寻求生命最后的一次了断和解脱。沈越当时躲在一丛黑黢黢的林木中，就在对方准备一跃而起的时候，他猛地从后面蹿上去拦腰抱住了那个人。那种湿漉漉黏糊糊的感觉，至今他都无法忘却，怎么说呢，裸奔者简直就像一条刚从水里爬上岸的大鲇鱼，淋漓的汗液想想都会让人恶心。令他啼笑皆非的是，对方立刻挣脱了他的双臂束缚，在纵身跳进水中的一刹那，忽然冲他大声喊道，有种你也下来追我呀！那一刻，他已惊得魂飞魄散，以为该男子真的狗急跳墙了，那样的话自己岂不成罪魁祸首？却不承想，人家只是想下去游游泳罢了。事情就是这样，他从一开始偷偷摸摸跟踪盯梢，到现在彼此可以像一对不太友好的对手，既相互排斥，又如影随形。换句话说，裸奔者已不再那么避他唯恐不及，而他也无须躲躲闪闪，那感觉甚至有点儿像某个知名球星和钟爱着他的热心球迷，尽管球迷们的围追堵截经常搞得球星们不胜其烦，但彼此好像谁也离不开谁。

他在报社里突然收到一封家书，是妹妹寄来的，笔迹稚嫩，言辞惶恐。母亲的老胃病再犯，这回异常严重，村镇的医生无能为力，要他们立即转到县里医治，可县医院又推说条件有限，无法手术，仅开了些止痛的药，让回去另想法子，母亲怕花钱不肯再治，父亲也做不了主，现在家里乱作一团，所以妹妹偷偷写了信让他快拿主意。祸不单行。没什么好想的，他得尽快赶回老家去，当然还得筹措一笔治疗费，他有种不好的预感，母亲的病可不是一天两天了，在他记忆中她总是面色蜡黄，疼得厉害的时候牙关紧咬满头大汗，腰身在炕头弓得老高老高，活像一只被扔进沸水中的老虾。

把存折上所剩的钱都取出来，刚过三千，三千够什么的，如今住院动辄上万块。要是没买那台二手相机就好了，至少能凑够五千呢，却为了一个不相干的家伙，白白花了自己的血汗钱。没有后悔药可吃，只好另想办法。给城里两个要好的同学打了电话，一个出差在千里之外，远水难解近渴；一个称不巧刚交了房子首付，又贷了款，手头忒紧，下半年还要筹备婚礼……唯独晓蕾是自己最亲近的人，可彼此关系搞得那么僵，哪好意思再张嘴借钱？现在，唯有向单位领导苦苦哀求了，再三犹豫，他在跟主任请假的时候，顺便提出能否借支些工资。

主任本来就满脸不悦，不料刚给了他一个改过自新的机会，却又来蹬鼻子上脸。按理说，这个假我不能准，可念在你老母病重，倒还可以考虑，至于借款的事嘛……容我好好想想吧。主任把最后一句话吊得老长，这似乎让他在阴云密布中瞥见了一丝曙光。他急忙弯腰恳切道，您要是能帮这个忙，我们一家老小忘不了主任大恩大德。

言重了，言重了。钱我可以想办法支给你一些，不过呢条件也有一个，就看你乐不乐意？主任说得慢条斯理，他却听得字字千钧。您别说一个条件，就是十个八个也成啊。这可是你自己说的哟，咱们的《百态周刊》最近一直没发什么有分量的东西，眼看销量直线往下掉啊，我这个当部主任的难辞其咎，所以还得靠你们这些笔杆子多多支持啊，这样我在社里说话也硬气一些，毕竟，给你这样的同志开绿灯，还是有一定压力的。干脆直说吧，我还是想把这期版面留给你，就做你上次跟我说的那个什么裸影，你赶紧着手准备准备，必要时熬个通宵，然后就可以安心回家探亲啦！

在沈越唯唯诺诺起身即将离开之际，主任没有忘记再强调一下，小沈啊，最近你几次三番求我，我可都给了你很大的面子，你可千万莫叫我失望呀，否则，我很难做哟！

八

假如人们眼力好，可以不停地，在一定意义上可以说是眼睛一眨也不眨地注视着那些事物，那么人们就可以看见许多许多；但是一旦人们放松注意，合上眼睛，眼前立刻便变成漆黑一团……

出门前，沈越多少变得有些烦躁难安，即便是他平时最喜欢的书，也根本看不进去，眼睛不过是长时间盯着折纸上的一段文字发呆。或许，这句话跟他的职业有关。想想看，一个小报记者，确实需要像卡夫卡说得那样“眼睛一眨也不眨”，这样兴许才会有所发现，不然两眼总是一抹黑。问题是，有些东西看得太清未必是件好事，他现在多少有点儿骑虎难下了。得罪了主任当然不会有好果子吃，况且自己还有求于他，家事来得那么的十万火急，容不得他优柔寡断。只能先顾一头了，每个人都是自私的，人不为己天诛地灭，对于那个无辜的家伙，也许他只能说声抱歉了。照理人家的裸奔行为确实没有碍着别人，更没在光天化日之下赤身裸体有碍观瞻，假如那样的话，城管和警察一定不会放过他的。沈越还记得有一晚，自己好像问过他，你这样跑来跑去到底图什么？对方很坦然地回答道：舒服，痛快，无牵无挂的。然后，又若有所思地补充道，你永远不会懂的，除非你像我这样真正地跑上一次。一想到自己也浑身上下扒得精光，然后风风火火不顾一切冲上午夜街头，他觉得那样还不如让他去跳河来得干净。

沈越步行走到街上，在黑暗中久久凝视着马路对过的那个小小城堡。那是自己不久前暂住过的地方，在这生活区的某个狭小的房间里，他曾度过了一个个不眠之夜，那里甚至还留下了心上人的芳香气息和似水柔情，可后来皆因发现了裸奔男子，一切都变得如此不堪，最终，他几乎落得被人家扫地出门了。此刻，他特意换了一双半新不旧的运动鞋，照相机、录音笔这些玩意一样也没有带在身上，唯独怀着一种复杂莫名的心情，孤注一掷地等待男子再度出现。

其实，报纸要用的那篇稿子已基本成形，毕竟前一阵子除了上班他一直在琢磨此事。不过，他不想在自己的文章里一味地丑化对方，取悦那些普通读者，他审慎地称之为“乐观的夜晚奔跑者”“一只永不停歇的夜莺”，他甚至认为只要没有功利色彩——比如为了某种个人诉求得不到满足或不被有关部门重视而刻意为之——这样的方式并没什么值得大惊小怪或口诛笔伐的，毕竟奔跑是一个人最基本的自由和权利，谁也无权剥夺。至于主任所强调的失恋者啦、第三者啦、性变态啦，他统统不想牵扯进去，那样首先会坏了自己的胃口，因为他逐渐认识到，过分地去消费别人的隐私是不道德的。即便是自己不得已要报道这件不同寻常的事，他也不想随便泼一盆脏水玷污了对方的清白之身——尤其是想到对方赤身裸体毫不避讳的执拗模样，他几乎为此感到一丝惭愧，怎样的灵魂才能配得上那样一副身躯？

正当沈越漫无边际地胡思乱想时，裸奔者已如期而至。他觉得眼前一亮，心中顿时涌起一股很微妙的东西，甚至不无感激之情。这样的等待实在是非常盲目的，万一目标物始终不肯露面，那无异于竹篮打水，尤其是今晚，他可是满心希望要见此人一面，也许彼此可以坦诚布公地聊聊，以便他能更感性也更客观地在文章中描述对方，至少可以征得对方同意。不过，他很快就注意到，裸奔者翻越那扇黑乎乎的铁栅门时，动作显得有些迟缓，跟前一阵相比似乎是力不从心的。其实，他完全可以不必如此费力劳神，只要跟门房打声招呼，或可自由通行。不过，他转念就想到那个秃脑袋并不好惹，所以求人不如求己，毕竟他选择的是一条有悖常理的道路（包括一次次翻爬大铁门），深更半夜搅扰别人的好梦，本身就是节外生枝。他还发现裸奔者从栅门顶端跳下来后，并没有立刻起身迈开两条瘦长的腿一路飞奔，而是在地面上蹲了那么一会儿，像是稍事休息，随后才像往常一样站起来，朝马路这边不紧不慢地跑动起来。

这种时候，裸奔者的身影被街灯拉得很长很长，如同一个来自外星的神秘巨人，孤独而决绝地踏上了人类午夜冷清的街道。等对方终于按照既定路线进入正轨之后，沈越才敢放开脚步，慢慢地跟上去。现在，他几乎可以清晰地听到对方奔跑时断断续续的喘息声，嗅出漫漶的汗液气味正在随风飘散，而所有这些声气无疑会让人感到迷惑，以致陷入某种不能自拔的虚幻境地。他觉得自己多像一位忠心耿耿的陪练，不辞劳苦地一路相随，默默无闻，不图任何回报。抑或，还有点儿像那个愚拙质朴的仆人桑丘，矢志不渝地跟随在主人堂吉诃德身后，做出连他自己都不太相信的举动。堂吉诃德毕竟有着自己的崇高信念，他要做那类忠肝义胆的古代游侠，凭一己之力铲除人间邪恶。不过，其行为举止往往又是那么的不合时宜，甚至滑稽可笑，正如眼下这个裸奔男子的种种行径，执拗，古怪，荒唐，叫人忍俊不禁。

也许是穿了运动鞋的缘故，很快沈越便轻而易举追上了他，两个人几乎在并肩而行，活像一对亲密战友。这种时候，无论是沈越还是裸奔者，他们都显得非常谨慎，一声不吭，谁也不肯轻易去打扰对方，谁也不想无端地破坏了这和谐安宁的气氛，彼此都有点儿心照不宣的意思，又仿佛是事先约好的那样默契。事实上，沈越从小体育成绩很差，不喜欢跑跑跳跳的，因为他的两条腿先天有点罗圈儿，每每跑动时都要被体育老师或同学们肆意嘲笑，说他像只丑陋的鸭子一跩一跩的，所以，他总是喜欢偷偷躲在某个角落里，捧着一本小人书看得入迷。此时此刻，这种看似不露声色的奔跑，竟给他带来了一种前所未有的快乐体验，这丝毫不以他的意志为转移，因为在黑暗中谁也不会注意到他的腿型和跑姿，跑步者的身心完全融入浓浓的夜色中了，就像鱼儿和水的关系，他能感受到那份前所未有的自由徜徉和惬意。他想，或许这种感受，裸奔者会更强烈一些吧？！

很快，他们二人一同穿过两条主干马路，拐入一条相对狭窄的街巷，裸奔者却突然停了下来，两只手臂无力地搭在大腿面上，整个腰身向前佝偻着，大口大口喘着气，一副十分疲惫的样子。借着头顶一团昏暗的灯光，沈越长时间打量着对方。我恐怕，这样跑不了，多久。裸奔者边喘边断断续续地说，那口气多少有些沮丧和力不从心，又像是在跟一个多年的至交做最后的告白。这时，沈越才意识到对方真的是很虚弱，这似乎证实了自己先前的所见与猜测。

你是不是觉得哪里不舒服？沈越一眨不眨地盯着那张被浓密的头发半遮着的瘦削脸庞，那忧郁的眼神也不再像他头一回所见到的那样桀骜了，相反有些病恹恹的枯焦。

要不，今晚就别再跑了。他以这样商量的口吻劝说对方时，心里忽然涌起一股很复杂的恻隐之情。咱们可以找个地方坐下来歇歇。

不！裸奔者仿佛受到某种刺激，猛地在他面前挺直了胸膛，既来之则安之，我一定要坚持跑完！

对方确实比他想象中还要瘦，说话的时候那些肋条骨如鱼刺般，一道一道清晰可见，使得他那光裸的腹腔看上去空瘪而单薄，唯独没完没了的汗液像一群群白蚁爬满周身，在街灯的映射下发出熠熠的冷光，叫人不寒而栗。

如果有人非要把你的事情拿到报纸上去说道说道，你会怎样想？

那个人就是你吧？

对不起，我打一开始就不想对你隐瞒什么，你知道我是个记者，这是我的饭碗嘛。

没啥对起对不起的，我们每个人都应该去做自己该做的事。

也包括你和你的这种奔跑方式？

也许是吧。

据我了解，像人家国外很多裸奔者会成立一个什么组织，比如动物保护组织，他们每次集体行动都有非常明确的目的，要么扯着条幅，要么举块牌子，总之是为了抵抗什么，力争获得某种权益，而你这样好像什么也不为。

我为自己！我说过我喜欢无拘无束！

我不得不承认，这一点儿你很让我羡慕，真的。其实我并不太想当记者，也不怕你见笑，我上大学时的梦想是，有朝一日成为一名作家，当初连我女朋友都坚信我很有这个潜力。可是，直到如今我还是一事无成，每天都不知在忙碌什么，不瞒你说，最近连女朋友也离我而去了。

哦，这方面咱们倒是同病相怜，你该知道的，没有哪个姑娘能受得了我这样。我没你那么幸运，没念过什么大学，就连中学也是勉勉强强读完的，那时我突然得了一种怪病，浑身总是不停地冒汗，好像每只毛孔都是一根关不住的水管子，不管往哪里一坐一躺，不大工夫，那个地方就湿乎乎一大摊，就跟小孩尿了床似的，我自个都觉得恶心，去学校里简直太丢人了，每个人都拿奇怪的眼神看我，我在他们眼中就是个湿漉漉的大怪物；前些年，家里没少带我去外地求医问药，兰州、西安、北京到处跑，可谁也对付不了这种奇怪的多汗症，只说是肾上有毛病，体虚，盗汗，需慢慢调理，反正中药西药吃了不知多少，家里还欠了一屁股债；我的初恋女友以前对我也很不错，可后来还是被我的怪病给吓跑了，她甚至不敢拉我的手！我在家什么也不能穿，只能凑合着披披浴巾什么的，因为只要穿上衣裤马上就湿乎乎的，全都粘在身上，难受得要死；白天我当然哪也不能去，一个人关在房里，那滋味简直像坐牢，所以我最喜欢夜深人静的时候，只有这时我才能悄悄地溜出来，像这样不停地跑啊，跑啊，也只有这时，我才能感觉到心在跳，浑身有使不完的劲……我还活着，没有被那些讨厌的汗水活活淹死！

风呜呜地跟在两人耳边奔跑个不停，那些天亮前即将结束一生的小咬们正围着路灯飞上飞下疯狂旋转，好像非要将身上多余的精血消耗殆尽。时不时，总能看到一两个孤苦伶仃的老乞丐，正平展展地躺在公交车站的候车椅上，脑袋底下枕着个鼓鼓囊囊的破袋子，口鼻间发出黏稠的呼噜声；一群浓妆艳抹香气刺鼻的小姐，交头接耳聚在车站附近那一排灯光暧昧的洗头店门口，钓鱼似的直勾勾等着客人上来搭讪；跑夜班的出租车照常守在霓虹闪烁的酒店或歌厅跟前，每当里面踱出一串摇晃着的身影时，司机和汽车立刻就骚动起来……在这个午夜两点多的城市里，所有不眠的灵魂不外乎如此，就像灯下那些茕茕孑立的小昆虫们，痛苦，也快乐着。

沈越边往前跑边瞎琢磨。此时，他不得不承认，世界在这种时候显得特别单纯和安宁，人与人之间似乎变得很容易沟通，平静舒缓的语调或许最能流露出一个人的所思所感，漆黑的夜色根本无法掩盖一个寂寞的灵魂。白天，每个人都在伪装，道貌岸然，冠冕堂皇，唯独这种时候，才会暂时卸下面具，做回真正的自己。就像跑在他身边的这位老兄，尽管全身一丝不挂，尽管怪病缠身，可他的精神是纯净的、自由的，几乎无人可比。沈越忽然又想到一个更加生动的称呼，即“自由的灵魂斗士”，或许用它来形容这个长期被病症所折磨着的男人最恰当不过了。

冷不丁地，裸奔者一个趔趄突然栽倒了。沈越不无惊恐地睁大双眼，那副瘦削的身躯就这样光溜溜软塌塌地趴在漆黑的街道上，腿脚正无力地一下一下蹭刮着地面，好像还在匍匐前进似的，嘴里发出痛苦而绝望的哀鸣，似乎是，这辈子再也无法站立起来。由于距离太近了，沈越能够感受到对方的无奈与无助，因为多少年来这个男人一直在跟自己的身体顽强抗争，试图用自己的方式驯服它改造它拯救它，好让身体完全服从于个人的意志，然而他真的太虚弱了，终于被这最后一根稻草压垮了。

后来，就在沈越手忙脚乱地俯下身去准备施救时，耳边忽然响起那种熟悉的咔嚓咔嚓的快门声，一道道突如其来的闪电直逼双眼，脚下的街道霎时被照得一片炽亮。某个瞬间，眼睛仿佛跟失明了一般，什么也看不到。唯独耳畔传来的是，那个趴在地上的裸身男子发出的孱弱而苍白的呻吟……这种时候，他不可能不呻吟。

九

沈越一直在医院里挨到东方发白。蒙蒙眬眬揉开眼皮，看到那个人平躺在自己眼前，鼻孔戴了蓝色的氧气罩，手背上插着输液吊针，那副瘦削的身体完全隐蔽在单薄的被子下面，看上去奄奄一息——这个印象总让他想起病人夜里趴在自己背上，完全虚脱了，一路上淋漓的汗水湿透了他的脊背，情况十分危急，他不得不背起这个男人气喘吁吁地往附近的医院跑去。

值班医生也被这种赤身裸体的模样给镇住了，因为他们很少遇到这么古怪的病人，半夜三更光溜溜地被人背进医院。好在医生还是进行了基本的急救处理，他虽然不是病人家属，但还是愿意留下来照料。他自始至终坐在病床旁边的一只白色方凳上，后来实在困了，索性将上半身趴在床沿边休息。当他看到病人依旧在沉睡或昏迷不醒时，不由得伸出手轻轻掀开被子一角，发现医护早给病人套了一身灰蓝道道的病号服，这让对方看起来更像一个濒临垂危的患者。之后，他到护士办跟人家打声招呼，说得抓紧时间去找患者家属来。护士睡眼惺忪，但还是不无狐疑地问道，你真的不是病人家属？他不想跟这种人啰唆什么，有关裸奔者的情况他在来时已说得够清楚了，便径直走出医院。清晨的空气异常清新，他有点儿贪婪地深吸了几大口。真是一个不同寻常的夜晚！即便这时他还是感到心有余悸。

寻找病人家属并不太难，当沈越一股脑地将情况讲给秃脑袋时，对方显然并不感到非常惊讶，相反就像这个结果他早就料到了，只是个时间问题。不过，秃脑袋的目光多少有一些躲躲闪闪，面对这个曾被他用电警棍制服过的年轻人，也许内心存有那么一丝愧疚，竟主动提出要亲自带他去找人。这种时候，他多少有点受宠若惊，原以为自己会被拒之门外，免不了一番口舌的。现在，看门人边在前面给他带路，边连连叹息道，唉！说来真够可怜的，摊上那么个怪病，好端端一家人硬给拖垮了，听说他老子又查出了很严重的风湿病……以前我也不是没挡过他，不许他夜里往外瞎跑，你说说一个大老爷们，光着身子满世界跑，多丢人现眼啊！可腿脚长在他身上，我一个老头子哪能挡得住呢？你十二点去挡，他就一点跑，你一点去挡吧，他又两点以后往出跑，这谁能耗得起啊！可话又说回来，人家爹娘老子都管不了，咱两姓旁人操啥闲心……

听看门人这样唠叨，沈越恍惚间又回忆起那天深夜，当他询问是否看见有人裸奔时，对方一脸的漠然表情，他忽然对这个看门老头产生了一丝丝好感。至少，这种睁一眼闭一眼的态度，对裸奔者十分有利，否则，病人会更加痛苦的。他们一老一少七拐八拐，很快就来到那个裸奔者家门前。楼道阴森森的，一扇老式的防盗门漆皮剥落锈迹斑斑，门口堆着两只装满了垃圾的塑料袋，发出一股刺鼻的恶臭，紧挨墙根还摆着一只布满灰尘的咸菜坛子。看门人二话不说，直接抬起手掌啪啪地用力拍门，过了好半天，里面才算有了响动。防盗门嘎啦啦地从里面推开，一个老妇人的脑袋慢吞吞地探伸出来，那只沟壑纵横的额头上，闪着困顿疑惑的幽光。

这位是报社记者，你儿子夜里跑出去跌倒了，真是多亏人家啊！看门人大声喊完话，才掉转身冲沈越客气地点了点头。那你先忙着，我得赶紧回去盯着大门。

在破败而又局促的裸奔者家里，沈越发现眼前的桌面或茶几上，除了堆放着各式各样的药瓶药罐药盒之外，几乎再也看不到任何装饰性物品，可以说连件像样的家具和电器都没有。兴许是长年累月煎熬中药的缘故，一股浓酽苦涩的草药味始终弥漫在晦暗的空气中，叫他有种晕晕乎乎的沉迷感。老妇人一看就是那种老实巴交的家庭妇女，头发早已花白，生得瘦骨嶙峋（看来裸奔者很受她的遗传），背驼得很厉害，说起话来有气无力的，她一个人平日要操心两个病恹恹的男人，劳累程度是可想而知的。他刚跟老妇人简单交代完病人的一些情况，以及具体住在哪家医院，手机突然响了，主任的口气火急火燎的，恨不得将他从电话里直接拽走。你马上给我到报社来，一分钟也别耽搁！

夜里的事情都快把他搅糊涂了，这才想起主任给自己布置的光荣而艰巨的任务。图片是现成的，那篇稿子也八九不离十了，只需稍加修改和润色，可他忽然意识到，也许自己真的不该那么做，裸奔者现在还躺在医院里输氧打点滴呢，健康状况不容乐观。最重要的是，当他一大早贸然走进这个家中，面对满头银丝形容憔悴的病人家属，以及杂乱无章几乎是家徒四壁的房间时，他的心一下子被什么东西给揪住了。他不禁想起那句话，幸福的家庭大致相似，而不幸福的家庭各有各的不幸。如果说，此前他对裸奔者充满了新闻调查者特有的好奇与追问，那么此时此刻，当他真真切切地感受到，这个倒霉透顶的家庭几乎已走到崩溃的边缘，任何一种来自外部的力量都会将之毁灭掉时，他便彻底地陷入到一个人最起码的怜悯当中，尽管这种情感可能一钱不值。不知怎的，眼前的老妇人总能让他想起远在家乡的母亲，她老人家的身体也是这样的差，老胃病无时无刻不折磨着她，算起来妹妹的信寄出十来天了，真不敢想象母亲这些天是怎么煎熬的。

幸亏主任的电话及时提醒了他。钱！他现在急需筹措一笔治疗费，并尽快带回老家去，这才是天大的事啊——这也许是他唯一能为母亲做的事了，他可不想为此留下终身的遗憾。所以，接下来他不得不慌慌张张跑回自己的住处，趴在桌上将那篇稿子从头至尾细细修改了一遍，然后取了相机，又急急忙忙往报社赶去。一路上，他的心绪久久难以平复，明明知道自己不该那样做，可现实又绝不容许他左顾右盼。想到家人，想到母亲，想到自己目前的处境，还有他跟晓蕾那段感情，他的心肠又慢慢地变硬了，理所当然地被现实牵着鼻子走了。

一见主任的面，果然先吃了当头一棒。你瞧瞧这是什么？对方将今天刚出版的一张兄弟报纸摊开在他眼前，并且怒不可遏地高声念道：本市凌晨两点惊现神秘裸奔男子！他妈的，岂有此理，竟让这帮家伙捷足先登了！

他诚惶诚恐地盯着那行黑色醒目的新闻标语，以及配发在上面的一张裸奔者的大特写，就在他熟悉的裸身男子身旁，他忽然发现了自己的身影，尽管它就像是一幢幢恐怖的鬼影模糊不清，但他心里分明清楚那正是自己。他应该有预感的，深夜里他们确实被什么人跟踪偷拍过，但当时他一点儿也没往这方面想，这才叫螳螂捕——蝉黄雀在后呢！

主任突然发狠地将那张报纸揉作一团，然后，气冲冲地啪嗒一下，随手丢进桌旁的纸篓中去了。没什么大不了的，这家报纸只是发了条简讯，接下来的大文章还得看咱们《百态周刊》的。对方那种自信得有些自负的目光，已死死瞄准了他的相机以及他这个人，好像奸商突然看到了某个巨大的商机摆在眼前，我要的东西你都带来了吧？主任挑着眉头这样发问时，他忽然感到一阵少有的紧张，怎么说呢，就好像电影里不择手段的绑票者在跟人质家属谈最后的条件。

他的双手莫名地开始哆嗦，身子不可抑止地发起颤来。如果真的是电影场景，他应该跟对方说，当然都带来了，咱们一手交钱一手交货吧。可是现在，坐在他面前的是部主任，是顶头上司，是绝对的权威，掌握着他的生杀大权，他是不可能跟他谈什么条件的。他唯一能做的就是，乖乖地，将自己手里的东西悉数交出。

最后一瞬间，他的手指分明已经在裤兜里夹住了那篇手写稿，只消轻轻地拿出来便万事大吉了，他眼前倏地又跟放电影似的掠过一组慢镜头。那是裸奔男子在夜色中一次次攀爬栅门，一次次迈开双腿一路狂奔，一次次大汗淋漓却又不屈不挠，他甚至又想起昨晚对方跟自己说过的那句话：……我还活着，没有被那些讨厌的汗水活活淹死！现在，这句话简直就像一句惊世骇俗的咒语，叫他忽然感到自己是如此的渺小和卑劣……

十

再次见到晓蕾已是两个月后的事了。

其间沈越回过一趟老家，不过他并没有机会带着母亲到城里治病，而是去参加老人家的葬礼。其实，妹妹那封信从家里寄出时，母亲已病入膏肓，胃癌晚期，县医院的大夫偷偷跟父亲交过底，说最好把病人接回家去，让她安安生生走吧。后来听妹妹说，母亲临终前的夜里一遍遍唤着他的乳名——而那晚他正好是在医院里陪着裸奔者一起度过的。

《百态周刊》在沈越回家奔丧时刊登了那篇署名文章，主任还亲自捉刀，将“乐观的夜晚奔跑者”“一只永不停歇的夜莺”“自由的灵魂斗士”改为“一个肆无忌惮的裸奔男子”和“古怪的裸露癖患者”，甚至还添油加醋地将裸奔者说成是因为家庭不睦、就业无门、爱情受挫等原因造成的疑似精神分裂症，云云。不管怎么说，那期的报纸销量确实创下了本年度最好纪录，主任那张阴晴不定的脸因此风光了好一阵子。当然，沈越自个也被破格转正，至于损坏相机的事，也都将功折罪一笔勾销了。

只是，晓蕾一直躲着不肯跟他见面。打手机不接。发短信也不回。最后，沈越只好下班后硬着头皮去她公司附近堵她。晓蕾一眼便瞅见他袖子上的那圈黑孝箍了，她这才迟疑地停下脚步，她发现这段时间他好像瘦多了，两只眼窝陷得很深，神情似乎也很忧郁。

咱俩能不能心平气和地谈谈？他深情地望着她的脸，满心希望她能再给自己一次机会。她也幽忧地望着他，一眨不眨地端详了半天，好像是，要从他的表情中找到一个十分确凿的理由，从而可以重新开始。你为什么非要那样写人家，你有没有想过对方的感受？她终于开口说话了，但他一点儿也不想讨论这个问题，尤其是这一刻，他觉得彼此分开得实在太久太久了。

忘了告诉你，我母亲病逝了。他尽快转移话题，我觉得自己真是不孝，竟没能让她老人家临走前，瞧上咱们一眼。他刻意用了“咱们”一词。对不起，我也很难过！她的眼神不再像刚才那样硬生生盯着他了，而是逃避似的瞥向公司对面的闹市，那里就像平时的每天行人如蝼蚁般拼命奔波的样子。我该走了。刚说到这，她突然低下头去，像是要极力克制住自己的情绪，或者，只是不想让对方看见自己正在流泪的样子。他却猛地一把将她揽进怀里，执拗地凑过嘴唇想吻她。求你别这样好不好……她近乎疯狂地用双手推搡他的身体，他向后趔趄着松了手。如果不是那张报纸，如果当初你能听我的……也许我会重新考虑的，可是你真的太让人失望了！

晓蕾，你先听我解释好不好？你根本不知道我有多纠结，这件事我心里比谁都内疚都痛苦，我真的不想刻意去伤害任何一个人，包括那名男子，问题是我不那样做，结果只有一个，卷铺盖滚蛋！那样一来，我真的就完了，以前所有的心血全都会付之东流，像我这样没啥资历的小记者，绝不能轻易放弃任何一次机会！我能做的，只是尽量别把当事人写得那么不堪，这一点我问心无愧！可报纸发表时被人动了手脚，你知道这也不是我能左右得了的。这段时间，我心里反复在想，到底什么算成功，什么又算失败，其实成功和失败不过就是人家点头或摇头，说白了，他们喜欢的事你应付得好就是成功，否则一切都是扯淡！

我觉得你太自私了，你满脑子只有你自己！晓蕾一字一顿地说。

可我心里一直有你，你不知道我有多在乎你？我之所以这样做，还不都是为了咱俩的将来，你一定得理解我啊！

将来，将来，我们还会有吗……

晓蕾默默地念叨着，轻轻地摆着头，终于转身头也不回地跑开了。任凭他站在原地大声呼喊，捶胸顿足。

十一

此后一连数日，沈越上班都无精打采的，经常用双手托住腮帮子，长时间呆望着窗外。

主任总是善于察言观色，有时他也会对属下的私人生活表现出某种罕见的热情。轮到值晚班时，主任忽然很神秘地将一张 SIM 卡丢在沈越面前。小沈，这东西我可一直替你保存着，现在兴许能派上什么用场。他懵懂地看了看主任，又瞅了瞅那张小小的芯片，好像那里藏着一个不为人知的秘密。主任的脸上挂着一层很模糊却又很分明的提示，就连眼神也透着那种职业性的狡黠，不无怂恿意味。

喂，男子汉大丈夫，不要轻易被一个女人打败，有时这种事也得动动脑子嘛！他听见主任在离开值班室前如是说。

他迅速地将那张芯片插进读卡器，啪啪地点击了几下鼠标，电脑屏幕上立刻浮现出一幅幅赤身裸体的女人照来，光滑白皙的肌肤，凹凸有致的曲线，如醍醐灌顶一般，他终于无师自通地领悟了主任的深意。一种说不出的兴奋开始在体内疯狂燃烧，他几乎有种稳操胜券的沾沾自喜。

当初，偷偷摸摸拍下它们时，可真是没这样想过，充其量也就是想留作纪念，却不想有朝一日它们会变得如此重要，简直就像是一张张致命的王牌。看来，姜还是老的辣啊！他甚至开始想象，晓蕾看见这些图片时的表情，震惊、羞愤、尴尬、无地自容或忍气吞声。到那个时候，她怕是不得不乖乖地屈服于他，回心转意，满天云彩散，他俩又可以天天在一起了。他觉得，只要能和她在一起，做什么都是值得的，因为他不想失败，害怕失败。

手头的工作总算告一段落，尽管人很疲累，但一想到那样东西他的心就怦怦直跳，不无窃喜之意。趁别人不注意的时候，他用 A4 纸打印了两张图片，上面的女人几乎是全裸的，他小心地折叠起来塞进一只写好地址的小信封内，然后又揣在裤兜里。不管怎么说，能在人生最关键的时刻得到这张芯片，真让他喜出望外，这是他到报社以来头一回打心底里感激主任，因为这不啻为一场及时雨，虽然他们相处并不愉快，对方总是居高临下颐指气使甚至刚愎自用，每每让他这样的下属陷入尴尬境地。不过，这一切似乎并不那么重要，只要对方支的着数能够奏效，能让心上人回到自己身边，他大可以不计前嫌感恩戴德。

夜风中平添了丝丝凉意，这个夏天已然走到了尽头。老远就望见那扇黑漆漆的铁栅门了，以及浸淫在夜色中的憧憧楼影，门房的窗户依旧闪烁着灰蓝色的荧光，那个看门人一准守在电视机旁，边观看边打盹呢。他心里忽然有种说不出的依恋，这种微妙的情感突如其来。他下意识地在路对过停下电动车，然后，一眨不眨地凝望曾经居住过的这个地方。这种时候，它的确酷似一座城堡，寂静，幽暗，神秘，不露声色，紧闭的大铁门几乎让它与世隔绝了一般。渐渐地，思绪变得有些漫漶起来，他不无荒唐地在想，那个武姓房客也许正同柿饼子脸女人颠鸾倒凤呢，以前他每回值夜班这家伙都不会闲着；当然，最让他惦记的还是那个浑身湿漉漉的裸奔男子，有一阵子没见到他了，是否还安然无恙？也许那篇报道彻底改变了他，至少会引起更多人关注吧，说不准还会有好心人肯为他的病情慷慨解囊呢，从此可以继续接受治疗，不必那样一趟一趟往出跑了……这些他都无法确定，但他似乎再也没有勇气走进这个普普通通的生活小区，他只能这样远远地窥望着。

这时，一股嗡嗡作响的强烈振动从裤兜那里自下而上传遍全身，这感觉很像某种神秘物质倏地钻进他的肉体和灵魂中了，使倦怠的他多少为之一振。当他摸索着掏出手机查看信息时，整个人仿佛断了电的机器突然僵在夜色中。

我冷静地想过，你对别人的态度，可能就是将来对我的态度，你把成功看得比什么都重要，所以你不会在乎别人的感受，也许这些都无可厚非，可这却是最让我害怕的东西，我觉得自己越来越不了解你，或者，我从来都没真正了解过你。

有件事我必须向你坦白，就在上次见面的前两天，我发现自己怀孕了，本来我希望以此来缓和咱们的关系，可当我见到你之后，才觉得自己的想法太幼稚，我根本不能说服你，我不能用一个无辜的小生命去冒险。所以请你原谅，我只能将我们之间的一切都悄悄抹去，这样对彼此都有好处……最后祝你幸福！

手机上的文字泛着荧荧绿光，几乎每一个字都有撼动心弦的力量，那种前所未有的负罪感正洗劫着他的每一根神经。眼前仿佛有一团血肉模糊的小东西，正在那里微微蠕动，叫人心惊肉跳，血脉贲张，嗓子眼一阵阵发紧。他几乎不敢再去深想什么，否则会吐得稀里哗啦的。他稍稍让自己镇定了几秒，便急不可待地给她拨电话，可提示音告诉他对方已经关机了。该死！他简直快疯掉了。他必须马上赶去见她，一刻也不能再迟疑。

当他像匹野马发动车子开始在午夜的街道一路狂飙时，满脑子都是她往日的音容笑貌，尤其是当初他们在学校刚认识那会儿，两个人经常一起去泡图书馆，每次他在报纸上发表了豆腐块，她都会悉心地帮他收集起来，或者，当着他的面逐字逐句诵读一遍，那时她嗓音甜美柔情似水，那时他俩青春做伴无忧无虑……可是转眼之间，一切都改变了，晓蕾竟如此决绝地要离他而去，他终于忍不住淌下热泪。

还没跑出多远，电动车便在耳边吱扭一声没了声气，该死的玩意总是在关键时刻没电，这真让他痛恨不已。他已顾不得许多，随便拿链条锁把它拴在街边的一棵树下，接着便迈开腿脚奔跑起来。他这辈子好像从来没有为了谁这样没命地跑过，以至于气喘吁吁汗流浃背，衣服裤子完全粘在身上，好像无数条潮湿的绳索将他结结实实地捆住，整个人被死死纠缠，被时刻左右，失去自由，没有方向，蒙头蒙脑，这感觉实在太龌龊了，就像他现在的处境，或者在报社里度过的每一天。扪心自问，这一切真的不是他想要的生活，他想要的并不仅仅这些。

他一面往前跑，一面无法按捺地解开了衬衫纽扣。夜风一下子灌了进来，细密的汗液不一会儿就被风吹干了，衬衫自然而然从身体上剥离开，如同白色的精灵一般，扑喇喇在夜色中翻卷狂舞，这感觉的确舒爽至极！他索性将衬衫脱下来拎在手上，就跟田径明星在赛场上那样激情洒脱地解放自己。不过，他一时尚未意识到，当这样光着上身在街道上奔跑时，已不知不觉加入到准裸奔者的行列中了。

他越来越真实地品尝到那种淋漓酣畅的滋味，好像再也无须听从别人的怂恿和摆弄，更不必处心积虑煞费苦心。这个特殊的夜晚完全向他敞开了心扉，而他似乎也有足够的勇气应付这座黑暗中的城市。当他终于领略到光着身体奔跑的感觉如此美妙之后，不禁哑然失笑！他忽然记起什么，急忙从裤兜里摸出那个皱巴巴的小信封，不久前它还被视若至宝和王牌，此刻却猥琐得一钱不值甚至叫人恶心。他用力将它撕得粉碎，然后像个调皮的大男孩随手抛洒出去，他看到白色的雪片在裸露的夜空中纷纷扬扬坠落着。与此同时，他竟鬼使神差地解开了皮带，毫无顾忌地将裹在腿上的长裤扯了下来。恍惚间，那个汗流似水的裸奔男子又出现在眼前，对方那种执拗的眼神让他忽然有所顿悟，有时候人们只是需要彻彻底底地解脱一下自己，仅此而已。

凌晨两点钟，万籁静寂，夜凉如水，整条大街上静悄悄空荡荡的，一个赤身男子正在一路狂奔……

给张杨福贵深鞠一躬

一

那天张杨福贵起得比平时都要晚，差一刻快九点钟了，他不太情愿地喝了大半杯母亲给兑了雀巢咖啡的热牛奶，提子面包夹火腿肠切片，还有单面煎鸡蛋，这些都是他平时的最爱，可这天他却一点儿也没有碰，兴许是感冒摧毁了他的胃口，后来只吃了几粒药片，便拎起自己的深咖色背包，慢吞吞走出家门。头两天他忽然感冒了，喉咙生疼，还伴有一些低烧，他的两颊微微泛红，走起路来给人一种晕乎乎喝多了酒的印象。“要知道会那样，我就是死也不让他出门去。”张杨福贵的母亲后来跟我说起这事的时候，眼睛红肿得像一双刚出笼的寿桃，整个人显得异常恍惚，不能不叫人揪心。“福贵这孩子心思太重了，啥事都搁在自己心里，但凡要是能跟谁说一说，他也不至于那样啊。”我明白她的意思，我和她是一娘同胞，出了这么大的事，谁心里能好受啊。

出于母亲的直觉，早在几天前我姐多少有所觉察，总感到苗头不对，晚上就在枕头边，她把自己所担心的事跟我姐夫唠叨了一会儿，问题是我姐夫那个人一向自以为是惯了，整天就知道忙他自己那一亩三分地，儿子的事他向来是一股脑儿撇给我姐，福贵从小到大他都是乐得做甩手掌柜的。“你别大惊小怪的好不好，他都多大了，放在过去该是当爹的人了”。这话倒是半点不假，说起来张杨福贵已经大学毕业有一阵了，我姐夫在社会上还算有点儿门路，一毕业就托了关系，请客送礼，把儿子塞进一个不错的国企实习，就是大名鼎鼎的神华宁煤集团，实指望儿子将来能留在那里大展一番宏图，不料，我外甥根本忍受不了那种地方按时按点循规蹈矩的制度约束。“让我在那个山沟沟单位待一辈子，你们还不如早早弄死我呢。”我知道此类煤炭厂矿企业当然是不可能处在闹市区的，小年轻会寂寞难耐的。“你外甥见天起早贪黑赶上下班班车，统共没跑上俩月光景，就死活闹着不肯再去，害得你姐夫在朋友面前抬不起头。”事实上现在城里的孩子有几个吃过苦的？都是蜜罐里生蜜罐里长，我外甥自然也不例外。我姐抹了抹猩红的眼睛继续跟我絮叨，“不过你是知道的，你姐夫脾气也是太暴了些，他一沾火星子就着，一点儿都不给孩子解释的机会，有好几个礼拜都不跟福贵说一句话，那张脸阴得能挤出半盆子水来。”

像大多数人那样，这些年我们姐弟一直聚少离多，每年也就是春节才能在一起乐呵那么几天，其余的时间都在各自的城市里忙生活。这回姐姐家出了这么大事，我理所当然得赶回来一趟。说心里话，这种情形下跟最亲的人团聚，实在是很受煎熬的。我真不忍心看着她眼泪一把鼻涕一把的样子，姐姐这下子衰老多了，五十刚露头的年纪，看起来老气横秋，脑顶心的头发竟有些灰白了，尤其那两鬓上的闪闪霜线，老远就耀人眼目，我几乎快认不出她了。平心而论，她这辈子对孩子没得说，标准的贤妻良母一个，以往我虽然不怎么常回来探望，可只要我来了，她总是想方设法要让我吃点好的，尽量不重样地做些我喜欢的菜品犒劳我；又生怕我住着不习惯，每回床单被罩枕巾睡衣一律得清洗或更换，简直把我当成她自己的孩子了。我们姐弟相差十岁，那些年都是她这个当姐姐的抱着我背着我的把我带大的，那时我们的母亲太忙，基本不怎么管家，姐姐几乎是充当了母亲的角色，生火、做饭、收拾屋子、照料弟妹饮食，可以说样样都离不开她。

她对我这个弟弟尚且如此，自己的儿子更是爱如珍宝。婚后，她一直全身心地扑在家庭生活上，可以说把丈夫和孩子料理得有模有样。从小学到中学，她几乎每天都要骑辆单车来回接送，风雨无阻，有时阴天出门忘了带伞，宁肯自己淋得像只落汤鸡，也要脱下自己的衣服把儿子包裹得严严实实；儿子不小心在学校里磕着碰着一点儿，她恨不得能替孩子受罪挨疼呢；儿子备战高考那些日子，她几乎没睡过一个囫囵觉，一会儿给儿子做夜宵吃，一会儿给他按摩头部放松大脑，一会儿又颠颠地打来洗脚水给泡脚，说是加速血液循环，最能解除疲乏。即便这样忙得团团转，我那宝贝外甥临考前还是病了，先是鼻子齉得不通气，然后扁桃体也发了炎，还大把大把盗汗，浑身乏力，夜里老做梦。他说自己梦见在滂沱大雨中翻山越岭，肩上背着沉甸甸的户外旅行包，气喘吁吁地爬过一道道山梁，蹚过一条条河流，眼看快到目的地了，却一脚踏空掉进万丈深渊……

“半夜里福贵抱着我，就跟丢了魂一样，唉，但凡还有一点点别的法子，我真不想让孩子去参加该死的考试。”我姐后来痛心疾首地跟我说。“能怎么样呢，我生怕他睡不好，天亮上考场没精神，就悄悄在牛奶里给他放了两片安眠药，哄着让他喝下去……”我当然能想象出夜里两点才吃了那种药，一大早人会是啥模样。张杨福贵被他母亲唤醒的时候，眼皮都掰不开，哈欠连天的，在母亲的照料下总算是凑合着洗漱完毕。因为大考，早餐准备得相当丰盛，小米稀饭，煎鸡蛋，酱牛肉片，水煮花生米，还有新鲜的韩式泡菜等。可是，我外甥只喝了小半碗稀饭，勉强吃了一个鸡蛋，就哇哇地吐了出来。“福贵就这样上了考场，我真怕他打不起精神，又拿保温杯给他带了热咖啡提神，可他到底还是没坚持下来，考了没一半人就打蔫了，一头趴在桌子上睡了，监考老师打来电话，叫我赶紧去把他领回家休息，你说说孩子有多可怜！”

我姐就是这样一个女人，不管说到啥事情上，总觉得孩子是天底下最委屈的那一个。“你姐这人什么都好，就一点没是非观念，她最拿手的就是娇生惯养孩子。”我姐夫偶尔会这样跟我聊上两句。“孩子弄成今天这个样子，还不都是她一手造成的！不信你去问问她，哪回学校期末考试福贵没病过，大考大病，小考小病，这些年我都习以为常了！”事实上，我姐原本以为那次她就要熬出头了，可因为我外甥又得重新回炉一年，她的苦日子又被延长了三百六十五天。不过，这也许只是我的感觉，她从未跟我讨论过这个问题，好像是，孩子复读也是天经地义，做母亲的理应顺命，反正伺候的是自己的儿子嘛。事实上，张杨福贵在我眼里一直还是个孩子，平时话很少，腼腆起来像个姑娘，性格有几分内向，学习成绩中等，生活能力很差。偶尔，我到姐家小住两日，竟发现连球鞋带还要他母亲帮着系好才出门。“这也不能都怨福贵，孩子忙得连放屁的工夫都得盯着课本。”我真看不惯她这样事无巨细地帮儿子打理一切，可也拿她没辙。

张杨福贵那天九点过五分才出的门，这比他平时整整晚了一个钟头。可是，他走到家属区停车场的时候，发现自己没带汽车钥匙。他呆呆地站在那辆蓝色的两厢长安铃木跟前，将手插进两个裤兜里轮番摸索了一会儿。这时，掺了咖啡的牛奶在腹内汩汩地动荡着，他不由得打了个嗝，感冒药片的苦味迅速涌至舌根，他使劲咽了口唾液，人多少清醒了一些，只是肠胃里还有些乱七八糟的感觉，想吐，但停车场人来人往，他到底忍住了。于是，他又转身往回走，走到自家那幢楼前的甬道上时，他母亲正好从阳台里探出脑袋焦急地张望着，他应该是听见母亲叫他的名字。他昂起头往上扫了一眼，没有吱声，可能是呕吐感尚未完全消失，不便于张嘴答话。“他一出门，我就发现他忘了拿鞋柜上的车钥匙，这孩子最近老是丢三落四的，我就从阳台窗户给他扔了下去，他当时啥也没说，冲我愣了一下，看着呆磕磕的，弯腰从草地上捡钥匙的时候，突然哇的一声吐了，草地上白花花一摊，那是刚才喝的牛奶。我心惊肉跳的，刚想把他叫回家来，可他却头也不回地走了，那感觉就像是，他这辈子再也不需要我这个当妈妈的了……”讲到这个细节，我姐的情绪终于失控了，突然用力抱住我号啕痛哭，好像就是这把该死的车钥匙断送了自己的儿子。

我外甥离开最初去实习的那个国企后，自作主张地在外面折腾起来，对于这一点我姐最初倒是深感欣慰。“别看福贵这孩子平时不声不响的，可他心里的主意正得很。”事实的确如此，那段时间，张杨福贵表现出了一个大学毕业生应有的激情和魄力，他没跟父母商量，就去一家汽车驾校报了名。接下来三个月，几乎雷打不动地去跟师傅学车，考驾照也许是他这二十多年来参加过的最为顺畅也是最成功的一次考核，什么科目一、科目二、钻杆和路考，居然全都一次性通过了。我姐高兴得无可无不可。“福贵马上就能拿到驾照了，孩子还是很有上进心的!”她在电话里这样跟我说，似乎是一下子看到了不久的将来，儿子大有作为，她该跟着他好好享清福了。

“妈，我想好了，等驾照一到手，我就去外面开出租。”可她万万没想到，等待她的竟是儿子这么突兀的一句话。“你胡说些什么呢？爸妈辛辛苦苦挣钱供养你读完大学，你却说要去当的哥，能对得起谁？”我能想象我姐当时的惊诧程度，一直望子成龙的她做梦也想不到会这样，可我外甥根本不以为然，反倒振振有词：“当的哥咋啦？谁规定大学生就不能去开出租车？不是说革命工作不分高低贵贱么，人家北大毕业的高才生，不还照样在街上卖猪肉呢！”最终，张杨福贵的的哥梦到底没能如愿以偿。来自父母方面的阻力可想而知，当然最关键的是，他确实有点儿异想天开，因为没有哪家出租公司愿意花钱雇一个驾龄等于零的愣头青，所以，驾照对于他来说形同虚设，白纸一张，充其量可以证明，张杨福贵脑瓜子不笨，并非一无是处。

那段时间，张杨福贵孤注一掷地将自己囚在家里，圆领运动衫加乔丹牌篮球大裤衩子，他人本来就瘦了吧唧的像根竹竿子，这样的装扮使他看上去更像个吊死鬼。“好像我是个后妈，舍不得给他花钱似的，家里再也找不到别的像样点的衣服了。”以至于我姐后来回忆起这件事时，总觉得不可思议。我外甥倒是不再折腾什么了，可也绝对的大门不出二门不迈，除了吃饭睡觉上厕所，就是猫在自己的房间里，无休止地联网打游戏。“没日没夜地摁着那个鼠标，好像那只手跟鼠标粘在一起了，你姐夫恨得咬牙切齿，差点没把电脑给砸了。”

我姐跟我说起这件事时，身体竟不由得又抖颤起来，就像患了严重伤寒的病人在瑟瑟地打着摆子。我姐夫天生一副火暴脾气，我想那天的情形一定很恐怖。“你知道福贵当时怎么冲他爸吼的？真是吓死我了，这爷俩儿肯定是这辈子见面见得太早了！”我后来翻看张杨福贵留下的那本日记，那天他只是草草地写下了这么一句狠话：“张德标你有种连我也砸了！”我姐夫当然不会冲动到要砸自己儿子，他只是像一头暴怒的雄狮，突然张牙舞爪地闯进我外甥的房间：“我让你玩我让你玩！”便猛地飞起一脚，踹翻了电脑桌。我姐死命地从后面抱住了丈夫那日益发福的腰身，尽管她跟张德标在一起生活了二十多年，对这个人的性格该了如指掌，可当时还是被吓了个半死，因为，她忽然从我外甥的眼瞳里看到了两簇燃烧正旺的火焰。

二

头一眼看到那辆铃木牌小轿车的时候，我的眼睛立刻被瓦蓝色的车身刺了一下。这种颜色再加上这样的场景，难免叫我的心有些惶惶的。说实话，我一直不能理解，我姐他们当初为什么决定给张杨福贵买汽车的。仅仅是因为我外甥拿到了驾照无车可开？还是因为有了私家车，就会彻底打消儿子开出租的念想？现在，他们派我到交警大队帮着把车开回来。眼前这爿大院子里停了一片乱七八糟的车，五官挪移模样都不大好看，尽是被磕碰擦刮或剧烈撞击过的样子。唯独我外甥那辆蓝兮兮的小长安铃木，完好无损，被停靠在一个不起眼的角落里，车顶和玻璃窗上落了厚厚一层灰尘，还有一些斑斑点点的灰白色鸟粪，看起来安生而又腼腆，像极了张杨福贵本人。

"怎么回事？这车拖来有些日子了，咋现在才来开！"警员从厚厚一沓纸中愤然翻出单据，又拿鄙夷的眼神斜射我。"罚款两百，再加上拖车费和管理费，一共是三百五。"我不敢有二话，老老实实照单交钱，我知道这里可不是讨价还价的地方，然后才小心翼翼地用钥匙打开车门，却没有直接钻进去，只是把头探进去四下瞧瞧，好像生怕里面会冒出个什么怪物来。怎么说呢，车里又脏又乱，坐垫上有类似小孩尿床的圈圈水印，一定是我外甥经常开车喝饮料时不慎留下的；驾驶椅前的脚垫上有明显吐过的痕迹，早已板结的一摊秽物依旧散发出顽固的腥臭味。据警员讲，车是被随便扔在一个叫同乐巷的街道旁，几乎将那条路给堵死了，是旁边店铺的业主打电话报的警。

我不知道张杨福贵当时出于怎样的考虑，也许是他突然就厌倦了开车这件事，觉得无聊透顶，索性丢下再也不想开了，要知道他们这代人多少有些人来疯，今天闪婚明天裸婚的，干什么都靠一时心血来潮。不过，另外一种可能也是有的，那就是身体状况不允许他继续开下去——听我姐说，他的呕吐情况确实持续了好长一阵子，市里大大小小的医院都跑了个遍，那些专家主任的号也都挨个挂过，甚至还请了个高明的法师来家里驱邪，可他还是像个反应强烈的年轻孕妇，随时随地都会吐个天翻地覆。现在，我终于带着很复杂的心情发动了这辆无辜的汽车，并把它规规矩矩开出交警大队的院子，心里依然有种很惶惑的感觉，就像它会随时给自己带来什么厄运。

上路后我随便瞅了一眼仪表盘上的里程表，雪白的阿拉伯数字向我表明此车已经跑了将近五千公里。五千公里说来也不算少，都可以从我们银川往返一趟西藏了，对于一个年轻人而言，这段漫长的路程到底意味着什么，不是说行万里路读万卷书吗？在这近似机械的五千公里的路途中，张杨福贵每天都在车里琢磨些什么呢？或者，他真正的目的地到底在哪里？这样徒劳的思索注定毫无结果，我只是极力想象着我外甥最后一次驾驶它时的情形，他一定是在车里开着开着，突然感到肠胃一阵痉挛，翻江倒海的滋味让他痛苦不堪，他像孱弱的孕妇，当他无法遏制地在脚垫上吐完第一口后，才意识到该下车找个地方去解决，所以，他也只能就近立即停车，并用一只手捂着湿漉漉黏糊糊的嘴巴，十分狼狈地逃离了这辆蓝色小轿车。

“给他买车是我的主意，那阵子他成天窝在家里，人都快窝得长毛了，像个小老头，这样下去可怎么是好啊！”就在我把车开回来的当天，我姐总算是掏了实话。“多少年都没见孩子笑得那么欢实过。只要他能开开心心，每天都好好的，咱们花点钱也值了。”听她那口气，好像买回家的不是一辆小轿车，而是普普通通的一个电动玩具。我知道长安铃木真算不得什么好车，买车加办证前后下来不足十万块，可作为代步工具还是绰绰有余的，尤其是对于我外甥这样连个正经工作还没有的小年轻来说。“你姐就是太能娇惯了，孩子就算要天上的星星，她也要想法子上去摘一颗下来！”或许，我姐夫张德标说得没错，一个二十出头的小伙子，尚未一技之长，也不能养家糊口，反倒心安理得地赖在家里，一味地靠父母的血汗钱过活和享受。“要我说这车当初真不该买，毕竟他还是个没长大的孩子。”当我这样发表自己的看法和不满时，我姐马上又抹着眼圈，涕泪纵横起来，似乎是我的话刺到了她最敏感的那根神经。

“这事还不都怪你姐夫，他非要逼着福贵去报考一个什么事业单位，说那里有正式编制，不过先得参加市里统一的人事选拔考试，头些天我就把福贵的思想做通了，连哄带劝他总算是答应去试一试。可哪里知道，考试回来好些天他都没精打采的，像吃了败仗。我后来趁你姐夫不在家时盘问了半天，他才跟我透了实话，跟他一齐参加考试的不是父母用豪车接送，就是自己开着小车跑来跑去，唯独他还骑着辆破单车；最可气的是，福贵过去高中时的一个最调皮捣蛋的男同学，故意把跑车开到他身旁，炫耀地打着喇叭，身边坐着个妖冶的女人，问他要不要上来送他一程。福贵说这人学习成绩一直是他们班里垫底的，成天就知道给漂亮女生塞纸条和惹是生非，可就是那次招考，福贵一开始还觉得自己考得蛮不错，可等到参加了面试之后，偏偏就是那个同学榜上有名……你想想孩子多受打击啊！”任由她絮絮叨叨说个没完，我始终没再插话，心里忽然有种很落魄的感觉，已届不惑之年的我，当然更能够体会到福贵所感受到的那个错综复杂的社会，诸如关系啦、人脉啦、财富啦、学历啦、靠山啦，所有这一切随便可以淹没一个初出茅庐势单力薄的年轻人。

可后来的事实似乎证明，给张杨福贵买车也许是不错的选择，因为他终于破天荒地再也不把自己宅在家里，并彻底地跟网络啦游戏啦说拜拜了。“有一天福贵一进家门就兴奋地跟我说，妈我想好了，从明天起我就到街边练摊卖货去。”这事来得非常突然，我姐一时半会儿还反应不过来，以为孩子在跟自己开玩笑呢。不过，她终于从儿子那张瘦削的长着几颗发红粉刺的脸上，看到此前从未有过的激动神情，那是一个年轻人想大显身手时惯有的热血模样。于是，我姐几乎小心翼翼地低声问了一句：“那你到底想去卖啥呢?”“这个嘛，我还没想好，不过什么能挣钱我就卖什么呗。”我外甥这样模棱两可地回答他母亲的疑问时，心里一定对未来的经商之路充满了自信和无限憧憬。

实际上，随着私家车进入千家万户以后，城市的街头巷尾和闹市区的确出现了一个个流动的小摊贩，这些小商贩都有一个非常明显的标志，那就是都开着各自的汽车，在夜市周边的街道停好车辆，随手将一面大帆布单展开来苫在车身上，然后再从后备厢里取出那些鸡零狗碎的小商品，什么头饰啦、服装啦、鞋帽啦、皮具啦、唱碟啦、化妆品啦、毛绒玩具啦……都一股脑儿地摆放在帆布单上，这样一个简易摊位便大功告成，然后他们开始大呼小叫地招徕生意，直至午夜时分还不休不止。当时，我外甥张杨福贵瞅准的正是这一新生行当。这回我姐似乎是被儿子说服了，她竟背着丈夫给福贵拿出三千块钱作为本金。怎么说呢，如果此前福贵在我心目中只是个衣来伸手饭来张口的小家伙，那么，自从得知他也曾轰轰烈烈甩开膀子干过一场后，作为他的长辈我不得不对这个年轻人也刮目一次了。

这或许是张杨福贵一生中最忙碌最辛苦，也是最充实最快活的日子。“他白天总要忙着去外面进货，哪里的东西便宜他就开车往哪里跑，经常连晚饭都顾不上吃，就急急忙忙出摊了，有时候都快夜里一两点钟了，才能回家睡觉。”如今再回想起当时的情景，我姐的眼神中仍旧流淌着母亲特有的提心吊胆，也许还有近似于幸福的一抹泪光。“看他累得又黑又瘦没个人样，我实在不忍心让孩子这样熬下去，其实我和你姐夫的工资也够家里花了，可你猜福贵怎么说？他说妈你别担心，我没事的，等我将来挣到钱了，一定带你去海边好好玩……福贵真的好像长大了，再也不是过去那个任性的小男孩了。”不过，我姐夫张德标对此一直耿耿于怀，他说自己好歹也算是个国家公务员，我姐让儿子整天在街边瞎折腾，他的脸面都快被丢光了。“我不知道你到底是怎么想的，难道说一辈子就这样浑浑噩噩地混下去？”一天在饭桌上，他义正词严地对儿子说，“别忘了，你可是咱们老张家的长孙哟，你总得找个正经事干吧。”我姐说那天她一直非常揪心，生怕爷俩儿又会为此戗得不可开交，可我外甥始终没再顶撞他父亲，恰恰相反，张杨福贵似乎真的懂事了，整个谈话过程他都在静静地听着，最后只淡淡地说了一句话：“爸妈放心吧，我不会教你们失望的。”

可是好景不长，就在我外甥每日风里雨里起早贪黑在街边兜售他的小商品时，这个城市正在为参加什么全国卫生和文明城市的角逐，而大刀阔斧地进行环境综合治理，尤其是对那些走街串巷的小商小贩，简直像当年的白匪兵围剿红几方面军似的撒下了天罗地网，任尔上天入地，也要穷追死截剿杀殆尽。我不知道当时张杨福贵内心有何种感受，要知道那阵子他正风风火火干得起劲儿呢，而且，他还跟父母表过态度，我姐夫张德标总算是网开一面，暂时不再跟儿子磨叽什么了。

“有一晚都十一点钟了，我们突然接到一个电话，是城管执法队打来的，他们没收了福贵的所有货物，说他违章占道，非法经营，不服从管理，还出言不逊，要扣人扣车！”虽然事情已经过去很久了，可我姐说起这事情绪依然很激动。“你姐夫说活该，让他自作自受去。我苦苦哀求了半天，就差下跪了，他才不情不愿地跟我出了门。一路上都在不停埋怨我，嫌我成事不足败事有余，还说这样下去迟早有一天会毁了福贵的……可你说姐又有什么法子呢，总不能把他成天拴在裤腰带上?！儿大不由娘啊！”

三

世上总会有因祸得福的事，张杨福贵似乎也不例外。就在他被城管执法队扣住那次，一个名叫岚岚的大龄女青年，悄然走进了我外甥单纯的情感世界。“那姑娘我一看就比福贵大好多，下巴尖尖的像是拿刀子削出来的，皮肤有些粗，估计是长年在街边摆摊风吹日晒的结果，多少带着那么点儿水蛇腰。尤其那双眼睛，透着一股子狐媚气。”从我姐的简略表述中，我大致能想象出那女人的模样。据说，我外甥就是在他短暂的练摊过程中结识她的，她没有汽车，通常气喘吁吁地拎两只又高又大的编织袋，有时她会用其中一个编织袋帮我外甥占好摊位，当然我外甥也会开车帮她载货或送她回家；另外，他们中谁要是偶尔去附近方便一下，另一方就会主动帮忙照顾摊位；如果城管部门突然来袭，他俩会相互通风报信，或并肩协同作战，一齐携手逃窜。可以说，这样的萍水相逢，一开始就打上了某种患难与共的印记。

事实上，张杨福贵摆摊挣的那点儿钱，也就凑凑合合够交城管的罚款，这还不包括那一阵子像蔬菜一样频频涨价的汽油。因此，我姐夫铁了心决不许儿子在外面瞎闹了，并责令我姐要牢牢盯住他，没事不许他出门。可是，此时的张杨福贵已非彼时的张杨福贵了，他似乎心有所属，那个叫岚岚的女人完全占据了他那涉世未深的心灵。本来这回岚岚是自己可以逃脱的，可人家为了他非但没跑，关键时刻还跟他统一战线，与强横的城管们对着干。“谁多管闲事啦？我俩本来就是一家的，你们就会没收没收，还让不让老百姓活?！”我外甥也许正是被对方这种敢于两肋插刀的侠义精神征服了，他平生头一回真正爱上了一个女人。以前我就陆续听我姐念叨过，张杨福贵在学生时代也偷偷摸摸喜欢过一两个同班女生，不过那时的他太稚嫩太胆怯，性格又内向，又不善于表达，见了女生脸蛋红得像猴腚子，也就是说他仅仅暗恋过对方，却从来没有付诸过一次行动，然而这回却大不同了。

“他跟我软磨硬泡，说妈我求求你，就让我出去一趟吧，我在家都快憋疯了。”那阵我姐夫经常出公差，我姐在家想看住一个春心萌动的大小伙子谈何容易。“他还说要是再不让他出门，他就从前阳台一头栽下去……我见他实在可怜，生怕再出啥乱子，我说出去可以，就是不能再去摆摊了，咱家里不缺你挣那点儿钱。”我外甥表面上跟她妥协了，私下里却跟那个岚岚打得火热，他俩照样一起进货一同出摊，不过他倒也学聪明了，货物都寄存在那个女人家里，这样他就可以顺理成章地每天傍晚去接她，然后一起找地方摆摊，深夜再开车护送她回家。自打采取了这种暗度陈仓的经营策略，两个人的关系也就一路突飞猛进了，终于有一晚，我外甥趁他父亲出差之际，竟彻夜未归。

作为一个过来人，这种事我只能稍加想象。在那个叫岚岚的女人家里，我那性格腼腆的外甥怎样手忙脚乱地拥抱和亲吻了对方，但当那些铺垫性的程序草草完成之后，两个人开始进入实质性的肉体接触时，张杨福贵一定被女人那饱满的乳房和浑圆的臀部怔住了，他也许感到一阵惊慌失措和窒息，不知道接下来该如何是好。这种时候，张杨福贵确实非常需要年龄比他大、经验比他丰富的岚岚帮他一把，正如他们在街边摆摊时需要彼此关照。“我后来问了他不下一百遍，最后他可算是露了句实话，他说妈我要跟岚岚结婚。”我姐后来经过一番秘密的跟踪查访，才拐弯抹角打问清楚，那个叫岚岚的女人比我外甥大好几岁，有过一次短暂而不幸的婚姻，结得快离得也快，至今还是单身一人，好在没生过孩子。她好像也没有念过什么大学，家里条件差，高中毕业后就开始挣钱养家了，前些年当过各种店铺的服务员，后来因为离婚时从前夫那里得到一点精神补偿，就用来摆摊做起了小本买卖。

“结婚？臭小子你昏头了吧，你俩都没有正经工作，将来靠啥过日子呢，难道吃风喝烟去吗？”我姐当时就是这么直截了当地跟我外甥谈的。“况且她还是个寡妇，一个被别人蹬掉的女人，就算你真想结婚了，总得给妈领回来一个黄花闺女吧。”哪知我姐的一番苦口婆心，当即就遭到我外甥严正而不屑的反驳。“妈，你真叫人失望，都什么年代了，你咋还满脑子封建腐朽思想，再说现在哪还有什么黄花闺女，想找处女只能去找小学生了，而且还得是三年级以下的！”我姐当即就被儿子的话戗得无言以对，接下来她的言辞便左右摇摆不无妥协意味了。“可我要是真答应了，你爸他还不吃了我！”但那时的张杨福贵已经被爱情冲昏了头脑，根本听不进去母亲的一个字。“反正我就要跟她在一起，不管你们乐意不乐意！”

那天我正好开着我外甥的长安铃木，拉着我姐上街办事。我姐下车后，我暂时把车停在街边等她。车载收音机《中国之声》正在播放整点新闻：一个女人残忍地将年仅六岁的儿子推进正在嗡嗡旋转的洗衣机里，那孩子生下来就是个痴呆儿，六年多来女人经受了常人难以想象的痛苦折磨，丈夫早有新欢弃她而去，现在她鼓起勇气投案自首了，除了无尽的忏悔之外，等待她的必将是法律的严惩；接下来一条，说的是一位乡下残疾农妇，几年如一日地在城里拾荒换钱，却供养出一个在名牌大学念书的儿子，最让人唏嘘不已的是，这个儿子起初并不知晓母亲默默为他付出的一切，如今他大学毕业，有了一份白领工作，而那个一瘸一拐的母亲还得继续为儿子去筹措未来的购房款……当耳朵里灌满了这类社会新闻以后，内心会莫名地产生一种悲观甚至是绝望的情绪，单用憎恨啦怜悯啦焦虑啦，是根本不足以概括我此刻复杂的心境。

这时，一片暗影悄然扑来遮住了我的半拉脸，外面有人在轻轻地拍打车窗，我才醒过神来，并随手放下玻璃。然后我就看到了那个下巴尖尖的女人，生得眉目清秀，穿着也得体，说话语速较快，她说远远看着这辆车眼熟，仔细一瞧车牌果然是熟人的车。我说明了自己跟车主的关系，她也自报了家门。“你外甥人很好，以前我俩摆摊时，他没少帮我忙。”我听她用了“我俩”这个词，心里忽然有些不太舒服，毕竟他俩的关系没有被任何人肯定或祝福过，所以，我几乎冷冰冰地撂了句：“是吗，我不大清楚。”她一定是觉察到我的冷漠，可嘴里依旧嗫嚅着：“真的很抱歉，我没能……”她没有再接着说下去，只是很小心又非常留恋地打量着这辆汽车，好像车内储存了太多太多温暖的记忆，又兴许是睹物思人的缘故，我从对方那变得黯然的神情中，隐约看到了越来越浓的感伤。

皆因受到对方的情绪感染，我觉得自己不该这样无端地对待一个陌生女人，况且，她曾经的确跟我外甥好过一场，除了我姐我姐夫之外，这世上恐怕只有她最了解张杨福贵了。于是，我尽量改变自己的态度，请她上车里说会儿话，她稍稍犹豫了一下，才点头答应了。“其实，我一直觉得他更像我弟弟，有一天他忽然说他喜欢我，当时我都乐喷了，以为他在开玩笑，我说小屁孩你才多大啊，给我当小弟还差不多……可后来我发现他是真心的。自打我俩认识以后，他从不让我搬重东西，生怕我累着；买来好吃的东西，总是先尽着我吃；有时我有个头疼脑热的，想随便吃点药扛下去，他呢非得坚持带我去看门诊，我打点滴他就一直守在我身边，一阵喂我喝水，一阵替我剥个橘子吃；有一次城管队的在后面追，我俩就拼命跑，跑着跑着，我阑尾那的老毛病又犯了，疼得直不起腰，他就把自己手里的货物都扔下，背起我只顾疯跑，我就骂他说傻子，你不要那些东西了，那可是辛苦钱呀，可他说是人当紧还是东西当紧……”

“也不瞒你说，我前夫是个嗜酒如命的男人，喝醉了回到家，就知道找碴儿打骂老婆。不怕您笑话，那阵子我身上几乎没有一块好的地方，不是这青了就是那儿肿个大包，所以我才铁了心跟那人离了婚，我发誓这辈子再也不嫁人了。可跟你外甥在一起的日子里，似乎又让我看到了生活的一丝希望，只可惜我这辈子没那个福气，不配……”她突然说不下去了，脸上尽是闪闪的泪花儿。她兀自垂下头去，泪珠就断线似的往下砸落，她就用袖口来回揩抹着红红的眼圈。我忙从纸盒里抽出几片纸巾递给她，她旁若无人地用力擤鼻涕，声响很大，呜噜呜噜的，像个受尽委屈的姑娘，鼻尖红得透明发亮。

本来还想多跟这个岚岚多聊两句，偏巧这时我姐办完事回来，当她拉开车门瞧见这个年轻女人时，先是愣了一下，紧接着便火气不打一处来：“你怎么在这？嘀，真是阴魂不散！”我姐凶巴巴的模样多少让我有些尴尬，于是，我不得不尽量替岚岚打打圆场，别教人家太为难了。

很快，岚岚就在我姐近乎逼视的目光中沉默着钻出车外，有些灰溜溜的，那感觉就像她真的做了什么亏心事。“她刚才都跟你啰唆了些什么？”汽车开出老远了，我姐依旧不依不饶地回头朝后窗张望着，好像生怕那个女人会再度卷土跟来。“我们家福贵是多乖的一个孩子啊，咋就偏偏遇上这么个狐狸精，你瞧瞧，她那一脸的克夫相……”

这种时候，我一点儿都不想跟她讨论这些问题，只顾一门心思开车。我知道，一个母亲所有的偏见和仇恨正在我姐身上作祟。

四

呕吐当然不会轻易置人于死地，可对身边事物愈来愈严重的反感或厌恶心理，或许才是最致命的。这一点后来我在张杨福贵的日记里得到了印证。当我姐在张德标的威逼和善诱下，不得不出面干涉我外甥的私人情感问题时，张杨福贵在日记本里留下这样一段怨气十足的文字：

“倒霉！我怎么会生在这样一个糟糕的家里？他们总是自以为是，比封建家长还封建家长！老想替我包办一切，好像我是他们从商店里买来的玩具，他们从来也不问问我在想什么，我到底需要什么，他们就会指手画脚颐指气使，好像我是个大傻瓜。今天不让我这样，明天不许我那样，可我已经不是小孩子了，我知道自己在做什么……我越来越讨厌他们，讨厌这个家，这里的所有一切都让人厌烦透顶！”

事到如今，我姐似乎才意识到，当初她背着儿子去找那个叫岚岚的女人谈判，或许是她这辈子做过的最最愚蠢的一件事。“我就是想让那个女人识相点，知难而退，因为我们就算死也不会答应，儿子娶一个寡妇当媳妇！”我完全能够想象我姐当时的态度有多强硬，她含辛茹苦养大了独生子容易吗？怎么可能对这种事袖手旁观听之任之。“你猜那女的怎么答复我的，她说对不起，你最好回去先问问你儿子，这种事你们谁说了也不算……”我觉得人家说得不无道理，强扭的瓜怎么会甜。“后来我只好又觍着脸去求她，还塞给她一张银行卡，我说上面有五千块钱，权当是给她的一点儿精神补偿，求她无论如何一定要离开我家福贵啊。”可怜天下父母心，没想到我姐居然能低声下气到这步田地，我都为她感到脸红和痛心。

但是，钱这东西有时并非万能，那张崭新的银行卡只在外面转悠了一个晚上，第二天就被张杨福贵怒不可遏地砸在客厅的茶几上。“妈，快收起你这套拙劣的把戏吧，你让我感到要多恶心有多恶心！”银行卡神经质地蹦起老高，然后又原封未动地落在我姐脚下，那一刻起母子俩便形同陌路了，至少我外甥大概是铁了心要跟家人搞决裂了。“就为了那么个女人，他竟敢直着脖子哼哒自己的妈妈，我真是白疼他了。你说我活着还有啥意义？”我实在不忍心看她伤心欲绝的样子，我自己的女儿今年也满十周岁了，我不敢想象未来是否也会有那么一天，孩子完全不在乎父母的内心感受，仅仅是为了一个不靠谱的恋爱对象。

也就在同一日，我外甥张杨福贵离家出走了，一句话也没有留，甚至也没有开走那辆蓝色的长安铃木。“整整一天都没见人影，一直到夜里一两点也没有回家睡觉，我和你姐夫才着开急了，他能去哪呢？”这注定是一个漫长而不眠的夜晚，两口子几乎找遍了所有他们能想到的地方。“给他以前的中学和大学同学挨个拨了电话，可谁也没有他的消息。”我姐讲到这里，神情又变得异常苦涩了，像刚刚喝下一大碗黄连汤，整个人似乎从骨头里往外都透着苦气。自小到大张杨福贵还是头一回这样干，照他的性子不像是能豁得出去的人，所以，我姐他们就把全部罪责都归咎于那个岚岚，认为一准是她在幕后教唆的。

“我和你姐夫好不容易找到她卖货的地点，她却说根本没见过福贵的影子，傻子也不会信，不给她点儿颜色，她是不会说实话的……”当时，我姐完全失去了理智，她像所有冲动而又蛮横的家庭主妇那样，怒气冲冲地扑上前去，一把揪住对方的头发，像地里的农妇薅野草似的动起手来。“有时候为了生活下去，女人不得不把自己变成个泼妇。”我忘了这是哪部电影里的一句经典台词了，也许我姐的所作所为恰好可以充当它的一个注脚。可惜张德标还算是国家公务员呢，站在一旁竟没有一点儿干部觉悟，任由自己的老婆在夜市货摊上撒泼犯浑大打出手。后来围观的群众越聚越多，大伙七嘴八舌头地议论起来，有人甚至大呼小叫着：“打！往死里打呀！打死她活该！这就是当小三的下场……”张德标闻听方觉不妙，因为这直接关涉到自己的名声，万一让单位同事和领导知晓，岂不严重影响他的仕途前程，这才慌忙用一只手掌遮住颓唐的脸庞，匆促间挟起自己的老婆，趁着浓浓夜色夺路而逃。

在儿子不见踪影的日子里，我姐如霜打了的茄子蔫在家里，楼道稍有一点儿风吹草动，她都会第一时间打开房门，探出恓惶的脑袋，神经质地聆听上半天；夜里根本无法合眼，满脑子都是福贵从小到大的身影，总算熬到后半夜稍微打个盹儿，也会被一串稀奇古怪的噩梦死死纠缠住。“你姐夫真够毒的，他发狠话说就当我们没养这个儿子，你说说世上咋有他这号当爹的……福贵真要有个三长两短，我干脆不活了！”我外甥离家第二天一早，她就打电话向我哭诉，我着实被她悲怆的哭丧调吓了一大跳。我忙劝她说事情还没到那个分上，也许他只是躲在那个好友家里散散心呢，让她千万别想不开，除了尽快想办法寻找，也只能耐心等待了。我姐说这回她算失望透了，都说养儿防老，没想到儿子仅仅为一个女人，就这样伤大人的心。“你们的做法也多少有些欠妥，即便不愿意，也该好好跟孩子讲嘛，干吗非搞得鸡飞狗跳墙的？”我姐听了我的话，便在电话那头号啕起来，从她歇斯底里的哭声里，我能真切地感受到一个做母亲的心酸和不易。

平心而论，我姐对张杨福贵确实倾注了半生的心血。我记得孩子很小的时候，身体很虚弱总爱生病，每学期幼儿园几乎送不了几次，多半时间都在住院治疗或回家静养。为了能方便照顾孩子，我姐年纪轻轻就放弃了她原本最拿手的业务工作，主动请求领导把她调到一个工资待遇相对差些的二级部门，这样好容易熬到孩子念小学。“福贵上学简直就像是我在重新读书，孩子的所有作业都得家长来批，你稍微不认真点儿，老师就在课堂上点名批评学生，福贵回家鼻子不是鼻子脸不是脸的。”

前些年，我总能听到我姐这样那样的埋怨声，直到我自己的宝贝女儿也上了小学，我才充分体会到她当初的痛苦和无奈，其实我也只能逆来顺受，谁让如今的义务教育变成这种奇怪的状况呢？哪像我们当年，书包里老空荡荡的，只装着语数等两三本书，经常可以在校内就把家庭作业完成掉，回到家基本上就剩呼朋唤友地疯玩一气了，什么掏麻雀、打沙包、抽老牛、滑冰车……一年四季都好玩得要死，似乎从来都不知道什么叫作压力。轮到张杨福贵读书时，学校风气早已大变，书包重得像只长途旅行箱，每晚作业写不到十点钟以后休想完成，此外还有英语、奥数、器乐、美术、舞蹈等课外辅导班，正排着长队无情地消磨着孩子们周末仅剩的一丁点儿可怜的休息时光。说来惭愧，我女儿从幼儿园时就开始陆续接触此类学习了。一方面，家长们天天都在抱怨老师抱怨学校，而另一方面呢，我们自己也正在兴高采烈地添砖加瓦助纣为虐，因为每个家长都不想让自己的儿女输在所谓的起步线上，所有人都陷入了一个可怕的怪圈里听之任之不能自拔。

最终，我外甥被人发现晕厥在自家对面街巷一个密不通风的网吧里。网吧老板长得就像港片里的曾志伟又肥又矮，靠近耳根处有一只又圆又红的痦子，上面生有几根弯弯曲曲的杂毛。“喂，这儿有个年轻人晕过去了，你们最好马上过来一趟!” 正是这个看上去有几分险恶的矮男人一大早打来电话的。据说，我外甥就在这个离家不足二百米远的地方，整整窝了两天两夜，直到第三天黎明到来。那时，他已弹尽粮绝，兜里再没有一个钢镚了，网吧老板才像清理垃圾一样，把他从电脑跟前弄了出来，好在他身上还揣着手机，不过自从他走进这家网吧后就一直关着，大概是不想让任何人找到他，这样一来老板就很容易通过手机联系到了家属。“我接到电话，心都惊得要跳出嗓子外了，你不知道他当时有多可怜，小脸上一点血色都没有，简直像个亡人……你姐夫口口声声说要去告那个网吧，可人家根本不怯，反说福贵早就是成年人了，人家也没有把他绑在里面不让走……唉，这究竟算啥世道啊!”后来经过一番抢救治疗和留观，我姐他们终于如释重负地从急救中心把儿子接回家了。短短几天时间，我外甥似乎一下子垮掉了，在他那孱弱而倔强的外表下，正悄然萌生出某种万念俱灰的东西来。

此后的许多天里，张杨福贵几乎不再跟我姐他们多说一句话，他只是一声不吭地扒拉几口饭，然后目光呆滞地推开碗筷，闷头闷脑转身回房间睡觉，硬生生把家弄得像个毫无生气的钟点房。即便到了这般光景，我姐夫还是鸭子煮烂嘴不烂，他不时地给我姐施加压力，叫她千万不要松口，务必挺住。“不信你瞧着吧，用不了多久，这小子准会回心转意，谁没有打年轻时过来过?”我姐已是骑虎难下，但考虑到儿子的婚姻啦未来啦前途啦，她不得不硬着头皮继续贯彻执行张德标的最高指示。实际上，这种冷战局面并没有取得任何实质性进展，可能恰恰相反，他们两口子合起伙来硬将我外甥推向了一条不归之路。自从我姐他们找到那个岚岚大闹过一场后，对方也开始有意无意躲避着我外甥了。她先是连着好些天不再出摊卖货，接着又玩起了失踪，任凭我外甥到家门口一次次堵她，或者，半夜三更在夜市摊上大海捞针般苦苦寻找，就是再也见不到她的人影了，她像是彻底从这个城市里蒸发了。

“他的情绪越来越坏，动不动就在家里摔东西，他还开始拼命抽烟，有一晚我悄悄推开他的房门，满满一屋子浓烟啊，能活活把人呛死!”我姐流着泪跟我讲述时，我仿佛真的闻到了那满屋子令人窒息的尼古丁味。“我跟你姐夫说，要不咱就由着孩子好了，可他马上又冲我吹胡子瞪眼的，骂我真没出息，连自己的儿子也对付不了。万里长征眼看都走到最后一步了，这阵子却打退堂鼓想当逃兵，岂不是前功尽弃了，他说如果这样，往后再也别想管住儿子。”我知道张德标在机关单位待得时间太长了，所以，他把那些按部就班高高在上死气沉沉的官僚主义作风统统带进了家庭生活中；我不知道这个男人脑子里成天都在想些什么，他天真地以为这样坚持下去就能迫使我外甥就范。这只能说明他真的一点儿也不了解自己的儿子。表面上看，张德标跟我姐一个强硬一个软弱，一个扮黑脸，一个唱红脸，好像配合得天衣无缝，但他们却把最重要的东西给忽略了，那就是孩子最需要的是理解和尊重，可以说他们从来没有认认真真听儿子说说心里话，他们也从来没有把孩子当成自己的朋友。

也就打那时起，我外甥莫名其妙地患上了一种非常奇怪的病症，看到不合口的饭菜他会作呕，看到颜色鲜艳的饮料他会作呕，有时早晨刚一睁开眼，就对着饭桌上的早餐哇哇地干呕起来。“一开始我和你姐夫都认为他那是装的，故意用这种方式跟大人作对，不过是一哭二闹三上吊的小把戏，谁也没太放在心上。可后来我发现，只要我们想跟他谈点儿正经事，大人这边话还没说完呢，他就鼓起腮帮子，捂着嘴巴往卫生间跑，当时我们觉得这孩子太可气了，简直不把父母放在眼里。”

一天刚吃罢饭，张德标郑重其事地宣布，他又托了过去部队上的老战友为我外甥找到了工作，就是去给某某领导开小车。我姐虽然觉得给领导当司机算不得什么体面工作，但总比黑天半夜在街边摆摊卖货有保障得多吧，于是赶紧赔着笑脸，让我外甥给他父亲表个态。当时，张杨福贵已经涨红着脸站起身，准备往卫生间逃窜了，我姐恰好看出了这个苗头，便一把抓住他的胳膊，不无严厉地训斥：“福贵，你咋这么不懂事呢，爸爸在外面求爷爷告奶奶给你安排工作容易吗，你就不能有个好态度吗？”哪知，我姐话音刚落，我外甥就当着他俩的面，呼啦一下把刚刚吃进肚子里的饭菜吐了个精光。

我姐和我姐夫在那摊秽物散发出的古怪气息中面面相觑，彻底无语了。

五

有关张杨福贵病后的一些细枝末节，我也是从他的日记和他母亲的转述中了解到的。我姐说福贵那阵子变得非常忧郁，也许是持续的病情再加上每天大量服用止吐药物，让他精神恍惚意志消沉。白天，他通常会一个人待在家里，父母都不在的时候，他也许会稍稍感到好受点儿。这种时候他要么瞅着天花板发发呆，要么就在床头展开笔记本随便写点什么。

“我觉得自己像个孱弱的婴儿，房间里空荡荡的，偶尔能听到冰箱嗞嗞的电流声，呕吐彻底搞坏了我的胃，我现在吃什么都会吐，最严重的时候，我觉得胆汁都快被吐光了，照镜子一看，舌苔黄绿黄绿的，嘴巴苦得要命！吃什么都是苦的。我想，也许我快死了，因为没有谁能真正治好我的病，他们只知道让我做各种检查，喂大把大把的药给我吃，就像他们谁也不关心我真正需要的是什么……”

不知怎的，我多少被我外甥的这些文字所打动，我甚至觉得日记里的这个外甥，比现实中那个大男孩更加真实也更有个性。

“我妈说我最没良心，白眼狼一个，他们算是白疼了我一场。那天我把那张银行卡扔给她的时候，我妈的脸色难看极了，可她并不知道，我的心其实更难受，她不喜欢岚岚也没关系，可她真不应该那么恶毒地去伤害一个人，这种做法我永远都无法理解，不能原谅。”

“……那天我从家里跑出去，街上人来人往，我忽然觉得自己又渺小又孤单，像极了一只蚂蚁，这个世界太大了，而我不知道该去哪里好，岚岚不会再理我了，我妈伤透了人家的心，我也没有脸再去见她。我过去那些同学都忙得很，他们个个都有自己的工作，大白天的没人会搭理我的。我跟他们不一样，他们好像都巴不得父母替自己安排好一切，可我真的不想那样，什么公务员啦事业单位啦国企白领啦，这些我统统不稀罕，我有手有脚，只要是我自己真正喜欢的，我一定能把它干好。问题是，他们不许我去摆摊卖货，他们觉得那样很丢面子。在大人眼里，面子永远都是第一位的！这一点，其实从他们给我起的名字就能看出来，张杨福贵，虽说掺杂着父母的姓，却俗不可耐！他们生下我好像就是为了传宗接代，为了那个所谓的面子，我爸嘴里常常跟老和尚念经一样：你是老张家的长孙，给咱们争点面子好不好！可我一点儿也不在乎。如果仅仅是图这个，我宁愿他们从来没有生过我。”

“我想，自己之所以能在网吧里一待那么久，理由其实很简单，这里几乎没有一个熟人，谁都不关心谁，谁也不必戴着面具生活。网络上的事物总能触手可及，最关键的是，只用一只小小的鼠标，就能轻易搞定这个世界。表面上看，我整天游手好闲无事可做，而我最想做的事，他们又极力阻挠，所以，我只能把自己全身心地藏在这个虚拟的世界里，面子和尊严对我来说无关紧要，因为在网吧里，我可以暂时不需要父母，不需要朋友，不需要工作，甚至也不需要什么女人和爱情！”

“我的体重越来越轻，每天吐出来的东西似乎远远超过了我的摄入量，我的身体变得十分虚弱，可大脑却异常活跃，我能记起许许多多年前发生过的小事情，比如我上幼儿园时最喜欢的一个很小的熊猫玩偶，我总是把它揣在裤兜里，无聊的时候就把它掏出来玩一会儿，直到有一天它被一个比我大的男生抢过去，然后无耻地丢进便池里放水冲走了，那一天我哭得像个女孩，也似乎明白了一件事，最心爱的东西往往都会被人抢走；小学二年级，因为老发高烧甚至不能参加期末考试，差点就留了一级，妈妈后来带着我和一大堆礼物去了一趟班主任家里，我因此知道了什么叫作侥幸和礼尚往来；初中一年级我不可救药地喜欢上了自己的同桌女生，有事没事我总盯着人家傻笑，她就告状说我有神经病还色眯眯的，后来老师就把她从我身边毅然决然地调走了，害得我好长时间都魂不守舍的，晚上只要闭上眼睛，就能看到那个女生妩媚地冲我招手笑，打那以后我无师自通地迷上了手淫，我也老担心这样下去我会死得很早；再有就是去外地上大学，我不太会洗衣物，我妈会在每学期开学前夕特意请假到学校一趟，美其名曰送我返校，实际上是帮我把上学期积攒下来的脏的衣服被罩床单都清洗一遍……不管怎么说，那时候真是活得无忧无虑，即便天塌下来，我也不必害怕，而现在我却感到非常恐惧，我的体重越来越轻，轻得像一朵棉花，随时会从地上飘起来……”

这些日记恰好从不同侧面，为我回顾了我姐那段烦乱不堪的日子，除了要不停地带着儿子奔赴各家医院门诊，验血验便做胃镜以及生化检查外，她几乎没有正经上过几天班，即便这样，张杨福贵的症状也没能得到有效缓解。呕吐这种事几乎成了家常便饭，起初主要是针对各种食物饮品，后来完全是莫名其妙的，比如看到某个他不喜欢的人、天气变得阴霾、某些花草植物的样貌，尤其是听到父母的唠叨声，都会让他吐得稀里哗啦的，这丝毫不以谁的意志为转移。凡是经手过我外甥的大夫，都显得模棱两可或束手无策，后来有个大夫大胆推测说，这八成是心理疾病，而心病是需要心药来治的。于是，又急颠颠地跑去求心理医生，人家给福贵出了一堆类似脑筋急转弯的测试题，试图对他进行心理干预，可依然收效甚微。久病乱投医，我姐实在没辙了，最后不得不听信了年长的邻居建议，专门从寺庙请了一位法师来家里驱祟。

“我陪着法师在家里转悠了一大圈，那人穿着黑乎乎的道袍子，手里举着把桃木剑，嘴里念念有词的，说是咱家新买的房子风水不好，这里当初是一大片坟地，后来硬让开发商强行推平盖了楼房；你外甥自幼就体弱多病，法师说他有天深夜开车回来，刚一走出车外，就跟一个冤魂撞克上了；他还告诉我说，那冤魂死得相当惨，是被亲妇在饭菜里下了毒的……”我姐唠叨起这些无稽之谈时，模样生动得有些瘆人，我脑海里竟莫名地浮现出潘金莲毒害武大郎的惨烈画面。所谓的法师，不过是没费吹灰之力就从我姐手里拿走了两千块钱，可我外甥却变得愈发地沉默和消瘦了。

“有一天福贵老早就爬起来，穿戴得齐齐整整的，他说自己想出去走走透透气，估计是看我脸色有些犹豫，他又说妈放心上班去吧，一会儿我自己就回来。要知道福贵好久都没这样心平气和地跟我说话了，我当时真以为是病情好转了。”那天，张杨福贵一共去了三个地方，其中有两处竟然是他过去念过书的小学和中学。每到一个地方，他都会长时间趴在围栏外面张望好一阵子，仿佛一位阔别多年的老台胞作故地重游，正在拼命回想曾经在这里度过的懵懂岁月。最后一站是每到傍晚时分就会喧闹和繁华起来的夜市，但上午这里一般都显得冷冷清清，地面上分明还有头天晚上买卖双方留下的杂沓印记。“福贵一到这里，我的心马上就提到嗓子眼了，我就知道他心里还念着那个女人。”我姐那天始终像个蹩脚的密探，一路偷偷尾随着儿子，我估计张杨福贵怕是早已觉察到了，只是他从未当面戳破她。

此后的若干天，我外甥又死气沉沉了，每天除了习以为常的呕吐两三次，他连电脑也懒得再打开了，黑色的键盘上蒙着厚厚一层灰尘。有一早我姐出门前，竟破天荒地问儿子，想不想起来玩会儿电脑游戏，哪知这话竟引起了病人一阵剧烈的生理反应。“他弓着背趴在卫生间的马桶上，呕啊呕啊那通吐呀，我当时心都碎了，我这到底是哪辈子造的孽啊！”

不过，那时的张杨福贵除了生理性呕吐外，内心的怨恨似乎也被病情拖垮了，他总是奄奄一息地打量一眼自己的母亲，我姐则一面流着心酸的眼泪，一面用柔软的纸巾替儿子擦拭嘴角和鼻孔周围黏糊糊的秽物。这种时候，张杨福贵则报以虚弱的微笑，在那种惨兮兮的苍白笑容里，我姐双手紧紧搂住儿子，像抱着襁褓中的婴儿，用一个最真切的拥抱传递着全部的母爱。“宝贝，你快点好起来吧，你知道妈有多疼你！”这种时候，游离了许久的母子情感似乎又渐渐步入了正轨。“妈，你猜我昨晚见到谁了？——是外公，他走到床边拉住我的手说，好孙子你咋老也不来看我一眼，现在快跟我一起回去吧……”我姐当即像是被针刺中了脚心，差点没从地上跳了起来。——要知道张杨福贵的外公正是我们的父亲，他老人家早在张杨福贵出生的头一年，就殁于一场意外车祸了。“太恐怖了，他这不是精神错乱，就是回光返照。”以至于我姐后来回忆此事时，瞳孔突然间张得老大，就像真的看见什么鬼魂要带走她唯一的宝贝儿子。

就是在万般无奈的情况下，我姐终于决定奋力一搏。这当然又是一种所谓的民间偏方，即冲喜，就是用一件大喜事来冲一冲弥漫在家里的阴霾和晦气。这次张德标倒还表现得有些思想觉悟，至少一开始他是相当抵触的。“冲什么喜，都什么年代了，你简直是乱弹琴！”我姐更是当仁不让。“那你说，你到底是顾儿子的命，还是要自己的面子？！”面对一个女人汹涌的泪水和歇斯底里的吵闹，这个古板的男人到底还是妥协了。也许，他的耳际不时飘过的还有“不孝有三无后为大”的经典祖训吧。当时，我外甥的状况的确已到了叫人忧心如焚的地步，我姐说她的眼皮整天都在扑扑翻跳，这样下去她早晚会疯掉的。只要能治好福贵的病，哪怕是仅有一丝丝希望，她也不惜拼命一试。

接下来，一切都在紧锣密鼓中悄然进行，我外甥起初一直被蒙在鼓里。新娘的人选当然是至关重要的，最初想到的自然还是那个叫岚岚的女人，既然儿子那么喜欢她，又为了她弄得一身的病，她当然是不二人选了。仅仅为了找到岚岚，我姐几乎就差跑断了腿问薄了嘴皮，一则城市这么大想找一个人谈何容易，再者那个女人确实不怎么在夜市上露面了。当初可是我姐把人家羞辱得体无完肤，如今又要回过头抹下老脸去求对方，我觉得她真够荒唐和异想天开的。后来的结果可想而知，那个叫岚岚的女人几乎被我姐的苦苦哀求给激怒了。“你不用再说了，就算拿八抬大轿抬我，我也不会去的！你不会是以为我脑子进水了吧？凭啥让我做你儿子的牺牲品？我这个人虽说天生命不好，可我也犯不着那么贱！”

六

在遭到那个叫岚岚的女人断然拒绝后，我姐的痴心妄想依旧有增无减。她一直笃信好事多磨的道理，为了儿子能够尽快摆脱病魔恢复健康，对于一个做母亲的女人来说，似乎没有什么做不到的。那阵子，我姐家刚搬进新房子不久，原先那套旧的单元楼并没有立刻出售。而之所以留着它的深层的原因是，如果儿子很快就要结婚的话，这套小点的房子完全可以装修一新暂做洞房；或者，我姐他们照样搬回旧居，把新房子腾出来送给儿子使用。事实上，如今持有这种想法的父母非常普遍，即便自己住得差点也没关系，说白了一切还不都为了孩子着想嘛。不过，像我姐这样孤注一掷的女人也实属罕见，她不惜一次又一次拦路堵截骚扰那个岚岚，一遍又一遍苦口婆心地恳请对方，简直都快有点儿像祥林嫂那样成天神经兮兮的了。“姑娘只要你愿意，什么条件都答应你……你就是我们老张家的大救星啊！

福贵这孩子的死活全凭你一句话，我家老老小小今生今世都忘不了你的恩德……”想想看，这些车轱辘话听多了，势必会叫人陷入迷惘，感到崩溃，岚岚肯定也不例外。

“那些天我几乎连门也不敢出，生怕被你姐在大街上缠住不放，其实，我也不是不想帮她的忙，可这种事情也太离谱了，你知道我是有过不幸婚姻的人，就算我不对自己负责，也总得替你外甥想想吧，毕竟他还那么年轻。”这是离开我姐家前最后一次见到岚岚时，她当面跟我说的。那天是我主动去夜市找到岚岚，然后又邀请她到附近的蓝山咖啡厅小坐，我一直觉得应该好好跟她深谈一次，也许这样做才是对我外甥最好的怀念。

现在事情已经告一段落了，可对于当事人来说，也许其阴影并未完全消散，在这个意义上，我应该尽量拿好言安慰安慰她。尽管上回我们在路边的车里匆匆晤过一面，但实际上跟她交谈并不很轻松，因为作为福贵的长辈，有些话题我还是有所顾虑的，甚至难以启齿。“你姐为了说服我，还用相机偷拍了福贵的照片给我看，多半都是他弯着腰呕吐的样子，确实太憔悴太可怜了，我实在不敢看他那张脸——”我不得不打断了她的话：“你到底怕什么？”她没有马上回答我的问题，而是端起眼前带镏金边的咖啡杯，用银亮银亮的调羹轻轻搅拌了两下，怎么说呢，她喝咖啡的样子有些惆怅，或者，很苦很苦。我指了指眼前的糖块问她是否需要，她有些恍惚地摇头。

“其实，我最怕的是再和一个男人重新生活，何况这个男人还比我小好多岁，就像他们说的姐弟恋，我不否认你外甥真心喜欢我，可我想了好长时间，我未必适合他，因为他太单纯，很多事情都不是他想象得那个样子，他应该找个比我年轻的……我一直很害怕，我们的事从一开始就遭到长辈的极力反对，你说这样的婚姻以后会幸福吗？”我无语。幸福这东西已经变成了一道越来越高深莫测的试题，我甚至都不能肯定我自己这些年是否过得幸福；而我也最清楚我姐当初那样苦苦哀求人家，明明是临时抱佛脚罢了，这自然也就跟幸福毫无关系了。不过，岚岚的话倒让我渐渐意识到，也许打一开始她就低估了我姐对此事的执着程度。

“你姐最后一次找到我那天，是晚上十一点来钟的样子，她一直在外面不停地敲门，咚咚咚咚的，我其实已经上床躺下了，听到她的声音我就气不打一处来，心里说这女人太烦人了，干吗老没完没了折腾我呀，好像我上辈子欠了她什么似的。”岚岚当时确实很不乐意去开门，因为她实在害怕对方说那些不着边际的车轱辘话，可我姐那晚并没有老生常谈，相反，她很冷静，一句那样的话也不说，除了站在外面一次次敲门，就是不停地呜咽。“那哭声在楼道里断断续续的，听着叫人心里很不舒服，我不想让邻居们都来看热闹，无奈下只好给她开了门。”现在回想起那晚的情形，岚岚分明还有些不寒而栗的样子。“可你姐她死活不肯进来，只是满面泪痕站在门口，一连声央求着，让我无论如何一定去看一眼福贵，她说他好像快不行了，这是她最后一次求我……”

据岚岚讲，当时我姐说到最后几个字时，基本上已泣不成声，由不得别人不相信。我不得不佩服我姐的演技，为了儿子所谓的幸福，她真什么都能豁得出去，那一番哭哭啼啼的诉求，终于让对方有些动心了。果然，几分钟后岚岚匆匆忙忙穿戴整齐，就跟在我姐身后一前一后下了楼。夜色中的两个女人拦住了一辆出租车，奇怪的是我姐没有坐在副驾位置上，而是很奇怪地跟岚岚一同钻进了后排座，也许她是怕对方半路突然变卦临阵脱逃吧。事实上，那一路我姐都像是要绑架对方似的。“一下车，她就死死拽着我的胳膊不松手，她说她眼神不太好，再加上最近一直熬夜照顾儿子，心脏也不舒服，希望我能搀着她一起走，我当时真的没有多想，更没有想到那种事会发生在自己头上。”

我姐后来告诉我，她确实是趁张德标出差时将家里那套小房子布置成新房的样子的：旧家具被她擦拭一新，她还特意挑选了一张萌春牌席梦思床垫——这种东西电视广告上承诺可用六十年，也就是说，用到什么银婚金婚钻石婚都没问题的。卧室的屋顶以对角线的方式挂了四条彩色拉花，墙上贴了一对大红“囍”字，另外还添了两床崭新的蚕丝被，反正新房总得有点儿新气象嘛。岚岚被我姐带到这套房子之后，那间卧室的门一直是虚掩着的，所以，她并没有发现里面有什么蹊跷之处。我姐进屋就用一次性纸杯给岚岚端来了橙汁，让她先坐在客厅的沙发上喝点饮料稍等一会儿，她自己轻手轻脚地去了卧室，说是先看看福贵醒了没有，因为她出门前福贵刚刚上床迷糊着。

“那阵眼看十二点钟了，我又是被你姐从床上叫起来的，人困得要命，又跟她磨叽了那么半天，确实有点儿口干舌燥，就一口气把那橙汁都喝光了。”岚岚刚喝完第一杯饮料，我姐就从那间卧室走出来，并顺手将房门轻轻带上，然后拿起茶几上的饮料罐，很是殷勤地又替她斟了一杯，她本来不想再喝，可我姐硬是塞到她手上，只好恭敬不如从命了。“你姐说我能不计前嫌深夜来家里看望福贵，她不知该怎么感谢我呢，又说她刚才叫了声福贵，他还昏昏沉沉的，就让再醒一醒，等会儿穿好了衣服，再让我进去见他。这时，我忽然感到头重脚轻的，眼睛怎么也睁不开了，起初我以为自己只是犯困了。可又过了一阵，只见你姐的嘴巴一直在动，可我就是什么也听不见了……你以前有没有觉得，你姐这个人其实很阴险？”岚岚讲着讲着，猛不丁这样发问，我顿时感到一阵惊慌和羞愧，说实话，我真没想到我姐会如此不择手段，把人家连诓带骗弄到家里，还在饮料里做了手脚，这可是在犯罪啊！

正是在那间简朴却又处处洋溢着喜庆气息的卧室里，张杨福贵的确是晕晕乎乎地躺在床上的，一床鲜红鲜红的新被覆盖着他单薄的身体，窗帘拉得严严实实，唯一的一面朝北的小窗户也被事先找人给封堵死了，不可能轻易打开。床头柜上的一盏小台灯也被很解风情地换上了粉色的灯泡，朦胧的光线显得暧昧而又冷艳。岚岚一准是在昏迷之中，被一下一下拖进这间昏暗的卧室的。那时，张杨福贵的母亲已经彻底疯狂了，她处心积虑，一手策划并导演了这场所谓的冲喜闹剧，当她将这对青年男女按照新婚夫妻的样子，赤身裸体地摆放到崭新的席梦思床垫上时，内心一定万分激动吧，也许会有一些紧张，但只要想到儿子很快会好起来，一家子人又可以恢复往日的欢声笑语，她的心就变得无比坚硬起来。很多时候，我实在不敢去想象当时的情形，张杨福贵和岚岚，这一男一女在随后的时间里是怎么度过的？那些被神不知鬼不觉灌进腹中的迷幻药物，到底起了怎样的功效？有一点似乎可以肯定，他俩像所有新婚青年男女那样，糊里糊涂睡在同一张床上，甚至是同一床被子下面，一对年轻的身体就那样亲密接触了，而张杨福贵的母亲自始至终都像只警惕的母猫，悄无声息地睁大双眼，忠实地把守在卧室外面，静候着佳音。

“也不知过了多久，我迷迷糊糊睁开眼睛，脑子里一片空白，就跟在梦里一样，隐隐约约看见一个男的痴痴傻傻地趴在我面前，正一眨不眨地盯着我看，我有些迷惑，感到浑身酥软，头痛欲裂，几乎连喊叫一下的力气也没有，嘴巴里有一股橘子皮味，舌头根苦苦的，像刚吃了什么西药片……又过了好大一会儿，我才慢慢反应过来到底发生了什么，我的手在被子里胡乱摸了摸，我身上的外套和长裤都不见了，慌乱中我一下子摸到了另一个光着的身体，瘦瘦的，骨头有些硌人，我倒吸了一口凉气……他一直那样一动不动地趴在枕头上看着我，脸上的表情说不上是高兴还是难过，或者还有些害羞，反正他自始至终都没有动一下，好像手脚和身体都被绳子给捆住了……”

当岚岚看似平静地对我讲述她的不幸时，其实同样也在讲述我外甥的不幸，或者，是他们两个人的不幸。尤其是当她得知张杨福贵出事以后，这种不幸几乎如影随形整日整夜折磨着她，以至于上回在街边忽然瞧见我开的那辆长安铃木时，她竟误以为是我外甥奇迹般地回来了。

七

那晚的情形大致如此。不必问张杨福贵肯定也吃了母亲为他精心准备的药物，只不过药末是被母亲悄悄塞进那种事先倒空了的胶囊中，而且他比岚岚服用得早了一个多钟头。也许由于药物的持续作用，他一直处在某种半梦半醒的状态，蒙蒙眬眬中那个他心仪许久的岚岚不期而至，这既让他感到疑惑不解又无比激动。而在此之前，我姐是这样跟他交代的：“你的病老也不好，妈都快活活愁死了，兴许真像法师说的新家里的风水不好，妈想和你搬回老房子住两天，等病情好转了咱再回来。”这次我外甥竟十分顺从地答应了，他后来在自己的日记里有如下记录：

“也许换个时间、换个场景、换一种方式，我都会毫不犹豫地接受这一切的……我真希望这场梦永远都不要醒来，能一直那么近距离地望着她，听她轻微的呼吸和心跳声，嗅她身上好闻的香气……可是，我还是从她的脸上捕捉到了什么叫恐惧，她好像根本不认识我了，眼神始终是那种上当受骗后的惶恐和不安……我承认自己确实非常非常喜欢她，如果可能的话，我真想这辈子一直跟她待在一起，可我妈彻彻底底把事情搞砸了，捆绑成不了夫妻，难道连这么简单的道理也不懂？后来到了第二天一早，我还是将计就计趁我妈一不留神放走她了，尽管我真的很喜欢她，但我绝不会伤害一个女人。”

“我记得自己很小的时候，我妈带我去逛商场，我喜欢上一只电动玩具，那只狗装上电池就能满地乱跑，还会汪汪直叫，偏偏我妈那天钱不够了，就说改天再来买，我以为她搪塞我，就死活哭闹着不依，后来索性躺在地板上耍赖打滚儿，惹得好多人围观。害得我妈只好打电话，让我爸赶紧送钱来，回家后我爸鼻子不是鼻子脸不是脸的，我妈却说孩子不就是想要个玩具吗？咱们又不是买不起，能哄儿子高兴就好！在我记忆中，我妈总会尽量满足我的种种要求，可这一次她错了，大错特错！她真是煞费苦心，不可理喻，让我无地自容，我恨她！”

时间不多了，头头已接连打来电话，催我火速赶回单位去，有时候我真想给他们撂挑子，可现实绝不允许我胡来，毕竟我不是张杨福贵，我有一份正儿八经的工作，有爱妻和宝贝女儿，养家糊口是一个男人的本分。这些天我最大的感触就是读我外甥留下的那本日记，那些或稚嫩或随性或偏激的文字叫人欲罢不能。其实作为父亲，我知道很多时候自己对孩子也非常鲁莽。比如为了女儿学钢琴这件事，确实没少跟她吹胡子瞪眼，当孩子学习遇到困难甚至停止不前时，我总是缺乏必要的耐心，有一次甚至气冲冲地扬言：“你若是再不好好练琴，我就把它砸了！”我们大人往往这样子，总习惯于强加或武断，而又自以为是地认为，这些全都是为了孩子好，一如我姐当初那样。但我再也没有勇气继续同我姐谈论这件事情了，尤其是当我知晓了她的所作所为，除了震惊和痛心之外，我不知道还能说些什么。我唯一感到不解的是，那个岚岚居然一直没有报案，从她的讲述中我几乎没有听出哪怕有类似的想法，也许正是被困在那个老房子中漫长而难忘的一夜，让她忽然明白了一个母亲的良苦用心。我自然也就不便再去追问什么。我始终认为我姐应该为此感恩戴德，而不是见到人家就跟见到了冤家对头似的。

当我告知我姐就要返回银川的时候，她人一下子就颓萎了，好像无端地又遭到了一个晴天霹雳，老半天内，一句话也没有，跟绝大多数哑巴那样，只顾决绝地撇开脸去，死盯着窗户或外面的天空，任凭泪水簌簌落下。我知道我一旦离开，这个家就再没至亲骨肉了，我的心何尝不是跟她一般绞痛难忍，她已这把年纪了，却要遭受残酷的失独之殇，又怎能挺得住。我几乎不敢想象她接下去的生活，无尽的哀思，孤独的晚景，老无所依，悔恨终了……也许远远比这要可怕得多。我唯一能做的就是悄悄带走那本日记，因为我实在不想让它再给我姐带来更多的痛苦记忆。我就这样匆匆忙忙上路了，这感觉多少有些想要逃离的意味。我不得不这样做，尽管有时候逃离也许比面对更加困难。

奇怪的是，冥冥中仿佛被什么东西牵引着，我竟又不知不觉来到了那个叫同乐巷的街道，许多天前我外甥就是把车锁在这附近一去不回头的，当时他的汽车堵了路让交警拖走了。这是条很有年头的老街，上世纪九十年代末被打造成商业步行街了，两旁尽是零零散散的小店铺，主要出售服装饰品和当地土特产之类，街面看上去熙来攘往好不热闹。在一片浓浓的槐树荫下，我注意到一个很干练的年轻姑娘站在自己的货摊前不停地忙碌着，她上身穿一件奶白色的泡泡纱短衫，下面是洗得发白的紧身牛仔裤，秀发乌黑，很随意地用头花绾在脑后，可能是长年风吹日晒的缘故，皮肤多少有些暗黑。姑娘身旁站着一个小伙子，却是一副大学生模样，似乎比那姑娘要小一两岁，个头却老高老高，偏瘦，鼻梁上架着很时髦的太阳镜。怎么说呢，乍一看他外表很像我那外甥，俩人大概趁着没顾客的工夫在清点货物。我靠近摊位时，两个年轻人依旧一边忙乎一边说笑，姑娘的声音很爽朗，大学生模样的人有些流里流气，他不时地在她的胳肢窝或脖颈里挠一下，姑娘就笑开了，咯咯地跟要岔气似的。我听见那姑娘说今年生意要是好的话，到年底也想买辆车，这样进货卖货就方便多了。大学生模样的人马上在原地蹦了个高，并迅速凑过嘴去，很响很给力地亲了一下姑娘的脸蛋。我赶紧扭头快步躲开，心里忽然有一种难以言说的东西，眼角竟莫名地湿润了，就像刚刚离过婚的人，是最怕见到人家在面前卿卿我我的。但走出老远一截，我又再度回头朝那片树荫下张望，隐隐约约觉得那对年轻男女是那么的眼熟，那么的亲切，包括摆在街边的临时货摊以及他俩对未来生活的美好憧憬。

很快，我便穿过窄窄的不足百米的同乐巷，一眼就能望见那条浑浊的穿城而过的渠水了，这是曾经的农业社会给这座喷薄发展中的地级市留下的唯一印记，而今两岸边早已被改造成市民休闲散步的好去处。稍稍犹豫了片刻，最终我还是战战兢兢地来到渠坝边。都说水是一个地方最宝贵的命脉，可有时候它也能轻而易举吞噬一条活生生的性命，几乎每年夏秋季节都有溺水者葬身于此。伫立在汩汩作响的城市水岸边，视线渐渐变得模模糊糊，几天来一直被刻意隐忍着的悲痛突如其来，我觉得自己像个懵懂无助的孩子，泪水跟我眼前的渠水一样汹涌起来。

在凄迷闪烁的泪光中，依稀仿佛可见我外甥紧锁眉头痛苦不堪的模样：那时他刚从蓝色的长安铃木里钻出来，三步并作两步跌跌撞撞冲向岸边，来自生理和心理的双重挤压，让这个年轻人只想找个没人的地方一吐为快，他太难受了，太憋屈了，太恶心了，在这个世界上也许没有人能真正地抚慰他的忧伤和痛苦。阵阵晕眩伴随着剧烈的呕吐始终折磨着他，他未老先衰似的弯下腰，佝着脊背，脑袋几乎快垂到地面上，当他终于可以涨红着脸抬起头来望着远方时，整个人早已变得异常脆弱，神情恍惚，摇摇晃晃。他无意中又往前迈了迈步子，这该是他短短一生中最致命的一步，或两步。旋即，整个人就像一片单薄的树叶，随着翻滚而去的水声消失无踪了，连同生命中的最后一个即将变得炎热的夏天和他所有的喜怒哀愁……

那时候大约是上午九点半钟的样子，金鱼色的阳光在水面上游动，晨风习习，除了岸边那一排寂寞苍老的河柳轻轻摇晃着枝叶，几乎没人知道这里到底发生了什么，一个人的消逝有时更接近于一粒尘埃。“是我把孩子给毁了，是我把福贵生生逼上了绝路啊……”我姐曾不止一次地在我耳边深深负罪地叨念着，可我宁愿相信这些都不是真的。真相仅仅是，我外甥一不小心自己失足落了水。这大概是生者最需要的一个理由。要知道，他还有很长很长的路要走，有很多重要的事情没来得及做呢。此时此刻，我耳边仿佛又响起了那个岚岚的声音：“你外甥那晚好像说过一句话，他说他想在街面上好好开一家店，因为他听说同乐巷那边生意很不错，我当时说那好啊，等你将来有了自己的店面，我就去给你打工，可他什么也没有说，只是一眨不眨地望着我。”

在离开这个伤心之地时，我默默地朝着水流涌动的方向深鞠了一躬，除此之外，我又能做得了什么呢？

一个知识分子的嗅觉与担当

张学东是一个对底层生活书写情有独钟的作家。他的诸多作品都从不同侧面写到了当代底层群体的生活状态，同时，也涉及一系列复杂的社会和家庭矛盾。中篇小说自选集《裸夜》遴选了他近五年来发表的中篇小说佳作，这些作品既包含了作者对当下底层世界的种种不幸生活的观察与思考，也融入了作者特殊的人生感悟。作者以一个旁观者的冷静笔触，默默地观察和记录着当下的种种事件，并以博大的悲悯情怀对小人物的多舛命运充满了无限的同情。其笔下每一个生命都是值得尊重和敬仰的，尤其是那些女性生命，在苦难之中愈发坚韧，生活的艰难让她们闪耀着人性的美丽之光。

譬如《被瞄准的女人》，通过家长里短的琐事，勾连起女主人公与家人之间几十年的恩怨。“文革”期间，由于母亲告发，父亲被送进监狱并导致他们离婚，“你”只能作为一个旁观者，被动地接受母亲的安排，并安排了以后的生活。反抗是必然的，却又几乎是无意义的。在反抗的过程中，主人公经历了丈夫的背叛和父亲的死亡，这反而给了一个弥合母女关系的绝好机会。其实，生活从来不是那么清晰和简单，不会是1+1=2，它包含了最复杂的深远背景，现实也许是艰难和复杂的，但我们所能做的最好选择，依然是只能与生活讲和。

随着手机的普及和不断更新，它或显或隐地改变了现代社会的人际关系，在给我们带来方便的同时，常常也给人们制造了或多或少的麻烦，它以各种方式把我们强行拉入社会空间，让人变得透明，甚至让你无处可逃。在众多麻烦中，近年来频繁报道的电话诈骗让人防不胜防，成了一道隐蔽的伤口，不便言说，却又阴魂不散。《电话迷藏》则紧扣这一社会现象，故事的内涵却远远超越了新闻报道般的社会现实。故事从某官员赵之手机上的陌生未接来电开始，一步步走进曾有一面之缘的下岗女工宋媛媛的艰辛生活——利用残存的一点风韵换取生存下去所必需的金钱。她的女儿小宋及其男友在母亲病倒后，利用熟人关系却把这些人挨个敲诈了一遍。但故事并不仅是对泛滥的底层生活辛酸的煽情表达，原本让人心酸的生活被贪欲引向邪恶，赵之的同情心被绑架，直到最后小宋的人性复苏才重又带来一种温暖。故事中的人物并非单一的黑或白，而各有其复杂性；揭开谜底的过程更揭示了这个时代社会生活的隐疾：生活的病相总是有着容易被遮蔽的更深的病因，恶的存在并非天性使然，而是复杂现实挤压下的扭曲和裂变。小说叙事流畅，模拟的通话文本与小说文本的交织，并不仅仅是一个叙事的障眼法，而是构成了一种有效的互文关系，通话文本既是对情节的启发，又在相互之间形成了一种张力。

《裸夜》中的大学毕业生沈越在报社做新闻工作，某夜，他偶然在小区撞见一名裸奔男子，职业本能促使一场夜间跟踪拍摄裸奔者的“新闻调查事件”就此展开，并由此演绎出一个极具张力的故事。底层青年在城市打拼这一故事在近年的文学讲述中并不令人陌生，而张学东却以“裸夜”这样一个独特角度给予这个老故事以新的艺术生命。小说中无论是沈越还是裸奔者都在跟这座庞大的城市机器搏斗。沈越在搏斗的过程中丢失了爱情，丢失了工作，丢失了自己的梦想甚至是尊严。年青一代在城市底层的生存压力、被现实生活无限挤压的绝望感，以及在迷茫中苦苦挣扎的精神状态跃然于纸上。具有反讽意味的是，新闻媒体本该具有的调查事实真相的责任，在《裸夜》里竟变成为了获得利益而不惜颠倒事实、编造谎言的恶行，这似乎是我们这个时代最大的讽刺。摄影机镜头下面“真实”记录的沈越女友晓蕾光鲜的身体和裸奔者的“不可告人”被无限放大，而镜头背后的真相却无人关注，这是张学东展现给我们的都市真正的秘密所在。在颇富黑色幽默情调的结尾中，跟踪裸奔者与裸奔者二者之间戏剧性地完成了角色的置换。当沈越脱掉衣裤在夜风中裸奔的刹那，这个城市的血管似乎被切开了，正呈现鲜血直流的残酷景象。

《托付给你的事》讲述了一个老门卫因受人之托，尽管不断身陷是非旋涡，但依然忠人之事，尽心尽力地帮助对方照顾无依无靠的幼童。小说在抨击一系列利益引发的社会问题的同时，也塑造了一个忠厚良善的弱势底层人物形象。《疑是悬崖》中的故事看似传奇，其实更为现实。主人公的女儿所在的学校突然闯进一个持刀歹徒，一个偶然事件使当下社会中隐藏的层层暗疾翻卷出来。主人公最终只能铤而走险，选择主动介入，一点点英雄气却在背后的原因和社会力量的层层扭曲下变异为滑稽无助，劫持问题的解决并不是社会问题的消失，相反，它借此铺开了一张无边的网，只要生活在当下，一切人祸皆有可能发生。如果作者的笔触仅仅停留在歹徒暴力袭击事件得到最后解决这一层面上，那这篇小说充其量也不过是可读性强的悬疑小说而已。作者的高明之处在于，在紧张、惊险、真实、连贯的故事情节背后，围绕着暴徒袭击校园这一中心事件，揭示了生活中或隐或显的种种矛盾，直至深入人物内在层面和人性善恶的异化与变形，从而展示了当代盛世景观背后潜藏的危机和困境。

对社会问题的人道主义关怀，与积极的人性介入，一直是张学东小说的特色之一。作者总是能够敏锐地嗅到当下社会现代化进程中存在的种种不和谐因素，并由此引发读者对人情冷暖、人与人之间、人与社会之间关系的反思。不难看出，这部中篇小说集渗透着作者强烈的人文关怀精神和社会责任意识，体现了一个知识分子的良知和勇于担当。

编　者

2015年春

张学东主要作品年表
（1999—2014）

中短篇小说

1999年

·短篇《蚂蚁搬家》原载《朔方》第9期

2000年

·短篇《看窗外的羊群》原载《朔方》第12期，《小说选刊》2001年第2期转载，入选《宁夏青年作家小说精选》，2002年获宁夏第六次文艺评奖短篇小说奖

2001年

·短篇《获奖照片》原载《中国作家》第10期，《小说选刊》第12期转载，入选《2001年中国短篇小说精选》（长江文艺出版社，2002年版）及《中国作家杂志20年经典（获奖）作品集》，获2001年度《中国作家》杂志精短小说奖，后入围第三届鲁迅文学奖

2002年

·短篇《跪乳时期的羊》原载《十月》第1期，《小说月报》第4期转载，入选《2002年中国短篇小说精选》（长江文艺出版社，2003年版）、《21世纪文学大系——短篇小说2002年卷》（春风文艺出版社，2003年版）、《2002年中

国短篇小说经典》(山东文艺出版社，2003 年版) 及《宁夏青年作家作品精选·小说卷》(宁夏人民出版社，2006 年版) 等小说选本；后入选何锐主编“把脉70 后”《走失的风景：70 后作家小说选》(江苏文艺出版社，2012 年10 月版)及俄文版《当代中国作家小说选》

· 短篇《第三十五日上》原载《当代》第 2 期

· 短篇《液体》原载《山花》第 2 期，《短篇小说选刊》第 4 期转载

· 中篇《一起走过的日子》原载《中国作家》第 5 期，入选《2002 年中国中篇小说精选》(长江文艺出版社，2003 年版)

· 中篇《黑白》原载《当代》“中篇小说专号”及《中篇小说选刊》(增刊)

2003 年

· 短篇《静静的两岸间》原载《山花》第 3 期

· 短篇《送一个人上路》原载《上海文学》第 8 期，《语文教学与研究》2005 年第 11 期转载，获第八届《上海文学》优秀短篇小说奖，荣登中国小说学会 2003 年度小说排行榜，先后入选《新世纪编年选——2003 短篇小说》(山东画报出版社，2004 年版)、《2003 中国小说学会年选——短篇小说卷》(花城出版社，2004 年版)、《2003 中国最佳短篇小说》(辽宁人民出版社，2004 年版)及《宁夏青年作家作品精选·小说卷》(宁夏人民出版社，2006 年版)等选本。2009 年年初，由日本大型文学季刊《中国现代文学》将《送一个人上路》等代表作译介到日本，后入选何锐主编“盘点中国文学”《回应经典：70 后作家小说选》(江苏文艺出版社，2011 年 11 月版)

· 短篇《扑向黑暗中的雪》原载《朔方》第 10 期，《小说选刊》2004 年第 1 期转载

· 短篇《婚俗二题》原载《朔方》第 10 期，入选《2003 年中国短篇小说精选》(长江文艺出版社，2004 年版)、《2003 年中国短篇小说经典》(山东文艺出版社，2004 年版)

2004 年

· 短篇《会议伙食》原载《山花》第 5 期

· 短篇《压轿》原载《时代文学》第 5 期，《小说月报》第 11 期转载

· 短篇《蓝色鸭蹼》原载《山花》第 11 期

·短篇《跟瓶子一起唱歌》原载《上海文学》第 12 期，《小说选刊》2005 年第 3 期转载，入选《2004 年中国短篇小说精选》(长江文艺出版社，2005 年版)

·短篇《寸铁》原载《上海文学》第 12 期，入选《2004 中国小说学会年选·短篇小说卷》(花城出版社，2005 年版)

·短篇《说给寂寞听》原载《天涯》第 4 期，入选《2004 年中国短篇小说经典》(山东文艺出版社，2005 年版)

·中篇《二桃》原载《朔方》第 1 期，《小说选刊》第 2 期转载

·中篇《风轻云淡》原载《布老虎中篇小说》春之卷(春风文艺出版社，2004 年版)

·中篇《白雪村庄》原载《布老虎中篇小说》冬之卷(春风文艺出版社，2004 年版)

2005 年

·短篇《二叔》原载《当代小说》第 10 期，入选《2005 年中国短篇小说经典》(山东文艺出版社，2006 年版)

·短篇《小说二题》原载《福建文学》第 9 期，入选《2005 年中国短篇小说精选》(长江文艺出版社，2006 年版)

·中篇《女人别哭》原载《长城》第 4 期及《中篇小说选刊》增刊，入选《2005 年中国中篇小说精选》(长江文艺出版社，2006 年版)

·中篇《葬礼》原载《山花》第 7 期

2006 年

·短篇《应酬》原载《红豆》第 4 期，《小说精选》第 6 期转载

·短篇《喷雾器》原载《青年文学》第 7 期，《中华文学选刊》第 10 期转载；先后入选《2006 年中国短篇小说精选》(长江文艺出版社，2007 年版)、何锐主编《中国短篇小说 100 家》(江苏文艺出版社，2014 年版)，荣登 2006 年度名家推荐中国原创小说排行榜第三名

·短篇《石头跑》原载《钟山》第 6 期，《北美世界日报》连载

·中篇《坚硬的夏麦》原载《天涯》第 4 期，《北京文学·中篇小说月报》第 9 期转载，获第二届《北京文学·中篇小说月报》作品奖；入选《21 世纪文学大

系——中篇小说2006年卷》(春风文艺出版社，2007年版)及林贤治主编的《2006文学中国》(花城出版社，2007年版)；荣登2006年中国当代最新文学作品排行榜，后入围第四届鲁迅文学奖

· 中篇《谁的眼泪陪我过夜》原载《上海文学》第8期，《北京文学·中篇小说月报》第9期转载，《小说精选》第10期转载；入选《2006年中国中篇小说经典》(山东文艺出版社，2007年版)

· 中篇《当你来到我身边》原载《星火》第8期，《中篇小说选刊》(增刊)转载

· 中篇《向葵头上的野烟》原载《十月》第5期

2007年

· 短篇《沿山吹来的风》原载《作家》第2期，《北美世界日报》连载

· 短篇《海绵》原载《红豆》第1期，《小说月报》第3期、《小说精选》第3期及《解放日报》5月23日“特别关注栏目”转载

· 短篇《奔跑像风一样自如》原载《文学界》第3期，《小说月报》第5期转载

· 短篇《年味正浓》原载《天涯》第6期，入选《2007中国短篇小说精选》(长江文艺出版社，2008年版)、《上海首届作家研究生班学员作品集》(上海文艺出版社，2009年版)

· 短篇《左手》原载《山花》第7期

· 短篇《剃了头过年》原载《中国作家》第10期

· 中篇《艳阳》原载《江南》第5期，《小说选刊》第9期转载，《作家文摘》9月分四期连载，入选《2007中国中篇小说精选》(长江文艺出版社，2008年版)、《中国小说学会2007中篇小说年选》(花城出版社，2008年版)

· 中篇《工地上的女人》原载《长江文艺》第9期，《小说选刊》第10期及《中篇小说选刊》(增刊)转载，入选《文艺报》推荐“2007年度十佳中短篇小说”及《上海首届作家研究生班学员作品集》(上海文艺出版社，2009年版)

· 中篇《水往北流》原载《青年文学》第9期

· 中篇《水火》原载《作家》第10期

2008年

· 短篇《河滩上的秘密》原载《大家》第3期

· 短篇《麦香入梦》原载《钟山》第 5 期，入选《2008 年中国短篇小说精选》（长江文艺出版社，2009 年版）

· 短篇《半途》《曲径通幽》原载《江南》第 5 期

· 短篇《福寿双至》原载《花城》第 6 期

· 短篇《拔踪记》《司空见惯》原载《青年文学》第 10 期

· 短篇《火腿》《拾女记》《跪乳时期的羊》原载《时代文学》《朔方》《十月》，《北美世界日报》“小说世界栏目”6–9 月相继连载

· 短篇《惊喜》即“张学东作品专辑”原载《文学界》第 10 期

· 中篇《女教师》原载《江南》第 1 期

· 中篇《挡风玻璃》原载《小说界》第 3 期，入选《2008 年中国中篇小说经典》（山东文艺出版社，2009 年版）

· 中篇《清水浑浊》原载《小说月报》（原创版）第 5 期，入选《2008 年中国中篇小说精选》（长江文艺出版社，2009 年版）

2009 年

· 短篇《飞蛾》原载《北京文学》第 1 期

· 短篇《光荣的火柴》原载《小说界》第 1 期

· 短篇《羔皮帽子》原载《十月》第 1 期

· 短篇《皮试》原载《大家》第 4 期

· 中篇《梅香传》原载《作家》第 7 期

2010 年

· 短篇《绿芭蕉》原载《山花》第 5 期，《小说月报》第 7 期转载

· 中篇《夜色中的男人》原载《小说界》第 2 期

· 中篇《少年红》即“张学东作品、印象、对话、评论专辑”原载《百花洲》第 2 期

· 中篇《欢乐的五谷》原载《作家》第 5 期

· 中篇《栏杆》原载《长城》第 5 期

· 中篇《哑谜》原载《山花》第 11 期

2011 年

· 短篇《传帮带》原载《山花》第 2 期

· 短篇《老万家的油瓶子》原载《山花》第 8 期，入选《2011 年中国短篇小说佳作选》(贵州人民出版社，2012 年版)

· 中篇《恋爱往事》原载《十月》第 4 期

· 中篇《托付给你的事》原载《上海文学》第 9 期，《作品与争鸣》第 12 期转载

2012 年

· 中篇《屋顶上的人影》原载《清明》第 1 期

· 短篇《兄弟便是李逵》原载《山花》第 6 期

· 短篇《病榻情话》原载《红豆》第 6 期

2013 年

· 短篇《哭河》原载《中国作家》第 5 期，入选《2013 年中国短篇小说排行榜》(百花洲文艺出版社，2014 年版)

· 中篇《疑是悬崖》原载《山花》第 3 期

· 中篇《鱼儿离不开水》原载《朔方》第 8 期，《小说月报》“中篇小说专号”转载

· 中篇《电话迷藏》原载《山花》第 9 期，入选《2013 中国中篇小说精选》(长江文艺出版社，2014 年版)

· 中篇《一个人的餐饭》原载《十月》第 6 期

2014 年

· 短篇《药食者》原载《山花》第 8 期

· 短篇《品客》原载《小说界》第 4 期

· 短篇《腥膻》原载《江南》第 4 期

· 短篇《小幻想曲》原载《天涯》第 6 期，《小说月报》2015 年第 1 期转载，入选《中国当代文学经典必读·2014 短篇小说卷》(百花洲文艺出版社，2015 年版)

· 中篇《被瞄准的女人》原载《山花》第 1 期

· 中篇《裸夜》原载《山花》第 11 期，《小说选刊》2015 年第 2 期转载

长篇小说及作品集

· 长篇小说《西北往事》原载《作家》2006 年第 3 期 “长篇小说专号”(河南文艺出版社，2007 年 4 月版)，入选中国现代文学馆“建国 60 年文学成就展优秀长篇小说系列”

· 长篇小说《妙音鸟》，原载《华语文学》2007 年第 7 期(作家出版社，2008 年 9 月版)。同年 11 月，由宁夏文联、上海作家协会在银川联合召开“张学东长篇小说研讨会”，《文艺报》《文学报》《作家通讯》以及中国作家网均给予重点推介或报道

· 长篇小说《超低空滑翔》，原载《作家》2008 年第 3 期 “长篇小说专号”，被列为中国作协全国重点作品系列(上海文艺出版社，2009 年 6 月版)；同年 10 月，由中国作协重点作品扶持办、宁夏文联、上海文艺出版社在京联合召开“张学东长篇小说《超低空滑翔》研讨会”，《人民日报海外版》《文艺报》《光明日报》《中国青年报》《中华读书报》《新京报》《文学报》以及新浪网、中国作家网均给予重点专题推介或报道

· 长篇小说《人脉》，原载《作家》2011 年第 6 期 “长篇小说专号”(河南文艺出版社，2011 年 5 月版)；同年 5 月 4 日，由河南文艺出版社出资在北京中国现代文学馆举行“张学东长篇小说《人脉》首发式暨座谈会”，《文艺报》《中国图书商报》《中华读书报》《新京报》《作家通讯》《文学报》及中国作家网均给予重点推介或报道

· 长篇小说《遥望白银湖》(黄河出版传媒集团阳光出版社，2011 年 5 月版)，新书首发暨作者签售活动在 2011 深圳第七届文博会举行

· 短篇小说集《跪乳时期的羊》入选中国作家协会、中华文学基金会主持编选的《21 世纪文学之星丛书》(2002 年卷)(作家出版社，2003 年 1 月版)

· 中篇小说自选集《谁的眼泪陪我过夜》(广西师范大学出版社，2009 年 4 月版)；同年 5 月，“张学东中篇小说作品研讨会”在宁夏大学召开，中国作家网等相关媒体给予关注

·《张学东短篇小说·名家点评本》(河南文艺出版社，2010 年 4 月版)，新书首发暨作者签售仪式在(成都)第 21 届中国图书博览会上举行

·短篇小说集《石头跑》入选上海文学创作中心编选的《登峰文库》(香港作家书局出版有限公司，2010 年 10 月版)

·中篇小说集《水火》(黄河出版传媒集团阳光出版社，2011 年 4 月版)，同年 4 月 23 日新书首发暨作者签售仪式在银川举行

·短篇小说集《绿芭蕉》入选《中国当代西部文学丛书》(黄河出版传媒集团宁夏人民出版社，2012 年 4 月版)

·长篇小说《尾》被列为 2013 中国作协全国重点作品系列，首发于《十月》2014 年 3 期